Ungebrochenes Schweigen

Henrik Ekström

www.henrikekstrom.com

Lektorat der deutschen Übersetzung: Andreas Marazzi

Dank

Ein aufrichtiges Dankeschön an die Menschen, die ihre Zeit und Mühe in dieses Buch gesteckt haben. An meine Frau Nicole, die es nicht nur gelesen, sondern auch mich ertragen hat, während ich es schrieb.

Ein grosses Dankeschön an die Hauptbeitragenden – dieses Buch wäre immer noch ein verstaubender Entwurf, wenn es euch nicht gäbe:
Meinen Vater Ulf, Helena M. Linge, Andreas Häglund, John Emmanuel und die McCoy's, Darren, Nathan und Liam.
Nicht zu vergessen sind die Menschen, die den Start und die anhaltende Dynamik des Projekts inspiriert haben:
Dave Scollon, Matt Gower, Simon Wood, Kieran Kelly.

Andreas Marazzi für das umfangreiche und sorgfältige Lektorat der deutschen Übersetzung.

Prolog

Das Ausmass des Eindringens ausländischer Tauchschiffe in schwedische Gewässer ist bis heute unbekannt, zumindest für die breite Öffentlichkeit. Marineangehörige und zivile Ermittler haben jahrzehntelang darüber debattiert, was alles genau passiert ist, ohne zu einem eindeutigen Ergebnis zu kommen.

In den sechziger und siebziger Jahren wurden zunehmend Unterwasseraktivitäten festgestellt. In den frühen achtziger Jahren nahmen die Sichtungen rapide zu und fielen mit einer bedeutenden sowjetischen Operation in der Ostsee zusammen. Dies veranlasste die Mitglieder der schwedischen Marine zur Annahme, dass es sich um U-Boote und Unterwasserschiffe aus der Sowjetunion handelte.

Am 27. Oktober 1981 erreichten diese Ereignisse ihren Höhepunkt, als das sowjetische U-Boot *U-137* in den Schären in der Nähe des schwedischen Marinestützpunkts in Karlskrona auf Grund lief. Zeugen an Bord von *U-137* gaben als Grund eine fehlerhafte Navigationsausrüstung an, während einige schwedische Marineoffiziere glaubten, das U-Boot sei präsent gewesen, um sowjetische Spezialkräfte bei der Infiltration aufzunehmen.

Daraufhin kam es zu schweren Spannungen zwischen den beiden Ländern. Als sich die sowjetische Marine nach dem Festsitzen von *U-137* den schwedischen Hoheitsgewässern näherte, erteilte der schwedische Ministerpräsident Thorbjörn Fälldin den schwedischen Streitkräften den berühmten Befehl "Håll gränsen" (Haltet die Grenze).

U-137 wurde von der NATO als U-Boot der Whiskey-Klasse bezeichnet, weshalb das Ereignis scherzhaft als *'Whiskey on the rocks'* bezeichnet wird. In diesem besonderen Fall gab es kaum Zweifel an den Fakten. Bei vielen anderen Sichtungen gab es aber endlose Debatten über die Richtigkeit der Sichtung überhaupt und die Nationalität des Eindringlings. An einem Punkt war die Diskussion so heftig, dass sogar die schwedische Armee die schwedische Marine beschuldigte, Sichtungen zu erfinden, um einen grösseren Anteil des schwedischen Verteidigungs-haushalts zu bekommen.

Der grösste Einsatz fand 1982 in Hårsfjärden statt, in der Nähe des schwedischen Marinestützpunkts Berga südlich von Stockholm. Berichte über den Kontakt mit fremden Unterwasserschiffen lösten einen Sturm von Aktivitäten aus, bis hin zum Einsatz scharfer Waffen. Einige hielten dies für eine entscheidende Massnahme, um einen Eindringling zu vertreiben, andere hielten es für eine inszenierte List für die internationalen Medien.

Während dieser Zeit lösten viele Ereignisse Diskussionen über eine mögliche Vertuschung aus. Die vier nachfolgenden Untersuchungen haben kein klares Licht auf das geworfen, was geschehen sein könnte oder nicht. Vielleicht werden wir es am Ende der siebzigjährigen Siegelungsfrist der Archive erfahren. Was in den 80er Jahren unter der Oberfläche der Ostsee geschah, ist jedenfalls bis heute unklar.

Visby, Schweden 2021
Henrik Ekström

Kapitel 1 - Kontakte

Ostsee, 13. April 1982, 07:45 Uhr

Es konnte nichts sein. Carl Lindberg griff nach vorne und polierte den Bildschirm mit einem kleinen Tuch. Gleichzeitig wischte er sich den Schweiss von der anderen Hand, bevor er mit einem Finger über den Tracker-Ball neben seiner Tastatur fuhr. Der Tracker-Ball, der im schwedischen Marinejargon als *'Affenschädel'* bezeichnet wird, ermöglichte es ihm, das Richtmikrofon des Sonars zu bewegen.

Das Sonar deckte den grössten Teil des 360-Grad-Bereichs um sie herum ab, aber dieses Mikrofon würde eine zusätzliche Tonqualität liefern und direkt an seine Kopfhörer übertragen. Es würde ihm helfen, den Kontakt zu bewerten, falls er ihn wiederfinden würde. Langsam bewegte er den Affenschädel und schwenkte das Mikrofon hin und her über die Stelle, an der er glaubte, etwas gehört zu haben. Nichts. Überhaupt nichts.

Er säuberte seinen Bildschirm erneut und blinzelte ein paar Mal mit den Augen, bevor er wieder darauf schaute. Immer noch nichts. Die gelbe Linie, die einen Kontakt anzeigte, bewegte sich leicht mit dem Hintergrundrauschen des Ozeans, aber es gab keine Anzeichen für etwas Reales. Er blickte auf den BTR, den Drucker, der im Laufe der Minuten kontinuierlich die Kontaktpeilungen auf eine Papierrolle druckte. Der Bildschirm vor ihm zeigte ihm die Peilung des Kontakts an, den er gerade hatte.

Der Drucker zeigte ihm an, wo er gewesen war und wie er sich bewegte.

Er blinzelte, während er mit dem Zeigefinger darüberfuhr und nach etwas suchte, welches das Geräusch, das er zu hören geglaubt hatte, kennzeichnete. Nichts. Er griff nach einem Stift, um sich die Uhrzeit zu notieren. Das würde ihm helfen, das Band später zurückzuspulen, um zu sehen, ob er etwas Interessantes finden könnte.

Bevor er seinen Stift fand, erschien eine weitere Wölbung der gelben Linie auf dem runden Sonarbildschirm, die er sofort mit dem Mikrofon ansteuerte. Der Kontakt war schwach, aber er war sehr plötzlich aufgetreten. Lindberg schaute auf die Uhr. *Das ergibt einen Sinn*, dachte er. Er war sich sicher, dass es die Fähre aus Visby sein musste.

"WO. Neue Kontaktpeilung 175, schwach. Peilung stabil."

"Verstanden", antwortete der Wachoffizier. "Ist es die Fähre?"

"Sehr wahrscheinlich, Sir", antwortete Lindberg. "Geben Sie mir eine Minute, um das bestätigen zu können."

Lindberg schloss die Augen und lauschte auf den Kontakt. Es war eine einfache Aufgabe, wenn man wusste, worauf man achten musste. Die *M/S Visby* hätte den Hafen von Visby um 07:30 Uhr verlassen müssen und würde 10 bis 15 Minuten später den Rand der Mole passieren, wodurch das Geräusch ihrer Motoren und Schiffsschrauben weit in die Ostsee hinausdringen würde. Mit zwei Schrauben, die nur neunzig Umdrehungen pro Minute machen, würde sie eine Geschwindigkeit von 8-10 Knoten erreichen. Die Kavitation war geringer als

2

bei vielen anderen Schiffen ihrer Grösse, aber immer noch beträchtlich. Sie würde sich noch verstärken, wenn sie auf dem Weg zu ihrem Ziel, dem Hafen von Nynäshamn südlich von Stockholm, auf volle Reisegeschwindigkeit beschleunigte.

Kavitation ist die Lebensader eines Navy-Sonar-Operators. Der Druckwechsel zwischen der Vorder- und Rückseite einer sich drehenden Schiffsschraube erzeugt Millionen von Luftblasen, wie beim Öffnen einer Champagnerflasche und wird daher oft als "kaltes Sieden" des Wassers bezeichnet. Wenn die Blasen zusammenfallen, erzeugen sie ein Geräusch, welches das Sonar aufnimmt.

Lindberg holte einen Ordner hervor und prüfte den Fahrplan der Fähren, bevor er weitere dreissig Sekunden zuhörte. Dann sah er in der Schiffsbibliothek der Marine nach, in der die Merkmale von Tausenden von Schiffen gespeichert waren. Die *M/S Visby* hatte eine verbogene Antriebsachse, was bedeutete, dass sie bei jeder Umdrehung ein Quietschen von sich gab.

Es war leicht zu finden. Lindberg lächelte vor sich hin: jemand trat neunzig Mal pro Minute auf ein quietschendes Spielzeug.

"WO. Kontakt Peilung 175, jetzt Peilung 176. 90 RPM, zwei Schrauben, starke Kavitation, Achsgeräusche, pünktlich nach Fahrplan. Kontakt identifiziert als *Gotlandfähre M/S Visby*."

Das war das Ende seines Berichts, aber angesichts der Fähre und ihres Ziels fügte er hinzu: "Der Objekt-Kontakt wird wahrscheinlich in Kürze nach Norden drehen und die Geschwindigkeit auf achtzehn Knoten erhöhen.

Sie kommt direkt auf uns zu. Die Peilung wird stabil sein und in den nächsten Stunden an Stärke zunehmen."

"Verstanden, junger Mann", antwortete der Torpedooffizier, der bereits zuvor ahnte, was Lindberg ihm gerade gesagt hatte.

Lindbergs Gedanken waren von der Fähre abgelenkt worden, aber sein Körper hatte sich nicht entspannt. Er wischte sich erneut die Hände ab, bevor er das Mikrofon über die Position seines Phantomkontakts bewegte. Das *Fehlen* von Geräuschen war schlimmer als alles, was er je gehört hatte.

* * *

Militärisches Hauptquartier, 13. April 1982, 08:00 Uhr

Wie kann man der ranghöchste Offizier der schwedischen Marine sein und trotzdem mit Scheisskaffee bewirtet werden? Klas Nylund, Vizeadmiral und Chef der schwedischen Marine, war über seinen Empfang gar nicht erfreut. Er war noch nie in diesem Teil des militärischen Hauptquartiers gewesen und wusste nicht, warum hier ein Briefing stattfand. Zweifelsohne war dies das Werk der selbsternannten Besserwisser des Nachrichtendienstes. Er nahm sich eine Sekunde Zeit um über seine Gedanken zu grinsen. Das Urteil über den Kaffee hatte aber Vorrang vor der Frage, warum er zusammen mit einer Handvoll hochrangiger Kommandeure in den frühen Morgenstunden hier sein musste.

Er wurde vom Befehlshaber des militärischen Nachrichtendienstes unterbrochen, der auf ihn zuging, ihn jedoch nicht grüsste, da sie sich innerhalb eines Gebäudes befanden, sondern vor ihm strammstand. Kommandant Ola Löfgren hatte bei der Marine angefangen, aber den grössten Teil seiner Laufbahn im militärischen Nachrichtendienst verbracht. Er hielt nicht viel von Nylund, aber es gehörte zum Job, sich auf altmodische Weise militärisch zu verhalten, um diesem Relikt zu huldigen. Nylund war älter als seine Kollegen bei der Armee und der Luftwaffe, aber alle drei besassen das gleiche, hochfliegende Selbstverständnis.

Ohne weitere Höflichkeitsfloskeln drehte sich Ola Löfgren auf dem Absatz um, ging ein paar Schritte zu dem grossen Eichentisch und liess einen Ordner fallen, der mit einem dumpfen Aufschlag landete. *Das hat ihre Aufmerksamkeit geweckt*, dachte er, als er sich setzte.

"Meine Herren, ich weiss: Sie fragen sich sicher, weshalb ich Sie heute Morgen hierher gebeten habe." Dieser rhetorischen Frage folgte ein zustimmendes Brummen der Offiziere, die nun alle um den Eichentisch herum sassen. Er schien so viel zu wiegen wie ein Kleinwagen. Löfgren war froh, dass er nicht derjenige gewesen war, der ihn für die Besprechung an seinen Platz hatte schieben müssen. Sein Bandscheibenvorfall hätte das nicht gut verkraftet.

"Es gibt etwas, worüber wir reden müssen."

Nylund sass am Ende des Tisches und sah den Nachrichtendienstler mit kaum verhohlener Verachtung an. Er hatte den Drang, Löfgren Vorwürfe zu machen, um zu zeigen, wer in diesem Raum das Sagen hatte, aber er wollte auch unbedingt zum Inhalt dieser Sitzung kommen. Er hatte den Scheisskaffee überlebt und das war hoffentlich nicht umsonst gewesen.

Nylund konnte sich nicht verkneifen, einen Seufzer auszustossen und zu flüstern: "Na, dann wollen wir mal weitermachen, Kommandant." Daraufhin warf Löfgren Nylund einen kurzen, verächtlichen Blick zu.

"Nun denn", sagte er, während er aufstand, eine Runde um seinen Stuhl drehte und dann sein Publikum anschaute. "Am 11. April, zwischen 09:45 und 09:53 Uhr, wurde ein U-Boot im Danziger Gatt gesichtet."

Löfgren holte tief Luft, um fortzufahren, aber Nylund, der ohnehin nicht sehr beeindruckt war, warf ein: "Warum wollen Sie die Marine über eine Sichtung informieren? Das läuft über unser operatives Büro. Ich habe nichts über Danziger Gatt gesehen."

Er war erfreut, dass er vom Kommandanten der vierten Oberflächenflotte ein Nicken und von den anderen eine stille Zustimmung erhielt. Es war nicht die Aufgabe des Nachrichtendienstes, der Marine zu erzählen, was in ihren Gewässern geschah. Ermutigt durch die Reaktionen des Publikums fuhr er fort: "Sie haben nicht etwa mit der Dame gesprochen, welche die letzten drei Periskope von ihrem Küchenfenster aus gesehen hat, oder? Sie ist so einsam da draussen in ihrem Häuschen, dass sie Gesellschaft sucht, wo immer sie diese finden kann." Die Stimmung der Teilnehmer lockerte sich und Nylund überlegte, ob er seine Tirade fortsetzen sollte.

Löfgren blickte die Gruppe ohne die Spur eines Lächelns an und fuhr mit strenger Stimme fort. "Es lief über Ihr operatives Büro. Und Sie haben es ignoriert."

Die Runde verstummte und wartete auf die Antwort des Marinechefs, bevor sie sich zu einer weiteren, möglicherweise unpassenden Reaktion hinreissen liess. Nylund warf Löfgren einen feindseligen Blick zu, fand aber keine passenden Worte dazu.

"Es war an der Oberfläche und es ist nicht, ich wiederhole: es ist *nicht* eines der Unseren", fuhr Löfgren fort.

"Wie können Sie sich da so sicher sein?", fragte Nylund, dessen Gehirn die Nachricht gerade erst erfasst hatte und der erst im Nachhinein merkte, dass dies die falsche Frage war. Was hatte Löfgren damit gemeint, dass die Marine es ignoriert hätte? Bevor er seine Gedanken ordnen konnte, war Löfgren schon mit seiner Erklärung fertig.

"Erstens: Unsere U-Boote sind identifiziert und keines von ihnen war im Danziger Gatt. Zweitens: Einer der Zeugen hat es skizziert und uns das Bild geschickt."

Löfgren zog einige Zettel aus einer Mappe und reichte sie weiter. "Wie Sie sehen können, passt die Form des Kommandoturms überhaupt nicht zu einem schwedischen U-Boot. Ich hoffe, das sieht für Sie nicht nach *Sjöormen* oder *Näcken* aus, meine Herren".

Nylund sagte einige Sekunden lang nichts, da er immer noch überlegte, was er als nächstes tun sollte. Er beschloss, Löfgren zu unterbrechen und sich Klarheit zu verschaffen. "Wann wurde diese Sichtung gemeldet und warum wurde ich nicht darüber informiert?"

Löfgren blätterte in einigen Notizen auf dem Tisch.

"Die erste Meldung wurde am 11. um 10:10 Uhr abgegeben. Die Marineleitung bat die Besatzung von Mällsten um eine Sichtprüfung. Es gab auch einen Überflug durch ein Flugzeug der Küstenwache, das sich zufällig in der Gegend befand. Beide Suchvorgänge waren ergebnislos und die Marine hat offenbar keine weiteren Massnahmen ergriffen."

Das war eine schlechte Nachricht. Nylund würde der Sache auf den Grund gehen müssen. Er konnte das Unbehagen seiner Kommandeure im Raum spüren, dass sie auf diese Weise blossgestellt wurden. Formell gesehen war es zwar nicht ihre persönliche Aufgabe, eine Sichtung zu melden, aber die Meldung war offensichtlich irgendwo im bürokratischen Dickicht der militärischen Hierarchie verloren gegangen, statt an die verantwortlichen Kommandeure weitergeleitet zu werden.

Die wachsende Anzahl der Sichtungen seit dem letzten Jahr machte es schwer, damit fertig zu werden, aber sollte dies durchsickern, wäre es erst recht eine Blamage für die Marine. Eine Weitere, die der Liste von Fehlleistungen hinzugefügt werden könnte. Nylund beschloss, die Taktik zu ändern und in die Offensive zu gehen.

Er sprach zu Löfgren in einem rauen Ton. "Ihr habt also seit zwei Tagen Informationen darüber – und wir hören erst heute zum ersten Mal davon? Was zum Teufel habt ihr gemacht? Warum wurden wir nicht sofort informiert?"

Löfgren war sich sicher, dass er die Aufmerksamkeit und auch den psychologischen Vorteil hatte. "Meine Herren", sagte er in einem sanfteren Ton als nötig und benahm sich wie ein Erwachsener im Raum. "Wie Sie wissen, gibt es jedes Jahr viele dieser Sichtungen. Bevor die jeweilige Skizze später am Tag auf meinem Schreibtisch landet, wissen wir auch nicht mehr als Sie. Bis wir die Skizze ausgewertet und die Zeugen befragt haben, dauert es eine ganze Weile, bis wir sicher sein können, dass es sich nicht um einen von uns handelte." Löfgren hielt inne. "Das ist nicht das Problem."

Nylund hatte nun Mühe, sich unter Kontrolle zu halten. "Warum sollte eine solche Skizze auf Ihrem Schreibtisch landen und nicht bei der Marine?"

"Ich weiss es nicht, Admiral. Es scheint, dass ein Mann sie dem Navy-Personal in der Wachkabine übergeben hat und sie blieb dort stundenlang liegen, bis sich schliesslich jemand aufraffte, sie zum Hauptgebäude zu bringen. Ziemlich chaotisch, wenn Sie mich fragen."

Es folgte eine intensive Diskussion zwischen den Kommandanten im Raum. Bei der Marine war dieser Tage mehr als eine Sache schief gelaufen. Sie erwähnten den Mangel an Ressourcen. Sie erwähnten auch die zahlreichen Haushaltskürzungen, welche die regierenden Sozialisten im letzten Jahrzehnt vorgenommen hatten.

"Die Nationalität des Schiffes?" unterbrach Löfgren und holte sie wieder auf den Boden der Tatsachen zurück.

Bevor er seine rhetorische Frage beantworten konnte, unterbrach ihn Kommandant Melker Nilsson von der ersten U-Boot-Division in Berga.

"Anhand dieser Skizze können wir uns nicht sicher sein. Es könnte alles Mögliche sein. Aber wenn die Skizze korrekt ist, kann es kein schwedisches U-Boot sein." Er fuhr fort: "Wir können darüber spekulieren, *warum* es hier ist und *woher* es ist. Die wichtigste Frage aber ist für mich, warum zum Teufel es an der Oberfläche fährt. Abgesehen von einem katastrophalen mechanischen Versagen würde niemand, der noch bei Verstand ist, in fremden Gewässern an der Oberfläche fahren." Kommandant Nilsson lehnte sich in seinem Stuhl zurück, um das Ende seines Beitrags signalisieren. Sein beredtes Schweigen hing danach bleischwer im Raum.

* * *

Ostsee, 13. April 1982, 11:30 Uhr

Was zum Teufel ist hier los? Lindberg runzelte die Stirn, als er es wieder hörte. Was war das? Die meisten Kontakte hatten einen gewissen Rhythmus. Das war der Effekt, wenn dieser durch Maschinen initialisiert wurde. Ein Dieselmotor, der stampft, eine Schiffsschraube, die durchs Wasser wirbelt. Das alles erzeugt einen Rhythmus, zu dem man tanzen könnte. Fischereifahrzeuge mit ihren kleineren, meist dreiblättrigen Schrauben gaben das übliche walzerähnliche *eins-zwei-drei, eins-zwei-drei* von sich, aber mit einer Drehzahl, die so schnell war, dass man sie kaum zählen, geschweige denn dazu tanzen konnte. 130-150 pro Minute vielleicht, also mehr als zwei Umdrehungen pro Sekunde. Die grösseren Tanker und Frachtschiffe hatten in der Regel vierblättrige Schrauben, die grösser waren und eine niedrigere Drehzahl hatten, 70-80 pro Minute – leicht zu zählen. *Eins-zwei-drei-vier, eins-zwei-drei-vier.* Langsamer Foxtrott.

Es war etwas da. Diffus und ohne die Andeutung eines Rhythmus. *Wie jemand, der auf den Steinboden einer Kathedrale pinkelt.*

Der Antrieb des schwedischen U-Boots machte vierzig Umdrehungen pro Minute, was einer Geschwindigkeit von etwa vier Knoten entsprach. Das bedeutete, dass sie nichts weiter als ein Loch im Wasser waren, fast unmöglich zu entdecken. Die Peilung zum Kontakt bewegte sich nicht viel, also bewegte sich das, was auch immer es war, auch nur langsam. Vor ein paar Stunden hatte er es bei Peilung 301 gehört – jetzt schätzte er, dass es bei Peilung 290 am stärksten war, wenn man es so nennen konnte. Derjenige, der sich akustisch in der Kathedrale erleichterte, stand fast still – wahrscheinlich versuchte er, nicht auf seine Schuhe zu pinkeln.

Lindberg wurde aus seinen Gedanken gerissen. "Was ist das?" Der Torpedooffizier hatte sich unbemerkt genähert, beugte sich über Lindbergs Schulter und schaute auf den Bildschirm.

"Was?" war alles, was Lindberg herausbrachte.

"Das!" sagte der Torpedooffizier in scharfem Ton und zeigte auf eine leichte Ausbuchtung in der gelben Linie auf dem Bildschirm.

"Verdammt, Lindberg, hören Sie auf zu träumen und konzentrieren Sie sich auf Ihren verdammten Job, oder ich werde Ihnen persönlich den Kopf abreissen. Sie kennen doch den ersten Absatz des U-Boot-Regelwerks, oder? Also, befolgen Sie ihn."

Der Torpedooffizier ging ein paar Schritte zurück zu seinem Stammplatz neben dem Periskop, bevor er sich umdrehte und Lindberg mit einer ungehaltenen Geste aufforderte, mit seiner Arbeit fortzufahren.

Der erste Absatz der U-Boot-Vorschrift

der schwedischen Marine besagt, dass *die Nichterfüllung der Pflicht durch einen einzigen Mann das Schiff und seine gesamte Besatzung gefährden kann.* Es ist ein Aufruf zur Teamarbeit in dieser speziellen Umgebung, in der mangelhafte Zusammenarbeit fatale Folgen haben kann.

Lindberg blickte auf seinen Bildschirm. "WO. Neue Kontakt-Peilung 126, schwach." Er blickte auf den BTR-Wasserfall. "Peilung bewegt sich nach rechts, langsam."

"Ja, das weiss ich bereits", antwortete der Torpedo-Offizier mit einer Spur von wachsender Ungeduld in der Stimme. "Also, was ist es?"

Lindberg hörte sich das Geräusch dreissig Sekunden lang an und ging dann zu seinem zweiten Bericht über. "WO. Kontakt-Peilung 126, jetzt Peilung 127, 85 RPM. Eine Schraube. Starke Kavitation. Turbodiesel. Kontakt als grosses Handelsschiff eingestuft, bewegt sich auf uns zu."

Ich muss meinen Scheiss in Ordnung bringen, dachte Lindberg.

Während sich das Objekt mit der Peilung 127 weiter nach rechts bewegte und der BTR seine Bewegungen aufzeichnete, nahm er das Gleitlineal zur Hand und schätzte die Winkel des Plots. Dreissig Sekunden lang berechnete er die Bewegungen des Objekts.

"WO. Kontakt gemeldet 126, jetzt Peilung 136, geschätzter Kurs 220, geschätzte Geschwindigkeit 12 Knoten, errechnete Entfernung 111 Hektometer[1]."

---

[1] 1 Hektometer = 100 m, 10 Hektometer = 1 km. In der Marine werden Dezimalpunkte wenn möglich vermieden (bessere Verständlichkeit).

"Verstanden", antwortete der Torpedo-Offizier, immer noch sehr verärgert.

Der Kapitän betrat die Kommandozentrale und schritt lässig umher, um die laufenden Aktivitäten zu überblicken. Er ging am Funkraum vorbei und warf einen Blick über Lindbergs Schulter auf den Sonarschirm und den BTR. "Sauberer Plan", stellte er fest, ging aber weiter, ohne eine Antwort abzuwarten. Er verschwand in Richtung Kombüse und kehrte eine Minute später mit einer Tasse Kaffee zurück. Der Geruch erfüllte schnell den kleinen Raum und verbreitete ein intensives Gefühl von zu Hause sein.

Als Lindberg den Duft in vollen Zügen einatmete, erstarrte er in seinem Stuhl. Da war es wieder. Peilung 285. Kaum zu unterscheiden vom normalen Hintergrundgeräusch. *Wahrscheinlich höre ich hier nur Gespenster*, dachte er, während er den Affenschädel hin und her bewegte, um das beste Signal zu finden. *Äusserst fraglich, ob das überhaupt etwas ist,* dachte er, aber er konnte auch sich selbst nicht davon überzeugen. Er schaute auf seine Uhr, die 11:43 anzeigte. In siebzehn Minuten sollte er seine Schicht abliefern. *Zum Teufel damit,* dachte er. Unteroffizier Wikingsson von der Hafenwache, der ihn wahrscheinlich ablösen würde, war sowieso nutzlos. Er würde den möglichen Kontakt selbst dann nicht bemerken, sollte er ihn überrollen. Auf den Bildschirm zu schauen und nicht wieder in Gedanken abzudriften, erinnerte ihn an den Torpedo-Offizier, der ihn nur wenige Minuten zuvor zusammengestaucht hatte.

Im U-Boot-Regelwerk stand auch, dass er jeden möglichen Kontakt melden musste.

'Möglich' ist ein relativer Begriff, dachte Lindberg, denn er wusste, dass der Sonarchef kommen würde, wenn er es meldete. Er war auf der Backbordwache und würde jetzt zu Mittag essen.

Die Stimme des Kapitäns hallte durch den Raum. "Es ist bald 12:00 Uhr. Wir müssen unsere Position melden."

Er wandte sich an den Steuermann. "Sechzig Umdrehungen pro Minute vorwärts, auf fünfundzwanzig Meter Tiefe gehen."

"Vorwärts, sechzig Umdrehungen pro Minute. Auf Zwei, Fünf Meter Tiefe gehen. Aye, Sir", antwortete der Steuermann und gab die neuen Befehle in die Steuerkonsole ein.

Lindbergs Gedanken begannen zu rasen und er spürte, wie sich sein Puls beschleunigte. Fünfundzwanzig Meter bedeutete, dass sie die sogenannte Temperaturschicht[2] durchqueren und sich der Geräuschkulisse an der Oberfläche nähern würden. Wenn er also etwas melden wollte, musste es in diesen Sekunden geschehen - in dieser Sekunde! Als er spürte, wie sein Herzschlag in seinen Schläfen pochte, atmete er tief ein.

"WO. Neue Kontakt-Peilung 285, schwach, Peilung stabil."

---

[2] Einerseits "stören" dann diese ("fremden") Oberflächen-Geräusche das eigentlich "gesuchte" Geräusch oder können letzteres sogar übertönen, andererseits werden Unterwasser-Schallwellen, wenn sie von oben in einem flachen Winkel auf diese Temperaturschicht treffen, auch wieder zurück nach oben abgelenkt und sind in der Tiefe gar nicht mehr hörbar.

Kapitel 2 – Beginnende Eskalation

Stockholm, 13. April, 11:30 Uhr

Löfgren hatte die Anderen nach der Besprechung im Raum zurückgelassen. Es hatte einige Mühe gekostet, die Marine aus ihrem Unglauben über das fremde U-Boot zu reissen. Und noch mehr, sie mit den wichtigen Fragen nach dem *Wer, Warum* und *Wie* zu beschäftigen. Das waren ihre wahren Sorgen. Vor allem die Frage, wie ein ausländisches U-Boot in schwedischen Gewässern auftauchen konnte, ohne entdeckt zu werden. *Kühnes Kerlchen*, dachte Löfgren und liess seine Gedanken schweifen, die sich bald auf den Kapitän des U-Boots konzentrierten. Sein Boot in fremden Gewässern auftauchen lassen – wirklich kühn.

Löfgren kümmerte sich nicht um die Sichtung. Dieses Ereignis würde zweifellos die nötige Wirkung in den Reihen der Marine, des Oberkommandos und der Regierung auslösen. Jetzt ging es darum, dies auch umzusetzen. Er hatte es schon einmal erlebt und war davon überzeugt, dass er schon jetzt die nächsten Schritte der Marine kennen würde.

Eine Marine, die diese Sichtung erhielt und nichts weiter tat, als jemanden zu rufen, der einen Blick durch ein Fernglas werfen sollte, machte einen peinlich unprofessionellen Eindruck. Wahrscheinlich würden sie zuerst jedes Detail der Sichtung penibel untersuchen, um zu sehen, wie sie es aus der Welt schaffen könnten. Gelang ihnen das nicht, würden sie sich eine plausible, aber wahrscheinlich ziemlich falsche Erklärung einfallen lassen, um sich selbst in ein besseres Licht zu rücken. Sie würden beginnen, ihn mit Schmutz zu bewerfen, um die ganze Sache als Fehlinformation und Verwirrung aufgrund der Inkompetenz des Nachrichtendienstes abtun zu können.

In gewisser Weise fühlte er mit ihnen. Das schwedische Militär litt in den siebziger Jahren stark unter den ständigen Haushaltskürzungen. Die Marine kämpfte mit der Aufgabe, mehr als dreitausend Kilometer Küstenlinie zu kontrollieren, während ihre Ressourcen abnahmen. Das war keine leichte Aufgabe. Deshalb musste diese Sichtung weiter oben in der Hierarchie platziert werden. Es begann letztes Jahr mit *U-137*, aber man musste das Feuer weiter schüren, um die Politiker zu bewegen.

Löfgren schaute auf seine Uhr. Sobald er wieder in seinem Büro sein würde, wäre es vielleicht an der Zeit, seinen Kontakt im Verteidigungsministerium anzurufen. Nur um sicherzustellen, dass sie für die Marine bereit waren. Die Matrosen würden anklopfen, sobald sie die Kurve gekriegt hatten.

* * *

Militärisches Hauptquartier, 13. April, 11:40 Uhr
Als einer der im Sitzungszimmer Zurück-
gelassenen sass Klas Nylund am Ende des
Eichentisches. Er war in seinem Stuhl zusammengesunken und hatte einen müden Gesichtsausdruck.

"Eine Sichtung", sagte er laut. "Ein paar
Leute behaupten, ein U-Boot gesehen zu haben.
Das passiert uns vierzig Mal im Jahr. Dieses
Mal verpassen wir es – und natürlich landet es
zufällig beim militärischen Nachrichtendienst.
Das lässt uns noch schlechter dastehen als
letztes Jahr. Damals haben wir es nicht gesehen. Dieses Mal haben wir es gesehen und
nichts unternommen."

Nylund war nach der peinlichen Beleh-
rung durch den Nachrichtendienst schlecht gelaunt. Sie sollten weiterhin das tun, was sie tun
sollten, aber sich aus den Operationen der Marine heraushalten.

"Wie können die Ratten des Nachrichtendienstes *diese* Behauptung glaubwürdiger
finden als die Üblichen? Die alte Dame auf der
Insel sieht jeden Monat ein neues Periskop."

"Die Aussage des Beobachters ist ziemlich detailliert", begann der Leiter der vierten
Oberflächenflotte. "Die Skizze..."

"Die Skizze ist eine Thermoskanne mit
einem Quadrat oben drauf", unterbrach
Nylund. "Das könnte ein Sechsjähriger zeichnen." Er stand auf und wanderte eine Minute
lang am anderen Ende des Raumes umher.
Dann wandte er sich an die Gruppe. "Das kaufe
ich Ihnen nicht ab. Wo war dieser Typ noch
mal? Derjenige, der die Skizze gemacht hat?"

Melker Nilsson sah einige Papiere vor
sich durch. "Er war in seinem Boot und fuhr

17

zurück nach Nynäshamn."

"Er sah also ein U-Boot an der Oberfläche, das durch das Danziger Gatt fuhr, ohne dass irgend jemand anderes hätte einen Blick darauf werfen können. Sagen Sie mir, wie das möglich ist. Hier wimmelt es nur so von Menschen. Man hätte das Ding von der Fähre aus sehen müssen, die nach Gotland fährt." Er schritt wieder im Zimmer umher und wünschte sich, seine Frau hätte ihn nicht noch dazu gezwungen, seine Zigaretten wegzuwerfen, bevor sie beschloss, ihn ganz zu verlassen. Er hätte jetzt eine gebrauchen können.

* * *

Ostsee, 13. April, 11:55 Uhr
Sowohl der Kapitän als auch der Torpedooffizier standen in der Mitte der Kommandozentrale und starrten Lindberg an – die Frage stand ihnen ins Gesicht geschrieben. Sie warteten auf weitere Informationen über den Kontakt, den er gerade gemeldet hatte. Lindberg spürte ihre Blicke auf seinem Hinterkopf, als er das Mikrofon über die Position 285 bewegte.

Das U-Boot änderte seinen Trimm, als der Steuermann sein Steuerrad zurückzog, um es auf die befohlene Tiefe zu bringen. Eine Minute verging, bevor der Steuermann rief: "Aktuelle Tiefe zwei, fünf Meter, ausgeglichen."

"Verstanden", sagte der Kapitän, ohne seinen Blick von Lindbergs Hinterkopf zu nehmen. Dann beschloss er nicht länger warten zu wollen.

"Sonar, 285 – was ist da los?"

Lindberg hatte etwas zu sagen. Er konnte bei 285 nichts mehr hören und war sich nicht sicher, was er sagen sollte. "Ich habe ein Geräusch bei 285 gehört, aber jetzt ist es weg."

"Ein Geräusch?", sagte der Torpedo-offizier überrascht. "War es ein Kontakt oder nicht?"

"Es war, glaube ich, sehr schwach und ich konnte nicht erkennen, was es war. Es war nichts, was ich vorher schon einmal gehört hätte. Kein Rhythmus."

Der Kapitän ging zu ihm hinüber und schaute auf den BTR. "Ich kann keinen Kontakt bei 285 sehen, mein Junge."

"Ich weiss. Es war schnell und schwach und..."

Lindberg schwitzte stark, als er die letzten Worte stotternd vor sich hin sagte. "Als würde man in einer Kathedrale auf einen Steinboden pinkeln."

Der Torpedooffizier grinste. "Okay, ich habe genug davon gehört. Ich gehe jetzt essen. Reissen Sie sich zusammen, Lindberg! Erst träumen Sie und jetzt pissen Sie in eine Kirche."

Er drehte sich zur Kantine um, während er Wikingsson aufforderte, Lindberg am Sonar abzulösen.

Der Kapitän sah Lindberg an. "Kontakt oder kein Kontakt, Petty Officer Lindberg?"

"Kontakt, Sir"

Der Kapitän runzelte die Stirn. Er wusste besser als jeder andere, dass es nicht richtig war, Objekte zu ignorieren – vor allem nicht solche, die verschwanden, sobald man sich über die Temperaturschicht bewegte. Ausserdem sah der junge Sonaroperator aus, als hätte er gerade einen Geist gesehen. Der Kapitän wandte sich zur Tür des Speisesaals

"Sonar-Chef!"

Sonar-Chef Edward Sandberg steckte seinen Kopf herein. "Ja, Sir?"

"Lindberg hat einen möglichen Kontakt, den wir verifizieren müssen. Bewegen Sie Ihren Hintern hier rein. Schliessen Sie sich an Konsole zwei an."

"Sofort, Sir."

Sandberg war zu gross, um U-Boot-Fahrer zu sein, aber jahrelange Erfahrung hatte ihn gelehrt, wo er sich ducken musste. Er navigierte sich gekonnt zu seinem Platz an der zweiten Sonarkonsole. Lindberg mochte ihn. Er war ein ruhiger, stiller Mann. Mitte dreissig. Er musste mindestens einmal bei einer Beförderung oder Weiterbildung übergangen worden sein, denn er war immer noch Erster Unteroffizier. Er war ein Perfektionist, der nicht den Drang hatte, ein U-Boot zu kommandieren, sondern mehr daran interessiert war, seine Sonar-Fähigkeiten auf höchstmöglichem Niveau zu vervollkommnen. Sonargeräte und Holzhacken in der Hütte seines Onkels: das war Sandberg in Kurzform.

So oder so, Lindberg hatte niemanden wie ihn gesehen. Er konnte sogar aus einem nicht unterscheidbaren Wirrwarr etwas Vernünftiges heraushören, während die anderen immer noch nur raten konnten. Er war nicht ohne Grund Sonar-Chef.

"Was hören wir uns an?" fragte Sandberg, als er sich hinsetzte und seine Kopfhörer aufsetzte. Lindberg gab ihm einen Überblick über den letzten kurzen Kontakt und bevor er fertig war, drückte Sandberg auf den Rückspulknopf eines der Tonbandgeräte, die neben ihnen standen.

Der Kapitän schaute auf seine Uhr. Es

20

war an der Zeit, der Basis ihre Position zu melden.

"Vierzig Umdrehungen pro Minute voraus. Bringen Sie uns auf Periskoptiefe."

Der Signaloffizier ging auf den Kapitän zu. "Die Position ist bereit zum Senden. Möchten Sie etwas zu diesem Objekt hinzufügen?"

Der Kapitän kratzte sich an seinem stoppligen Kinn und dachte eine Weile nach.

"Nein, nicht nötig. Nur die üblichen Dinge."

Als der Steuermann meldete, dass das U-Boot auf einer Tiefe von dreizehn Metern sei, nickte der Kapitän dem Signaloffizier zu, der schnell in seiner kleinen Kabine verschwand. Sie konnten noch seine Stimme hören, als er dem Funker Anweisungen gab. "Antenne hoch."

"Antenne fährt hoch", antwortete der Funker. Während er antwortete, hielt er den Schalter gedrückt, der die Antenne über die Oberfläche hob.

"Antenne ist aufgebaut. Bereit zum Senden."

"Nachricht senden. Senken Sie die Antenne."

Nur wenige Sekunden später bestätigte der Funker.

"Nachricht übermittelt. Antenne fährt ein."

* * *

Stockholm, 13. April, 12:20 Uhr

Nylund ging hinaus an die Frühlingssonne. Er war hungrig. Der frühe Start und die Notwendigkeit, sich in einem ihm unbekannten Gebäude zurecht zu finden, hatten ein Frühstück vereitelt. Dieser Geheimdienstclown Löfgren dachte, er könne den Chef der Marine überfallen. Er sollte wissen, wo sein Platz ist.

Nachdem Löfgren gegangen war, war die Diskussion jedoch gut vorangekommen. Melker Nilsson von der ersten U-Boot-Division war diese Sichtung völlig gleichgültig. Er war unablässig damit beschäftigt, den genauen Aufenthaltsort seiner Boote zu verifizieren, um sie von vermeintlichen 'Sichtungen', welche von Leuten gemeldet wurden, auszuschliessen. Jemand hatte das Ungeheuer von Loch Ness gesehen und er musste seine Boote auf den niedrigen Frequenzen anfunken und seine Zeit damit verbringen, auf ihre Rückmeldung zu warten. Ein verdammtes Ärgernis. Der Chef der vierten Oberflächenflotte wollte lieber rausfahren und die Beobachtung überprüfen. Per Bergwall war ein obsessiver Bastard, aber ein ausgezeichneter Kommandant.

Schliesslich überzeugte Nylund sie, dass dieser Bericht verschwinden müsse. Die Marine war schon genug in Misskredit gebracht worden. Sie wurde durch Haushaltskürzungen und mangelnde Ausbildung immer kleiner gehalten und dann auch noch verspottet, weil sie ihren Auftrag nicht erfüllen konnte. Dieser Bericht sollte nicht zum letzten Nagel in seinem Sarg werden. Es gab kein U-Boot im Danziger Gatt, Punkt. Melker Nilsson hatte mit seiner anfänglichen Frage recht. Ein U-Boot, das in fremden Gewässern an der Oberfläche fährt: eine törichte und völlig abstruse Idee!

Im Jahr zuvor war *U-137* in den schwedischen Schären vor Karlskrona auf einen Felsen geprallt. Das stimmte. Aber das würde die Sowjets nur davon abhalten, wieder in schwedischen Gewässern herumzufahren, dachte Nylund. Wenn das U-Boot genügend mechanische Probleme hatte um aufzutauchen, wäre es immer noch an der Oberfläche. Das war es aber nicht. Dutzende von Schiffen, die in den Hafen von Nynäshamn ein- und ausliefen, hätten es sonst gesehen.

Sie würden es als Sichtungsbericht zu den dicken Aktenordnern der Leute hinzufügen, die schwimmende Baumstämme und Fischereigeräte gesehen hatten. Wahrscheinlich müsste er die Angelegenheit nicht einmal bei den regelmässigen Rapporten mit dem Oberkommando zur Sprache bringen. Das würde sich alles in Luft auflösen, wenn Löfgren, der ehrgeizige Bastard, sich auf die wesentlichen Dinge konzentrieren würde.

Vielleicht könnte er einen seiner Kollegen in Polen dazu bringen, eine codierte Nachricht zu senden, die von den schwedischen Spionageschiffen aufgefangen werden könnte. Das sollte Löfgren ein paar Monate lang beschäftigen, um herauszufinden, was der Warschauer Pakt vorhatte. Hervorragend. Es könnte sich lohnen, Slawek anzurufen.

* * *

23

Ostsee, 13. April, 12:30 Uhr

Sandberg verbrachte fünfzehn Minuten damit, das Band wieder und wieder zurückzuspulen – wahrscheinlich dreissig Mal. Er tauschte die Papierrolle im BTR aus, um die Beschriebene abzurollen und sie genau zu untersuchen. Sandberg brauchte viel länger, als sowohl Lindberg als auch der Kapitän erwartet hatten. Normalerweise identifizierte er Dinge innert dreissig Sekunden oder weniger, aber dieses Mal hatte er Mühe damit. Sandberg verzog sein Gesicht, während er sich das Band zum gefühlt fünfzigsten Mal anhörte. Schliesslich nahm er die Kopfhörer ab.

"Sehr schwer zu sagen, könnte ein Kompressionsgeräusch sein. Sehr leise. Das leise Klopfen könnte die Ruderhydraulik sein, aber dafür würde ich meine Hand nicht ins Feuer legen."

Der Kapitän unterbrach ihn. "Wenn das, was Sie gerade gesagt haben, richtig ist, denken Sie also an einen Unterwasserkontakt?"

Sandberg wirkte unruhig in seinem Stuhl. Er war sich nicht gewohnt, unsicher zu sein. "Es ist unwahrscheinlich, dass es sich um ein Oberflächenschiff handelt, Sir, wenn ich eine Vermutung anstellen darf."

"Ein vager Kontakt, der verschwindet, wenn wir über die Schicht kommen. Jetzt sagen Sie, dass ein Oberflächenschiff unwahrscheinlich sei."

Der Kapitän zögerte nicht lange. "Wir werden einen Blick auf die Oberfläche werfen, um diese Möglichkeit auszuschliessen. Periskop hoch."

* * *

24

Stockholm, 13. April, 14:30 Uhr

Löfgren verliess das Café, nachdem er sein Mittagessen beendet hatte. Er hatte mit seinem Kontakt im Verteidigungsministerium gesprochen. Wenn sein Urteilsvermögen ihn nicht täuschte, könnte die Marine versuchen, diese Sichtung zu vertuschen. Sie würden so tun, als hätten sie Nachforschungen angestellt, bevor sie die Unterlagen in einem feuchten Keller archivierten. Dort würden sie mit den anderen U-Boot-Sichtungen, die sie jedes Jahr erhielten, vergessen werden. Das konnte er dieses Mal nicht zulassen. Er musste das Oberkommando und die Regierung darüber informieren. Die Marine brauchte dringend die Gelder, welche ihr nach einem weiteren Eindringen zufliessen würden.

Er bog am Ende der Västerlånggatan rechts ab und folgte der Järntorgsgatan in Richtung Slussplan. Am Ende machte er eine 180-Grad-Wendung, überquerte die Strasse und kehrte um. Er wollte sehen, wer ihm vielleicht zu folgen versuchte. Er ging in nördlicher Richtung bis zum Tullgränd, bevor er erneut umdrehte und die gleiche Strecke ein drittes Mal zurückging, wobei er alle Leute auf der Strasse musterte, um zu sehen ob sich plötzlich jemand besonders für die Schaufenster zu interessieren schien. Als er das Verhalten der Leute auf der Strasse als unauffällig einstufen konnte, bog er links in die Norra Dryckesgränd ein und ging weiter die Skeppsbron hinunter. Er hatte heute noch einen persönlichen Termin.

* * *

Stockholm, 13. April, 14:30 Uhr

Verdammte Schlange, dachte Nylund, nachdem er den Telefonhörer auf die Gabel geknallt hatte. Einer der Adjutanten aus dem Büro des Oberkommandos hatte ihn gerade angerufen und Fragen zur möglichen Sichtung eines U-Boots gestellt. Eine Sichtung im Danziger Gatt, die von der Marine gemeldet worden war. Es gab nur eine Möglichkeit, wie diese Information das Oberkommando erreicht haben konnte: Ola Löfgren

Löfgren war schwer zu erreichen. Er verkehrte seit Jahren mit dem Oberbefehlshaber und war unbestreitbar direkt von Rosenfeldt selbst in seine derzeitige Funktion berufen worden.

Sein Adjutant öffnete vorsichtig die Tür, wurde aber von Nylund mit einem unwirschen Zischen empfangen: "Raus!"

Der Adjutant schloss sofort die Tür und verschwand auf dem Korridor. Nylund bedauerte seine Schroffheit, aber es war jetzt nicht die Zeit, darüber nachzudenken. Das Oberkommando würde morgen um 8:00 Uhr zusammentreten und er würde sie über diese Angelegenheit unterrichten müssen.

Die Dinge fallen schnell auseinander, dachte er. Wenn sie von der Sichtung wussten, dann wüssten sie auch, dass die Marine diese Information zurückgehalten hatte, ohne zu versuchen, sie zu präsentieren. *Die Katze ist bereits aus dem Sack.* Er müsste ein plausibles Szenario haben, das sowohl die Sichtung als auch sein Verhalten erklärte. *Das muss Vorrang haben* sagte er sich, *aber sobald das erledigt ist, werde ich einen Weg finden, über diesen Bastard Löfgren die Oberhand zu gewinnen.*

Kapitel 3 - Bestätigung

Ostsee, 13. April, 13:30 Uhr

Lindbergs Schiff war fast eine Stunde lang nahe unter der Oberfläche unterwegs gewesen. Das Ende seiner Wache war gekommen und gegangen und er rieb sich die Augen, um zu versuchen, dass sie ihm ein klareres Bild vom Sonarschirm gaben. Das Reiben half nicht.

Der Kapitän wollte Sandbergs Verdacht bestätigt haben, dass es sich nicht um einen Oberflächenkontakt handelte. Da es sich um Friedenszeiten handelte, hatte er sogar die meiste Zeit dieser Stunde damit verbracht, nach Westen in Richtung des potenziellen Kontakts zu suchen. Sie nutzten sowohl die visuelle Beobachtung als auch die elektronische Suche nach fremden Radarsignalen, um zu sehen, was da draussen sein könnte.

Der ESM-Operator, dessen Aufgabe es war, Radarsignale zu verfolgen, hatte in der vergangenen Stunde eine Menge Radarverkehr im Gebiet aufgezeichnet. Sie schienen alle von bekannten zivilen Radarmodellen zu stammen und es gab nichts in der Nähe von 285, wo Lindberg den Kontakt gemeldet hatte. Ihr eigenes Radar bestätigte, was der ESM-Operator gemeldet hatte: nichts bei Position 285.

Der Kapitän war müde und obwohl er noch vor einer Stunde grosse Entschlossenheit gezeigt hatte, Lindbergs Bericht weiterzuverfolgen, schien sein Durchhaltewillen im Laufe der Zeit zu schwinden. Stefan Lindholm war ein erfahrener U-Boot-Kapitän, der den grössten Teil seiner Zeit auf den schwedischen U-Booten *Nordkaparen* und *Sjöhunden* verbracht hatte.

Er stand wahrscheinlich kurz davor, in den nächsten ein oder zwei Jahren aus dem aktiven Dienst zu scheiden, um Platz für die nächsten Führungsoffiziere zu schaffen, die sein Kommando übernehmen sollten. Er war müde und es war klar, dass er auf eine rasche und unkomplizierte Lösung für die missliche Lage gehofft hatte, in die ihn Lindberg gebracht hatte. Aber der Mann war ein Profi und es wäre untypisch für ihn, das Falsche zu tun.

"Okay, ich habe genug gesehen", sagte Lindholm, ohne die Worte an jemand Bestimmten zu richten. "Wir gehen unter die Schicht und schauen, ob es dort etwas gibt, das wir uns ansehen können. Dann fahren wir weiter nach Norden in Richtung Berga." Er sprach müde, ohne Überzeugung, dass dies irgendwohin führen würde.

"Vorn sechzig RPM. Backbord zwanzig Grad Ruder. Nehmen Sie Kurs 180." Das U-Boot neigte sich nach Backbord, als sie die Wende einleiteten.

Der Steuermann bestätigte den neuen Kurs und die Geschwindigkeit. "Sechzig Umdrehungen pro Minute, läuft, 180, auf Kurs."

"Verstanden", antwortete der Kapitän. "Jetzt schön langsam. Gehen Sie auf eine Tiefe von 45 Metern. Das sollte uns noch etwas Platz unter dem Kiel lassen." Wie zur Bestätigung seiner Worte machte er einen Schritt nach vorne und beugte sich über die Karte, die auf dem Tisch des Navigators lag. Die Tiefe an dieser Stelle betrug 65 Meter, wobei vor ihnen ein tiefer Graben von 112 Metern auftauchte.

Sandberg sass an seinem Platz an der zweiten Konsole, während Lindberg noch an Konsole eins sass. Er war müde nach der langen und reichlich ereignisreichen Wache. Ähnlich wie der Kapitän freute er sich darauf, seinen Dienst zu beenden um nach Hause fahren zu können. Wenn er Glück hatte, würde er am Wochenende keine Wache schieben müssen. Dann könnte er Jenny sehen.

Auf der vorgesehenen Tiefe angekommen, liessen sie einige Minuten verstreichen. Abgesehen von etwas Handelsverkehr gab es keine Anzeichen für ein Objekt. Sandberg war so sehr auf seinen Bildschirm konzentriert, dass Lindberg nicht sicher war, ob er jemals geblinzelt hatte. Der Kapitän kam vorbei, warf einen Blick auf ihre Bildschirme und warf Sandberg einen fragenden Blick zu.

"Nichts", sagte Sandberg. "Normaler Handelsverkehr, aber nichts Ungewöhnliches."

Der Kapitän ging zurück zu seinem Stammplatz neben dem Tisch des Navigators. "Schauen wir uns die Rückseite an."

Das am Bug montierte Sonar hat theoretisch einen 360-Grad-Sichtbereich, aber der Rumpf des U-Boots und das Geräusch der eigenen Schiffsschraube beeinträchtigen seine Effizienz gerade nach hinten. U-Boote ändern routinemässig ihren Kurs, um sicherzustellen, dass sich nichts hinter ihnen anschleichen kann.

Sandberg schnellte von seinem Sitz hoch und rief fast: "WO. Neuer Objektkontakt 344, mittel."

Die gesamte Kommandozentrale schreckte von ihren Plätzen auf. Plötzlich löste sich der Glaube, dass es sich um eine Fata

29

Morgana handelte, in Luft auf. Alle drehten nun unwillkürlich ihre Köpfe von ihren Tafeln weg und hin zu Sandberg.

Ohne die übliche Bestätigung abzuwarten, fuhr Sandberg fort: "Komprimierte Kavitation. Ich bin mir über die Reichweite nicht sicher, aber es muss in der Nähe sein."

Lindberg hörte ebenfalls auf das Geräusch, war aber hoffnungslos hinter Sandberg zurück, was dieses Eine anbetraf. Es war derselbe Klang, den er zuvor wahrgenommen hatte, aber diesmal noch deutlicher. Die Bewegung in der Peilung schien grösser zu werden. Die Geräuschquelle war nahe.

Sandbergs Stimme ertönte wieder in der Kommandozentrale. "Kontakt 344, fünfblättrige Schraube, vierzig Umdrehungen pro Minute und steigend. Es ist ein U-Boot. Es ist ganz sicher ein U-Boot."

Lindbergs Gedanken rasten. Es konnte keins von ihnen sein. Schwedische U-Boote fuhren in Friedenszeiten wegen der Gefahr von Missverständnissen oder Kollisionen immer allein. Es musste jemand anderes sein.

"Wir sind direkt davor gelandet." Der Kapitän fluchte leise, bevor er fortfuhr. "Achtzig Umdrehungen pro Minute voraus. Ruder voll links. Auf Gefechtsstation gehen."

Eine Sirene ertönte an Bord, und die Stimme des Torpedooffiziers kam über die Lautsprecher.

"Gefechtsstationen, Gefechtsstationen."

Die Sirene ertönte erneut. Innerhalb von Sekunden öffneten sich die schweren, wasserdichten Luken in den verschiedenen Schotten, worauf die Menschen durch das Boot zu ihren jeweiligen Kampfstationen eilten. Sobald die

Besatzung ihre zugeteilten Abschnitte erreicht hatte, wurden die Luken wieder geschlossen. Die Tische im Speisesaal wurden mit grünen Tüchern bedeckt und alle medizinischen Instrumente hingen an der Wand, alles in Reichweite des Schiffsarztes. Jede Sektion meldete sich und als alle fertig waren, bestätigte der Torpedooffizier den Bereitschaftsstatus des Schiffes.

"Das Schiff ist auf Gefechtsstation, Captain."

Lindberg zitterte fast in seinem Sitz und es kostete ihn grosse Mühe, nicht in Panik zu geraten. Die Aussicht auf einen echten Unterwasserkampf liess sein Herz so stark schlagen, dass er kaum noch denken konnte. Der sichtlich angespannte und wachsame Kapitän drehte sich zu Sandberg um, brauchte aber nicht den Befehl zu geben, das Angriffsprotokoll für den Kontakt zu starten. Sandberg war ihm bereits voraus und wusste genau, was er zu tun hatte.

"U-Boot Peilung 344, jetzt Peilung 342, Kontakt markiert, bestimmtes Ziel Alpha. Senden an Feuerleitstelle."

Der Torpedo-Offizier antwortete, während er noch damit kämpfte, sich auf seinen Stuhl zu setzen: "Verstanden, verstanden, Ziel Alpha, Peilung 342. SESUB arbeitet daran."

SESUB war der Feuerkontrollcomputer, der nun kontinuierlich Sonardaten von Konsole zwei empfing und den Kurs, die Geschwindigkeit und vor allem die Entfernung zum Objekt bestimmte.

Lindberg sass wie erstarrt auf seinem Stuhl, unfähig etwas zu tun. Er schüttelte den Kopf und griff schliesslich nach seinem Lineal und dem Q-Plot-Papier, das er brauchte, um seinen Papierplan zu skizzieren.

Das ist das Standardverfahren der Navy, sobald sie das Angriffsprotokoll einleiten. Während das SESUB die Daten auswertet, bearbeitet ein Sonar Petty Officer sie mit Stift und Papier. Computer sind zwar schneller und können besser rechnen, aber sie verfügen nicht über gesunden Menschenverstand oder Urteilsvermögen. Wenn es eine Panne zwischen der Sonarkonsole und dem SESUB gibt, erkennt ein Mensch den Fehler, während der Computer meist weitermacht und am Ende ein falsches Ergebnis liefert.

Es war zu spät, um eine sinnvolle Q-Handlung zu beginnen. Es würde fünf bis zehn Minuten dauern, um sich einen Überblick zu verschaffen und wer wusste schon, wie lange das weitergehen würde?

Trotz aller Aufregung und Action im Kino waren die meisten realen U-Boot-Kämpfe lang, langsam und sehr langwierig. Diese Situation war hingegen anders, denn sie waren über den Kontakt gestolpert und befanden sich bereits auf kurze Distanz. Wie nah, war unklar. Da das Sonar den Schallpegel des Kontakts automatisch regulierte, indem es entweder einen schwachen Kontakt verstärkte oder einen Starken abschwächte, war es unmöglich zu hören, wie weit etwas entfernt war. Die schnelle und zunächst zunehmende Veränderung der Peilung verriet ihnen jedoch, dass das Objekt nahe war. Lindberg könnte tot sein, bevor er seine ersten Berechnungen anstellen konnte. Vielleicht würde er Jenny nie wieder sehen.

"Wir werden Alpha in unserem Kielwasser verlieren", befürchtete Sandberg. "Wir müssen weiterdrehen, bevor sie wieder hinter uns verschwindet."

"Volle Kraft voraus, volles Ruder links", antwortete der Kapitän sofort. Jetzt mit einem ruhigeren Auftreten als einen Moment zuvor.

"Hat sich der Kurs von Alpha geändert? Dreht sie ab?"

"Nein, Sir. Die Drehzahl steigt weiter an und sie ist auf einem geraden Kurs.

"SESUB hat eine Reichweite", erklärte der Torpedooffizier. "Ziel Alpha, jetzt Peilung 265, Entfernung zweiundzwanzig Hektometer. Ich bin mir nicht sicher, aber angesichts der Peilungsänderungen scheint es plausibel."

Der Torpedoraum meldete, dass die Rohre fünf und sechs nun geflutet seien, das heisst sie waren bereit, die Luken auf Kommando zu öffnen. Sobald die vordere Torpedoluke offen wäre, würden sie feuerbereit sein.

Wieder die Stimme von Sandberg ."Sie macht jetzt weit über 150 Umdrehungen und dreht uns den Rücken zu. Ich habe deutliche Schraubengeräusche. Eine einzelne Schraube, fünf Blätter bestätigt."

"Ist das Schiff noch auf Kurs?", fragte der Kapitän, halb in der Erwartung, dass die Antwort nein lauten würde. Einer Bedrohung den Rücken zu kehren und zu fliehen war in manchen Situationen, in denen man einem Torpedo entkommen wollte, eine ausgezeichnete Option. Auf diese geringe Entfernung gab es aber keine Möglichkeit für das Ziel, schnell genug zu fliehen um der Waffe zu entkommen. Wenn das Ziel den Schwanz einzieht und wegläuft, würde die Schraube des Ziels sein eigenes Sonar stören und es würde den Kontakt mit dem schwedischen U-Boot verlieren. Es könnte sogar schwierig sein, einen Torpedo zu hören, wenn er sich mit dieser Geschwindigkeit nähert.

Das ist nicht vernünftig, dachte Lindberg. Das Ziel versuchte einfach, so viel Abstand wie möglich zwischen sich und Lindbergs Boot zu bringen, ohne auf irgendetwas anderes Rücksicht zu nehmen.

"Wie ist unsere genaue Position?", fragte der Kapitän.

Eine Sekunde später las der Navigator die Position vor. Der Navigator bestätigte, was der Kapitän wirklich wissen wollte und fuhr fort: "Wir sind in schwedischen Gewässern, Kapitän".

Sie befanden sich in schwedischen Gewässern und es handelte sich nicht um ein schwedisches U-Boot. Das bedeutete, dass sie nach internationalem Seerecht befugt waren, eine scharfe Waffe auf das Ziel abzufeuern.

Der Kapitän wusste besser als jeder andere, dass das Risiko eines Irrtums des Navigators so gut wie nicht vorhanden war. Sie hatten eine Positionsbestimmung aus der Nähe der Oberfläche, die weniger als zwei Stunden zurücklag und befanden sich seither auf einem westlichen Kurs in Richtung des schwedischen Festlands. Mit dieser Position befanden sie sich mehr als zwei Seemeilen innerhalb der schwedischen Hoheitsgewässer. Es bestand kein Zweifel, aber der Kapitän wollte dennoch absolute Gewissheit, bevor er die Waffe abfeuerte.

"Überprüfen Sie diese Position noch einmal. Dies ist weder die Zeit noch der Ort, um unsere Position falsch zu bestimmen."

Der Navigator schnaubte angesichts dieses Zweifels an seinem Fachwissen erbost, aber er befolgte den Befehl und verbrachte einige Sekunden über seine Karte gebeugt.

"Die Position ist korrekt, Kapitän. Wir sind in Schweden, alles klar."

Kapitän Lindholm beschloss, sich von dem, was nach einer Hochgeschwindigkeitsverfolgung unter Wasser aussah, zu lösen. Ein Abschuss bei hoher Geschwindigkeit würde das Risiko eines Kabelbruchs und damit des Verlustes der Kontrolle über die Waffe erhöhen. Aber immerhin wäre der Torpedo in der Lage, die verlorene Distanz wieder aufzuholen.

"Vierzig Umdrehungen voraus. Nehmen Sie Kurs 190."

Das U-Boot hatte fast einen 360°-Kreis gefahren und befand sich nun hinter dem Ziel. Als die Geschwindigkeit sank, befahl der Kapitän der Torpedobesatzung, die Luken zu öffnen, damit der Torpedooffizier die Torpedos vom SESUB aus abfeuern konnte.

"Der Kontakt wird schwächer. Das Ziel geht durch die Schicht nach oben", sagte Sandberg.

"Gehen Sie auf eine Tiefe von 25 Metern", antwortete der Kapitän. "Wir bleiben direkt an ihr dran, falls sie wieder langsamer wird und versucht zu verschwinden."

Lindberg war sich nicht sicher, was er tun sollte, ausser sein Bestes mit dem Q-Plot zu geben, aber irgendetwas war seltsam an dieser Sache. Er war nicht so erfahren wie die meisten anderen Offiziere in der Kommandozentrale, aber es schien, als würde sich das Ziel nicht so verhalten, wie man es erwarten würde.

Wenn man z. B. im Wald auf einen feindlichen Soldaten trifft – dreht man ihm dann den Rücken zu und rennt weg, was es ihm leicht macht, einem in den Rücken zu schiessen?

Warum sollte man das tun? Warum wollte man so verzweifelt Abstand zwischen sich und seinem Feind bringen? Weil man weiss, dass man aus dem Weg sein muss. Aber aus dem Weg wovor?

Sandbergs Stimme holte ihn aus seinen Gedanken: "Alarm, Torpedo Peilung 134, Backbord 56, Torpedo geht nach links."

Lindberg beendete seinen Gedanken von vorhin. Das Ziel rannte weg, weil es unbedingt sicherstellen musste, dass sein Freund wusste, wer wer war. Es musste aus dem Weg gehen, falls das Führungskabel des Torpedos kaputt gehen würde.[3] Ohne nachzudenken, platzte Lindberg mit seiner Schlussfolgerung heraus. "Es sind zwei."

Sandberg warf ihm einen kurzen Blick zu, der Lindberg sagte, dass er nur das Offensichtliche gesagt hatte.

Der Kapitän antwortete mit überraschender Ruhe. "Rohr fünf abfeuern."

Der Torpedooffizier drückte auf die Sicherung seiner Konsole und verkündete: "Manöver begrenzen, Rohr fünf, Feuern in drei, zwei, eins, Feuer".

Die Begrenzung des Manövers beim Abfeuern des Torpedos war eine weitere

---

[3] Torpedos sind mit dem sie abfeuernden U-Boot mit einem dünnen, bis zu 20 km (!) langen Kabel (einer Art «Nabelschnur») verbunden und können damit nicht nur in ihrer Richtung, sondern auch hinsichtlich ihrer Geschwindigkeit gesteuert werden. Ein Torpedo wird meist nicht in direkter Richtung auf sein Ziel abgefeuert, sondern oft in einem grossen Bogen, um damit seine Abschussbasis zu verbergen. Auch ist es möglich, den Torpedo bis kurz vor seinem Ziel sog. «kriechen» zu lassen, was der Geräuschminimierung dient und damit auch eine rechtzeitige Entdeckung durch das Ziel (den Gegner) verhindert. Reisst dieses Führungskabel kann der Torpedo nicht mehr geführt werden und folgt nur noch einer zuvor eingegebenen Programmierung.

Vorsichtsmassnahme um das Risiko zu minimieren, dass das Führungskabel reisst. Nachdem der Torpedooffizier den Knopf gedrückt hatte, unterbrach der Kapitän und fuhr fort: "Schliessen Sie die Torpedotüren. Volle Kraft voraus, Ruder rechts." Der Steuermann reagierte und wendete das Boot vom ankommenden Torpedo ab.

"Halten Sie achtern einen Krachmacher bereit", befahl der Kapitän, "und halten Sie sich am Luftablass bereit."[4]

Sandberg fuhr fort: "Torpedo bewegt sich nach links. Backbord neunundfünfzig, Backbord fünfundsechzig, Backbord achtzig." Damit der Kapitän leichter feststellen konnte, wo sich der Torpedo befand, gab er die Position nicht an. Stattdessen gaben die Sonar-Operatoren an, auf welcher Seite sich der Torpedo befand und in welchem Winkel. Der Torpedo bewegte sich von selbst nach links, was nun durch die scharfe Drehung des schwedischen U-Boots noch verstärkt wurde.

Angesichts des Befehls des Kapitäns, die Torpedo-Luke zu schliessen, war das nicht unerwartet, aber der Torpedo-Offizier meldete es trotzdem: "Habe den Draht an Fisch fünf verloren. Er wird zur letzten bekannten Position

---

[4] «Krachmacher» und «Luftablass» bezwecken beide dasselbe: dem sie benutzenden U-Boot eine Art akustischen Schutzschild zu bieten. Ein Krachmacher ist eine Art mit Luft gefüllter Kanister, welcher vom U-Boot aus abgeschossen wird und dann im Wasser Millionen von Luftblasen schafft. Das Aufsteigen dieser Luftblasen verursacht im besten Fall eine grössere Lärmquelle als das U-Boot selbst und lenkt somit einen gegnerischen Torpedo vom eigenen U-Boot ab. Der Luftablass funktioniert auf dieselbe Weise, nur dem Unterschied, dass die Luftblasen aus fest installierten Röhren am U-Boot selber abgegeben werden.

weitergehen."

Da das Führungskabel für den Torpedo durchtrennt war, konnten sie die Waffe nicht mehr steuern und bekamen keine Informationen mehr von ihrem Suchkopf. Der Fisch war auf sich allein gestellt. Im besten Fall würden sie die Explosion hören. Wenn es keinen Treffer gab, würde der Torpedo nach einem Ziel suchen, bis ihm der Treibstoff ausging, und dann auf den Grund sinken.

"Backbord 115, Backbord 150, Backbord 165." Der ankommende Torpedo befand sich nun in ihrem Rücken und sie liefen mit zwanzig Knoten vor ihm weg. Die Frage war, ob der Abstand zwischen ihnen und dem Torpedo ausreichen würde oder ob er sie einholen würde, bevor ihm der Treibstoff ausging.

Der Kapitän hatte nicht vor, abzuwarten. In einer Tiefe von fünfundzwanzig Metern gab es noch genügend Wasser unter ihnen, mit dem sie spielen konnten, ganz zu schweigen von der Temperaturschicht in etwa dreissig bis fünfunddreissig Metern.

"Chef, starten Sie den Krachmacher, halten Sie sich für die Luftabgabe bereit."

Der Chefingenieur drückte einen Knopf auf seiner Konsole, um einen kleinen Kanister durch die hintere Auslasskammer des U-Boots auszustossen. Wenige Sekunden nach dem Ausstoss würden Millionen von Luftblasen im Wasser entstehen, die vom aktiven Suchsonar des Torpedos als Echo aufgefangen und die Geräusche des U-Boots vor allen passiven Sensoren verbergen würden, die im Einsatz waren.

"Okay, Ruder, neun-null Meter. Schnell."

Das Boot begann sofort nach vorne zu kippen. Der Steuermann brauchte keine zusätzliche Motivation, um die Ruder bis zum Anschlag durchzudrücken und so schnell wie möglich zu tauchen. *Sieh nur zu, dass du rechtzeitig hochkommst*, dachte Lindberg, während er seinen Sicherheitsgurt überprüfte.

Der Kapitän hatte seinen Blick auf den Tiefenmesser geheftet. "Luftablass in drei, zwei, eins, jetzt."

Der Ingenieur drehte an einem Ventil. Die Druckluft strömte durch kleine Röhren, die an der Aussenseite des Turms angebracht waren und liess Millionen von Luftblasen entstehen, die über der Schicht blieben und zur Oberfläche aufstiegen. Während sie das Wasser verwirbelten, tauchte das U-Boot tiefer, um zu verschwinden. Der Steuermann kommunizierte die aktuelle Tiefe, während das U-Boot abtauchte. "Drei-Null-Meter, Vier-Null-Meter, Fünf-Null-Meter."

"Alles stopp", befahl der Kapitän. Der Steuermann wiederholte den Befehl, aber die Anspannung in seiner Stimme war deutlich zu hören, als ihm klar wurde, dass er aus dem Sturzflug ohne Antrieb herauskommen müsste. Theoretisch klang das nicht nach einem grossen Problem, aber es würde einen geschickten Steuermann erfordern, um mit dem umzugehen, womit er es zu tun hatte.

Wenn das U-Boot wegen der fehlenden Antriebskraft langsamer wird, sind die Ruder für die Steuerung der Tiefe des U-Boots völlig nutzlos. Das einzige, was dann noch verbleibt, ist die Kontrolle der Wassermenge im Haupttank, ähnlich einem Taucher, der seine Tauchweste aufbläst oder entleert. Wenn ein U-Boot schon mit Hilfe von Rudern träge ist, ist das Ausbalancieren durch das Hinein- und

Herauspumpen von Wasser noch wesentlich schwieriger. Die Kontrolle über das Boot in einem solchen Fall zu verlieren und die vorgesehene Tiefe um zehn Meter zu verfehlen, wäre keine Seltenheit.

Der Steuermann begann, das U-Boot aus dem Tauchgang zu ziehen. "Acht-Null-Meter, Neun-Null-Meter."

Das war schrecklich. Sobald er die gemeldete Tiefe erreicht hat, sollte der Steuermann das Wort "ausgeglichen" hinzufügen, um zu melden, dass er das Boot auf der angeordneten Tiefe unter Kontrolle hat. Eine Sekunde später wurde es noch schlimmer.

"Sinken durch", sagte der Steuermann.

Der Kapitän eilte zu ihm hinüber und schaute ihm über die Schulter. "Wieviel?"

"Neun-vier Meter, neun-sieben Meter. Drehen, das Boot dreht sich. Tiefe unter dem Kiel vierzehn Meter."

Alle seufzten erleichtert auf, denn nun war es klar, dass sie keine Furche in den Meeresboden pflügen würden. Zumindest jetzt noch nicht. Gerade als Lindberg wieder zu atmen begann, erinnerte ihn Sandbergs Stimme an die ursprüngliche Drohung.

"Torpedo sendet aktiv, Backbord 175, Backbord 177, Steuerbord 179."

Lindbergs Sekunde der Erleichterung wurde durch panische Angst abgelöst, als er erkannte, dass der Torpedo sie immer noch verfolgte.

Kapitel 4 - U-Boot überfällig

Stockholm, 13. April, 20:30 Uhr

Löfgren nahm einen langen Schluck von seinem Drink. *Nicht schlecht*, dachte er, während er den Geschmack von Wacholder und Limette genoss. Ganz und gar nicht schlecht. Er schaute auf seine Uhr und stellte fest, dass sein Kollege zu spät kam. Wie in normalen Unternehmen war es auch bei den Geheimdiensten genauso üblich zu spät zu kommen, um zu zeigen, wer der Boss ist. *Meine Zeit ist wichtiger als deine Zeit, also kannst du hier sitzen und auf mich warten.* Löfgren hatte es selbst schon oft getan und war zu erfahren in diesem Spiel, um sich darüber aufzuregen. *Du kannst über dich denken, was du willst und dein Ego kann dir zustimmen*, dachte er. *In der Zwischenzeit habe ich vielleicht Zeit für ein Glas Wasser.* Ein Drink reichte aus, um die Themen zu besprechen, welche zweifellos auf der Tagesordnung dieses Treffens stehen würden.

Mit zwanzig Minuten Verspätung kam ein Mann auf Löfgren zu und fragte ihn höflich, ob er sich zu ihm setzen dürfe. Als der Mann sich setzte, spürte Löfgren, wie sein Puls auf ein ihm unangenehmes Niveau anstieg. *Vielleicht wäre ein zweiter Drink keine schlechte Idee gewesen*, dachte er, aber dafür war es jetzt zu spät.

Löfgren hielt sich zwar für einen erfahrenen Agenten, aber er war es nicht. Wohl hatte er die meiste Zeit seiner Laufbahn im militärischen Nachrichtendienst verbracht und war so ein sehr fähiger Nachrichtenoffizier geworden – aber kein aktiver Spion.

Der Mann lächelte ihn kurz an, bevor er sich umdrehte, um die Aufmerksamkeit der Kellnerin auf sich zu lenken. Trotz seiner mangelnden Erfahrung im Aussendienst hatte Löfgren einen scharfen Blick für Details und einen misstrauischen Verstand, der ihn begleitete. Der Mann war von durchschnittlicher Statur – fit, aber nicht übermässig muskulös, mit rasiertem Kopf und Dreitagebart.

Löfgren bemerkte, dass der Mann mit der Kellnerin ein ausgezeichnetes Schwedisch sprach, nur mit einer Andeutung eines Akzents, den er nicht zuordnen konnte. *Wenn man einen Akzent nicht zuordnen kann, ist er immer südafrikanisch.* Teilweise ein Witz, aber aufgrund seiner Erfahrung doch halbwegs wahr. Sein Herzschlag beruhigte sich ein wenig und er rutschte leicht auf seinem Stuhl hin und her, um es sich bequem zu machen, als der Mann seine Aufmerksamkeit wieder auf ihn richtete.

"Commander, ich hoffe, es geht Ihnen gut?"

"Ja, sehr gut, danke. Und Ihnen?"

"Sehr gut, danke", sagte der Mann, bevor er fortfuhr. "Ich vertraue auch darauf, dass Sie die notwendigen Informationen an die, sagen wir mal, richtigen Behörden weitergeleitet haben?"

"Ja, das Oberkommando und die Regierung drängen die Marine, die Fakten und Erklärungen zur Sichtung vorzulegen. Das Briefing findet morgen früh statt. Die Marine ist immer noch skeptisch, aber sie kann die Sichtungsberichte nicht ignorieren, die eingegangen sind. Die Gegend um Nynäshamn hat genug Einwohner, um die Sache möglicherweise noch ein paar Tage wach zu halten, denke ich."

Der Mann drehte sich um und nahm mit einem Lächeln sein Getränk von der Kellnerin entgegen, dann wandte er sich wieder an Löfgren. "Hübsches Mädchen – wie man es an einem Ort wie diesem in Schweden erwarten würde. Sogar blond."

Löfgren machte sich nicht viel aus der Bemerkung, ärgerte sich aber darüber, dass er die Kellnerin nicht hätte beschreiben können. Da er mit dem Gedanken an das bevorstehende Gespräch beschäftigt war, hatte er sich kaum im Raum umgesehen. *Ich habe zwar ein gutes Auge für Details, bin aber kein Multitasker* dachte er selbstkritisch für sich, während er seinen Ärger über diese Erkenntnis unterdrückte.

Der Blick des Mannes änderte sich und schien dabei in Löfgrens Gedanken einzudringen.

"Irgendwelche Probleme?"

Löfgren zögerte mit seiner endgültigen Entscheidung, was er weitergeben sollte.

"Nur eine Kleinigkeit, aber sie ist erledigt."

"Überlassen Sie es mir, zu entscheiden, was geringfügig ist und was nicht", sagte der Mann barsch. "Was ist passiert?"

"Wie erwartet, stammen die meisten Sichtungen von Menschen, die sich an Land in der Gegend von Nynäshamn aufhielten. Sie waren nah genug dran, um zu sehen, dass es sich um ein U-Boot handelte, ohne aber Details erkennen zu können. Ein Fischer war gerade mit seinem Boot auf dem Weg zum Hafen. Das

U-Boot muss ihn vor dem Auftauchen übersehen haben. Er sah sich das Profil genau an und schickte uns eine Skizze davon."

"Das nennen Sie ein kleines Problem?"

"Nun, leider wurden einige Leute auf die Skizze aufmerksam. Wir konnten sie nicht verschwinden lassen, denn das hätte Verdacht erregen können. Aber glauben Sie mir, die Zeichnung ist belanglos genug, um keine Probleme zu verursachen."

"Und wer sonst noch hat die Zeichnung im Detail sehen können?"

"Das ist ein Niemand, eine Verwaltungsangestellte, die Akten sortiert und Briefings vorbereitet. Frau Falk ist der eigentliche Nachrichtendienst völlig egal. Sie kocht Kaffee und bereitet Unterlagen vor."

"Sie sind sich also sicher, dass keine Gefahr der Identifizierung besteht? Sie wissen, dass das Gelingen dieser ganzen Aktion davon abhängt?" Es klang wie eine Frage, war aber in Wirklichkeit eine strenge Ermahnung an Löfgren, die Sache nicht zu vermasseln.

"Positiv, es gibt keine Sichtungsmeldung, die mehr Details enthält, als dass es sich um ein U-Boot handelt. Runder Rumpf in der Nähe der Wasserlinie, Kommandoturm. Das ist alles. Und Sie müssen mich nicht daran erinnern, dass das entscheidend ist. Sie sind einer derjenigen, die grünes Licht für diese Operation gegeben haben."

Du hast ja Nerven, dachte er, *ein Risiko einzugehen und es dann auf mich abzuwälzen.*

Der Mann ihm gegenüber nippte lässig an seinem Drink und sah sich im Raum um. Dann leerte er das Glas plötzlich in einem Zug aus und stand auf.

"War mir ein Vergnügen, Commander. Wir sehen uns in Kürze." Der Mann machte auf dem Absatz kehrt, lächelte der Kellnerin zu und verliess die Bar.

* * *

Stockholm, 14. April, 10:00 Uhr

Klas Nylund sass an der hintersten Ecke des Tisches und hatte seinen Stuhl schräg gestellt, um den anderen zugewandt zu sein. *Die Anderen* bestanden aus dem schwedischen Oberkommando, d.h. seine Kollegen von der Luftwaffe und vom Heer sowie dem Oberbefehlshaber selbst, General Fredrik Rosenfeldt. Ihre Adjutanten und zwei Vertreter des Verteidigungsministeriums waren ebenfalls anwesend.

Dieser Mistkerl Löfgren muss die Situation ganz schön aufgebauscht haben, damit diese beiden Clowns hier auftauchen. Es war nicht üblich, dass Zivilisten aus dem Ministerium regelmässig an solchen Anhörungen teilnahmen.

General Rosenfeldt, der aus dem Panzerkorps der Armee stammte, musterte den Raum, bevor er in Nylunds Richtung blickte und ihm ein Zeichen gab, anzufangen.

"Also, was haben Sie für uns, Klassi?" sagte er und benutzte damit den Rufnamen von Nylunds Vornamen.

Nylund ging einige der Papiere durch, die er vor sich liegen hatte. Das Oberkommando war früher eine gut funktionierende Führungsgruppe, wie jede andere Führungsgruppe in einem zivilen Unternehmen. Eine Gruppe von Menschen, die zusammen auf ein gemeinsames Ziel hinarbeiteten. Das alles änderte sich, als

45

U-137 in Karlskrona auf den Felsen aufschlug. Die Lage verschlechterte sich schnell. Nylund wurde als Navy Chief dafür verantwortlich gemacht, dass die Marine nicht schnell genug reagierte und auf der anderen Seite wurde ihm vorgeworfen, er habe die Bedrohung durch die Marine übertrieben, um mehr Mittel aus dem Verteidigungshaushalt zu erhalten. Seitdem war er es leid, Phantom-Periskopen hinterherzujagen, während der Chef des Heeres, der mit all dem nie etwas zu tun hatte, herumsass und Kommentare darüber abgab, was andere taten. Je kürzer diese Sitzungen waren, desto besser.

Er ordnete seine Unterlagen und begann mit seinen Ausführungen.

"Meine Herren, wie in der gestrigen Besprechungsnotiz erwähnt sind wir hier, um einige Fakten über die mögliche Sichtung eines U-Boots im Danziger Gatt durchzugehen."

"Möglich?", unterbrach der Armeechef. "Soweit ich aus dem Dokument ersehen kann, haben es mehrere Leute gesichtet, darunter einer, der es sogar skizziert hat. Wo ist übrigens die Skizze?"

"Lassen Sie es mich anders ausdrücken", antwortete Nylund ungehalten. "Die eindeutige Sichtung von etwas, das möglicherweise ein U-Boot sein könnte. Ist das präzise genug für Sie, General?" Er richtete seine Fragen direkt an den Chef der Armee.

Ohne auf eine Antwort zu warten, fuhr er fort. "Im Moment gibt es neun Personen, die berichtet haben, dass sie etwas gesehen haben, von dem sie annehmen, dass es ein U-Boot sein könnte. Die meisten dieser Beobachtungen sind aus grosser Entfernung und scheinbar von hinten. Sie enthalten keine Details; tatsächlich können die Beobachter nicht sagen, warum es sich um ein U-Boot handeln sollte; nur, dass es für sie zu dem Zeitpunkt wie ein U-Boot aussah."

"Und unsere U-Boote sind alle da?", unterbrach der Armeechef erneut.

Nylund ignorierte ihn. Er würde diese Frage beantworten müssen, aber jetzt noch nicht. "Die Sichtung fand am 11. April morgens statt. Die eingehenden Berichte geben Zeiten zwischen 09:45 und 09:53 Uhr an, also innerhalb von acht Minuten. Sie haben das Objekt nur ein paar Minuten lang gesehen und ich darf Sie daran erinnern, dass am 11. April Wetterbedingungen herrschten, die eine gute visuelle Beobachtung erschwerten."

Anders Didriksson, der Chef der schwedischen Luftwaffe, räusperte sich vorsichtig. Er war ein ruhiger und nachdenklicher Mann, ganz anders als sein Pendant der Armee. Didriksson würde nie unterbrechen, aber jetzt, da er eine Pause in das Gespräch gebracht hatte, sprach er langsam, wie die meisten Menschen aus dem hohen Norden Schwedens.

"Für mich stellt sich hier nur eine Frage. Ich weiss, ich bin ein Laie was die Seekriegsführung angeht, aber warum sollte ein U-Boot an der Oberfläche fahren?"

Das war die Gelegenheit, auf die Nylund gewartet hatte. Mit ein bisschen Glück konnte er die Sache hier beenden, ohne überhaupt zur Skizze zu kommen.

"Genau das würde es eben nicht. Ein U-Boot ist an der Oberfläche verletzlich und unbeholfen. Ein schweres mechanisches Problem könnte ein U-Boot an die Oberfläche zwingen, aber ein solches Problem wäre so gravierend, dass es länger als nur ein paar Minuten dort oben verbleiben müsste."

"Und unsere U-Boote?", fuhr der Chef der Armee fort. "Die grösste Wahrscheinlichkeit für die Sichtung eines U-Bootes wäre doch sicher, dass es eines von uns ist?"

So gern Nylund die Sache auf sich beruhen lassen wollte, er hatte keine andere Wahl, als diese direkte Frage zu beantworten. Die Positionen der eigenen U-Boot-Flotte nicht überprüft zu haben, wäre höchst fahrlässig gewesen.

"In diesem Gebiet waren keine schwedischen U-Boote im Einsatz. Das nächstgelegene, das wir haben, operierte mindestens zehn bis fünfzehn Seemeilen südlich von Landsort. Nirgendwo in der Nähe vom Danziger Gatt. Es meldete sich auch an diesem Tag wie üblich um 12:00 Uhr und befand sich in seinem zugewiesenen Einsatzgebiet."

Ich muss dieses verdammte Treffen beenden, dachte Nylund.

"Zusammenfassend, meine Herren, haben wir ein paar Leute, die bei schlechter Sicht etwas gesehen haben wollen, von dem sie vermuten, dass es ein U-Boot hätte sein können. Aber sie können es nicht mit Sicherheit sagen. Hinzu kommt, dass ein U-Boot in fremden Gewässern niemals auftauchen würde, es sei denn, es gäbe ein kritisches mechanisches Problem. In diesem Fall müsste es aber wahrscheinlich für längere Zeit an der Oberfläche bleiben. Wir haben das Gebiet abgesucht und nichts gefunden. Wir halten die Wahrscheinlichkeit, dass es sich um eine echte Sichtung handelt, für äusserst gering."

Nylund wandte sich an den Oberbefehlshaber in der Erwartung, dass dieser die Besprechung beenden würde. General Rosenfeldt bewegte sich etwas unbehaglich in seinem Stuhl und wollte gerade etwas sagen, als einer der Beobachter des Verteidigungsministeriums Nylunds Pläne zunichte machte.

"Und die Skizze?", fragte er, "wenn jemand gut genug hinsehen konnte, um sogar eine Skizze anzufertigen, würde ich annehmen, dass es klar ist, was es ist?"

Nylund machte eine abweisende Geste. "Eine Kiste auf einer grösseren Kiste, gezeichnet auf einer Serviette von einem Fischer, der das Ganze durch den Dunst sah."

Rosenfeldt schloss die Diskussion schliesslich ab: "Okay, lassen wir es dabei bewenden. Es ist höchst unwahrscheinlich, dass es sich um etwas Ernstes handelt. Aber, Nylund: ich möchte die Skizze sehen und ich möchte, dass Sie sich bei demjenigen unserer U-Boote melden, das am nächsten dran war, um sicherzustellen, dass sie nichts Ungewöhnliches gesehen haben."

"Sofort", sagte Nylund beruhigend, als er aufstand. *Das war's*, dachte er. Weitere Nachforschungen waren nicht nötig. Eine nichtssagende Skizze zu erstellen und sich bei dem U-Boot zu melden, das dem Geschehen am nächsten war, würde weder kompliziert noch zeitaufwendig sein. Es war jedoch an der Zeit, sich mit dieser Geheimdienstratte zu befassen, die ihn heute zum Auftauchen gezwungen hatte.

* * *

Stockholm, 14. April, 12:45 Uhr

Nylund stieg in sein Auto und bat den Fahrer, ihn nach Hause zu bringen. Die Aussicht von seinem Haus am Stortorpsvägen und ein Glas Wein zum Mittagessen würden ihm helfen, die Gedanken zu ordnen, die in seinem Kopf herumschwirrten.

Er hatte Löfgren nie gemocht und das Gefühl beruhte offensichtlich auf Gegenseitigkeit. Löfgren war jünger als er und betrachtete Nylund wahrscheinlich als Altlast aus vergangenen Zeiten. Er wiederum hielt Löfgren für einen karrieregeilen Bürohengst, der zwar eine Marineuniform trug, aber auf See unbrauchbar war.

Löfgren hatte schon früher ähnliche Intrigen gesponnen um die Leute schlecht aussehen zu lassen, bevor er dann mit seiner Intelligenz auftrat und so tat, als sei er der Kompetenteste aller Offiziere. Auf der Ebene der Kommandanten waren es allerdings nur Kleinigkeiten gewesen. Niemals zuvor hatte er Nylund selbst gegen seinen Willen vor das Oberkommando gestellt und derart vorgeführt wie jetzt.

Er stieg aus seinem Auto und bat den Gefreiten am Steuer, ihn um 14:30 Uhr zur nächsten Sitzung abzuholen. Nylund ging schnell hinein und schloss die Tür hinter sich ab.

Das Haus wirkte leer, als wäre es in ein feuchtes Tuch gehüllt gewesen, seit Christina beschlossen hatte, dass sie nicht mehr zusammen sein sollten. Der Marinedienst und die längeren Abwesenheiten von zu Hause waren manchmal eine Belastung ihrer Beziehung gewesen, aber erst später, als er bereits Vize-

50

admiral war und einen Schreibtischjob hatte, entschied sie sich dazu, ihn zu verlassen.

Er ahnte, dass die Dinge in den letzten ein oder zwei Jahren nicht gut liefen, aber die abrupte Entscheidung war trotzdem ein Schock für ihn. Christina kündigte ihm an, dass sie ausziehen würde. Nur ein paar Tage später zog sie tatsächlich aus und kam nie wieder zurück. Fünfunddreissig Jahre waren sie verheiratet und Christina ging einfach so zur Tür hinaus, geradewegs und ohne auch nur einen einzigen Blick zurück.

Er hatte seit ein paar Monaten nicht mehr mit ihr gesprochen, aber als sie sich das letzte Mal trafen, schien es ihr gut zu gehen, denn sie waren wegen des Besuchs ihrer Tochter in Schweden zusammengekommen. Cecilia lebte jetzt in London und arbeitete bei irgendeiner Bank, was ihm schrecklich vorkam. Handel mit festverzinslichen Wertpapieren. Kauf oder Verkauf von irgendetwas, wie sie es nannte. Seiner Meinung nach machte sie eigentlich gar nichts. Das konnte aber nicht stimmen, denn sie verdiente damit mindestens so viel Geld wie er. Vielleicht würde eine der Frauen seiner Familie eines Tages zur Vernunft kommen und zurückkehren.

Er schob den Gedanken an das leere Haus beiseite und schenkte sich ein Glas roten Bordeaux ein. Eine kleine Dosis Alkohol würde ihm beim Nachdenken helfen. Er schaute auf die Uhr: 12:45 – möglicherweise ein bisschen früh für Wein. Er ging in sein Arbeitszimmer und schaute aus dem Fenster aufs Wasser. Es war nicht das Meer, aber Wasser war Wasser und es beruhigte ihn immer, wenn er es sah. Als er wieder über Löfgren nachdachte, kam ihm das alles ein bisschen übertrieben vor, selbst für Löfgrens Verhältnisse.

Die Geheimdienstler hielten sich immer für einzigartig, aber unter normalen Umständen hätten sie es nicht mit dem Chef der Marine aufnehmen können. Nun war Löfgren keine normale Geheimdienstratte, da er bereits eine Beziehung zum Oberbefehlshaber unterhielt. Er war aber immer noch beim Nachrichtendienst und nicht beim operativen Arm der Streitkräfte. Sollte sich Nylund als inkompetent erweisen und abgelöst werden, wäre Löfgren wohl kaum in der Lage, diese Aufgabe zu übernehmen. Würde er jemand anderem dabei helfen, den Job zu bekommen? Ein paar Leute, die er kannte, wären an der Stelle interessiert, aber er hatte jahrzehntelang mit diesen Männern zusammengearbeitet und er glaubte, dass keiner von ihnen auf diese Weise versuchen würde, an seine Stelle zu kommen.

Könnte es einen anderen Grund für all das geben? War es überhaupt möglich, dass Löfgren etwas wusste, was Nylund selbst nicht wusste? Etwas, das die Geschichte bedeutsamer machte, als sie vordergründig zu sein schien? Er nahm einen Schluck Wein und schaute wieder aus dem Fenster. Ein fremdes U-Boot, das an der Oberfläche operierte, war bemerkenswert. Das musste er zugeben. Die ganze Sache gab ihm ein merkwürdiges Gefühl; ihm wurde fast schlecht im Magen. Wenn da mehr dahinter stecken sollte, musste er es unbedingt wissen. Er stellte sein Weinglas ab und ging zu seinem Schreibtisch hinüber. Irgendwo dort befand sich eine Liste mit den Daten von Leuten, deren Dienste er schon einmal in Anspruch genommen hatte. Er durchsuchte seinen Schreibtisch eine Minute lang, bevor er fand, was er suchte. Richtig, hier war ihr Name: Frida Wikström. Ehemalige Polizeiermittlerin, heute selbständig.

Das Telefon auf seinem Schreibtisch klingelte.

"Ja, Admiral Nylund am Apparat."

"Admiral, hier spricht der Wachkommandant der ersten U-Boot-Division, Berga. Ich habe erfahren, dass Sie zu Hause sind."

"Ja. Worum geht es, Commander?"

"Admiral, eines unserer Boote ist verschwunden."

Kapitel 5 – U-Boot vermisst?

Marinestützpunkt Berga, 14. April, 13:37 Uhr

Was ist hier los? Wo ist der Wachkommandant?" rief Nylund, als er durch die Tür der ersten U-Boot-Abteilung im Marinestützpunkt Berga stürmte.

"Hier bin ich", antwortete ein kleiner, schmächtiger Mann. "Kapitän Rolf Eriksson, Admiral."

"Also spuck's aus, Mann! Was ist hier los?"

"Sie hat ihr Zeitfenster verpasst, Admiral. Wir haben das Protokoll für ein *überfälliges U-Boot* ausgeführt, und ..." Eriksson hielt inne und schaute auf seine Uhr. "Wir sind dreiundzwanzig Minuten davor, das U-Boot für vermisst zu erklären."

Nylund fluchte laut, als er den Kapitän in einen der Besprechungsräume winkte. "Wir müssen sie finden, JETZT! Hier drin, HIER DRIN. Geben Sie mir einen Überblick über das, was wir wissen. Und holen Sie auch die Bergungscrew hierher."

Als er durch die Tür stürmte, fand er das Bergungsteam bereits vor. Sie standen in einer Ecke und beugten sich über eine Karte des Gebiets, in dem das U-Boot zuletzt gemeldet worden war.

"Rühren Sie sich", rief Nylund, noch bevor jemand sich irgendwie bemerkbar machen konnte. "Setzt euch alle hin. Eriksson, Sie müssen uns alle auf den neuesten Stand bringen, was hier vor sich geht. Und wo ist eigentlich der Kommandeur der ersten Division? Wo ist Melker?"

"Er ist auf dem Weg hierher, Admiral. Ich schätze, dass er in etwa fünfzehn Minuten hier eintreffen wird."

"Wir haben keine fünfzehn Minuten Zeit, Eriksson, jetzt!"

Kapitän Eriksson war bereits angespannt und die Anwesenheit eines wütenden Admirals machte die Situation nicht besser. Er nahm sich einen Moment Zeit, um seine Gedanken zu sammeln und begann dann mit seinem Briefing.

"Admiral, die letzte verifizierte Position ist die von gestern, dem 13. um 12:00 Uhr. Zu diesem Zeitpunkt meldeten sie ihre Position vorschriftsgemäss. Der Bericht gab die Position mit N 58°32'10" E 18°04'22", Kurs 350, Geschwindigkeit 6 Knoten an. Wie Sie auf dieser Karte sehen können, liegt dies genau an der Grenze ihres Einsatzgebietes. Der Grund dafür ist, dass sie den Befehl hatten, von einem Gebiet in ein anderes zu wechseln. Der Befehl wurde später annulliert und sie waren wieder auf dem Weg zurück in ihr ursprüngliches Gebiet."

"Warum wurde der Befehl aufgehoben? Oder, warten Sie: warum gab es überhaupt einen Befehl, die Gebiete zu wechseln? Ich habe keinen geplanten Befehl für einen solchen Abtausch gesehen."

Eriksson zögerte. "Ich weiss es nicht, Admiral. In ihren ursprünglichen Befehlen gibt es keinen solchen Wechsel und ich hatte noch keine Zeit, die diesbezüglichen Einzelheiten abzuklären. Wir versuchen herauszufinden, wo sie jetzt sind."

"Ja, ja, das verstehe ich, aber ein solches Hin und Her ist in meinen vierzig Jahren bei der Marine noch nie einem unserer Boote passiert. Sobald der Divisionskommandeur hier ist, werden Sie es zu wissen haben – und das ist heute." Nylund holte tief Luft und gab Eriksson ein Zeichen, weiterzumachen.

"Admiral, wir wissen nicht mehr als das. Bis heute um 12:00 Uhr gab es keine Anzeichen dafür, dass irgendetwas nicht in Ordnung wäre. Sie hatten heute Mittag ihr Meldefenster und als sie es verpassten, haben wir das Protokoll ausgeführt und begonnen, auf der niedrigen Frequenz zu senden. Wenn sie sich unterhalb von fünfzig oder sechzig Metern befinden, werden sie es allerdings nicht empfangen können."

"Ich weiss. Was noch?"

"Wir senden seit mehr als einer Stunde, ohne eine Antwort zu erhalten. Ein Raketenkreuzer, die *HMS Halmstad*, ist in der Nähe. Wir haben ihn in das Gebiet umgeleitet, aber sie haben keine Möglichkeit, unter Wasser zu suchen. Sie können nur an der Oberfläche nach allfälligen Spuren suchen."

"Was haben Sie dem Kreuzer gesagt?"

"Nichts, wir haben ihnen nur einen neuen Kurs und eine Position angegeben, zu der sie fahren und auf weitere Anweisungen warten sollen. Sie laufen mit voller Kraft voraus, aber es wird noch gut anderthalb Stunden dauern, bis sie am Ziel sind."

"Gut. Wer weiss noch davon?"

"Die Leute in diesem Raum sowie zwei Funker, der Signaloffizier der Division und der Divisionskommandeur. Das war's."

"Gut. Und dabei bleibt es auch." Nylund spürte, wie sein Herz bis in den Kopf pochte und seine Gedanken begannen wild zu kreisen. Ein U-Boot wird gesichtet, Löfgren besteht darauf, dass dies dem Oberkommando gemeldet werden muss, worauf kurze Zeit später eines ihrer eigenen U-Boote in der Gegend vermisst wird. Was für ein verdammtes Chaos! Er brauchte Zeit, um darüber nachzudenken. Was war es, das Löfgren wusste, er selbst aber nicht?

"Admiral."

Jemand berührte seine Schulter. Es war der Leiter des U-Boot-Bergungsteams, ein kräftiger junger Leutnant.

"Bei allem Respekt, Admiral. Wenn sie auf Grund liegt und in schlechtem Zustand ist, haben wir keine Zeit zu verlieren. Wir brauchen den Befehl, die gesamte Marine an Bord zu holen, Admiral; wir müssen das *URF* an Bord holen und die *'Belos'* in Richtung ihres letzten bekannten Aufenthaltsortes lenken. Meine Männer und ich können hier bleiben und an der Planung arbeiten und mit dem Hubschrauber auf die *'Belos'* übersetzen, wenn es so weit ist."

Die *'Belos'* war das grösste Bergungsschiff der Marine, das üblicherweise für Taucheinsätze verwendet wurde und für genau solche Fälle konzipiert und ausgerüstet war. Sie war das Mutterschiff des *URF* (Unterwasser-Rettungs-Fahrzeug), das im Wesentlichen ein kleines U-Boot war, das speziell für die Rettung von U-Booten gebaut wurde. Das *URF* konnte an alle schwedischen und die meisten NATO-U-Boote andocken, deren Besatzung aufnehmen und ihr gegebenenfalls den Druckausgleich gewährleisten, sowie sie an die Oberfläche bringen, wo sie in die Hauptdruckkammer an Bord der *'Belos'* gebracht wurde.

Die U-Boot-Besatzungen übten dies viele Male im Jahr. Wenn das U-Boot aufrecht stand und eine der Decksluken unbeschädigt war, war die Erfolgsquote sehr hoch.

"Kein Wort davon verlässt diesen Raum, bis wir wissen, was los ist."

Dem Bergungsleutnant fiel die Kinnlade herunter, während er den Admiral fassungslos ansah. "Aber, Admiral..."

"Kein Aber. Kein einziges Wort verlässt diesen Raum." Nylund warf dem Leutnant einen strengen Blick zu und sprach in einem Ton, der keinen Widerspruch duldete. Das war alles nur Fassade, denn innerlich fühlte er sich, als stünde er kurz vor einem Nervenzusammenbruch. *Ich habe die Sichtung gegenüber dem Oberkommando nur marginalisiert. Wenn ich Alarm schlage, wird die ganze Welt innerhalb einer Stunde davon erfahren. Die Sichtung, Löfgrens Verhalten – und jetzt das. Es gibt da etwas, das ich noch nicht weiss.*

Der Kommandant der ersten U-Boot-Division platzte in den Raum und einer der Funker der Division folgte direkt hinter ihm. Das Gesicht des Kommandanten war kreidebleich. Er blieb abrupt stehen und schrie fast, als er von einem Klemmbrett ablas.

"Von der *M/S Taurus*, registriert in Valetta. Position N 58°27'05" E 18°01'07". Kurs 012, Geschwindigkeit 14 Knoten. Grosse Unterwasserexplosion um 13:55 Uhr, Peilung 325. Es ist von gestern."

"Das ist nicht weit von der Stelle entfernt, an der unser Boot gestern angelegt hat", sagte Rolf Eriksson mit leiser Stimme.

Melker Nilsson stützte sich auf einen Stuhl und beugte sich vornüber; es war klar, dass er gesprintet war, um hierher zu kommen. Ein paar Sekunden später richtete er sich wieder auf. Er sah nicht besser aus, aber wenigstens stand er aufrecht.

"Bleiben Sie alle hier drin", befahl Nylund und eilte zur Tür hinaus, ohne die verwunderten Blicke zu beachten, die ihm beim Verlassen des Raumes folgten. Er ging die Treppe hinauf in das Büro des Divisionskommandeurs, schlug die Tür zu und setzte sich an den Schreibtisch. *Was zum Teufel ist hier los?* Er tastete in seiner Tasche herum und fand den Zettel, den er zu Hause gefunden hatte.

Er musste ein paar Anrufe tätigen. Schnell. Er schaute auf seine Uhr: Noch vierzehn Minuten bis das Damoklesschwert des Protokolls niedersauste und das U-Boot offiziell als *vermisst* eingestuft würde. Eine solche Einstufung erfolgt gemäss Protokoll neunzig Minuten nach der überfälligen Positionsmeldung des U-Boots. Rolf Eriksson war als Befehlshaber der Wache eigentlich auch ohne Nylunds Zustimmung ermächtigt Alarm zu schlagen, die Nachricht an alle Marineeinheiten des Landes weiterzugeben und sie in das Gebiet zu entsenden. Nylund hoffte, dass er sich im Raum klar genug ausgedrückt hatte, dass niemand vor seiner Rückkehr etwas unternehmen würden. *Ich hoffe, der Bergungsleutnant kann sich beherrschen,* dachte er. Dieses kleine Monster könnte sie alle in Stücke reissen, wenn es wollte.

Wenn er den Alarm auslöste, erführe die ganze Welt davon und er verlöre die Kontrolle über die Situation völlig. Das Oberkommando, die Regierung und die ausländische Presse würden ihn bei lebendigem Leibe grillen. Er wäre damit beschäftigt, das Problem zu erklären, anstatt zu versuchen, es zu lösen. Andererseits wäre das Ergebnis dasselbe, wenn herauskäme, dass er Bescheid wusste und die Sache nicht an die grosse Glocke gehängt hatte. *Ich brauche mehr Zeit,* dachte er. *Ich muss mir etwas einfallen lassen, um die Sache noch ein wenig hinauszuzögern. Ich muss wissen, was los ist, bevor die ganze Welt über mich herfällt.*

Er wählte die Nummer auf dem Zettel. Es klingelte dreimal, bevor eine Stimme auf der anderen Seite antwortete.

"Frida am Apparat."

"Hier ist Admiral Klas Nylund. Ich brauche Ihre Hilfe. Heute noch. Ich rufe Sie heute Abend nochmals an. Wir müssen uns treffen." Er unterbrach den Anruf mit dem Zeigefinger, bevor die andere Seite überhaupt antwortete. Sie war Profi. Sie würde es verstehen.

Er hob den Zeigefinger erneut und bekam das Freizeichen. Er wählte die Null für die Telefonzentrale der Marine. "Kommandant Löfgren", rief er der Telefonistin zu. Die Leitung war nur eine Sekunde lang tot.

"Kommandant Löfgren."

"Was verdammt nochmal ist hier los?", rief Nylund.

Die andere Seite blieb still. Löfgren versuchte herauszufinden, wer das sein könnte und worum es ging.

"Nylund?"

"Ja, Nylund. Und die Zeit für Spielchen ist vorbei. Wir haben ein verdammtes U-Boot, das südlich des Sichtungsgebietes vermisst wird. Sagen Sie mir lieber, was zum Teufel hier los ist – und zwar sofort, Commander!"

"Was meinen Sie mit *'vermisst'*?"

Nylund starrte wütend auf das Telefon: "Wie schwer ist das zu verstehen? Es wird vermisst, weil es nicht rechtzeitig gemeldet wurde. VERMISST! Wir müssen in vier Minuten die Vermisstenmeldung für das U-Boot herausgeben, es sei denn, Sie können mir einen guten Grund nennen, der dagegen spricht. Und das gerade einmal zwei Tage nach der Sichtung, von der Sie so sehr wollten, dass sie an das Oberkommando weitergeleitet wird. Also: Was ist los? Was wissen Sie?"

Löfgren war völlig überrumpelt und wusste nicht, was er sagen sollte. War der Besucher auf ein patrouillierendes schwedisches U-Boot gestossen? Sicherlich hätte *der Plan* das berücksichtigt und dafür gesorgt, dass das nicht passierte. Kein Blutvergiessen. Das war *der Plan.*

Löfgren spürte, wie ihm ein Schauer über den Rücken lief, als er versuchte, eine plausible Antwort zu finden. Auf dem U-Boot befanden sich dreissig Männer. Nach einer weiteren Sekunde hatte er sich wieder gefangen und beschloss, dass Angriff die beste Verteidigung sei.

"Ich hatte Berichte über ein U-Boot. Berichte, welche die Marine übrigens ignoriert hat. Ich habe eine Besprechung mit Ihnen und Ihrem kleinen Kindergarten von Kommandanten einberufen und Ihnen die Fakten mitgeteilt. Wenn Sie sich entschieden haben, dagegen nichts zu unternehmen, ist das Ihre Sache." *Das sollte den alten Bastard lehren, den Mund zu halten.*

Nylund hatte eine andere Idee.

"Hören Sie mir zu, Commander. Sie wissen mehr, als Sie uns gesagt haben und Sie werden mir sagen, was es ist. Ich werde jetzt nach unten gehen und meinen Leuten sagen, dass sie mit der Auslösung des Alarms warten sollen, weil eine vertrauliche Nachrichten-dienstoperation wahrscheinlich eine Verzöge-rung verursacht hat. Jemand wird Sie vermut-lich irgendwann danach fragen und Sie werden das bestätigen."

"Aber es gibt keine Unterlagen für irgend-eine Form von..."

"Also, dann finden Sie diese! Wir beide werden uns später unterhalten."

Nylund knallte den Hörer auf die Gabel, stand auf und schnaubte wütend wie ein altes Nilpferd. Er blieb ein paar Sekunden lang stehen, sammelte sich und öffnete dann die Tür, um wieder nach unten zu gehen.

Der Stimmung im Raum war am Siede-punkt, als er wieder hereinkam. Das fehlende U-Boot hätte sich bereits spätestens vor einer Minute wieder melden müssen. Die gesamte Bergungsmannschaft war in Aufruhr, weil sie ihre Arbeit nicht machen durften. Der Divisionskommandeur sass da und sah noch schlechter aus als zuvor, während Eriksson versuchte, alle zu beruhigen.

Als er die Tür zuschlug, erstarrten alle und sahen ihn an. Er machte ein paar Schritte in den Raum hinein und stellte sich aufrecht in die Mitte aller. *Jetzt ist es soweit, Klassi*, dachte er bei sich. *Du musst dich jetzt zusammen-reis-sen*. Der Leutnant des Bergungsteams bebte vor Wut und für einen kurzen Augenblick durch-fuhr Nylunds Körper ein Anflug von Angst.

"Meine Herren", sagte er mit seiner

ruhigen Stimme, "ich habe mit dem militärischen Nachrichtendienst gesprochen. Unser Schiff hat einige vertrauliche Tests durchgeführt, die sich auf unsere Fähigkeit beziehen, in verminten Gewässern zu navigieren. Es ist sehr bedauerlich, dass der Bericht so spät kommt. Aus Sicht des Nachrichtendienstes war dies jedoch angesichts der Art ihres Auftrags nicht unerwartet."

Alle Anwesenden sahen ihn zweifelnd an, aber niemand sagte etwas. Nylund fuhr fort. "Ich bin wirklich besorgt darüber, aber wir werden aufgrund der aussergewöhnlichen Umstände eine umfassende Suchaktion auf morgen früh verschieben. Das ist alles, meine Herren. Melden Sie sich auf Ihren regulären Stationen zurück."

Ohne jemandem ins Gesicht zu sehen, machte Nylund auf dem Absatz kehrt und ging ruhig zur Tür hinaus. Er hoffte, man würde ihm nicht ansehen, wie weich seine Knie waren und ihn kaum noch trugen.

* * *

Stockholm, 14. April, 14:20 Uhr
Löfgren hielt das Telefon so fest, dass seine Knöchel weiss wurden. Er wusste, dass dies ein Verstoss gegen die Vorschriften war, aber er musste wissen, wovon Nylund sprach. Seit dem Verlust der *HMS Ulven* vor fast vierzig Jahren war in Schweden kein U-Boot mehr als vermisst gemeldet worden. Die *Ulven* war an einer umfangreichen Übung an der Westküste Schwedens beteiligt. Damals galten dieselben Protokolle wie heute. Als niemand in der Lage war, mit *Ulven* Kontakt aufzunehmen, hatte

man mit der Übertragung auf den Nieder-
frequenz-U-Boot-Kommunikationskanälen begonnen, die jedoch zu keinem Ergebnis führten.
Genau wie jetzt.

Die Ulven war auf eine deutsche Mine
aufgelaufen und wahrscheinlich sofort mit allen
Mann gesunken. Aber es war Krieg und auch
wenn Schweden nicht aktiv am Krieg beteiligt
war, gab es in den Gewässern, in denen die
Ulven ihren letzten Tauchgang gemacht hatte,
eine Menge Seekriegsaktivitäten.

Löfgren schüttelte angewidert den Kopf.
Auch in diesen Tagen herrschte Krieg. *Das sollten wir nicht vergessen,* dachte er. Ein anderer
Feind und ein ganz anderer Krieg, aber Schweden war zeitweise in seiner militärischen Stärke
geschwächt und verhielt sich in der Weltpolitik
inakzeptabel.

Die Wahlen würden noch in diesem Jahr
anstehen und da die Sozialdemokraten wahrscheinlich wieder an die Macht kämen, würde
sich die Lage nicht so bald bessern. Im Gegenteil, Schweden würde sich wahrscheinlich noch
mehr mit dem Osten anfreunden und weitere
Haushaltskürzungen bei seinem Militär vor-
nehmen. Das Ereignis *U-137* hatte zwar nur
eine kleine Lücke in die Haushaltskasse gerissen, aber es war zu befürchten, dass dieser
Trend sich fortsetzen würde. Diese Verschlech-
terungen mussten ein Ende haben.

"Wachkommandant Eriksson, erste
U-Boot-Division."

"Rolf, ich bin's, Ola. Wie geht es Ihnen?"

"Wie soll es mir wohl gehen? Das wissen
Sie doch schon, oder? Eines unserer Boote ist
verschwunden und wir tun nichts dagegen.
Befehl des Admirals."

Nylund hatte ihn also nicht getäuscht. Das U-Boot war verschwunden und Nylund hatte den Befehl zurückgehalten, das U-Boot offiziell als vermisst zu melden. Er rutschte in seinem Sitz hin und her, um es sich bequem zu machen, aber es gelang ihm nicht. *Kein Blutvergiessen*, dachte er. Es sollte kein Blut-vergiessen geben. Nylund wusste, dass Löfgren hinter der Anhörung mit dem Oberkommando und dem Verteidigungsministerium steckte. Jetzt war eines ihrer U-Boote auf See in einem Gebiet nicht weit von der Sichtung entfernt verloren gegangen.

"Ja, ich weiss. Die Situation ist ein bisschen kompliziert mit der Mission, auf der sie sind. Ich bin sicher, dass sie sich bald melden werden", sagte Löfgren und hoffte, dass sich seine Zweifel nicht in seiner Stimmlage bemerkbar machen und via Telefon auf den Wachkommandanten übertragen würden.

"Das will ich verdammt noch mal hoffen. Wenn sich herausstellt, dass wir gegen das Protokoll verstossen haben und nichts für die Suche und Rettung getan haben, möchte ich nicht wissen, was mit uns allen passiert, wenn es kein Happy End gibt."

Eriksson klang erschöpft. Löfgren schaute auf seine Uhr. Der Mann hätte längst Feierabend haben müssen, aber genau dies war unwahrscheinlich, solange sie diese Situation nicht bereinigt hätten.

"Halten Sie durch, Roffi! Ich bin mir sicher, dass sich das alles bald von selbst regelt."

Rolf Eriksson schaute auf das Telefon, das ohne Vorwarnung verstummt war. Er kannte Ola Löfgren gut von der Marineakademie. Löfgren war schon früh in die Reihen des Nachrichtendienstes eingetreten und hatte dort eine steile Karriere hingelegt, wobei er alles vermied, was Eriksson als echte Arbeit betrachtete: Echte Marinearbeit. *Ein Clown des Geheimdienstes*, dachte Eriksson, als einer der Funker der Abteilung an seine Tür klopfte.

Kapitel 6 - Ungehorsam

Marinestützpunkt Berga, 14. April, 15:00 Uhr

H erein!", rief Eriksson. Der Soldat öffnete die Tür, schloss sie sorgfältig hinter sich und stellte sich direkt an Erikssons Schreibtisch.

"Sir, wir haben drei neue Meldungen zu den Explosionen, die vorhin gemeldet wurden." Er schaute auf sein Klemmbrett. "Drei verschiedene Frachtschiffe haben Position, Zeit und Peilung zu einer grossen Unterwasserexplosion oder Explosionen gemeldet."

"Explosionen? Gibt es mehr als eine?" Erikssons Kopf arbeitete an dieser Information, während er auf die Antwort wartete. *Was bedeutete es, wenn es mehr als eine gab?*

"Ich bin mir nicht sicher, Sir. Wir haben die gemeldeten Positionen aufgezeichnet und es stellte sich heraus, dass es eine Diskrepanz bei der genauen Position gibt. Etwa zwei nautische Meilen auseinander. Ausserdem weichen die gemeldeten Zeiten um ein paar Minuten voneinander ab. Der Signaloffizier verifiziert die Berichte gerade, Sir."

Mehrere Explosionen zu verschiedenen Zeiten und an verschiedenen Orten. Eriksson quittierte die Nachrichten und schaute dann aus dem Fenster. Es war nicht ungewöhnlich, dass U-Boote nachrichtendienstliche Missionen durchführten. Das U-Boot war das ideale Instrument für die verdeckte Nachrichtenbeschaffung. Einsatz von Angriffstauchern zur Aufklärung, Verfolgung ausländischer Militärübungen, Abhören des Funkverkehrs. All diese Dinge gehörten zu den regulären Aufgaben der U-Boote der Marine – und immer waren Leute vom militärischen Nachrichtendienst beteiligt.

Das Navigieren in verminten Gewässern war eine andere Sache. Warum sollten Löfgren und der Nachrichtendienst ein Interesse daran haben? Es hörte sich nach einer operativen Navy-Sache an, die von den Kommandanten durchgeführt wurde, welche die Navy-Prozesse verfassten und auswerteten. Davon hatte er in letzter Zeit nichts auf den Tafeln gesehen. Mehrere Explosionen, die nur wenige Minuten auseinander lagen, aber dennoch rund zwei Seemeilen voneinander entfernt waren. Wenn das U-Boot auf eine Mine gelaufen war, würde es sicher nicht ein paar Minuten später in zwei Meilen Entfernung auf eine weitere Mine stossen.

Er stützte sein Gesicht in seine Hände. *Wir müssen unser Boot finden.*

* * *

N 58°31'50" E 17°56'25", 14. April, 15:10 Uhr
"Alles stoppen."

Der Steuermann an Bord des Raketenkreuzers *HMS Halmstad* wiederholte den Befehl und zog die Geschwindigkeitseinstellung auf Null zurück. Sekunden später reagierte der Maschinenraum. Die Besatzung hörte, wie das Geräusch der drei Bristol-Proteus-Gasturbinen abnahm, während das Schiff schnell an Geschwindigkeit verlor.

Einige Minuten später lag das Schiff völlig still im Wasser. Seine Späher suchten den Horizont mit lichtstarken Ferngläsern ab, während das Personal der Kampfzentrale sorgfältig auf die Radar- und elektronischen Überwachungskonsolen schaute.

Die *HMS Halmstad* war für den Oberflächen-Seekrieg konzipiert und verfügte über keine Unterwasser-Suchfunktion. Ihre Aufgabe in Kriegszeiten war einfach. Nach ihrer Überholung Anfang 1982 konnte sie bis zu acht RBS-15-Schiffsabwehrraketen mitführen und zwei Torpedorohre anbringen. Sie konnten überraschend aus dem Archipel hinausfahren und jeder ankommenden feindlichen Oberflächenflotte einen harten Schlag versetzen, um dann wieder zwischen den Inseln zu verschwinden.

Der Wachoffizier rief nacheinander alle Stationen an Bord auf, um abzufragen, was sie gefunden hatten. Das Radar meldete ein paar Echos, die als langsam fahrende Frachtschiffe identifiziert wurden. Die elektronische Vermessung erfasste nur den bekannten zivilen Radarverkehr. Nichts. Die Späher konnten einige wenige Radarechos bestätigen, sonst nichts. Nach zehn Minuten intensiver Beobachtung konnten sie nur zum Schluss kommen, dass es nichts Interessantes zu berichten gab.

"Haben sie gesagt, warum wir hierher kommen müssen?", fragte der Wachoffizier.

Der Kapitän schüttelte den Kopf. "Nein. Nehmen Sie Kurs auf diese Position, fahren Sie mit Höchstgeschwindigkeit und melden Sie alle Schiffe und Aktivitäten."

"Nun, hier gibt es nichts, abgesehen von ein paar Handelsschiffen. Wir haben uns mit allen in Verbindung gesetzt um das zu bestätigen. Es ist nichts Ungewöhnliches. Auch keine ungewöhnlichen Funksprüche."

"Dann ist der Auftrag erfüllt, nehme ich an. Senden Sie den Bericht. Alle sollen wachsam bleiben und ihre Aufgaben erfüllen. Wir bleiben hier, bis wir aufgefordert werden wieder zu gehen."

"Ja, Kapitän. Wenigstens ist das Wetter mit uns gnädig. In diesem Blechbecher bei rauer See still zu sitzen, wäre für einige der jungen Leute eine gesundheitliche Herausforderung."

Der Kapitän lächelte: "Meinen Sie? Ich wette mit Ihnen um ein Bier, dass einer von ihnen sein Mittagessen nochmals durch den Kopf gehen lassen wird. Es gibt immer eine sensible Seele. Zwei Bier, wenn es Korporal Axelsson ist. Er steht auf zwei schrecklichen Landratten-Stelzen..."

"Kein Deal. Axelsson kotzt immer. Das ist zu einfach für Sie."

* * *

Stockholm, 14. April, 16:30 Uhr
"Nehmen Sie Platz", sagte Nylund und deutete mit der Hand auf den Stuhl ihm gegenüber. "Kann ich Ihnen etwas zu trinken anbieten?"

"Wasser", war die einzige Antwort, die er von Frida Wikström bekam. Sie schaute sich um. Das Restaurant in der Stora Nygatan war zu dieser Zeit nur halb gefüllt. Später am Abend würde es wahrscheinlich noch voller werden. Sie hatte zuvor fast zwei Stunden damit verbracht, in der Gegend herumzulaufen. Auf diese Weise konnte sie den Ort beobachten, um zu sehen, ob sich irgendwelche Leute ohne Grund hier herumtrieben. *Paranoid kann man das nicht nennen*, dachte sie und lächelte vor sich hin.

Wenn der Leiter der Marine die Dienste eines freiberuflichen Ermittlers benötigte, war es besser, gleich von Beginn weg Vorsichtsmassnahmen zu treffen.

"Ihre Nachricht heute war kurz."

"Ja, ich bitte um Entschuldigung. Ich war in Eile."

"Tatsächlich?!", sagte sie mit einem übertriebenen Ton der Überraschung in ihrer Stimme.

"Was kann ich für Sie tun, Admiral? Was ist in der grossen Welt der Marine los, dass Sie die Dienste von jemandem wie mir benötigen?"

Sie verschwendet wirklich keine Zeit mit Höflichkeiten, dachte Nylund.

Frida Wikström war jünger als der Admiral. Erheblich jünger. Er schätzte sie auf Ende dreissig, durchschnittliche Grösse und Gewicht. Sie hatte braunes Haar mit einem leicht rötlichen Ton, das zu einem hohen Pferdeschwanz gebunden war. Sie sah aus, als wäre sie sportlich gewesen, war aber mit zunehmendem Alter etwas weniger athletischer geworden. Nylund vermutete, dass sie bis spät in die Nacht arbeitete und sich öfters ungesund ernährte.

Zu Beginn ihrer Laufbahn war sie eine gute Polizeibeamtin gewesen. Ihre Fähigkeit, wie ein Krimineller denken zu können und ihre eiserne Arbeitsdisziplin hatten sie schnell aus der Uniform heraus und in die Ermittlungen gegen Drogenkriminalität gebracht. Ihr Arbeitseifer hatte aber etwas nachgelassen, als sie feststellen musste, dass sie einen aussichtslosen Kampf führte.

Alle Regeln zu befolgen und Beweise zu sammeln, wo keine Zweifel bestehen, ist schwierig, wenn man es mit Leuten zu tun hat, die sich nicht an Gesetze halten und nicht zögern, alles zu tun was nötig ist, um zu bekommen was sie wollen. Zusammen mit schlechten Arbeitszeiten und noch schlechterer Bezahlung hatte sie das edle Ziel aufgegeben, etwas in der Gesellschaft zu verändern.

Normalerweise arbeitete sie für kurze Zeit und intensiv für Leute, die sie gut bezahlten, um etwas Polizeiarbeit zu erledigen, ohne die Polizei oder andere Behörden einzuschalten. Das verschaffte ihr ein gutes Leben, aber auch die Möglichkeit, Aufträge abzubrechen oder Mandate überhaupt abzulehnen. Sowie eine Menge Freizeit, die sie mit Aktivitäten verbringen konnte, die ihr mehr bedeuteten.

"Nun, es ist ganz einfach. Ich habe einige sehr vage Informationen erhalten, wonach ein ausländisches Schiff in schwedischen Gewässern gesehen wurde. Mehrere Personen haben diese Behauptung aufgestellt. Sagen wir einfach, ich bräuchte etwas inoffizielle Hilfe, um dies zu bestätigen. Zeit, Ort und einige andere Details, aber vor allem bräuchte ich etwas von der berühmten weiblichen Intuition, die mir sagt, ob die Leute ehrlich sind. Ob sie tatsächlich etwas gesehen haben oder ob ich es mit einer Gruppe von Leuten zu tun habe, die irgendein Fischereifahrzeug entdeckt haben. An einem trüben Tag sieht man auf dem Meer manchmal eine Menge Dinge, wissen Sie."

"Sie wollen, dass ich ein wenig herumfahre und mit einigen Leuten spreche, um zu sehen, ob sie zuverlässige Zeugen sind? Ist das alles?"

"Im Wesentlichen ja, und wir werden sehen, ob einer von ihnen noch etwas zu seinen

Aussagen hinzufügen kann. Sie haben doch noch Ihren Polizeiausweis, oder?"

Frida lächelte. "Ich habe vielleicht noch irgendwo einen Alten."

"Sehen Sie, dann sollte es einfach sein. Ich trinke jetzt aus und verlasse Sie, aber in der Tasche auf dem Boden ist ein Umschlag. Ich werde sie dort lassen."

"Und mein Honorar für diese leichte Arbeit?"

"Der übliche Tarif?"

"Der übliche Tarif."

"Nun, für den Anfang haben Sie schon etwas in der Tasche. Sobald Sie Erkenntnisse geliefert haben, können wir uns überlegen, wie der endgültige Betrag aussieht."

Herumfahren und ein paar Stunden lang Polizeiermittlerin spielen. Es war ja nicht so, dass sie so etwas nicht schon mal gemacht hätte. Es sollte ziemlich einfach sein.

"Wann brauchen Sie die Ergebnisse? Morgen?"

"So bald wie möglich. Morgen wäre ideal."

Nylund betrachtete eine Weile sein leeres Glas und überlegte, ob er noch etwas trinken sollte. Nein, das würde noch warten müssen. Er sah Frida an. Sie würde einen guten Job machen. Das hatte sie immer getan und er hatte keinen Grund, diesmal an ihr zu zweifeln. Er stand auf, warf einen kurzen Blick auf den Boden, um den Standort der Tasche zu markieren. Dann schüttelte er ihre Hand, als wäre es ein offizielles Geschäftstreffen, bevor er das Restaurant verliess.

* * *

Stockholm, 14. April, 17:30 Uhr

Löfgren ging die Strasse hinunter und liess die Ereignisse der letzten Tage in seinem Kopf Revue passieren. *Kein Blutvergiessen*, sagte er sich immer wieder. Was zum Teufel war da draussen passiert?

Es war ein kalter Abend, selbst für diese Jahreszeit. Er hatte zuvor die vereinbarte Nummer angerufen und es wurde eine neue Zeit für das Treffen vereinbart. Er nahm an, dass derselbe Mann mit dem kahlgeschorenen Kopf ihn wieder treffen würde.

Ein Auto fuhr rechts an den Strassenrand und langsam neben ihm her. Er sah kurz in den Wagen und konnte den Mann auf dem Fahrersitz erkennen. Es war derselbe Mann wie letztes Mal und als das Auto anhielt, stieg Löfgren ein. Der Mann reihte sich wieder in den Verkehr ein. Er schaute immer geradeaus und und machte den Eindruck eines ganz normalen Autofahrers. Nach ein paar Sekunden des Schweigens konnte Löfgren nicht mehr ruhig bleiben.

"Was zum Teufel ist passiert? Ihr habt doch nicht etwa eines unserer verdammten U-Boote versenkt, oder? *'Kein Blutvergiessen'*, schon vergessen?!"

Der Mann sah ihn an und blickte dann weiter nach vorne: "Ich bin mir nicht sicher. Wir warten immer noch auf den Abschlussbericht von unserem Schiff. Es gab eine Komplikation mit einem Ihrer U-Boote – das dort aufgetaucht ist, wo es nicht hätte sein sollen, aber ich bin mir über das Ergebnis noch nicht im Klaren."

"Dann müssen Sie das unbedingt herausfinden. Wenn eines unserer U-Boote verloren geht, ist es nur eine Frage der Zeit, bis die Marine Alarm schlägt. Sobald das passiert, wird

74

es überall in den Nachrichten sein."

"Ja, so war das nicht geplant, aber angesichts des übergeordneten Ziels wäre das auch nicht schlecht, oder?"

"Wenn Sie dreissig schwedische Seeleute getötet haben, um in die Schlagzeilen zu kommen, ist das ein Preis, den wir nicht zu zahlen bereit sind!"

"Vielleicht haben Sie diesen bereits bezahlt. Denken Sie daran, Commander. Sie stecken bis zum Hals mit drin, also müssen Sie mitspielen, ob es Ihnen gefällt oder nicht. Ausserdem wird das arme Schwein Nylund für ein verschwundenes U-Boot geradestehen müssen."

"Zunächst ja, aber ich habe mich sehr dafür eingesetzt, dass diese Sichtung dem Oberkommando gemeldet wird – und Nylund weiss das. Wenn er von der Regierung oder der Presse in die Enge getrieben wird, ist es unkalkulierbar, wie er reagieren wird. Ich weiss, er wirkt wie ein müder alter Mann, aber er zeigt von Stunde zu Stunde mehr Biss. Das könnte schnell ausser Kontrolle geraten."

"Sie müssen sich beruhigen. Sie haben keine andere Wahl, als das Spiel jetzt bis zum Ende mitzumachen."

Spiel? dachte Löfgren. *Es war ein Spiel, bis ihr Idioten beschlossen habt, eines unserer U-Boote zu versenken.* Diese Angelegenheit hatte jetzt einen völlig anderen, weit höheren Stellenwert. Echte Tote. Das änderte alles.

Er musste den am wenigsten schrecklichen Ausweg aus dieser Situation finden. Die einzige ihm einfallende Möglichkeit war, mit Nylund mitzuspielen und dafür zu sorgen, dass die obskure Mission des U-Boots offiziell erschien. Auf diese Weise konnte er zu dem stehen, was er Eriksson erzählt hatte. Die Dinge waren aufgrund der nachrichtendienstlichen Notwendigkeiten kompliziert.

Die Sichtung war Nylunds Problem und eine Verbindung Löfgrens zu ihr war nur eine Spekulation, die er widerlegen konnte. Es wäre alles verdächtig, aber nicht entscheidend.

"Sie müssen mir sofort Bescheid geben, wenn Sie etwas von Ihrem Schiff gehört haben."

"Wir werden Ihnen dann etwas darüber mitteilen, wenn wir es für richtig halten." Die Stimme des Mannes war ruhig, aber der aggressiv-gereizte Unterton war nicht zu überhören.

"Ich glaube, das ist Ihre Station?" Der Mann deutete auf die Ecke vor ihnen und hielt an, um Löfgren aussteigen zu lassen.

Löfgren ging in Richtung des U-Bahn-Schildes, das nur einen Block entfernt war. Er würde Nylund anrufen müssen. So sehr er den Gedanken daran auch hasste, sie würden solidarisch sein müssen, um diesen Sturm zu überstehen.

* * *

Stockholm, 14. April, 18:30 Uhr

Frida Wikström ging die Dinge aus der Tasche durch, die Nylund ihr hinterlassen hatte. *Das Wichtigste zuerst*, dachte sie und griff nach dem dicken braunen Umschlag. Sie schaute hinein und zählte schnell, was sich darin befand. Etwa zwanzigtausend schwedische Kronen. Sie wusste zwar nicht, woher der Admiral diese Mittel nahm, ohne dass es jemand bemerkte, aber das war auch egal.

Sie begann, die Unterlagen in den grösseren Umschlägen zu durchforsten. Namen und Kontaktangaben von Zeugen, welche die Sichtung gemeldet hatten. Ausserdem gab es einige Notizen des Befragers.

Unter den Notizen fand sie eine Skizze. Alvar Segerfors war der Name auf der Akte. Sie enthielt die meisten Notizen und es schien klar, dass er derjenige war, der den besten Blick auf diese Situation hatte. Frida hielt die Skizze in Armeslänge hoch. *Ein bisschen unbeholfen, aber es sieht aus wie ein U-Boot, das stimmt,* dachte sie. Vielleicht könnten die Marinesoldaten herausfinden, was für ein U-Boot es war. Das würde sie ihnen überlassen. *Am besten ist es, mit diesen Zeugen persönlich zu sprechen,* dachte sie. Segerfors war der wichtigste von ihnen, aber ein paar andere wohnten auf dem Weg zu ihm. Sie würde sich gleich morgen früh an die Arbeit machen.

* * *

77

Marinestützpunkt Berga, 14. April, 20:00 Uhr
Eriksson schaute auf seine Uhr. Das vermisste U-Boot war nun bereits mehr als sechs Stunden überfällig und er war der Wachhabende. Er hatte die Befehle des Admirals laut und deutlich gehört, aber er wusste auch, dass es seine Aufgabe war, Alarm zu schlagen. Das war der Grund, warum es ein Protokoll gab – damit es nicht im Ermessen von irgend jemandem lag, ob er nach einem vermissten U-Boot suchen sollte oder nicht. Es war eine klare Vorschrift, nicht etwas Freiwilliges.

Eriksson schritt in seinem kleinen Büro auf und ab. Eine Minenexplosion konnte ein U-Boot auf einen Schlag versenken. Aber was, wenn es nur beschädigt war? Was, wenn die Besatzung noch am Leben war und er in seinem Büro herumsass und nichts unternahm? Sobald dies ans Licht käme, würde man ihn fragen, warum er sich nicht an das Protokoll gehalten hatte. Eriksson würde nur antworten können: *Weil Nylund es gesagt hat.*

So funktioniert das Militär, dachte er. *Jemand mit mehr Gold im Ärmel sagt den Leuten mit weniger Gold im Ärmel, was sie zu tun haben. Und wir befolgen die Befehle, egal was passiert?* Er hörte auf, hin und her zu gehen und stützte sich mit den Armen auf die Lehne seines Bürostuhls. Draussen ging gerade die Sonne unter und warf lange Schatten auf den Pier, an dem die U-Boote angedockt waren, wenn sie im Hafen lagen. Wie kann man damit leben, dass dreissig Männer sterben, während man nichts tut? Er erstarrte für eine Sekunde. Man tut das nicht.

Kapitel 7 - Ablegen

Marinestützpunkt Berga, 14. April, 21:00 Uhr
Nur selten hatte jemand den Marinestützpunkt Berga mit soviel Betrieb gesehen. Es kam hin und wieder bei grossen Übungen vor, aber die waren in diesen Tagen selten. Erikssons Telefonanruf hatte einen schlafenden Riesen geweckt. Das Protokoll über das Fehlen eines U-Boots würde die Nachricht an alle verfügbaren Militäreinheiten des Landes weiterleiten.

Die Piloten eilten zu ihren Maschinen der zwölften Hubschrauberdivision, die sich in der Nähe von Berga befand. Sie waren schnell und wendig und trugen leistungsstarke Tauchsonare. Sie hätten die besten Chancen, das U-Boot schnell zu lokalisieren.

Schwarzer Rauch stieg über der *Belos* auf. Das *URF* wurde von fähigen Seeleuten verladen und festgezurrt, während ihre Maschinen bereit waren, sie ins Meer zu schieben. Sie war zwar ein langsameres Schiff, würde aber trotzdem in drei Stunden im Gebiet sein.

Was die Oberflächen-Flotte betraf, so verliess auch die *J20*, die *HMS Östergötland*, die ausgemustert werden sollte, ihren Liegeplatz, um in den Hårsfjärden zu dampfen.

Eriksson schaute wieder auf seine Uhr. Mit etwas Glück würden die Aufklärungsflugzeuge oder -hubschrauber schnell eine Spur finden können. Sie hatten wegen der Unentschlossenheit der Marineführung, zu der auch er selbst gehörte, acht Stunden verloren. Die

Zeit drängte.

* * *

N 58°33'41" E 18°19'14", 14. April, 21:30 Uhr
Die Pilotin hatte gerade angefangen, an Schlaf zu denken, als sie den Anruf erhielt. Das Gefühl, müde zu sein, war innert einer Sekunde verschwunden, als sie erfuhr, dass es sich nicht um eine unzeitgemässe Übung handelte, sondern um eine Reaktion auf das Protokoll für vermisste U-Boote.

Plötzlich hellwach, traf sie sich zwanzig Minuten später mit ihrer Crew und begann mit den Vorflugchecks, während ein Kommunikationsoffizier ihnen die Details zu Position und Zeitplan mitteilte.

Ein Raketenkreuzer hatte die Position angeflogen, aber das CASA-Flugzeug würde als erste Einheit mit Unterwassersuchfähigkeiten eintreffen. Nach dem, was sie gehört hatte, würde der Rest der Marine nicht lange auf sich warten lassen.

Sie wendete das Flugzeug in einem weiten Bogen, während ihr Co-Pilot die Wasseroberfläche mit seinem lichtstarken Fernglas untersuchte. Die Sonne war schon vor einer ganzen Weile untergegangen. Es war deshalb schwer, irgendetwas auf dem Wasser zu erkennen.

Nach einigen Minuten des Suchens senkte der Copilot sein Fernglas und schüttelte den Kopf. "Ich kann nichts sehen, ausser ein paar Handelsschiffen, die auf ihren üblichen Routen unterwegs sind."

Die Pilotin schaltete das Mikrofon an ihrem Headset um. "Jimmy, ich bringe sie für eine Minute weit raus und dann kommen wir für einen MAD-Lauf tief rein. Ist das Fahrwerk kalibriert und bereit?"

Dafür bekam sie einen Doppelklick von Jimmys Mikrofonschalter. Die Magnetic Anomaly Detection (MAD) wurde zur Messung von Störungen in Magnetfeldern eingesetzt. Eine grosse Menge Metall, wie z. B. ein U-Boot im Erdmagnetfeld, könnte messbar sein. Dieses Verfahren wurde seit dem Zweiten Weltkrieg häufig eingesetzt, um U-Boote in geringer Tiefe aufzuspüren.

"Wenn sie hier in siebzig oder achtzig Metern Tiefe still auf dem Grund liegt, bin ich mir nicht sicher, wie unsere Chancen stehen, einen Messwert zu erhalten", erklärte der Co-Pilot.

"Nicht gut, aber wir müssen alle Möglichkeiten ausprobieren."

Die modifizierte CASA C212 machte eine weite Kurve und entfernte sich von der Position, woraufhin die Pilotin die letzte bekannte Position anflog und das Flugzeug nahe der Oberfläche zum Sinken brachte. Sie flog es zwei Minuten lang in einer geraden Linie, bevor sie ihr Mikrofon wieder umschaltete. "Jimmy?"

"Nichts", war alles, was sie vom Techniker im Hintergrund als Antwort bekam.

"Okay, wir bleiben noch eine Minute auf diesem Kurs, dann drehe ich um und wir arbeiten uns von hier aus nach Süden vor. Behalten Sie auch den Radar im Auge."

Das Flugzeug flog eine Weile geradeaus, bevor es eine lange, weite Kurve flog, damit die Pilotin es wieder ausrichten konnte. Es war nicht einfach, Suchmuster zu fliegen, selbst an einem sonnigen Tag. In der Nacht würde es eine grosse Herausforderung sein, das Gebiet lückenlos abzudecken.

* * *

Marinestützpunkt Berga, 14. April, 21:44 Uhr
Eriksson liess das Telefon nervös von einer Hand in die andere hin- und hergehen und wischte mit jeder Hand an seiner Uniform. Neunzig Minuten zuvor hatte er das Protokoll über das vermisste U-Boot eingeleitet. Die ersten Schiffe und Flugzeuge waren auf dem Weg zum letzten bekannten Standort des U-Boots. Es würde nicht lange dauern, bis sie das Ziel erreichten und mit der Suche begannen. Es klingelte am anderen Ende.

Eriksson hatte absichtlich damit zugewartet, dem Admiral seine Entscheidung mitzuteilen. Er wollte Nylund keine Chance geben, diese Entscheidung rückgängig zu machen. Die Bergungsmannschaft hatte keinen Einspruch erhoben, als er ihnen sagte, sie sollten mit den Vorbereitungen für die Tauchoperationen beginnen, sich dabei aber etwas zurückhalten, bis alles in Gang gesetzt war.

Die Entscheidung wurde dem Befehlshaber der ersten U-Boot-Division ablaufgemäss mitgeteilt, sobald der Befehl eintraf. Melker Nilsson hatte Eriksson daraufhin angerufen und ihn an die Befehle des Admirals erinnert. *Dies geschah nur, um seine eigene traurige Haut zu retten*, dachte Eriksson. Falls es Probleme geben sollte, würde der Kommandant sagen, er habe den Kapitän an seine Befehle erinnert, aber der Kapitän habe sich entschieden, sie zu missachten. *Immer diese Politik. Immer Politik und sehr wenig Raum für den einfachen,*

altmodischen Mut, etwas zu tun. Wenn dies die letzte Entscheidung sein sollte, die er als Marineoffizier traf, dann war es eben so.

"Nylund am Apparat."

"Admiral, Kapitän Eriksson, Wachkommandant Berga. Ich entschuldige mich für die späte Stunde. Ich rufe an, um Ihnen mitzuteilen, dass das Protokoll für vermisste U-Boote in Kraft ist."

Auf der anderen Seite herrschte für ein paar Sekunden Stille. "Ich habe Sie wohl nicht richtig verstanden, Kapitän. Sie wollen mir sagen, dass Sie das U-Boot trotz meines Befehls, bis zum Morgen zu warten, als vermisst gemeldet haben?"

"Admiral, das ist richtig. Ich glaube, wenn unsere Crew in Gefahr ist, müssen wir unser Bestes tun, um sie zu finden und..."

"Haben Sie meine Befehle nicht verstanden, Captain? Das U-Boot wird solange nicht als vermisst erklärt, bis ich es sage. Es geht um streng geheime Informationen."

Bevor Nylund fortfahren konnte, wurde er von Eriksson unterbrochen. "Der Befehl ist fast zwei Stunden alt, Admiral. Ich gehe davon aus, dass das Flugzeug bereits seinen ersten MAD-Vorbeiflug absolviert hat und eine grosse Anzahl von Schiffen bereits auf dem Weg ist."

Am anderen Ende der Leitung hörte Eriksson nichts als Schweigen. "Admiral?"

Nylund hatte grusslos aufgelegt.

* * *

Stockholm, 14. April, 21:50 Uhr

Nylund knallte das Telefon so heftig auf seinen Schreibtisch, dass er das Hochzeitsfoto umwarf, das seit zwanzig Jahren dort stand. Jetzt lag es als Scherbenhaufen auf dem Boden. *Ein passendes Ende dafür*, dachte er.

Als der letzte Anruf kam, hatte er das Gefühl, dass die meisten guten Dinge in seinem Leben zu Ende gehen würden. Da er keine Familie mehr hatte und das Haus für ihn allein zu gross war, war die einzige wirkliche Angst die er hatte, dass ihm jemand die Marine wegnehmen würde. Vierzig Jahre Dienst würden in Vergessenheit geraten, wenn das Oberkommando, die Regierung oder, Gott bewahre, gar die Presse ihn in die Finger bekämen.

Nylund ging die Treppe hinunter, um sich einen Drink einzuschenken. Er fand eine Flasche Gin und sah sich in der Küche nach einem Tonic um. Als er keines fand, ging er zurück und schenkte sich stattdessen einen kräftigen Schluck Whisky ein. Nylund setzte sich in einen seiner Sessel und schaute aus dem Fenster. *Das war es also, nicht wahr?*

Er hat eine Bedrohung verharmlost oder gar negiert. Er tat es noch einmal, nachdem der Nachrichtendienst ihn darüber unterrichtet hatte. Das allein war wahrscheinlich schon ein Grund für eine Entlassung. Er hatte die Flotte nicht zur Suche und Rettung seiner vermissten und möglicherweise gesunkenen Kameraden geschickt. Das wäre in den Augen eines jeden Mannes und einer jeden Frau, die in Uniform dienen, ein unentschuldbares Verbrechen.

Vielleicht hatte Löfgren recht. Vielleicht war er zu alt für so etwas. Er war in einer Zeit aufgewachsen, in welcher der Feind klar definiert war und die Flotten in Sichtweite des Gegners mit scharfen Waffen kämpften. Verwirrt und überwältigt hatte er gezögert, als er mit all diesen Informationen konfrontiert wurde. Löfgren hatte etwas vor, aber er würde wahrscheinlich nie herausfinden, was es war.

Nylund nippte an seinem Whisky und lächelte über den nächsten Gedanken, der ihm in den Sinn kam. Wenn das hier ein Film wäre, gäbe es nur eine Möglichkeit, das zu beenden – seine Karriere und seine Ehe auf einen Schlag. Sich in seine Galauniform zu kleiden, ähnlich der, die er auf dem Hochzeitsfoto oben getragen hatte. Und dann mit einem Schuss aus dem Revolver, den er in einer verschlossenen Kiste in seinem Schreibtisch aufbewahrte, alles zu beenden.

Er könnte natürlich einen Brief schreiben um seine Gedanken zu dieser Angelegenheit mitzuteilen. Ein letzter verzweifelter Versuch zu erklären, warum er es leid war, sich mit der Sichtung näher zu befassen.Und warum er deshalb um jeden Preis vermeiden wollte, dass das U-Boot als vermisst gemeldet wurde.

Dreissig Männer. Möglicherweise waren sie verloren gegangen, weil er mit der modernen Kriegsführung und der damit verbundenen Desinformation nicht Schritt halten konnte.

Nylund schaute auf seine Uhr. Er war erstaunt, dass das Oberkommando ihn noch nicht angerufen hatte. Natürlich war es darauf konzentriert, was da vor sich ging. Es war sich nur noch nicht darüber im Klaren, dass ein alter, müder Admiral die Meldung über das Fehlen eines ihrer U-Boote hinauszögerte. Sobald das Oberkommando das herausfand, würde er auch die Marine verlieren.

Frau, Tochter und jetzt die Marine. Alles war seinen Händen entglitten. An der Wand hing ein altes Foto von Cecilia. Sie musste auf dem Bild etwa vier oder fünf Jahre alt gewesen sein. Blondes Haar, lächelnd in der Sonne, auf dem Rand eines Sandkastens im Garten sitzend. *Ich frage mich, wie sie auf all das reagieren wird,* dachte er. Zu lesen, wie ihr Vater bei einer Sache, die ihm anscheinend wichtiger war als sie, kläglich gescheitert war. Kein Wunder, dass sie das Land verlassen hatte sobald sie alt genug war. Vielleicht würde sie sich auch überhaupt nicht darum kümmern.

Der Revolver kam ihm wieder in den Sinn. Der Ausweg eines Feiglings aus dieser Situation. Man konnte ihn als vieles bezeichnen, aber *Feigling* gehörte nicht dazu. In seinen ersten Jahren war er aufgestiegen, indem er das Schiff und die Besatzung bis zum Äussersten getrieben hatte und sich genau an die Regeln gehalten hatte. Einige seiner Vorgesetzten hatten ihn dafür gehasst. Aber alle, auch sie, waren beeindruckt gewesen. Er war wagemutig, aber besonnen. *Wagemutig, aber besonnen,* dachte er wieder bei sich.

Nylund stand auf und eilte die Treppe hinauf. Er ging an seinem zerbrochenen Hochzeitstagsporträt vorbei zu seinem Schrank, in dem er seine Uniformen aufbewahrte. Er zog sich um und ging dann zum Schreibtisch, schloss das Fach auf und nahm den Revolver heraus. *Ich will verdammt sein, wenn sie mich auf diese Weise kriegen.* Wie einen Politiker, der in einer Debatte ausmanövriert wird. Und egal, was Cecilia von ihm dachte, sie würde nicht zulassen, dass er so unterging. Er steckte den Revolver ein und ging zur Tür hinaus. Mit seinem eigenen Auto würde er schneller ankommen.

* * *

Stockholm, 15. April, 10:30 Uhr

Frida wartete in ihrem schwarzen Volvo 142,
der am Strassenrand in Trångsund geparkt
war. Sie sprach mit dem dritten Zeugen, ohne
viel mehr zu erfahren als das, was bereits in der
Akte stand. Bei zwei Dingen waren sie sich
sicher. Erstens: Das Schiff war echt. Zweitens:
Es war ein U-Boot. Das war's. Auf die Frage,
woran sie erkennen konnten, dass es ein
U-Boot war, hatten alle drei geantwortet, dass
man ein U-Boot erkennt, wenn man eines sieht.
Sie verstand, was sie meinten. U-Boote hatten
ein sehr ausgeprägtes Profil und wenn man
eines sah, konnte man es nicht mit etwas
anderem verwechseln. Andererseits war das
trotzdem kein zwingender Beweis.

Ihre Gefühle waren eindeutig. Alle drei
waren ehrlich und überzeugt, dass sie an
diesem Tag ein U-Boot gesehen hatten. Leicht
verdientes Geld, auch wenn Nylund mit dem
Ergebnis wahrscheinlich nicht zufrieden sein
würde. Ihm schien es lieber zu sein, dass die
Sichtung verschwände, also würde er es vorziehen, Zweifel bei den Zeugen zu finden. *Nun,
man kann nicht immer bekommen, was man
will,* dachte sie. *Er zahlt für dreizehn Jahre
Erfahrung und ein wenig weibliche Intuition
dazu. Mein Instinkt sagt mir, dass diese Leute
ein U-Boot gesehen haben.*

Sie startete ihr Auto und fuhr zu dem
vielversprechendsten Zeugen, Alvar Segerfors.
Er war der Zeuge, der zum Zeitpunkt der Sichtung in seinem Boot gesessen hatte. Er war

ganz in der Nähe gewesen und war der einzige, der das Schiff im Profil gesehen zu haben schien. Er war sogar in der Lage, eine Skizze anzufertigen, die er später der Marine übergab.

Während sie die Strasse hinauffuhr, dachte sie über den aktuellen Zustand der schwedischen Marine nach. *Jemand behauptet, ein U-Boot gesehen zu haben. Die kritischsten Nachrichtendienstler des Landes gehen die Zeugenaussagen durch und kommen zu einem Ergebnis. Dann übergibt der Admiral den Fall einer nicht offiziellen Privatdetektivin, die für nichts anderes arbeitet als für Geld. Das Militär muss sich in einem traurigen Zustand befinden. Entweder hält Nylund sie für inkompetent, oder er hat das Gefühl, dass er ihnen nicht trauen kann.* Beides ist kein gutes Szenario, wenn man bedenkt, wie viele Steuergelder in den Unterhalt dieses Molochs von Organisation fliessen.

* * *

Stockholm, 15. April, 11:00 Uhr
Nylund war gestern am späten Abend ruhelos hin und her gelaufen und hatte das Gefühl, irgendwann fast zusammenzubrechen. Die Morgensonne und wahrscheinlich die drei Tassen Kaffee, die er heute Morgen getrunken hatte, halfen ihm, seinen Verstand und seine Energie wiederzufinden. Er stand am Ende eines langen Tisches und beobachtete, wie sich die Markierungen für die verschiedenen Einheiten bewegten, die sich um die letzte bekannte Position des U-Boots herum bewegten.

Er war gestern Abend spät in den Raum geplatzt. In seiner Kampfuniform, die er während seines Dienstes auf den Schiffen der

Marine trug. Er war direkt ins Büro von Rolf Eriksson gestürmt, hatte dem Mann einen wütenden Blick zugeworfen, ihm dann aber auf die Schulter geklopft und gemurmelt, dass es Zeit sei. Dann hatte er sich umgedreht und war im zentralen Kontrollraum verschwunden, wo sie mit allen an der Operation beteiligten Marineeinheiten Kontakt hielten.

Seine Tochter würde vielleicht immer noch lesen, dass er bei seiner Arbeit versagt hätte, aber wenn das der Fall sein sollte, sähe sie, wie er mit seinem Schiff unterginge und sich nicht vor Scham verkröche. Er hatte ihr beizubringen versucht, stets für sich selbst einzustehen. Offensichtlich hatte sie zugehört, denn sie bahnte sich ihren Weg durch ein scheinbar hartes, von Männern dominiertes Arbeitsumfeld. Jetzt war es an ihm, ihr zu zeigen, was in ihm steckte.

Die Beurteilung der Sichtung war ein Fehler. Die verspätete Meldung über das Verschwinden des U-Boots war eine kritische Fehleinschätzung, aber so würden sie ihn nicht kriegen. *Du willst mit mir kämpfen, wer auch immer du bist? Dann lass uns kämpfen!*

Er hatte immer noch seinen Revolver in der Tasche und obwohl er in dieser Situation nutzlos war, fühlte es sich gut an, ihn dabei zu haben. Der Kommandant der vierten Oberflächenflotte hatte zwar immer noch das Kommando über die Operation, aber Nylund verfolgte gleichwohl jeden seiner Schritte. Er versuchte, sich nicht einzumischen, wusste aber, dass der Kommandant allein schon durch seine Anwesenheit nervös war. Nylund war das egal. Es war *seine* Marine und sollte er eine falsche Entscheidung getroffen haben, würde er auch an Deck sein, wenn sie diese wieder korrigierten und gemachte Fehler auszubügeln versuchten.

Die CASA hatte fast die ganze Nacht Suchmuster geflogen, um einen MAD-Kontakt zu finden. Und das alles, ohne dass die Mess geräte auch nur ein einziges Mal ausschlugen. Die Hubschrauber der zwölften Hubschrauberdivision ausserhalb von Berga waren als zweite vor Ort und begannen, die Gewässer mit ihren leistungsstarken aktiven Sonaren abzusuchen.

Ein Hubschrauber ist eines der besten Mittel, um ein U-Boot zu finden. Er kann seine Positionen schnell ändern und ist von einem U-Boot aus nur sehr schwer zu entdecken. Wenn die Sonar-Besatzung einen Hubschrauber identifiziert, ist er bereits sehr nahe und schwebt höchstwahrscheinlich an Ort und Stelle. Ein Hubschrauber benötigt nur eine Minute, um das Sonargerät im Wasser abzusetzen und mit der Übertragung von Signalen zu beginnen.

Die schwedische Marine veranstaltete jedes Jahr im November einen U-Boot-Wettbewerb, bei dem die U-Boote in ihren Einsatzgebieten lauerten und darauf warteten, einen Konvoi anzugreifen. Es war ungewöhnlich, dass die Oberflächenflotte ein U-Boot fand und einen Angriff verhindern konnte, aber bei jedem vereitelten Angriff war es ein Hubschrauber, welcher erfolgreich war.

Eine überraschende, aktive Sonarsuche von einem Hubschrauber aus zwingt ein U-Boot zum Manövrieren, um zu entkommen. Dies erhöht die Chancen, es mit passivem Sonar von anderen Schiffen aus zu entdecken.

In der Nacht des 14. April 1982 konnten die Hubschrauber jedoch trotzdem nichts finden.

Kapitel 8 - Betrachtungswinkel

Nynäshamn, 15. April, 12:00 Uhr

Frida Wikström ging entlang der Uferpromenade in Nynäshamn spazieren. Sie hatte Segerfors' Wohnblock ein Stück weiter von der Küste entfernt aufgesucht. Ein dreigeschossiges, gelbes Gebäude, das recht unscheinbar war. Segerfors war nicht da, aber ein freundlicher Nachbar hatte ihr erzählt, dass er die meiste Zeit in seiner Fischerhütte verbringen würde. Viel genauer konnte er es nicht sagen. Aber solche Hütten gab es in dieser Gegend nicht viele; mit ein bisschen Glück sollte es nicht allzu schwer sein, ihn zu finden.

Sie konnte einen schwimmenden Steg sehen, auf dem zwei weisse Hütten standen. Es war nicht viel los, aber sie konnte ein paar Leute sehen, die sich bewegten.

"Alvar Segerfors?", fragte sie den ersten Mann, dem sie begegnete und der eine Kiste mit Ködern und anderem Angelzubehör durchsuchte.

"Nein, aber ich habe ihn vor ein paar Minuten gesehen, wahrscheinlich ist er da hinten", sagte der Mann und zeigte auf eine der beiden Hütten.

Sie ging weiter und als sie um die Ecke bog, sah sie einen Mann auf einem Klappstuhl vor der Hütte sitzen. Die Hütte war in einem schlechten Zustand und sah nicht so aus, wie man sich eine schwedische Fischerhütte in den Schären vorstellt. Es war eher ein schlecht gepflegter Schuppen. Weiss mit abblätternder Farbe und einer dunkelgrauen Tür. Taue, Netze und Kabel lagen stapelweise auf dem Steg herum.

Alvar sah sie mit einem Anflug von Überraschung in den Augen an. Er hielt eine Dose Bier in der Hand und Wikström konnte nicht umhin, kurz auf ihre Uhr zu schauen.

"Ich weiss, ich weiss. Dafür ist es noch nicht ganz an der Zeit, oder?"

"Sie werden von mir keinen Kommentar darüber bekommen", sagte sie. "Sie sind Alvar Segerfors, nehme ich an?"

Er nickte unmerklich und sie fuhr fort, während sie ihren gefälschten Polizeiausweis vorzeigte. "Entschuldigen Sie, dass ich Sie störe. Ich bin Maria Wennergren, von der Polizei."

Sie hatte diesen Ausweis schon oft benutzt, sich aber trotzdem die Zeit genommen, ihre Vorstellung ein paar Mal zu üben, um sicherzugehen, dass sie lässig sagen konnte wer sie sei, ohne Verdacht zu erregen. Sie wusste, dass das alles nur in ihrem Kopf stattfand. Wenn man es mit Menschen zu tun hatte, die in ihrem Alltag keinen Grund hatten, misstrauisch zu sein, musste man sich schon sehr dumm anstellen, um sie an einem Polizeiausweis zweifeln zu lassen.

Alvar hob die Arme in die Luft als ob er sich ergeben würde und hielt immer noch die Bierdose in der Hand.

"Ich gestehe, ich hätte mit dem Öffnen dieses Bieres bis nach dem Mittagessen warten sollen."

Wikström lachte kurz auf und lächelte dann. "Keine Sorge. Ich bin nicht diese Art von

Polizist. Ich bin nur hier, um einige Details zu einer Sichtung zu bestätigen, die Sie vor ein paar Tagen hier im Danziger Gatt gemeldet haben."

Alvar warf ihr einen irritierten Blick zu, wies aber auf einen freien Platz neben sich. "Es gibt Kaffee in der Kabine, wenn Sie welchen möchten."

Wikström dachte, das sei eine gute Ausrede, um einen Blick hineinzuwerfen. Sie lächelte und nickte: "Nehme ich gerne!"

Das Innere sah genauso aus wie das Äussere der Hütte. Es bräuchte viel Zeit und Mühe, um sie wieder in einen präsentablen Zustand zu versetzen. Das meiste hier Gelagerte bestand aus altem Angelzeug, Schwimmwesten und anderen nautischen Gegenständen. Eine einzige kleine Ecke war ausgeräumt und mit einem neuen Regal versehen worden. Darauf waren die Dinge ordentlich eingeräumt und beschriftet. Als sie mit dem Kaffee zurückkam und sich setzte, fing Alvar an.

"Wie Sie sehen können, gibt es noch einiges zu tun. Ich habe diesen Ort jahrelang vernachlässigt, weil meine Frau krank war. Erst nach ihrem Tod konnte ich mich wieder auffangen. Diesen Ort aufzuräumen ist eine gute Therapie, wenn Sie verstehen, was ich meine."

Er sah, wie sie wieder auf die Uhr schaute. "Sie sind also hier, um meine Geschichte über das U-Boot zu überprüfen, ja? Ich verstehe das Interesse der Navy-Leute, aber warum sollte die Polizei in diese Sache verwickelt sein? Sie haben doch nicht auch noch angefangen, U-Boote zu jagen, oder?"

"Nein, haben wir nicht", sagte sie lachend.

"Es handelt sich nur um eine Routine-kontrolle. Es gibt Probleme mit dem Boots-schmuggel, sowohl von Menschen als auch von Drogen. Es ist unwahrscheinlich, dass die Schmuggler ein echtes U-Boot in der Ostsee ha-ben, aber da es eine vage Sichtung an einem dunstigen Morgen war, möchte ich von Ihnen persönlich hören, was Sie gesehen haben, um auszuschliessen, dass es sich um irgendeine andere Form eines Schiffes handelt."

Sie hielt inne und hob ihre Kaffeetasse, liess aber ihren Blick nicht von Alvar. Seine Reaktion würde ihr besser als alles andere sagen, wie solide seine Aussage zur Sichtung war.

"*Vage*? Was zum Teufel meinen Sie mit *vage*?"

"In dem Bericht, den ich gelesen habe, stand, dass es sich möglicherweise um ein U-Boot handelt. Deshalb wollte ich es mit eigenen Ohren von Ihnen hören."

"Sie können denjenigen, die diese Berich-te schreiben, sagen, dass sie nur Scheisse erzählen. Ich habe mein ganzes Leben an der See verbracht. Ich habe 1930 und 1931 selbst in der Marine gedient. Zwar nicht auf einem U-Boot, aber ich weiss, wie ein verdammtes U-Boot aussieht, wenn ich eines sehe. Es besteht kein Zweifel, dass es ein U-Boot war, das an der Oberfläche fuhr. Ich habe den Idioten sogar eine Skizze davon gezeichnet."

"Ja, das habe ich gesehen. Aber die Skizze war nicht sehr deutlich, soweit ich mich erinnern kann." Sie kramte in ihrer Innenta-sche herum und entfaltete ein Stück Papier.

"Hier ist die Skizze. Ich kann sehen, dass es als U-Boot interpretiert werden könnte. Ich will damit nur sagen, dass wir nicht völlig ausschliessen können, dass es etwas anderes war."

Alvar löste seine Lesebrille aus seinem weissen, leicht gelockten Haar und betrachtete den Zettel.

"Das ist nicht meine Skizze."

"Nein, es ist eine Kopie, aber was ich meine, ist..."

Er unterbrach sie ungehalten: "Ich weiss, was eine Kopie ist. Was ich Ihnen sagen will ist, dass das nicht das ist, was *ich* gezeichnet habe."

Sie sah ihn etwas entgeistert an. Es war eine merkwürdige Wendung der Ereignisse. "Sie meinen, diese Zeichnung ist anders als die, die Sie vorher gemacht haben?"

"Ja, genau das sage ich. Geben Sie sie mir."

Er riss ihr den Zettel aus der Hand und als er sich nach einem Stift umsah, raunzte er sie an: "Ich war in der verdammten Navy, wissen Sie. Ich weiss, wie ein U-Boot aussieht und ich weiss auch, dass dies keines von den Unseren ist."

"Wem gehörte es dann?"

"Ich weiss es auch nicht... – aber nicht uns. Sowohl die *Sjöormen* als auch die *Näcken* haben den Kommandoturm weiter vorne als dieses und sie haben eine andere Form. Sehen Sie mal hier."

Alvar drehte das Papier um. Er hatte begonnen, eine zweite Skizze direkt unter der ersten zu zeichnen. Er setzte die Arbeit einige Sekunden lang vornübergebeugt fort, dann hob er den Kopf und sah sie an. "Sehen Sie, *das* ist es, was ich gesehen habe. Ich bin nicht gerade ein Rembrandt, aber da sind doch sicher genug Details, um zu erkennen, dass es sich um ein

U-Boot handelt?"

Frida betrachtete das Bild. Die Skizze war grob, aber es war zweifelsohne die Silhouette eines U-Boots. Jeder, der jemals ein U-Boot gesehen hat, würde ihr Recht geben. Der Kommandoturm war viel weiter achtern als auf der Skizze, die sie mitgebracht hatte und er hatte eine andere Form. Jemand hatte die Zeichnung verändert. Seine Reaktion war heftig gewesen, als sie seine Aussage als *vage* bezeichnete. Seine Worte, sein Tonfall und sein Gesichtsausdruck bezeugten, dass er die Wahrheit sagte. *Nicht ein alter, einsamer Verrückter, der Periskope zu sehen glaubt, wo keine sind.*

"Wer hat Ihre Aussage aufgenommen?"

"Ein Navy-Typ rief mich an und nahm die Aussage am Telefon auf. Ich habe niemanden getroffen. Später am Abend zeichnete ich die Skizze und da ich sie für wichtig hielt, steckte ich sie in einen Umschlag, fuhr zum Marinestützpunkt Muskö und übergab sie den jungen Leuten in der Wachkabine. Ich schrieb den Namen des Mannes auf den Umschlag, aber ich weiss nicht mehr, wie er hiess. Er war sehr höflich, aber er hörte sich an, als sei er etwa zwölf Jahre alt. Aber für mich ist jeder jung, verstehen Sie..."

Wikström setzte ihre ganze Willenskraft ein, um entspannt zu bleiben. Sie wollte nicht den Eindruck erwecken als hätte sie soeben etwas Sensationelles erfahren und damit mehr Fragen als nötig aufwerfen. Aber wenn sich herausstellte, dass Nylund gefälschte Informationen erhalten hatte, könnte es in den Reihen der Marine bald ein grosses Drama geben. Wollte jemand, dass es sich entweder nicht um ein U-Boot handeln sollte oder um ein U-Boot, das unmöglich zu identifizieren wäre?

Sie trank den letzten Schluck ihres Kaffees.

"Nun, ich denke, genau deshalb machen wir diese nachträglichen Abklärungen und fragen nochmals nach, um die Dinge zu überprüfen", sagte sie und setzte eines ihrer besten falschen Lächeln auf. Sie war gut darin, wusste aber auch, dass ein Lächeln, das nicht ernst gemeint war, eine der schwierigsten Lügen war. "Es tut mir leid, dass ich Sie heute belästigt habe, aber es ist gut, dass wir das geklärt haben. Ich hoffe, Sie können Ihre Dinge hier in Ordnung bringen."

"Und danke für den Kaffee", rief sie über die Schulter, während sie wegging. Als sie ausser Sichtweite der Hütten war, sprintete sie zu ihrem Auto. Diese Nachricht musste sofort weiter zu Nylund.

Kapitel 9 - Öffentlichkeitsarbeit

Marinestützpunkt Muskö, 15. April, 12:20 Uhr

*I*ntelligence-Mission. Das war es, was der Mann gesagt hatte. Dann müsste es also ein Nachrichtendiensteinsatz sein. Das ergab einen Sinn. Nachrichtendienstliche Aufträge konnten einem Marineschiff unter bestimmten Umständen ausserhalb des regulären Auftragsprozesses erteilt werden. Dafür gab es ein eigenes Verfahren, aber das würde Löfgren irgendwie umgehen müssen.

Wenn die Aufträge zusammen mit den Originalaufträgen archiviert würden, wäre das Ergebnis korrekt, auch wenn der Prozess nicht korrekt war. Das Archiv würde einer Überprüfung standhalten, solange sich niemand die mühsame Arbeit machte, den Prozess und die Aufzeichnungen zurückzuverfolgen. In den Marinestützpunkten kursierten Hunderte von Dokumenten und die Wahrscheinlichkeit, dass jemand dies versuchen würde, war gering.

Löfgren war selbst kein häufiger Besucher des Archivs, forderte aber von Zeit zu Zeit Dinge an, die dort abgelegt waren. Er dachte darüber nach, wie er die Aufträge dort archivieren könnte. Wenn die Mitarbeiter ihn im Archiv sahen, würde das für viele Leute ungewöhnlich aussehen. Es gäbe eine Spur von ihm, wie er seinen Namen auf der Liste durchgestrichen hatte, um dort hineinzukommen. Wenn er eine der Sekretärinnen darum bäte, würde sie es vielleicht hinterfragen, aber das schien unwahrscheinlich. Es war das Risiko wert.

Frau Falk und ihre Kollegen waren für die Bearbeitung der Hunderten von Aufträgen zuständig. Das Risiko, dass sie davon Notiz nehmen würde, war gering bis gar nicht vorhanden. Er beschloss, ihr den Brief nach dem Mittagessen zu geben, um sicherzustellen, dass er an der richtigen Stelle landete.

* * *

Stockholm, 15. April, 12:30 Uhr

"Jesper Bergman am Apparat."

"Herr Bergman, ich nehme an, Sie haben davon gehört, dass die halbe Marine gestern Abend ausgelaufen ist?"

"Wer ist da?"

"Vor ein paar Tagen wurde ein sowjetisches U-Boot gesichtet."

"Was? Wer ist da?"

"Also, in aller Kürze: U-Boot-Sichtung im Danziger Gatt – und seit gestern wird ein schwedisches U-Boot vermisst. Sie sollten es sich ansehen."

"Ja, aber..."

"An der Rezeption liegt ein Paket für Sie bereit."

Die Leitung war tot und Jesper Bergman, der an seinem Schreibtisch in der Redaktion einer der führenden schwedischen Zeitungen sass, starrte nur noch auf sein Telefon.

Ein sowjetisches U-Boot? Was zum Teufel sollte das? Der Empfang war nur ein Stockwerk tiefer – er würde nicht mehr als zwei Minuten brauchen, um dorthin zu gelangen. Die Neugierde packte ihn augenblicklich und er machte sich auf den Weg zum Treppenhaus.

Nachdem er die Treppe hinuntergeeilt war, bemühte er sich bewusst darum, lässig zur Rezeption hinüberzugehen.

"Ich denke, hier sollte etwas für mich sein, ist das richtig?"

"Guten Morgen", antwortete ihm die Empfangsdame mit einem Lächeln, bevor sie sich umdrehte und auf einige Akten auf dem Tisch hinter sich blickte.

"Ja, ein Kurier hat das heute Morgen für Sie abgegeben. Hier, bitte sehr."

Jesper nahm einen Umschlag im Format B4 entgegen. Es fühlte sich an, als ob er einige Blätter enthielt. Er begann, den Umschlag aufzureissen, während er zurück in Richtung seines Büros ging. Auf halbem Weg zum Aufzug fand er seine guten Manieren wieder und rief über die Schulter ein *Dankeschön* in Richtung der Empfangsdame zurück.

In seinem Büro angekommen öffnete er den Umschlag ganz und breitete den Inhalt auf seinem Schreibtisch aus. Er enthielt Kopien von Nachrichtendienstberichten der Navy, die mit einem Geheimhaltungsstempel versehen waren. Eine Skizze, die aussah, als könnte es sich um ein U-Boot handeln. *Schwer zu sagen*, dachte Bergman, *aber es ähnelt zweifellos einem U-Boot.*

Er legte alle Dokumente sorgfältig geordnet nebeneinander aus und begann, sie durchzulesen. Es gab Berichte von neun Personen, die behaupteten ein U-Boot im Danziger Gatt gesehen zu haben. Neun verschiedene Personen, die alle glaubten, ein U-Boot gesehen zu haben. *Das ist schwer zu ignorieren*, dachte er.

Er lehnte sich zurück, nahm einen Schluck von seinem eine Stunde alten Kaffee und überlegte, was er mit diesen Unterlagen anfangen sollte. Es könnte sich zwar um einen Scherz handeln, aber wenn etwas Wahres daran wäre, ergäbe es eine verdammt gute Schlagzeile für die Frontseite. Eine halbe Stunde später, nachdem er ein paar Leute mit Verbindungen zur Navy angerufen hatte, legte er den Hörer auf. *Ich will verdammt sein.* Die halbe Marine hat gestern abgelegt. Berga war leer und Flugzeuge und Hubschrauber hatten die ganze Nacht und den ganzen Morgen über ihm gekreist. Er konnte sich nicht erinnern, dass die Marine jemals in seinem Leben eine Übung wie diese abgehalten hatte. Wenn sie etwas Bedeutendes unternahm, kündigte sie es normalerweise vorher an, um sicherzustellen, dass ihr keine Zivilisten in die Quere kamen.

Er griff erneut zum Telefon, um zu versuchen, mit einem der Zeugen auf der Liste zu sprechen. Selbst wenn er kein vollständiges Bild bekommen könnte, reichte es für den Anfang aus, sich die Sichtung und das Auslaufen der halben Navy bestätigen zu lassen. Was auch immer die Wahrheit war: es würde einen erstklassigen Primeur ergeben.

* * *

Nynäshamn, 15. April, 12:30 Uhr
Wikström fand einen Münzautomaten in
Nynäshamn und wählte die Nummer von
Nylund. Als sie auf seinem direkten Anschluss
keine Antwort erhielt, rief sie die Telefonzentrale der Marine an und fragte nach ihm, aber
auch hier ging sie leer aus. Die Telefonistin
sagte ihr, der Admiral sei in einer Besprechung
mit offenem Ende.

Die unfreundliche Telefonistin teilte ihr
auch mit, dass keine Nachrichten für den
Admiral entgegengenommen würden, es sei
denn, sie könne einen Namen, eine Nummer
und die Art ihres Anrufs hinterlassen – eine
typisch herablassende militärische Haltung.
*Wir sind mit so wichtigen Dingen wie dem Krieg
beschäftigt, dass wir uns nicht die Mühe machen
können, mit Zivilisten zu sprechen.* Das letzte
Mal, als Schweden im Krieg war, lebte Napoleon
noch. Vielleicht sollten sie ihre Selbstherrlich-
keit ein wenig mässigen. Wikström legte auf
und ging zurück zu ihrem Auto.

* * *

Stockholm, 15. April, 12:30 Uhr
Didriksson, der Chef der schwedischen Luftwaffe, hatte sich verspätet, weshalb die Sitzung
fünfzehn Minuten später als vorgesehen begann. Nylund schaute sich im Raum um. An
den regelmässigen Sitzungen mit dem Oberkommando nahmen in der Regel nur die Leiter
der verschiedenen militärischen Abteilungen,
Oberbefehlshaber Rosenfeldt und einige weniger hochrangige Offiziere teil.

Heute war der Raum voll. Nylund erkannte die beiden Clowns vom letzten Mal

wieder, aber diesmal hatten sie auch noch ihre Chefs mitgebracht. Verteidigungsminister Thomas Nordin hatte sich gerade auf seinen Stuhl gesetzt und sah besorgt auf seine Uhr, bevor er sich im Raum umsah, um die Person zu finden, welche die Sitzung eröffnen sollte.

"Können wir loslegen?" Nordin wandte sich ohne Umschweife an niemanden. "Wir brauchen dringend Klarheit über diese Situation. Es scheint, dass die ganze Marine in Bewegung ist. Schon bald wird sich jemand fragen, warum. Ich selbst brauche Klarheit, denn ich kann nicht mehr nachvollziehen, ob es sich um unser U-Boot handelt oder um ein fremdes."

Nylund stand auf, als er zu sprechen begann. "Wir sind alle hier; also ja, fangen wir an."

Dieses Treffen wird mich wahrscheinlich teuer zu stehen kommen, dachte Nylund. *So sei es.* Es war an der Zeit, aufzustehen und es richtig zu machen. *Gewagt, aber besonnen.*

"Herr Minister, meine Herren. Ich werde Ihnen einen kurzen Überblick über die Geschehnisse der letzten Tage geben und dann erläutern, was derzeit im Hinblick auf die Such- und Rettungsmassnahmen unternommen wird.

Am Montag, dem 11. April, zwischen 09:45 und 09:52 Uhr, erhielten wir mehrere Meldungen über die Sichtung eines U-Bootes im Danziger Gatt, ungefähr hier." Nylund deutete auf eine projizierte Seekarte an der Wand. "Es gibt keine Angaben darüber, um was für ein U-Boot es sich handeln oder woher es kommen könnte. Wir haben es im Oberkommando besprochen, aber aufgrund der vagen Beschreibungen und der unklaren Wetterlage halten wir den Bericht für nicht zuverlässig."

"Die Leute haben ein U-Boot gesehen,

aber Sie haben es ignoriert?" fragte der Minister.

"Ja, im Wesentlichen", sagte Nylund. "Es ist zu berücksichtigen, dass wir permanent diese Art von Sichtungen erhalten, hauptsächlich von Leuten, die unsere eigenen U-Boote sehen, aber auch schwimmende Baumstämme, Fischerboote, Lastkähne und anderen Verkehr in unserem Archipel. Im Nachhinein war es ein Fehler, dies zu ignorieren, aber zu der Zeit gab es keine Anzeichen dafür, dass gerade diese Meldung realer sein könnte als die vielen falschen Sichtungen, die wir jedes Jahr bekommen."

Er hielt inne und sah sich im Raum um.

"Dies allein war also noch kein Grund zur Sorge, aber etwa zweiundsiebzig Stunden später verpasste eines unserer U-Boote, das in diesem Gebiet operierte, sein Meldefenster. Und diese beiden Ereignisse zusammen sind von grosser Bedeutung."

"Meldefenster?", fragte einer der Zivilisten vom Verteidigungsministerium.

"Unsere U-Boote haben immer den Befehl, sich in Friedenszeiten regelmässig zu melden. Alle vierundzwanzig Stunden müssen sie Position, Kurs und Geschwindigkeit sowie eventuelle Probleme melden." Er wandte sich wieder der Karte an der Wand zu.

"Wie Sie hier sehen können" – er zeigte auf die letzte gemeldete Position des U-Boots – "hatte sich das U-Boot am 13. April um 12:00 Uhr nach dem regulären Zeitplan gemeldet. Position, Kurs, Geschwindigkeit. Keine Probleme." Als Nylund sich wieder umdrehte, spürte er, wie ihn etwas drückte. Oh Gott. Er hatte sich für die Besprechung nicht umgezogen und trug immer noch seine Seekleidung, ein-schliesslich des Revolvers in seiner Tasche. Schnell beugte er sich vor, um seine Uniform über diese Seite hängen zu lassen. Die Zuhörer sahen wahrscheinlich den Grund dafür nicht, aber die Ablenkung war in seinem Gesicht offensichtlich.

"Admiral?"

"Ja, Entschuldigung – das nächste Mel-defenster war am 14. April um 12:00 Uhr mittags. Da sich das U-Boot nicht rechtzeitig meldete, setzte der Wachkommandant in Berga den Status innerhalb von fünf Minuten auf *'U-Boot überfällig'*. In diesem Fall geschehen verschiedene Dinge: Erstens wird zusätzliches Personal in die Leitstelle beordert, um sicherzu-stellen, dass mehr Personen über die neuesten Informationen Kenntnis haben. So können sie sich gegenseitig bei einem möglicherweise lang andauernden Einsatz ablösen. Zweitens werden die Bergungsmannschaften der U-Boot-Abtei-lung in Alarmbereitschaft versetzt. Sie befanden sich zu diesem Zeitpunkt zufällig in Berga und konnten deshalb physisch präsent sein. Dann beginnen wir mit der Übermittlung von Nach-richten an das U-Boot auf unsere Niederfre-quenzanlage, was bedeutet, dass die Nachrich-ten auch ein untergetauchtes U-Boot erreichen können. Die Tiefe, die sie erreichen können, hängt von den Wasserverhältnissen ab, aber das U-Boot ist nicht in der Lage zu antworten, wenn es sich nicht auf Periskoptiefe befindet oder aufgetaucht ist."

Der Minister war jetzt voll bei der Sache. "Und wie lange soll das so weitergehen?"

"Das geht neunzig Minuten lang so, bis das Protokoll besagt, dass der Status des

U-Boots von *'U-Boot überfällig'* auf *'U-Boot vermisst'* geändert werden muss. Das ist der Zeitpunkt, an dem wir die Such- und Rettungsmassnahmen einleiten."

Da war er, der Moment der Wahrheit. Nylund hörte, wie die Seiten in den Briefing-Unterlagen im Raum umgeschlagen wurden. Die Frage würde ohnehin in wenigen Sekunden auf ihn zukommen, also beschloss er, ihr zuvorzukommen.

"Wie Sie aus den Zeitangaben ersehen können, wurde der Status *'vermisst'* des U-Boots um 20:00 Uhr am Abend des 14. in Kraft gesetzt."

"Und ich bin sicher, dass Sie uns jetzt sagen werden, warum das so ist, Admiral."

"Herr Minister, dafür gibt es keine wirkliche Erklärung ausser einem Kommunikations-Wirrwarr."

"Sie waren verwirrt und haben vergessen zu melden, dass Sie ein U-Boot verloren haben?" Nordins Gesichtsausdruck und sein skeptischer Ton sagten mehr als seine Worte.

"Nein, nicht nur. Es gab ausserdem noch einige ungewöhnliche Aktivitäten im Zusammenhang mit den Befehlen für das U-Boot, gemäss deren sie das Einsatzgebiet wechselten und dann wieder zurückbeordert wurden. Das ist noch nie vorgekommen und der Wachkommandant untersucht immer noch, warum das passiert ist. Da wir uns in einigen Punkten nicht sicher waren, habe ich beschlossen, die Entscheidung darüber, das U-Boot als vermisst zu melden, aufzuschieben."

"Sie haben Ihr eigenes Protokoll verletzt? Ist das nicht in gewisser Weise Insubordination, selbst für einen Admiral?", fragte Nordin rhetorisch, bevor er fortfuhr. "Im Grunde haben Sie den Nachrichtendienstbericht über die Sichtung eines U-Bootes ignoriert und dann haben Sie es versäumt, nach Ihrem eigenen U-Boot zu suchen, weil Sie ganz verwirrt waren. Offen gesagt, meine Herren: das gefällt mir ganz und gar nicht!"

Niemand im Raum sagte etwas. Alle militärischen Befehlshaber zeigten deutliche Anzeichen von Unbehagen und Nylund war sich sicher, dass alle am liebsten laut und deutlich kundtun wollten, dies sei alles nur sein Fehler. *Sie hätten Recht*, dachte er. *Ich habe die Sichtung heruntergespielt und die Suche verzögert.* Nylund wollte diese Fakten gerade bekannt geben, als der pragmatische Minister wieder zu sprechen begann.

"Dies ist jedoch weder der richtige Zeitpunkt noch der richtige Ort, um sich mit Mängeln in der Befehlskette zu befassen. Verstehen Sie mich nicht falsch, dies ist ein grosses Problem und muss gelöst werden. Aber für den Moment muss ich nur wissen, was Sie sonst noch haben, damit wir reagieren können, falls dies öffentlich wird."

"Um 13:55 Uhr erhielten wir von diesen beiden Positionen hier Meldungen über Explosionen auf See. Sie liegen nahe beieinander, aber nicht an der gleichen Position und auch nicht genau zur gleichen Zeit. Sie liegen vier Minuten auseinander."

"Was könnte die Ursache einer solchen Explosion sein?"

"Ein Torpedo oder eine Mine wären Möglichkeiten."

"Sie sagen, dass unser U-Boot möglicherweise auf eine Mine gestossen ist oder von einem Torpedo getroffen wurde?"

"Wir arbeiten daran, das herauszufinden, Herr Minister. Wenn unser U-Boot auf eine Mine gelaufen oder von einem Torpedo getroffen worden wäre, würde es nicht vier Minuten später, mehrere Meilen entfernt, erneut getroffen werden. Es könnte sich um zwei nicht zusammenhängende Vorfälle handeln, aber wir gehen davon aus, dass ein Zusammenhang besteht. Unsere Flotte hat das Gebiet seit gestern Abend abgesucht. Wie Sie wahrscheinlich wissen, ist es nicht einfach, in diesen Gewässern ein U-Boot zu finden."

Einen Moment lang herrschte Schweigen, als Nordin über die Auswirkungen eines verlorenen schwedischen U-Boots nachzudenken schien.

"Wie viele Männer sind auf unserem Schiff?"

"Einunddreissig".

"Und wie gross ist die Wahrscheinlichkeit, dass sie noch leben, wenn sie auf eine Mine gelaufen sind?"

"Das ist praktisch unmöglich zu sagen, aber die Chancen stehen nicht gut."

Nordins Gesicht nahm einen Ausdruck von echter Sorge an. Ein Marineschiff mit über dreissig Mann an Bord zu verlieren...

"Sie müssen das Boot finden, Admiral. Suchen Sie nach unserem U-Boot und finden Sie heraus, was passiert ist. Bringen Sie die Männer wohlbehalten nach Hause zurück. Der Rest von uns muss sich um die politischen Auswirkungen kümmern. Da die gesamte Marine auf See ist, wird es nur eine Frage der Zeit sein, bis der erste Journalist davon Wind bekommt und unbequeme Fragen stellt. Ich möchte, dass sich Ihre Navy-Crew mit meinen Mitarbeitern zusammensetzt." Er deutete auf die beiden Clowns, die ebenfalls an der letzten Sitzung teilgenommen hatten. "Wir müssen uns eine offizielle Version einfallen lassen, mit der wir die Presse füttern können."

Der Minister stand auf. Er nahm seine Aktentasche und sein Jackett und wandte sich zum Gehen, blieb aber auf halbem Weg zur Tür stehen. "Finden Sie das U-Boot, Admiral. Sagen Sie mir, dass es ein defektes Funkgerät war oder so etwas. Wenn das hier anders ausgeht, haben wir es mit einem grossen internationalen Zwischenfall zu tun."

Kapitel 10 – Wiederauftauchen

Stockholm, 15. April, 13:00 Uhr

Jesper Bergman hatte die letzten dreissig Minuten damit verbracht, Leute anzurufen, um so viele Informationen wie möglich aus den erhaltenen Dokumenten zu verifizieren. Es war eine Tatsache, dass grosse Teile der Marine gestern Abend zusammengezogen wurden und nun auf See waren. Der Zweck war zwar noch unbekannt, aber es war unwahrscheinlich, dass es sich um eine Übung ohne vorherige Kommunikation handelte. Die Sichtung war eine Tatsache, denn er hatte drei Zeugen interviewt, von denen zwei mit ihm sprechen wollten. Wenn zwei Leute todsicher waren, dass sie ein U-Boot gesehen hätten, reichte das aus, um einen ersten Artikel darüber zu schreiben.

"Navy Switchboard".

"Jesper Bergman, *Abendblatt*. Ich habe einige Fragen und muss mit jemandem sprechen, der mir sagen kann, was die Marine vorhat, nachdem sie während der ganzen Nacht operierte."

"Es tut mir leid. Davon wissen wir nichts."

"Ich weiss, dass Sie das nicht wissen. Deshalb muss ich ja mit jemandem sprechen, der es weiss. Ich bin mir sicher, dass Sie einen Kommunikationsoffizier haben, der sehr gerne bereit wäre, seine Meinung darüber kundzutun, bevor ich eine Geschichte über ein gesunkenes schwedisches U-Boot schreibe."

Die Telefonistin auf der anderen Seite zögerte eine Sekunde. "Ich stelle Sie durch. Oberleutnant Edvinsson wird Ihre Fragen beantworten."

Die Telefonistin stellte die Verbindung her und hörte das Klicken, das ihr signalisierte, dass Edvinsson den Anruf entgegennahm. Sie drehte ihren Kopf zur Frau, die neben ihr stand und ein paar Papiere sortierte.

"Ein Reporter sprach von einem gesunkenen schwedischen U-Boot."

Eivor Falk sah zu ihr auf und erinnerte sich an die Sitzung, welche sie zwei Tage zuvor vorzubereiten mithalf. "Was, wo?"

* * *

"Jesper Bergman, *Abendblatt*. Ich hatte gehofft, Sie könnten mir bei ein paar Fragen helfen."

Oberleutnant Edvinsson seufzte nur gedanklich und deshalb unhörbar. *Jetzt geht's los.* "Herr Bergman, was kann ich für Sie tun?"

"Ich möchte die Sichtung eines ausländischen U-Boots in schwedischen Gewässern im Danziger Gatt am 11. April um 09:45 bestätigt erhalten. Ausserdem würde es mich interessieren, was die Marine derzeit macht: Alle Liegeplätze in Berga sind leer und die Hubschrauber landen nur zum Auftanken. Unsere Leser möchten wissen, was da los ist."

"Die Marine führt südlich von Landsort eine grosse Übung durch. Daran ist ein Grossteil der Ostseeflotte beteiligt. Was die Sichtung angeht, so bekommen wir Unzählige davon, sie kommen ständig herein. Was die von Ihnen erwähnte Sichtung angeht, kann ich nichts bestätigen. Ich müsste das überprüfen und mich wieder bei Ihnen melden."

"*Sie melden sich wieder bei mir.* Gute Antwort. Sehen Sie, es wurde nichts über diese Grossübung kommuniziert. Ich könnte mir vorstellen, dass nach dem gesunkenen schwedischen U-Boot gesucht wird."

Bergman hatte geblufft, aber was soll's. Für ihn stand nichts auf dem Spiel. Er konnte ungestraft alle Tricks ausprobieren.

Auf der anderen Seite blieb Edvinsson ruhig denn er wurde oft von Journalisten angerufen, die mit einem Bluff an Informationen zu gelangen versuchten.

"Was die Marine tut, ist eine Übung. So plötzlich es Ihnen auch erscheinen mag: es hat nichts mit einem gesunkenen U-Boot zu tun."

"Ein U-Boot wird in schwedischen Gewässern gesichtet und ein paar Tage später sticht die gesamte Marine in See? Also bitte. Das ergibt für mich keinen Sinn. Und für unsere Leser wird es auch keinen Sinn ergeben."

"Herr Bergman, die Marine führt gerade eine grosse Übung durch. Ich kann mich mit Ihnen über die Sichtung in Verbindung setzen, aber wie ich schon sagte, erhalten wir viele dieser Meldungen und ich müsste diejenige bestätigen, von der Sie speziell sprechen."

Edvinsson tat sein Bestes, um seinen Anweisungen zu folgen, ohne dass es so klang, als würde er nur etwas aufsagen. Darin war er sowohl ausgezeichnet als auch erfahren, also dachte er, dass er seine Sache gut gemacht hatte. Es wäre von grossem Nutzen, wenn ihm einmal jemand sagen würde, was vor sich geht, anstatt ihm lediglich Skripte mit offiziellen

Mitteilungen ohne den entsprechenden Kontext in die Hand zu drücken.

"Ich nehme an, Sie sind damit einverstanden, dass wir das drucken, Kommandant Edvinsson?"

"Ich kann nichts von dem, was Sie schreiben, bestätigen. Alles, was ich Ihnen sagen kann, ist, dass die Marine eine grosse Übung durchführt und ich werde mich mit Ihnen über die genaue Sichtung in Verbindung setzen."

Bergman legte den Hörer auf. *Militärisches Geschwafel*, dachte er. Jedenfalls hatte er genug Material für einen ersten, hinterfragenden Bericht über die Aktivitäten der Marine. Weitere Fakten würden folgen müssen. Er würde seine informellen Kontakte nutzen müssen, aber das könnte einige Zeit dauern.

* * *

N 58°29'55" E 17°46'35", 15. April, 13:30 Uhr
Sie waren jetzt seit über zwölf Stunden im Einsatz. Selbst mit Ersatzcrews und den regulären Schlafbetten in den Hangars fiel es ihnen schwer, konzentriert zu bleiben. Der Navy Helicopter 4, international als *CH-46 Sea Knight* bekannt, schwebte fünfzehn Seemeilen südlich von Landsort. Er hatte sein Tauchsonar auf fünfundzwanzig Meter Tiefe eingestellt, um nach einem getauchten Schiff zu suchen.

Die Suche war frequenzmoduliert, d. h. es wurde ein Impuls mit wechselnder Frequenz gesendet. Dies erhöhte die Wahrscheinlichkeit, dass eine Frequenz eine Temperaturschicht durchdringt, was wiederum die Chance erhöhte, einen ersten Hinweis darauf zu erhalten, falls überhaupt etwas vorhanden war. Sobald es ein Anzeichen geben würde, wäre es besser, eine kontinuierliche Welle zu verwenden, also ein Signal, das nur mit einer Frequenz gesendet wird, was einen Dopplereffekt ermöglichen würde. Ein Signal, das mit einer bestimmten Frequenz gesendet wird und mit einer etwas höheren zurückkommt, würde anzeigen, dass sich das Objekt auf sie zubewegt. Ähnlich wie die Tonhöhe des Motors eines Formel-1-Autos, die sich deutlich ändert, sobald das Auto den Punkt des Zuschauers passiert.

Der Ausguck und der Windenführer schlugen Alarm: "Achtung, Leuchtrakete an der Oberfläche, auf drei Uhr." Er nahm sein Fernglas empor und fuhr fort. "Ja, definitiv eine Rauch- und Leuchtspur, weniger als einen Kilometer entfernt. Muss von unten gekommen sein."

Der Pilot reagiert augenblicklich.

"Echo 1, Echo 1, hier ist Yankee 6-4. Wir haben eine wahrscheinlich nicht gezündete Leuchtrakete, einen Kilometer südlich der Position N 58°29'55" E 17°46'35." Wir gehen der Sache nach."

Er wollte gerade das Tauchsonar einschalten und den Hubschrauber bewegen, als sein Sonar-Operator anrief.

"Kontakt, Kontakt, Peilung 180, Entfernung acht Hektometer, muss durch die Schicht gekommen sein; schalte auf Dauersuche."

Der Sonar-Operator betätigte einen Schalter auf seiner Steuerung und das Sonar begann, ein 22-KHz-Signal zu senden, um das Objekt genauer zu orten.

"Schwacher Doppler, zwei bis vier

Knoten. Bewegt sich in unsere Richtung."

"Okay, machen Sie den Fisch scharf", befahl der Pilot, der nun sichtlich damit zu kämpfen hatte, seine Aufregung unter Kontrolle zu halten.

Schwedische U-Boote benutzten diese Fackeln, um ihren Standort zu markieren und es war viel wahrscheinlicher, dass es sich um ihr verlorenes U-Boot handelte als um einen Eindringling. Aber um sicher zu gehen, würde er den Torpedo abschussbereit machen.

Sekunden später sah die gesamte Besatzung den Kommandoturm eines U-Bootes auftauchen.

"Echo 1, Echo 1, Yankee 6-4. Wir haben Sichtkontakt mit einem U-Boot. Teile des Kommandoturms sind zu sehen. Ihre Masten kommen hoch. Ich kann den Schnorchel, das Periskop und den Radarmast sehen. Das orangefarbene Licht am Schnorchel blinkt. Wir fahren hin, um das zu verifizieren, aber für mich sieht es wie unser vermisstes U-Boot aus."

Während das U-Boot weiter auftauchte, untersuchten der Pilot und der Ausguck es weiter durch ihre Ferngläser. Sie holten das Sonar ein und positionierten den Hubschrauber neu, um eine klare Sicht von der Seite zu bekommen. Sobald sie in Position wären, würde die Identifizierung des U-Boots ein Kinderspiel sein.

"Echo 1, Yankee 6-4, es ist unser vermisstes Boot, ich wiederhole, es ist unser vermisstes Boot. Es ist an der Oberfläche und bewegt sich langsam nach Norden. Sieht von hier aus unbeschädigt aus."

Daraufhin 'nickte' der Pilot dem U-Boot mit dem Hubschrauber zu, indem er diesen um die Querachse auf und ab pendeln liess. So konnte er dem U-Boot anzeigen, dass sie ein befreundetes Schiff erkannt hatten. Er stiess einen langen Seufzer der Erleichterung aus, als er merkte, dass er endlich etwas Ruhe bekommen würde.

* * *

N 58°29'30" E 17°46'35", 15. April, 13:30 Uhr Der Kapitän schaute durch das Periskop, während das U-Boot auftauchte. Da der Hubschrauber plötzlich da war und sie die aktive Übertragung von seinem Sonar aufgefangen hatten, entschied er, dass es besser war, die Position zu markieren und aufzutauchen, statt unterzutauchen und zu riskieren, für einen Eindringling gehalten zu werden.

Gute Entscheidung, dachte er, als er den Torpedo in seiner Halterung an der Seite des Hubschraubers hängen sah. Es wäre nahezu unmöglich, dieses Ding zu überlisten, wenn es aus einem Hubschrauber aus nächster Nähe abgeworfen würde.

Wenige Augenblicke zuvor hatte er etwas gesehen, das er als 'Nicken' des Hubschraubers interpretierte. Er spürte instinktiv, dass der Hubschrauber sie erkannt hatte. Ein sichtbares Zeichen der Erleichterung machte sich auf seinem Gesicht breit.

Offensichtlich deutlich sichtbar, denn er hörte, wie die gesamte Kommandozentrale gleichzeitig hinter ihm ausatmete und danach wieder ruhig atmete. Es waren die ersten entspannten Atemzüge, die sie seit mehr als vierundzwanzig Stunden gemacht hatten.

Der Kapitän liess das Periskop oben und

ging zum Funkraum hinüber. Der Funkspruch war fertig und er brauchte dem Signaloffizier nur zuzunicken, um die Einzelheiten ihrer Aktivitäten an das Hauptquartier zu übermitteln.

Als sie sich nicht wie geplant gemeldet hatten, musste die Hölle ausgebrochen sein. Möglicherweise würde er dafür Ärger bekommen, aber das schien unwahrscheinlich. Während des Krieges gab es keinen regelmässigen Meldeplan. Das U-Boot konnte den Betrieb nicht unterbrechen, um sich zu melden. Es würde sich melden, wenn der Kapitän es für richtig hielt. Einen Torpedo abzufeuern war vielleicht noch nicht zwingend eine Kriegserklärung, aber doch nicht mehr weit davon entfernt.

Nach der Detonation der beiden Torpedos ging er davon aus, dass ein passiver Gegner über der Schicht bleiben und warten würde, bis sie auftauchen und sich melden würden. Daher hatte er beschlossen, so tief wie möglich zu bleiben und sich zu ihrem vorherigen Kontakt vorzuarbeiten, um ihn zu analysieren.

Damit befanden sie sich zwar ausserhalb ihres Einsatzgebietes, aber auch hier dachte er, dass die Marine dies unter den gegebenen Umständen nachträglich sanktionieren würde. Sein Boot war noch heil und seine Mannschaft, einschliesslich seiner selbst, waren noch am Leben. Damit konnte er zufrieden sein, trotz der möglichen Konsequenzen.

Lindberg war nicht im Dienst, stand aber in der Tür zwischen der Messe und der Kommandozentrale. Auch er hatte eine Minute lang den Atem angehalten, als der Hubschrauber sie auf dem Sonar erfasst haben musste. Er konnte nur hoffen, dass sie identifiziert würden, bevor die Hubschrauberbesatzung beschloss, eine Waffe auf sie zu richten.

Die ganze Anspannung, die sich in den letzten Tagen in seinem Körper aufgebaut hatte, löste sich. Seine Schultern sanken in ihre normale Position zurück und er fühlte sich müde genug, um einen Monat lang zu schlafen. Der Wahnsinn war vorbei. Er sehnte sich danach, nach Hause zu gehen und das alles hinter sich zu lassen. Die Offiziere hatten sich für diesen Dienst bei der Navy freiwillig gemeldet – er selbst war nur ein Wehrpflichtiger.

Zwei Tage zuvor, als sie auf den Kontakt trafen, hörten sie die Explosion des ankommenden Torpedos irgendwo achtern, die wie ein Donnerschlag auf den Rumpf des U-Boots einschlug. Keiner von ihnen hatte so etwas schon je gehört. Lindberg hatte in diesem Moment fast den Verstand verloren und schwitzte stark, während sich ein Gefühl der Panik in ihm breit machte. Es kostete ihn all seine mentale Kraft, einfach auf seinem Platz zu bleiben. Der Torpedo musste explodiert sein, als er den Krachmacher verfolgte. Sie konnten sich nicht sicher sein, was genau passiert war, aber jedes Ergebnis, bei dem sie noch am Leben waren, war ein Gutes.

Der Kapitän hatte dem Steuermann in aller Ruhe befohlen, das Boot auszubalancieren und es vorsichtig auf den Grund zu setzen. Da es keinerlei Maschinengeräusche gab, war es mit einem passiven Sonar nicht zu entdecken. Ein aktives Sonar, das den aus U-Boot-Filmen bekannten Ping aussendet, hätte es finden können, wenn es sehr nahe heran käme, aber U-Boote benutzen sie nur selten. Das Aussenden von Schallimpulsen ins Meer war ein wirksames Mittel, um herauszufinden, was sich dort draußen befand, aber es verriet eben auch die Position des Senders.

Einige Minuten später hörten sie die Detonation ihres eigenen Torpedos, aber keine anderen Geräusche aus der Richtung, in der ihr Kontrahent sich wegbewegt hatte . Wäre er beschädigt oder gesunken, hätte er wahrscheinlich Geräusche von sich gegeben. Wahrscheinlicher war, dass er entkam und dann das Gleiche tat wie sie. Er wurde langsamer und verschwand.

Die Offiziere hatten erwogen, auf Periskoptiefe zu gehen, um berichten zu können, was passiert war, aber der Kapitän entschied sich dagegen. Sie verbrachten vier Stunden auf dem Grund – Sonar Chief Sandberg klebte währenddessen an seiner Konsole. Der Kapitän hatte sie dann vom Grund geholt und begonnen, sich nach Süden in Richtung des letzten bekannten Kontakts zu bewegen. Sie schlichen mit nicht mehr als zwei Knoten dem Grund entlang und nutzten die Strömung, um sich in die gewünschte Richtung zu bewegen.

Um ihren Rücken zu schützen, drehten sie sich häufig um neunzig Grad, um das Meer hinter sich für ihren Bugsonar zu öffnen. Systematisch suchten sie das Gebiet nach Geräuschen ab, die mit dem vorherigen Kontakt in Verbindung standen, aber da draußen war nichts zu hören.

Lindberg war damit beschäftigt, Kopien der Aufzeichnung der Begegnung anzufertigen, die für eine spätere Analyse hilfreich sein würden. Es war nicht einfach, die Herkunft des U-Boots zu bestimmen, aber sie hatten gute Daten über das entflohene U-Boot. Jemand wie

Sandberg würde in der Lage sein, das herauszufinden, sobald er seine Aufmerksamkeit von der aktuellen Operation ablenken konnte.

Sie hatten gehört, wie die schwedische Marine mit grosser Geschwindigkeit aus den Schären hinausfuhr, hatten aber erwartet, dass dies bereits früher der Fall sein würde, da das U-Boot-Vermisstenprotokoll neunzig Minuten nach ihrem Meldefenster hätte eingeleitet werden müssen. Obwohl sie besorgt darüber waren, dass nichts passierte, konnten sie nichts anderes tun, als anzunehmen, dass andere Informationen eine Rolle spielten. Möglicherweise hatte die Marine die Explosionen gehört und das Friedensprotokoll ausgesetzt.

Die Marine könnte nach irgendetwas Untergetauchtem gesucht haben, aber da sie sich hauptsächlich im zugewiesenen Einsatzgebiet von Lindbergs Boot zu bewegen schienen, suchten sie wahrscheinlich nach ihnen. Die Marine hatte sich nach Süden bewegt und näherte sich ihrer Position, als plötzlich der Hubschrauber aus dem Nichts auftauchte.

Das frequenzmodulierte Signal hatte die Wärmeschicht teilweise durchdrungen. Es war schwer zu sagen, ob genug von diesem Signal am U-Boot abprallen würde, um der Hubschrauberbesatzung ein Echo zu liefern, aber zu diesem Zeitpunkt war es dem Kapitän zu riskant, sich weiterhin zu verstecken. Er beschloss, die Leuchtrakete abzuschiessen und mit dem Boot wieder aufzutauchen.

Kapitel 11 - Nachrichtenstellenwert

Marinestützpunkt Berga, 15. April, 13:35 Uhr

Nylund beugte sich über den Rücken eines Funkers in der Kommandozentrale des Marinestützpunkts Berga. Als die Nachricht kam, dass ihr U-Boot gefunden worden sei und unbeschädigt zu sein schien, stiess er wie alle anderen einen Seufzer der Erleichterung aus. Die letzten Tage hatten seine Nerven stark strapaziert und obwohl Nylund immer noch wusste, dass dies wahrscheinlich das Ende seiner Karriere in der Marine sein würde, wollte er nicht als derjenige Admiral abtreten, welcher ein U-Boot verloren hatte. Er hatte einen Fehler gemacht. Er hatte sogar Einige gemacht, aber dann war er in seinen Marinestützpunkt marschiert und hatte sich an der Suche beteiligt, die jetzt zu einem guten Ende gekommen war.

Es würde noch viel Arbeit geben, um herauszufinden, was dort draussen passiert war, aber unter seiner Aufsicht gab es keine schwedischen Todesopfer. Plötzlich erinnerte er sich an die Explosionen und sah zu den Funkern hinüber, welche die reguläre Funkstation besetzten. Der Signaloffizier stand mit grimmigem Gesichtsausdruck hinter seinen Untergebenen, während er ein Meldeformular überprüfte. Er sah sich im Raum um und als er Nylunds Blick bemerkte, gab er dem Admiral ein Zeichen, sich zu ihm zu setzen.

Als Nylund zur anderen Seite des Raumes ging, berührte eine der Sekretärinnen seinen Arm und hielt ihm einen Telefonhörer entgegen. Er schüttelte den Kopf, aber sie insistierte und flüsterte ihm zu, dass die Frau innerhalb der letzten Stunde mehrmals angerufen habe und man nicht mehr wisse, was man ihr sagen solle. Widerwillig nahm Nylund den Hörer in die Hand.

"Hallo"

"Klas, ich bin's, Frida."

"Ich bin beschäftigt. Wir müssen..."

"Nicht zu beschäftigt *dafür*", sagte sie. "Ich habe mit dem Hauptzeugen, Alvar Segerfors, in Nynäshamn gesprochen – dem Mann, der die Skizze gezeichnet hat."

"Und? Ich muss wirklich gehen."

"Die Skizze, die Sie in Ihren Akten haben, ist nicht die Original-Skizze."

"Was wollen Sie damit sagen?" Nylund fiel kurz die Kinnlade herunter, bevor er sich wieder fing und vor der Mannschaft in der Kommandozentrale ein ernstes Gesicht aufsetzte.

"Ich zeigte ihm die Skizze und fragte ihn, wie er so sicher sein könne, dass es sich um ein U-Boot handelt. Er fauchte mich regelrecht an, dass dies nicht seine Skizze sei. Er hat dann eine daneben gezeichnet, die ganz anders aussieht. Mit viel mehr Details. Der Kommandoturm befindet sich zum Beispiel an einer ganz anderen Stelle. Ich verstehe nichts von U-Booten, aber ich vermute, dass die Skizze irgendwann verändert oder ausgetauscht wurde, nachdem sie Segerfors abgegeben hatte. Dies bedeutete aber nichts anderes, als dass Sie nicht die originale Zeichnung erhalten haben."

Nylund spürte, wie es ihm kalt über den Rücken lief. Löfgren. Es musste Löfgren gewesen sein, der ihn wieder zum Narren hielt. War es eines ihrer eigenen Boote? Dann hätte Löfgren die Skizze geändert, damit sie es nicht identifizieren konnten. *Wir würden eine gross angelegte Operation starten und wie Narren dastehen, wenn klar geworden wäre, dass wir uns selbst gejagt hätten.* Das wäre ein grosses Fiasko für die Marine.

Nein, sie hatten die Positionen ihrer Boote überprüft. Melker Nilsson hatte sie anrufen lassen. Es konnte nicht eines von ihnen gewesen sein – es sei denn, Nilsson war eingeweiht, natürlich.

"Wonach sieht es aus?"

"Wie gesagt, ich verstehe nichts von U-Booten und ich hatte auch keine Zeit, nachzuschauen. Alvar war anscheinend früher bei der Marine und er war fest davon überzeugt, dass es kein schwedisches Schiff gewesen war. Ich habe veranlasst, ihn zu überprüfen, um mir seine vita bestätigen zu lassen, aber das dauert halt etwas länger, wenn man keine richtige Polizistin mehr ist..."

Kein schwedisches U-Boot. Ist die Sichtung eines fremden Schiffes also doch zutreffend? Eine Sichtung eines fremden Schiffes, Explosionen, ein U-Boot, das verschwindet und dann wieder auftaucht? Er hob den Blick und sah den Signaloffizier an, dessen Gesicht blass war und der ihm mit dem Meldeformular zuwinkte.

"Finden Sie Segerfors und bringen Sie ihn her. Rufen Sie die echte Polizei, wenn es sein muss. Wir müssen diesem Schlamassel auf den Grund gehen." Er legte den Hörer auf und ging zum Meldebeamten hinüber.

Der Signaloffizier reichte ihm die Meldung und bedeutete ihm nervös mit dem Kopf, sie zu lesen. Es war ein relativ langer Bericht, der ihnen vom wieder aufgetauchten U-Boot geschickt worden war. Nylund begann ihn zu lesen, kam aber nicht weit ohne dass sich sein Herzschlag erhöhte. Kontaktbericht, mindestens zwei getauchte Kontakte, bestimmte U-Boote. Ein Torpedo abgefeuert, einem anderen ausgewichen. Explosionen. Es las sich wie ein verdammter Kriegsroman. Was zum Teufel war da los? Das hier war Schweden unter Friedensbedingungen. Er las weiter und kam zu demjenigen Teil, den er suchte. Identität des Eindringlings: unbekannt. Aber sie hatten alles auf Band und auch Kopien für die Analyse bereit.

Jemand hat einen Torpedo auf meine Marine abgeschossen, dachte er. *In schwedischen Gewässern und in Friedenszeiten. Ich glaube, wir haben gerade 'den internationalen Zwischenfall', von dem der Verteidigungsminister gesprochen hatte. Das muss verifiziert werden und nach oben gelangen.* Er winkte dem Signaloffizier zu, der einen Schritt zurückgetreten war.

"Schicken Sie ein Boot oder einen Hubschrauber oder etwas anderes raus, um die Bänder zu holen und machen Sie das U-Boot so schnell wie möglich fest. Wir müssen die Besatzung befragen."

* * *

N 58°32'55" E 17°49'42", 15. April, 14:05 Uhr
Eines der kleinen Transportboote der Marine
kam dem U-Boot entgegengerauscht. Es hielt
längsseits und ein Mann sah aus, als wollte er
zum U-Boot springen.

"Er wird nicht etwa versuchen, das zu
tun, wonach es für mich aussieht?" Der Kapitän
murmelte mehr zu sich selbst als zu jemand
anderem.

Bevor jemand diese in der Luft liegende
Frage beantworten konnte, sprang der Mann.
Er verfehlte sein Ziel, konnte sich aber an der
Fussstütze am Turm festhalten und zog sich
auf den Rumpf hoch.

"Hat der seinen verdammten Verstand
verloren?", sagte der Kapitän laut und beugte
sich vor, um den Mann zurechtzuweisen, aber
er wurde durch das Funkgerät abgelenkt.

Die riesige Schiffsschraube des U-Boots
wirbelte das Wasser nur dreissig Meter hinter
der Stelle auf, an der der Mann gelandet war.
Hätte er es verfehlt, wäre er nur Sekunden
später verschlungen worden, ohne dass das
U-Boot eine Chance gehabt hätte, ihm auszu-
weichen.

Der junge Leutnant kletterte die Hauptluke herunter und betrat die Kommandozentrale.

"Befehl vom Oberkommando. Ich brau-
che alle Bänder des Kontaktberichts, sofort. Sie
müssen so schnell wie möglich an den militärischen Nachrichtendienst gehen."

Er übergab dem Torpedooffizier einen
Zettel.

Arrogantes Arschloch, dachte Lindberg.
*Du warst nicht derjenige, der in dieser Thermos-
kanne fast in die Luft gesprengt wurde.* Er

packte alle Bänder zusammen und legte sie in eine kleine Kiste. Er überprüfte, ob alle Recorder mit neuen Bändern bestückt und in Betrieb waren. Es war unwahrscheinlich, dass das Sonar bei dieser Geschwindigkeit an der Oberfläche viel aufzeichnen würde, aber der Befehl besagte, dass sie immer laufen müssten.

Es war denkbar ungünstig, dass sie das alles aus der Hand geben mussten. Jemand wie Sandberg wäre am ehesten in der Lage, sich einen Reim auf das Ganze zu machen, aber jetzt gaben sie es an irgendwelche Landratten weiter, die in ihren Büros sassen und darüber theoretisierten, was das sein könnte. So ein Schwachsinn. Er übergab die Kiste dem Leutnant.

"Lassen Sie sie nicht fallen, Leutnant. Ich habe sie selbst gemacht."

Der Leutnant warf ihm einen vernichtenden Blick zu, drehte sich um und verschwand über die Leiter.

"Gut, ich habe wohl keinen Sinn für Humor", murmelte Lindberg.

* * *

Marinestützpunkt Muskö, 15. April, 14:10 Uhr
Löfgren erhielt die Nachricht, dass das U-Boot wieder aufgetaucht war und seine erste Reaktion war ein Seufzer der Erleichterung. Das bedeutete, dass bei dieser Operation keine schwedischen Menschenleben zu beklagen waren. Er war zwar nicht zimperlich, als es darum ging, den geheimen Krieg zu führen, in dem sie sich jetzt befanden, aber ein ganzes U-Boot samt Besatzung zu verlieren wäre ein zu hoher Preis für eine Sichtung gewesen.

Wenige Augenblicke später erinnerte er

sich an das Beweismaterial, das er Frau Falk zu den Akten gelegt hatte. Die Materialien wiesen auf einen Nachrichtendienstbefehl hin, von dem niemand an Bord des U-Boots je gehört hatte. Bevor sie zurückkehrten und das Debriefing stattfand, mussten diese Befehle wieder aus dem Archiv verschwinden, oder er würde möglicherweise eine Menge zu erklären haben.

* * *

Marinestützpunkt Berga, 15. April, 14:20 Uhr
Der Signaloffizier winkte Nylund erneut heran und sah nicht zufriedener aus als zuvor. Nylund war gleich bei ihm und las die Nachricht durch. Er warf dem Signaloffizier einen fragenden Blick zu. Er bekam nur ein Achselzucken zurück.

"Wir haben ihnen gesagt, dass wir ein Boot schicken würden, um alle Bänder einzusammeln und das ist ihre Antwort. Vor ein paar Minuten haben sie alle Bänder einem Marineleutnant übergeben, der an Bord kam. Das kleine Boot, mit dem er zu unserem U-Boot fuhr, war offiziell von der Marine. Sie trugen Uniform und hatten einen unterzeichneten Befehl, der echt aussah. Der Kapitän hatte keinen Grund zu glauben, dass es sich nicht um einen offiziellen Auftrag handelte. Wir suchen in den Logbüchern nach der Quelle des Befehls. Bisher nichts."

"Wann haben sie die Bänder ausgehändigt?"

"Erst vor ein paar Minuten, Admiral."

Nylund ging entschlossen geradewegs zum Kartentisch hinüber. Das war das letzte Mal, dass sie sich mit ihm anlegten. Er überprüfte die Positionen der Marineeinheiten. Ein Vorteil der Suchaktion war, dass die Marine bereits mit allen verfügbaren Einheiten in dem Gebiet tätig war. *Jetzt werden wir sehen, wer in Schwierigkeiten geraten wird.*

"Bestätigen Sie die Position, wo das Boot verschwunden ist. Wie viele Hubschrauber haben wir im Einsatz?"

"Vier HKP4 Sub-Hunters und drei kleinere für die visuelle Suche."

"Bringt sie alle in dieses Gebiet und findet das Schiff. Und schickt die ganze verdammte Flotte hinter ihnen her. Findet sie. Sofort! Verbreiten Sie die Nachricht und fordern Sie die Kräfte der Navy Base Security auf, alles und jeden abzufangen, der es an Land schafft. Jetzt reicht es!"

Der Signaloffizier zögerte eine Sekunde lang.

"Jetzt", rief Nylund ihm zu.

Base Security waren die Landeinheiten der Navy, deren Aufgabe es war, die Schiffe der Navy zu schützen, während sie angedockt waren. Sie bestanden aus kleinen Einheiten - in der Regel vier Mann und ein Hund – und durchsuchten grosse Gebiete rund um die Navy-Einrichtungen. Klein und mobil bestand ihre Hauptaufgabe darin, Auffälligkeiten zu bemerken und zu melden, um grössere Kräfte zu koordinieren. Schwer bewaffnet war die Gruppe jedoch schlagkräftig genug um jeden Feind überraschen zu können.

Einige Minuten später sah Nylund, wie sich die Radarsignale auf neue Positionen zubewegten. Die Hubschrauber bewegten sich schnell in die Suchgebiete, während sie darüber informiert wurden, wonach sie suchen sollten.

Langsamere Signale, die von Patrouillenbooten der Marine kamen, drehten zur Position ab und fuhren mit voller Geschwindigkeit. Die gesamte Marine hatte alle verfügbaren Radargeräte im Einsatz. Man konnte die Energie, die in der Luft lag, fast schon physisch spüren. Der Petty Officer an der ESM-Konsole, der für die Verfolgung der Radarsignale zuständig war, wirkte davon überwältigt. Er hatte sich darauf verlegt, einfach nach 'Ausreissern' zu suchen – also nach allem, was ungewöhnlich war. Der Signaloffizier bestätigte auch, dass acht Sicherheitsgruppen der Basis auf dem Landweg aufgebrochen waren und sich in der Umgebung von Nynäshamn aufhielten, wo sie hofften, das unbekannte Schiff abzufangen.

Nylund knirschte mit den Zähnen, als er auf den Bildschirm blickte. "Jetzt geht's los", flüsterte er vor sich hin, dann formulierte er es für sich selbst anders. *Jetzt kriege ich dich, wer auch immer du bist!*

* * *

Stockholm, 15. April, 14:30 Uhr
Rufen Sie die echte Polizei. Frida Wikström runzelte gedanklich die Stirn. *Wenn jemand die echte Polizei ist, dann bin ich es. So echt, wie sie nur sein kann. Ich bin besser, weil ich nicht die Hälfte meiner Zeit damit verbringen muss, Berichte zu schreiben und tausend Regeln zu befolgen, die für alles gelten.* Während ihrer Zeit bei der Polizei hatte sie mehr als genug Leute gesehen, die durch die Lücken des Rechtssystems geschlüpft waren. Die meisten aufgrund bedeutungsloser Formalitäten. Irgendwann konnte sie es einfach nicht mehr mitmachen.

Gegen Ende wurde ihr fast schon körperlich schlecht. Jeder wusste, dass die Beklagten schuldig waren. Die Polizei wusste es, der Angeklagte wusste es, die verdammten Verteidiger wussten es. Das Schlimmste aber war, dass auch das Gericht es wusste – was leider niemanden davon abhielt, einen Verbrecher nach dem anderen freizulassen. Vielleicht hatte die Polizei gegen legalistische Vorschriften verstossen, indem sie einen Beamten und nicht einen ausgebildeten Labortechniker die Beweise sammeln liess. Vielleicht hatten sie es versäumt, die richtigen Unterlagen in der richtigen Reihenfolge und zum richtigen Zeitpunkt einzureichen, was dann zu einer Einstellung des Verfahrens führte. Wie auch immer, sie war fertig mit diesem Verein.

Sie bog um die Ecke und hielt in der Nähe von Segerfors' Fischerhütte. Sie vermutete, dass er noch dort sein würde. Mit einem Auge die Umgebung beobachtend, ging sie zur Hütte hinunter. Es war niemand mehr da. *Vielleicht waren sie es leid, die Netze zu entwirren und gingen stattdessen fischen.*

Sie erreichte seine Hütte, wollte hineingehen und erstarrte sofort auf halbem Weg. Irgendetwas stimmte hier nicht. Der Tisch war umgekippt und die Kaffeetasse, die sie ein paar Stunden zuvor benutzt hatte, lag zerbrochen auf dem Boden.

Sie ging ein paar Schritte zurück um die Ecke, um sich zu vergewissern, dass die Fassade sie vom Eingang der Hütte abschirmte. Sie blieb stehen, lauschte auf Geräusche und suchte die Umgebung nach etwas Ungewöhnlichem ab. Es war niemand in der Nähe und nichts, was sie sehen oder hören konnte, erregte ihren Verdacht.

Sie zog ihre Waffe heraus. Rechtlich gesehen war es keine Dienstwaffe mehr, aber es gab Möglichkeiten, an eine Solche heranzukommen. Die Walther PPK war die bevorzugte Waffe des Geheimdienstes Ihrer Majestät, aber auch der schwedischen Polizei. Sie streckte die Waffe vor sich aus und trat von der Wand der Hütte weg. Langsam wich sie zur Seite und deckte den Winkel zur Eingangstür ab. Sie richtete sich auf und stellte sich neben den Eingang. Es gab ein Fenster auf dieser Seite, aber es war auf der anderen Seite der Tür. Niemand konnte sie von innen sehen, aber man hätte sie hören können.

Wenn sie drinnen mit etwas Schwererem als einer Pistole bereit standen, konnten sie wahrscheinlich direkt durch die Wand schiessen. Ganz zu schweigen von dem, was passieren könnte, würde sie die Tür öffnen.

Wenn sie hineinplatzen würde, wäre es unmöglich, rechtzeitig zu reagieren, falls jemand auf sie wartete. Stattdessen beschloss sie, die Tür Zentimeter für Zentimeter zu öffnen, um zu sehen, ob es eine Reaktion gab. Da sie einen kleinen Abstand hatte und nichts passiert war, ging sie in die Hocke, warf einen kurzen Blick hinein und zog sofort den Kopf wieder zurück. Wenn sie es auf Hüfthöhe tat, könnte das für die Person auf der anderen Seite verwirrend sein.

Sie sah niemanden drinnen. Sie hörte nichts. Keine Bewegung, kein Atmen, nichts. Sie entfernte sich von der Tür und bewegte sich weiter, bis sie eine gute Sicht auf das Innere hatte. Da sie niemanden sah, machte sie vier schnelle Schritte hinein und überprüfte den Raum. Er war leer.

Sie stiess die Luft aus, die sie vor dem Durchschreiten der Tür eingezogen hatte und liess ihren Arm mit der Waffe sinken. Sie hielt sie neben sich, während sie einige Male tief durchatmete und versuchte, ihren Herzschlag so zu beruhigen dass sie klar denken konnte.

In der Ecke, die Segerfors aufgeräumt hatte, waren Gegenstände aus dem Regal gefallen und es sah aus, als sei Blut auf dem Boden. Sie kniete sich hin und sah sich das Ganze genau an, wobei sie darauf achtete, nichts zu berühren. Einige der polizeilichen Vorschriften funktionierten noch immer standardmässig. Es war Blut. Nicht genug, um von einer Schiesserei oder eine Messerstecherei auszugehen. Wahrscheinlicher war, dass jemand einen Schlag auf die Nase bekommen hatte.

Sie fand heraus, dass jemand die Skizze eines Zeugen verändert hatte – und Stunden später war dieser Zeuge verschwunden und hatte Blut in seiner Hütte hinterlassen. *Diese Geschehnisse liegen zu nah beieinander, um Zufall zu sein*, dachte sie, als sie auf ihre Uhr sah. Sie hatte Segerfors etwa drei Stunden zuvor verlassen, als er noch vor seiner Hütte sass. Das kann nicht sein. Irgendjemand ausser Nylund musste gewusst haben, was sie vorhatte. Sie hatte es jedoch niemandem gesagt.

Ihr Herzschlag wollte sich nicht beruhigen, als sie in der Mitte von Segerfors' Hütte stand. Die verbleibenden Möglichkeiten waren, dass Nylund es jemandem verraten hatte oder dass irgendeine Kommunikation abgefangen worden war. Sie sprach mit Nylund via ihrem Haustelefon und rief die Telefonzentrale der Marine an, als sie in seinem Büro keine Antwort

erhielt. Wurde der Anschluss der Marine abgehört?

* * *

Stockholm. 15. April, 16:00 Uhr
Die ersten Zeitungsbündel wurden vom Lastwa-
gen entladen:

EILMELDUNG

> *Mögliche Sichtung eines sowjetischen
> U-Boots im Danziger Gatt!*
>
> *Die Marine hält sich mit einer bedeuten-
> den Operation zurück.*
>
> *Was verbirgt die Marine?*

Nachdem Bergman die tatsächliche Sichtung bestätigt und mit dem (nicht gerade ko-
operativen) Mann der Marine gesprochen hatte,
brauchte es keine grosse Anstrengungen, seinen Redakteur zu überzeugen. Der sowjetische
Teil war ein wenig ungenau, aber wenn es sich
möglicherweise um ein U-Boot handelte, konnte
es nach Bergmans Ansicht auch ein *sowjetisches* U-Boot sein. Das hatte die Stimme am Telefon gesagt und mit dem Wort *'möglicherweise'*
verbreitete sie keine Unwahrheiten. Bergman
musste mehr Informationen zu dieser Sache bekommen. Er hatte einen Informationsvorsprung
gegenüber den anderen Zeitungen, aber diese
würden bald wie die Fliegen auf einem toten
Fisch schwärmen. Er hatte noch irgendwo im
Büro Material von einer früheren Geschichte
über das Militär. Wenn er sich nicht irrte, stand
da irgendwo die Adresse eines gewissen Admirals Klas Nylund drin.

Kapitel 12 - Einsatz

Stockholm, 15. April, 16:00 Uhr

Wikström fuhr zurück zu ihrer Wohnung und liess in Gedanken Revue passieren, was geschehen war. Sie hatte eine halbe Stunde damit verbracht, den Schuppen nach etwas zu durchsuchen, was ihr vielleicht helfen könnte, etwas herauszufinden. Abgesehen von den leichten Spuren eines Kampfes gab es nichts. Zumindest nichts, was sie ohne eine echte kriminaltechnische Untersuchung hätte finden können. Sie liess alles unangetastet und schloss die Tür hinter sich. Um keine Aufmerksamkeit von Segerfors Nachbarn zu erregen, hatte sie den Tisch wieder an seinen Platz gestellt und die Reste ihrer Kaffetasse daraufgelegt. Ihre Fingerabdrücke waren darauf und es war mühsam, all die zerbrochenen Teile abzuwischen.

Sie würde mit Nylund sprechen müssen, war sich aber noch nicht sicher, wie sie dies angehen sollte. Er war derjenige, der ihr die eindeutig als geheim eingestuften Akten mit dem Namen und der Adresse von Alvar Segerfors übergeben hatte. War es möglich, dass er Spuren davon aus dem Weg räumen wollte? Benutzte er sie, um herauszufinden, wer genug wusste, um den Bluff der Marine zu durchschauen? Er hätte unmittelbar nach ihrem Anruf wegen des Phantombildes jemanden organisieren können, der Segerfors abholt. Das wäre ein plausibles Szenario, aber sie kannte Nylund schon lange. Hatte er die Kaltblütigkeit dazu, sich so zu verhalten? Eine andere Möglichkeit wäre, dass jemand wusste was Nylund vorhatte und sie hierher verfolgt hatte. Das schien zwar eine komplizierte Möglichkeit zu sein, aber keine Unmögliche. Aber wer?

Im Bewusstsein, dass etwas nicht stimmen konnte, schaute sie ständig in den Rückspiegel und versuchte, den Verkehr hinter sich im Auge zu behalten. Zweimal bog sie von der Hauptstrasse ab, fuhr ein paar Kilometer weit und kehrte dann unvermittelt wieder um.

Ich werde langsam paranoid, dachte sie. Vielleicht sollte sie gar nicht nach Hause gehen, aber sie musste Nylund erreichen.

* * *

N 58°47'00" E 17°48'25", 15. April, 16:30 Uhr
"Echo 1, Echo 1, hier ist Yankee 6-7. Wir haben Sichtkontakt zu einem kleinen Boot, Typ Navy, das an einem Steg am Südende von Torö festgemacht ist. Wir fahren hin, um es uns näher anzusehen. Marineboot, niemand in der Nähe. Ich kann eine Strasse sehen, die von der Anlegestelle weg durch den Wald führt."

Hab ich dich, dachte Nylund.

"Sag ihnen, sie sollen der Strasse folgen und nachsehen, ob sie irgendetwas finden können."

Der Signaloffizier gab den Befehl weiter und die Yankee 6-7 begann mit einer langsamen Suche auf der Strasse, wobei die Besatzung über Funk Richtung und Entfernung durchgaben, während sie weiterflog.

"Ein Kilometer, die Strasse führt immer noch in Richtung Norden, keine Fahrzeuge in

Sicht."

Das wird einige Leute sehr verärgern, dachte sich der Pilot, während sein zweirotoriger Hubschrauber in niedriger Höhe über die Strasse dröhnte. Irgendjemand wird jetzt sicher die Beschwerdestelle anrufen. Er warf einen Blick zu seinem Kopiloten und das Lächeln, das dieser erwiderte, verriet ihm, dass sie beide das Gleiche dachten. Beide Männer lächelten weiter, während sie die Strasse absuchten. Dieser Tag machte mehr Spass als üblich.

* * *

Wälder nördlich von Oxnö, 15. April, 17:30 Uhr
Der Hund hatte in den letzten Minuten seine Ohren wiederholt gespitzt. In der Ferne hörten sie Hubschrauber und Zetterberg fragte sich, ob das der Grund dafür sein könnte. Der Korporal, der sich um den Hund kümmerte und ihn am besten kannte, schüttelte den Kopf. Da draussen war jemand. Zetterberg beriet sich kurz mit dem Navigator und legte eine Richtung fest. Er gab allen ein Zeichen, ihm zu folgen. Der Hundeführer setzte sich langsam in Bewegung, während der Funker seinen Verdacht meldete.

Es könnten Einheimische sein, die in den Wäldern herumstreifen, aber er hatte das dumpfe Gefühl, dass das nicht der Fall war. *Wie mein Bruder*, dachte er. *Er wird immer misstrauisch, wenn seine Kinder zu still sind.* Einheimische, die im Wald wanderten, hätten keinen Grund, still zu sein. Sie würden sich eher unterhalten und schnell gehen. Er wies seine Gruppe an, langsamer zu werden und leise zu bleiben. Wer auch immer da draussen war, könnte sie kommen hören und in Deckung gehen.

Im Schneckentempo ging es voran und jeder achtete darauf, wo er seine Füsse hinsetzte, um keine Geräusche zu machen. Der Hundeführer an der Spitze konzentrierte sich darauf, was der Hund tat. Das bedeutete, dass er selbst nicht unbedingt in der Lage war, sich umzusehen und auf eine unerwartete Begegnung vorbereitet zu sein. Daher befand sich auch bewaffnete Unterstützung der Gruppe in seiner Nähe. Der stärkste Mann der Gruppe ist derjenige, der jeweils mit der schwersten Waffe ausgerüstet ist.

Da sie in aller Eile aufbrachen und bei ihrer Wegfahrt scharfe Munition mitnahmen, waren sie auf dieser Patrouille alle mit derselben Waffe ausgerüstet. Die schwedische Version des Heckler & Koch G3, in Schweden als AK4 bekannt. Ein 7,62-mm-Sturmgewehr mit grosser Reichweite und hoher Durchschlagskraft. Es hatte zwar nur ein zwanzigschüssiges Magazin, war aber dennoch eine lange und schwere Waffe, mit der man umgehen können musste.

Der Hund war sehr aufgeregt, gab aber keinen Laut von sich, so wie es ihm beigebracht worden war. Der Hundeführer zog den Hund zu sich heran und legte einen Arm um ihn, um ihn ruhig zu halten.

Sie hörten leise Stimmen, konnten aber nichts sehen. Die Sonne stand schon tief und die Schatten, die durch die Bäume und Büsche geworfen wurden, machten es schwer, etwas zu erkennen. Zetterberg gab dem Hundeführer ein Zeichen, dort zu bleiben, wo er war, während sich die übrigen Männer langsam vorwärts bewegten. Er hörte, wie ein Automotor gestartet wurde und konnte kurz die Rückleuchten zwischen den Bäumen sehen, als das Fahrzeug auf einen schmalen Waldweg abbog. Dort war ein weiteres Auto geparkt, um welches drei Männer herumzustehen schienen, die sich etwas ansahen – möglicherweise eine Karte.

Der Mann zu seiner Linken trat auf einen Ast. Es überraschte Zetterberg immer wieder, wie gut der Schall im Wald zu hören war, wenn alles still war. Er sah, wie die Köpfe aller drei Männer emporschnellten und sie sich umschauten. Eine Sekunde später zogen die drei unbekannten Männer ihre Waffen. Instinktiv brach Zetterberg das Schweigen, brachte aber nur ein einziges Wort heraus.

"Runter!"

Die vier liessen sich gerade noch rechtzeitig fallen, als die ersten Schüsse ertönten. Er hörte das Zischen einer Kugel, die über ihm vorbeiflog. Dasselbe Geräusch, das sie auf dem Schiessplatz gehört hatten, als sie für dieses Szenario trainiert hatten. Wer zum Teufel war das und warum schossen sie auf sie?

Die Männer beim Auto schienen nur mit Handfeuerwaffen bewaffnet zu sein, so dass ein Treffer auf ein liegendes Ziel aus dieser Entfernung zwar unwahrscheinlich, aber nicht unmöglich war. Mit etwas Pech könnte dies das Ende von Zetterberg und seiner Gruppe sein.

Landgren, rechts von ihm, war völlig durcheinander. Er schien mit ihrer Situation zu kämpfen und suchte immer noch verzweifelt nach Deckung. Als würde er herumlaufen und etwas suchen, das er fallen gelassen hatte. Bengtsson zu seiner Linken lag ganz still und hatte das Ziel anvisiert, aber noch nicht geschossen.

Bengtsson stammte aus den tiefsten Wäldern von Dalarna und war einer der ruhigsten Menschen, die er je getroffen hatte.

Zetterberg versuchte zu denken, aber sein Verstand arbeitete gefühlsmässig in Zeitlupe. Sekunden verstrichen, aber es fühlte sich an wie Minuten. Keinen klaren Gedanken konnte er fassen; er hatte keine Ahnung, wer die drei anderen Männer waren oder warum sie auf sie schossen. Es gab nur eine Frage, die ihm nicht aus dem Kopf ging. Wer würde in dieser Situation mit einer Handfeuerwaffe schiessen? Wahrscheinlich jemand, der sie nur auf Distanz halten wollte, um zu entkommen und dem es völlig egal war, ob er etwas traf oder nicht.

Der dumpfe Aufprall einer Kugel im Baum neben ihm riss ihn aus seinen Gedanken. Seine Theorie wurde hinfällig, als er sah, wie sich einer der Männer auf sie zubewegte und versuchte, den Abstand zu verringern. *Verdammt, so werden wir noch umgebracht.*

Im Moment hatten sie noch einen Reichweitenvorteil, aber mit jedem Meter, den die anderen Männer vorrückten, verloren sie etwas davon.

Landgren hatte sich inzwischen arrangiert und kauerte hinter einem Baum, die Waffe im Anschlag. Zetterberg rang mit seinem Verstand und kam schliesslich zu einem einzigen Entschluss. Landgren und Bengtsson würden heute nicht sterben - nicht auf diese Weise. Die Waffe fest an seine Schulter gepresst, richtete er sein Visier aus. "Feuer!"

Alle drei Soldaten feuerten gleichzeitig. Sie feuerten mit halbautomatischer Einstellung und drückten den Abzug für jeden Schuss einmal durch. Die AK4 war eine starke Waffe

und es war schwierig, gut zu zielen und gleichzeitig schnell zu schiessen. Aber sie hatten alle
eine stabile Schussposition, die Reichweite war
für ein Sturmgewehr kurz und sie alle waren
ausgezeichnete Schützen. Zumindest auf die
Pappfiguren im Schiess-stand.

Sie hätten mitzählen sollen, wie viele
Schüsse sie abgefeuert hatten, aber Zetterberg
verlor sofort den Überblick und schoss weiter,
bis seine Waffe nur noch leer klickte. Nachdem
er eine Sekunde gezögert hatte, setzte das
Training wieder ein. Er schob ein neues Magazin in seine Waffe und zielte erneut. Landgren
und Bengtsson taten dasselbe.

Die Sonne schien durch den Pulver-
dampf, während der Wald vollkommen still war.
Still wie in einem alten Gruselmärchen von
Trollen und Feen. Zetterberg schaute sich um.
Er zitterte wie Espenlaub, war aber nicht verletzt. Landgren und Bengtsson schienen auch
nicht verletzt zu sein. Hinter ihm drückte ihm
der Hundeführer zittrig die Daumen, während
er mit dem anderen Arm seinen Hund festhielt.
Auch dem Hund schien es gut zu gehen. Er
richtete seine Aufmerksamkeit wieder auf das
Auto. Er sah es mehrere Sekunden lang an,
konnte aber keine Bewegung feststellen. Er gab
den drei anderen ein Zeichen, nach vorne zu gehen und sie setzten sich vorsichtig in Bewegung, die Waffen im Anschlag.

* * *

Stockholm, 15. April, 18:00 Uhr

"Was zum Teufel ist hier los?", zischte Löfgren dem Mann zu, den er schon gestern getroffen hatte.

"Ich stecke bis zum Hals in Schwierigkeiten, weil dieses U-Boot verschwunden und wieder aufgetaucht ist. Was ist passiert?"

Der Mann nahm einen langen Zug seiner Zigarette und sah Löfgren an.

"Ihr U-Boot hat eines von uns überrascht, als wir wegfahren wollten. Es sollte an einem anderen Ort sein. Wir wissen nicht, wer es in sein ursprüngliches Gebiet zurückbeordert hat."

"Also, unser U-Boot wird Ihre Leute auf Band haben – und das wird noch heute ein verdammt grosser Zwischenfall werden."

"Nun, wir wollten ja auch, dass es ein verdammt grosser Vorfall wird. Was die Bänder angeht, so haben wir uns um sie gekümmert."

"Erledigt?"

"Ja, ich habe mich darum gekümmert. Mehr brauchen Sie nicht zu wissen."

"Hören Sie zu, ich stecke da genauso drin wie Sie. Ich muss wissen, was zum Teufel hier los ist!"

Der Mann sah Löfgren ein paar Sekunden lang an. "*Wir* entscheiden, was Sie wissen müssen, aber wenn es Ihnen hilft, nachts zu schlafen: wir sind jetzt im Besitz der Bänder und niemand wird sie jemals wieder zu Gesicht bekommen."

"Sie haben sie aus unserem U-Boot gestohlen?"

"Wir haben die Bänder. Und das ist alles, was Sie wissen müssen."

Löfgren lehnte sich in seinem Sitz zurück

und stiess einen Seufzer aus. Wie zum Teufel sie an die Bänder gekommen waren, überstieg schon seine Vorstellungskraft, aber es war hilfreich, die Sache einigermassen unter Kontrolle zu halten. Das hätte wesentlich schlimmer enden können.

"Zum Glück haben Sie nicht unser Boot getroffen."

"Sie haben nie versucht, es zu treffen. Ihr U-Boot kam durch eine Temperaturschicht direkt auf eines der Unseren zu. Beide gingen auf volle Leistung, und während Ihres manövrierte, versuchte unseres nur, so weit wie möglich wegzukommen, damit sein Partner merkte, wer wer war."

"Sie hatten zwei Boote von Ihnen dort?"

"Ja, und ein Unterwasserkampf wird schnell sehr unübersichtlich, deshalb hatten sie sich auf klare und einheitliche Aktionen für ein solches Szenario geeinigt. Das Boot, welches dem Kontakt am nächsten ist, fährt mit voller Kraft weg, um zu zeigen, wer es ist und um so viel Abstand wie möglich zu schaffen, falls der Torpedo-Leitdraht versagt. Ohne Draht ist es dem Torpedo schnurzegal, welche Sprache die Besatzung spricht, wenn Sie wissen, was ich meine."

Der Mann lächelte ihn an. Löfgren schauderte. War das für den Anderen ein Spiel?

"Das zweite Boot hatte einen Torpedo abgefeuert, damit eure Jungs etwas anderes zu tun hatten, als uns zu jagen. Der Torpedo sollte nicht treffen, sondern zerstört werden."

Der Mann machte eine Pause und nahm einen weiteren Zug seiner Zigarette. Als er den Rauch ausblies, machte er eine abwertende Geste mit der Hand.

"Der Torpedo ging wie geplant daneben. Wäre die Sache nicht so geheim, müssten wir Ihrer Mannschaft unser Kompliment aussprechen. Sie sind vor unseren Augen einfach verschwunden und es ist uns danach nicht mehr gelungen, sie mit dem Sonar wiederzufinden. Die Leute, die sich mit solchen Manövern auskennen, sagen, das war gute U-Boot-Arbeit. Wie aus dem Lehrbuch."

Der Mann sah kurz auf seine Hände hinunter und drehte ein metallenes Zigarettenetui zwischen Daumen und Zeigefinger. "Aber Ihr U-Boot hat auch auf uns geschossen."

Löfgren hatte nichts gesagt. Wenn ihre Mannschaft einen Abschuss gemeldet hätte, hätte er davon erfahren.

Als er merkte, dass er keine Reaktion bekommen würde, fuhr der Mann einfach fort, die Frage zu beantworten, die Löfgren nicht gestellt hatte. "Es war knapp und unser Boot hat erheblichen Schaden erlitten. Es ist weder gesunken noch aufgetaucht, aber, sagen wir es einfach mal so: es wird wohl eine Weile dauern, bis es wieder zuhause ist."

"Und: wo ist sein Zuhause?"

Der Mann sah Löfgren an, steckte sein Zigarettenetui ein und stand auf, um zu gehen.

"Guten Tag, Kommandant Löfgren."

* * *

Wälder nördlich von Oxnö, 15. April, 20:00 Uhr
Zetterberg sass an einem Baum und schaute
auf seine Hände. Sie zitterten noch immer nach
der Begegnung. Sie hatten sich auf das Auto
zubewegt und dann alle drei Männer tot aufge-
funden. Sein Team hatte sechzig Schüsse mit
7,62 mm auf sie abgefeuert. Es war kein schöner Anblick. Landgren hatte sich sofort übergeben und würgte noch immer. Bengtsson war
aufgewühlt, aber immer noch in guter Verfas-
sung, wenn man bedenkt, was ihnen gerade
passiert war. Dem Hundeführer und dem Hund
ging es ebenfalls gut und Zetterberg selbst ging
es besser als er erwartet hatte.

Sie meldeten die Auseinandersetzung
und fünfzehn Minuten später stürmten weitere
Navy-Mitarbeiter zum Tatort. Die Leute durchsuchten das Auto der Männer mit Hilfe von Ta-
schenlampen, offenbar auf der Suche nach etwas Bestimmtem. Hubschrauber hatten noch
kurz über ihnen geschwebt, bevor sie über die
Strasse zurückflogen.

Kapitel 13 - Signale

N 58°42'00" E 18°29'11", 15. April , 20:30 Uhr

Es war ein langer Tag gewesen und der Kapitän des schwedischen Minensuchbootes bereitete sich auf seinen wohlverdienten Schlaf vor, als der Wachoffizier ihn rief. Irgendetwas über ein Signal, das sie nicht identifizieren konnten. Er zog seinen gestrickten Marinepullover wieder über seinen Schlafanzug und schlurfte auf die Brücke. Er war schlecht gelaunt, aber das war vergessen, als der Wachoffizier auf einige der Signale hinwies, die sie aufgefangen hatten.

"Was? Was ist das?"

"Das wissen wir nicht. Es sendet aktiv. Es scheint eine geringe Stärke zu haben und liegt bei knapp über 24 Khz, sehr hoch für ein aktives Sonar, das auch im mittleren Bereich etwas finden will."

"Und es ist stationär?"

"Es hat sich nicht einen Zentimeter bewegt, seit wir es erstmals empfangen haben. Es scheint völlig unbeweglich zu sein. Ich wollte die Peilung hier markieren und uns ein paar hundert Meter nach Osten bewegen, um zu sehen, ob wir eine Querpeilung bekommen können."

Der Kapitän dachte eine Sekunde lang nach und nickte dann. "Okay. Verschieben Sie das Schiff und versuchen Sie, die Position zu lokalisieren und melden Sie es dann. Besteht die Möglichkeit, dass es von einer unserer

Einheiten kommt?"

"Theoretisch schon, aber es gibt keine Schiffe auf dieser Peilung und es ist mir nicht bekannt, dass irgendeines von uns auf dieser Frequenz senden würde. Ich werde dies noch einmal überprüfen, aber ich halte es für höchst unwahrscheinlich."

Der Wachoffizier hatte wahrscheinlich recht. Er war jung, erst recht für einen Leutnant, aber er machte seinen Job ausgezeichnet. Wenn er keine schwedischen Geräte kannte, die auf diese Weise sendeten, dann war es wahrscheinlich kein schwedisches Gerät.

"Okay, lassen Sie das Schiff nach Osten fahren, um das Signal zu lokalisieren und melden Sie es. Ich brauche jetzt zuerst einen Kaffee, bin aber in zehn Minuten zurück."

* * *

Stockholm, 15. April, 21:00 Uhr

Nylund war schon seit dreissig Minuten zu Hause, als das Telefon klingelte. *Nicht eine Minute zum Ausruhen,* dachte er. Er spürte, wie ihn diese ganze Situation schnell altern liess. Nylund war nach Hause gefahren, um sich eine Pause zu gönnen und über die Dinge nachzudenken. Etwas Ruhe in seinem heimischen Büro würde ihm gut tun.

Er war sehr zufrieden über seinen Entscheid, die bereits ausgelaufene Marine umgeleitet zu haben, um nach dem Marineboot zu suchen. Er hatte eine grosse Energie verspürt, als er die Veränderung des Radarbildes beobachtete und den Funkverkehr hörte. Wie in den guten alten Zeiten, als die Marine noch eine gewisse Macht hatte, mit der man

147

rechnen musste. Von der Suche nach dem Schiff hatte Nylund noch nichts gehört und er erinnerte sich daran, dass er den Wachkommandanten anrufen wollte, sobald er sein Sandwich fertig zubereitet hatte.

Eriksson leitete die Dinge wie ein Besessener. Nylund konnte sich nicht daran erinnern, wann der Wachkommandant das letzte Mal geschlafen hatte. Es war jetzt wichtig, dass Eriksson etwas Ruhe bekam, sonst würde er Fehler machen. Nylund bewunderte Eriksson für seine Arbeit. Der Mann hatte die Sache von Anfang an im Griff. Eriksson hatte es sogar gewagt, Befehle zu missachten und das Richtige zu tun, als sein Admiral zögerte. *Ich sollte ihm eine Belobigung ausstellen, wenn das hier vorbei ist,* dachte er. Nach dem vierten Klingeln nahm er den Hörer ab.

"Ja, Nylund hier."

"Admiral, Eriksson. Wir haben einerseits ein paar Neuigkeiten und andererseits gibt es aus meiner Sicht einige Entscheidungen zu treffen"

"In Ordnung. Erzählen Sie mir zuerst die Neuigkeiten."

"Okay, zuerst hat einer unserer Minensucher eine aktive Übertragung gefunden, 24Khz. Nichts, worüber wir etwas wissen. Sie sind auf dem Weg, um den Ort zu suchen und genauer zu lokalisieren. In zwei bis drei Stunden wissen sie hoffentlich mehr. In Anbetracht der jüngsten Ereignisse betrachte ich die Lage als ernst und habe das U-Boot wieder auf Station gesetzt, östlich des Signals. Es ist vor zwanzig Minuten abgetaucht. Zwei weitere U-Boote haben ihre Übungen unten im Süden abgebrochen und bewegen sich ebenfalls

Richtung Norden. Sobald ich mehr weiss, werde ich Sie informieren."

Eriksson fuhr fort, ohne den Tonfall zu ändern. "Vor ein paar Stunden haben die Yankee 6-7 ein Schiff gefunden, das auf die Beschreibung des U-Bootes passt und dessen Besatzung die Bänder mitgenommen hat. Während sie nach einer Art Fahrzeug suchten, stiess eine unserer Sicherheitsgruppen des Stützpunkts auf eine Gruppe nicht identifizierter Männer. Das Ergebnis war ein Feuergefecht."

"EIN SCHUSSWECHSEL?!" rief Nylund aus. "Wir sind hier in Schweden und es sind Friedenszeiten! Was ist passiert? Ist jemand verletzt?"

"Ich weiss, es ist schwer zu glauben, aber es ist alles bestätigt. Das Sicherheitsteam der Basis meldet keine Verletzten. Drei unbekannte Männer sind tot und es hat sich als schwierig erwiesen, sie zu identifizieren, zumindest auf die Schnelle. Wir haben keinerlei Ausweise gefunden."

"Wir haben also keine Ahnung, wer die Männer sind?"

"Nein, wir versuchen immer noch, sie zu identifizieren. Anscheinend waren sie nur mit Handfeuerwaffen bewaffnet, während unser Team mit Standard-AK4 ausgerüstet war. Kein fairer Kampf auf mittlere Distanz, wenn Sie verstehen, was ich meine. Laut dem Gruppenleiter, einem Sergeant, der im Grossen und Ganzen alles gut unter Kontrolle zu haben schien, zeigte der Hund die unbekannte Gruppe an. Sie sahen ein Auto wegfahren und als sie sich näherten, eröffneten die drei Männer das Feuer auf sie. Als die Unbekannten vorrückten, beschloss das Team, das Feuer zu erwidern. Das Ergebnis kann man sich vorstellen: sechzig Schuss 7,62 mm, von denen wahrscheinlich ein Drittel ihr Ziel traf. Da bleibt nicht mehr viel zum Verhören übrig..."

"Mein Gott – und was ist mit dem Auto, das weggefahren ist?"

"Wir haben die Hubschrauber umgeleitet, um danach zu suchen, aber mit nur einer vagen Beschreibung ist ein Auffinden sehr unwahrscheinlich. Das ist nun aber auch unser zu entscheidender Punkt, Admiral: wir haben sieben Hubschrauber, die im Tiefflug über zivilen Wohngebieten fliegen und dabei geringe Chancen haben, etwas zu finden. Das wird in der Öffentlichkeit viel Aufsehen erregen. Ich würde vorschlagen, dass wir die Hubschrauber abziehen. Vielleicht ist das eher ein Fall für die Polizei?"

Nylund dachte einen Moment lang darüber nach. Eriksson hatte Recht. Bei Dunkelheit und mit einer nur vagen Beschreibung gab es keine Chance, ein Auto von einem anderen zu unterscheiden.

"Sie haben Recht. Bringen Sie die Hubschrauber zum Durchchecken zurück, aber halten Sie sie einsatzbereit, wenn es nötig ist. Und halten Sie die Polizei vorerst da raus."

"Ja, Sir... und – Admiral..."

"Ja?"

"Was zum Teufel ist hier los?"

"Wenn ich es weiss, werden Sie es auch wissen." Nylund legte den Hörer auf. Ein Lob für diesen Mann, in der Tat.

* * *

Marinestützpunkt Berga, 15. April, 21:05 Uhr
Am anderen Ende legte Eriksson den Hörer langsam auf. *Explosionen, verlorene U-Boote und jetzt schiesst noch das Bodenpersonal der Navy auf unbekannte Zivilisten und tötet sie.* Die Sache war völlig ausser Kontrolle geraten. Entweder weiss der Admiral nicht, was los ist, oder er will es uns nicht sagen. Er überlegte ein paar Sekunden lang, welches dieser Szenarien er für wahrscheinlicher hielt.

Wie auch immer, er hatte gleichwohl begonnen, den Mann zu respektieren. Am Anfang hatte der Admiral zwar gezögert, etwas zu unternehmen. Er hatte sich passiv verhalten und wollte bei fast allem abwarten. Jetzt aber war Nylund voll bei der Sache. Er hatte alle überrascht, als er gestern Abend in der Kommandozentrale erschienen war. Der Admiral hatte nicht das Kommando übernommen, da er wusste, dass sie alle ihre Arbeit auch ohne ihn erledigen konnten und mit den neuesten Technologien besser vertraut waren. Nylund war nur da gewesen, um Entscheidungen zu treffen, wenn es nötig war und den Rest der Zeit hatte er da gestanden, stolz und aufrecht in seinem Kampfanzug, um allen zu zeigen, dass er präsent war, um sie zu unterstützen. *Ein Zeichen von Führungsstärke* dachte Eriksson.

* * *

Stockholm, 15. April, 21:30Uhr

Nylund befand sich in seinem Arbeitszimmer und bereitete sich auf sein Treffen mit dem Oberkommando vor. Auch dieses Mal würde der Raum mit weiteren Politikern gefüllt sein und es würde den grössten Teil des morgigen Tages in Anspruch nehmen. Es gab viel zu besprechen, denn die Presse hatte sich inzwischen über die jüngsten Ereignisse informiert. Der Kommunikationsoffizier des Marinestützpunkts Muskö wurde mit einer Flut von Fragen aus der ganzen Welt überhäuft, als sich die Nachrichten verbreiteten.

Die Vermutung, dass die fremden U-Boote aus der Sowjetunion stammten, war nicht abwegig. Es handelte sich um den kleineren Teil der sowjetischen Marine, aber immer noch um eine beachtliche Flotte. Sie waren vermutlich an den Fähigkeiten der schwedischen Marine interessiert, da Schweden ein neutraler Puffer zwischen den engsten NATO-Mitgliedern und dem Warschauer Pakt war.

In den meisten Kriegsszenarien wurde nachdrücklich darauf hingewiesen, dass der zentrale Schauplatz eines Krieges zwischen den beiden Kräften die Hauptfront um Polen und Deutschland herum bilden würde. Der Schiffsverkehr durch die Ostsee wäre für den Warschauer Pakt von entscheidender Bedeutung, ebenso wie die Möglichkeit, seiner Ostseeflotte Zugang zum Skagerrak an der schwedischen Westküste zu verschaffen. Erstens wäre dieses Gebiet vermutlich das Hauptabschussgebiet der amerikanischen Polaris-Raketen, die auf Moskau gerichtet waren. Zweitens war die Möglichkeit, Schiffe der Ostseeflotte in die Nordsee und den Atlantik zu entsenden, eine willkommene Ergänzung zum Angriff über die Barentssee und die festen Sonarlinien der NATO[5]. Die Öresundstrasse zwischen Schweden und Dänemark war eng und man musste die Fähigkeiten der schwedischen Marine gut kennen.

Nylund setzte sich unvermittelt aufrecht hin. Was war das? Er war zwar alt, aber noch nicht schwerhörig. Es hörte sich an, als sei jemand in seinem Garten gestolpert und gestürzt. Er beschloss, es zu ignorieren, aber ein nagendes Gefühl machte sich in seinem Hinterkopf breit. In den letzten Tagen waren eine Menge unerklärlicher Dinge passiert. Er ging zu seiner Kampfuniform hinüber, die auf der Couch in seinem Büro lag und holte seinen Revolver heraus.

Er ging die Treppe hinunter und liess seinen Blick langsam über das Wohnzimmer und seine Fenster schweifen. Nachdem er einige Augenblicke still gestanden und gelauscht hatte, ging er zu den grossen Türen hinüber, die zum hinteren Garten führten. Es war dunkel und der hintere Garten lag im langen Schatten der Bäume auf der Vorderseite des Hauses. *Wahrscheinlich nichts*, dachte er. Er steckte den Revolver ein und ging in die Küche. Er hatte das

---

[5] Gemeint ist hier das "SOSUS" (**So**und **Su**rveillance **S**ystem – auf deutsch "Geräuschüberwachungs-System), das von den USA ab den 1950er-Jahren in den Weltmeeren installiert und bis in die 1960er-Jahre stetig weiter ausgebaut und entwickelt wurde, um die sowjetischen U-Boot-Bewegungen abhören zu können. Die extreme Empfindlichkeit der SOSUS-Sensoren ("Hydrophone" genannt) ermöglicht es, eine Geräuschquelle von weniger als 1 Watt Leistung über eine Distanz von mehreren hundert Kilometern zu entdecken. Die einzelnen Sensoren sind über ein auf dem Meeresgrund verankertes Kabel fix mit einer Station an Land verbunden, wo die eingehenden Daten analysiert werden (Quelle: Wikipedia)

Sandwich vergessen, das er sich machen wollte. Sein Magen erinnerte ihn jetzt daran.

Nylund zuckte überrascht zusammen, als es an der Hintertür klopfte, der er noch vor wenigen Sekunden den Rücken zugewandt hatte. Er verlor fast das Gleichgewicht, wirbelte herum und kramte in seiner Tasche nach der Waffe. Während er sich abmühte, die Waffe freizubekommen, sah er auf und bemerkte ein vertrautes Gesicht. Es war Wikström. Nylund stand ein paar Sekunden lang still, die Hände auf den Knien und versuchte, seinen Herzschlag unter Kontrolle zu bringen. Dann ging er hinüber und liess sie herein.

"Was zum Teufel machen Sie da? Sie haben mich zu Tode erschreckt." Sein Atem war immer noch angestrengt.

"Ich war wohl nicht die Erste, die das getan hat", antwortete Wikström und deutete mit dem Kopf in Richtung des Griffs seines Revolvers, der aus seiner Tasche ragte.

"Seit wann laufen schwedische Admiräle bewaffnet in ihren eigenen Häusern herum?"

"Weil zu viele Dinge passieren, die man nicht verstehen kann. Sie haben keine Ahnung von der angespannten Situation, die hier herrscht."

"Ich habe eine Idee. Sehen Sie, ich habe mit den Zeugen gesprochen: es gibt nur einen, der einigermassen detailliert über die Sichtung berichten kann. Ich liess ihn danach in seiner Fischerhütte in Nynäshamn zurück, um Sie anzurufen. Als ich wieder zurückkam, war er verschwunden."

"Segerfors ist verschwunden?" fragte Nylund mit überraschter Miene.

Wikström betrachtete Nylunds Gesicht

aufmerksam, als sie ihm die Neuigkeiten erzählte. Hatte er das schon gewusst? Die meisten Menschen erkannten einen überraschten Gesichtsausdruck, wenn sie ihn sahen. Hochgezogene Augenbrauen, ein leicht geöffneter Mund und Augenlider, die sich stärker als gewöhnlich öffnen. Das obere Lid ist hochgezogen und das untere nach unten gezogen, so dass meistens die weisse Lederhaut ober- und unterhalb der Iris zum Vorschein kommt. Was die meisten Menschen nicht wussten war, dass Überraschung ein Ausdruck ist, der nur Sekundenbruchteile anhält. Er ist nicht von Dauer. Jeder, der mehrere Sekunden lang überrascht aussieht, ist nicht wirklich überrascht. Sie täuschen es lediglich vor.

Wikström sah Nylund einige Sekunden lang schweigend an. Dann lockerte sie den Griff um ihre eigene Waffe, die sie in ihrer Jackentasche versteckt hielt. Nylund wusste nichts von dieser Sache. Wahrscheinlich war es trotzdem am besten, seine rechte Hand immer noch im Auge zu behalten, aber sie würde fast ihr Leben darauf verwetten, dass er nichts mit der Sache zu tun hatte.

Sie fuhr fort: "Ja, er wird vermisst. Es gibt Anzeichen eines Kampfes in seiner Hütte und einige Blutspuren auf dem Boden. Ich bin mir noch nicht im Klaren darüber, was passiert ist, aber es scheint mir, dass er nicht gerade freiwillig mitgegangen ist. Es gibt aber auch nicht genug Blut, um zu befürchten, dass ihm etwas Ernstes zugestossen ist. Ein Schlag ins Gesicht vielleicht – damit er mitkommt."

"Er merkt, dass seine Skizze verändert wurde, aktualisiert sie – und sobald Sie weg sind, wird er gewaltsam entführt?"

155

"So sieht es aus. Er könnte natürlich auch gestolpert und gefallen sein und irgendwo in einer Bar mit einem Beutel Eiswürfel seine Beule am Kopf kühlen."

"Aber das glauben Sie doch selbst nicht, oder?"

"Nein, ich weiss es nicht."

"Warum nicht?"

"Kann ich nicht sagen. Es fühlt sich einfach so gar nicht nach einem Zufall an."

Nylund schritt eine Minute lang im Raum hin und her. "Ich kann mir das alles nicht erklären. Ein U-Boot bekommt den Befehl, sein Einsatzgebiet zu wechseln. Das hat es noch nie gegeben. Als es zurückkehrt, stösst es auf ein fremdes Schiff und wird fast versenkt. Die Bänder werden von Leuten in schwedischen Marineuniformen gestohlen. Der Sicherheitsdienst der Basis wird angegriffen und nun ist auch die einzige Person, die das andere Schiff eindeutig identifizieren könnte, verschwunden." Er schüttelte den Kopf und rieb sich dann beide Augen. "Und Sie haben das Gefühl, dass etwas nicht stimmt."

Jetzt war es an Wikström, kurz überrascht zu schauen: "Bänder? Die Sicherheitsleute der Basis wurden angegriffen?"

Nylund ging zur Küchentheke hinüber und begann mit einer ungeöffneten Packung Kaffee zu hantieren. "Setzen Sie sich, Frida. Das wird länger dauern."

* * *

Marinestützpunkt Muskö, 15. April, 22:30 Uhr

Ein harter Abend, dachte Edvinsson, als er auf seine Uhr schaute. Es war zehn Uhr dreissig und er hatte ununterbrochen telefoniert, seit das *Abendblatt* am frühen Abend die Bombe platzen liess. Den ganzen Abend über waren Verwaltungsangestellte des Callcenters in seinem Büro gewesen, sowohl wegen Informationen über die Pressemitteilung als auch wegen einiger Lärmbeschwerden.

Hubschrauber flogen in niedriger Höhe über zivile Wohngebiete hinweg. Ein älterer Mann hatte sich geweigert, darüber den Mund zu halten, bis einer der Operatoren einfach auflegte. Der Mann hatte immer wieder darauf hingewiesen, dass die Marine keine sowjetischen U-Boote finden würde, wenn sie weiterhin über Land flögen. *Eine vernünftige Feststellung*, dachte Edvinsson, *aber man darf davon ausgehen, dass auch die Marine dies ohne fremde Hilfe merken würde.*

Eine ganze Nachbarschaft rief an und meldete Schüsse in der Gegend. Er konnte das kaum glauben und wies die Mitarbeiter an, den Anrufern zu sagen, dass es keinen Grund zur Sorge gebe. Das schwedische Militär schiesse bei ihnen nicht wild in der Gegend herum. Alles sei unter Kontrolle.

Die europäischen und amerikanischen Medien reagierten schnell, da sie wach waren, als die grosse Geschichte in der schwedischen Presse veröffentlicht wurde. Er hätte dies ahnen müssen, als der Reporter anrief und versuchte, ihn auszutricksen. Im Nachhinein hätte er es melden müssen, aber er hatte nicht daran gedacht, da es sich um einen einzigen Anruf von nur einer Person handelte. Normalerweise witterten mehrere Journalisten gleichzeitig etwas und meldeten sich innerhalb von fünf Minuten bei ihm. Dass ein Journalist allein und als Einziger so gut informiert war, war ungewöhnlich.

Gut informiert ist vielleicht das falsche Wort, dachte er. *Es könnte genauso gut schlecht informiert sein, aber das bleibt wohl abzuwarten.* Er schaute auf seine Uhr. Die verdammten Australier waren gerade aufgewacht und würden ihn als nächstes mit Fragen löchern.

Kapitel 14 - Zurück ins Geschehen

N 58°43'10" E 18°25'30", 15. April, 23:00 Uhr

Sie waren alle überrascht, als der Befehl kam. Der Kapitän verbrachte einige Zeit im Funkraum, bevor er den Befehl gab, das Boot sofort zum Tauchen vorzubereiten.

Der Prozess beginnt damit, die Ausrüstung vom Kommandoturm zu demontieren. Der Ingenieur berechnet, wie viel Wasser im Haupttank enthalten sein muss, wenn der Tauchgang stattfindet. Dies stellt sicher, dass das U-Boot nahezu im Gleichgewicht ist, wenn es unter die Oberfläche abtaucht.

Ein paar Minuten später meldeten sich alle Sektionen zurück. Bereit zum Tauchen.

"Brücke räumen", befahl der Kapitän.

Der Kommandant auf der Brücke schloss die obere Luke und kletterte in die Druckkammer hinunter. Er schloss die Hauptluke hinter sich und als er unten war, kletterte der Torpedooffizier zur Luke hinauf und überprüfte sie.

Der Kommandant meldete: "Luke geschlossen und gesichert".

Einige Sekunden später meldete der Torpedooffizier: "Bestätigt, Klappe geschlossen, Klappe gesichert."

Der Kapitän wandte sich an den Ingenieur und den Steuermann und gab den letzten Befehl. "Tauchen Sie mit dem Boot, halten Sie es auf Zwei, Fünf Metern."

Der Ingenieur drehte einige Regler auf seiner Konsole, worauf sich ein Ventil am

Boden der fünf Ballasttanks öffnete, um das Wasser einströmen zu lassen. Gleichzeitig öffnete er die Entlüftungsöffnungen an der Oberseite des U-Boots, um die Luft abzulassen. Langsam füllten sich die Tanks mit Wasser und das U-Boot verschwand sukzessive in den Wellen des Meeres.

Der Tauchalarm ertönte im ganzen Schiff – ein einziger langer Ton. Dann meldete sich der Kapitän über die Lautsprecher-Anlage: "Tauchen, tauchen", bevor der lange Ton erneut ertönte.

Lindberg war stinksauer. Sie waren angegriffen worden, verdammt noch mal, und jetzt schickte man sie wieder da raus. Sie hatten nur noch einen scharfen Torpedo. Sie könnten noch viele weitere mitnehmen, aber unter friedlichen Bedingungen war es üblich, nur zwei scharfe Torpedos mitzunehmen. Bei der letzten Begegnung waren mindestens zwei U-Boote beteiligt gewesen. Wer wusste schon, was oder wieviele sie dort draussen erwarteten? Er dachte sich, dass er nicht der Einzige war, sondern dass die gesamte Besatzung nach dieser Tortur dringend eine Nachbesprechung und eine Auszeit brauchte. Stattdessen passierten sie jetzt die Zehn Meter-Marke. Der Kommandoturm würde gerade noch zu sehen sein, aber dreissig Sekunden später wären sie von der Oberfläche verschwunden.

Nachdem der Ingenieur Lindbergs Ablesen des Tiefenmessers bestätigt hatte, schaltete er die Lautsprecheranlage ein.

"Zehn Meter, Druckkontrolle."

Alle Luken und Abteilungen werden während des Tauchgangs genauestens überwacht, um sicherzustellen, dass es keine

Probleme mit der störungsfreien Funktion des U-Boots gibt, während es nach unten taucht und sich seiner gewünschten Tiefe nähert.

Alle Abteilungen meldeten sich nacheinander: keine Lecks.

Bei der geringsten Beeinträchtigung der Wasserdichtigkeit des Schiffskörpers wird sofort der Befehl zum Abbruch des Tauchgangs durch Ausblasen der Ballasttanks gegeben. Der Ingenieur schliesst dann die Entlüftungsöffnungen an der Oberseite der Tanks und drückt anschliessend mit Hochdruck Luft in die Tanks, um das Wasser hinauszudrücken. Sobald sich die fünf Tanks mit Luft füllen, steigt das U-Boot schnell wieder an die Oberfläche.

Der Kontrollvorgang wurde eine Minute später wiederholt.

"Zwanzig Meter, Druckkontrolle."

Keine Lecks.

Der Steuermann meldete eine Minute später das Erreichen der geforderten Tiefe. "Fünfundzwanzig Meter, ausgeglichen."

Der Kapitän sah sich die Karte an und beriet sich kurz mit dem ausführenden Offizier, dem sogenannten XO. Dann übergab er das Kommando des Schiffs und verliess die Kommandozentrale. Der XO befahl ihnen, den neuen Kurs aufzunehmen und die Geschwindigkeit auf zwölf Knoten zu erhöhen.

* * *

Stockholm, 16. April, 07:30 Uhr

Die Sitzung wurde in einen grösseren Raum verlegt. Es war kein Sitzungszimmer mehr, sondern eher ein kleiner Hörsaal. Nylund sass in der ersten Reihe und sah auf seine Notizen, als die letzten Teilnehmer durch die Tür hereintröpfelten. Es war noch früh am Morgen, weshalb sich die meisten Leute am grossen Tisch mit Kaffee und belegten Brötchen bedient hatten. Auch Nylund war müde, aber er konnte zu diesem Zeitpunkt keinen Kaffee vertragen. Wikström hatte Nylunds Haus erst um zwei Uhr in der Früh verlassen. Um vier Uhr war er dann wieder aufgestanden, um sich auf diese Besprechung vorzubereiten. Wie lange er das in seinem übermüdeten Zustand durchhalten könnte, war eine offene Frage.

Er würde im Mittelpunkt stehen und die jüngsten Ereignisse so gut wie möglich erklären müssen. Die gestrige Nacht war jedoch den Schlafverlust wert. Wikström und er hatten systematisch einen zeitlichen Ablauf für einige der Ereignisse erstellt. Es war klar, dass hier etwas nicht stimmte und er fühlte sich besser, weil er nun wusste, dass es einen Plan geben würde, wie man die Dinge ordnen könnte. Er würde sich damit befassen, sobald dieses Briefing vorbei und erledigt war.

Der Verteidigungsminister wurde von seinem üblichen Gefolge begleitet. Es waren auch einige neue Gesichter dabei, von denen Nylund wusste, dass sie zur Regierung gehörten. Er würde versuchen, Fakten zu schaffen und sie würden entscheiden müssen, wie sie mit der Presse und mit der Beteiligung der Polizei und Sicherheitsdienste oder anderen Stellen umgehen wollten.

"Guten Morgen", sagte Nylund, als er aufstand und sich der Versammlung zuwandte. Er begann damit, die Zeitleiste zu zeigen, die er zusammen mit Wikström ausgearbeitet hatte, wobei er einige Details ausliess, die weitere Nachfragen provozieren könnten – oder vielleicht einfach nur für ein kleineres Publikum gedacht waren.

"Gestern, am 15. April um 13:30 Uhr, entdeckte einer unserer Hubschrauber eine Leuchtrakete auf dem Wasser und kurz darauf unser auftauchendes U-Boot. Die gute Nachricht ist, dass unser U-Boot nicht mehr vermisst wird, aber wir haben erfahren, dass es besorgniserregende Ereignisse gab, weshalb es sich nicht gemeldet hatte. Der Funkspruch beinhaltete den Kontakt mit einem *'erkannten U-Boot'*. Wie Sie sicher verstehen, ist dies von Bedeutung, da alle anderen Sichtungen in der Regel als *'mögliche U-Boote'* beginnen und sich in den seltensten Fällen zu *'wahrscheinlichen'* oder gar *'erkannten U-Booten'* entwickeln.

Unser U-Boot verfolgte den Kontakt und stiess fast mit ihm zusammen, als es durch eine Temperaturschicht fuhr. Nach der Beinahe-Kollision fuhr das fremde Schiff mit Höchstgeschwindigkeit davon. Unser U-Boot bereitete einen Torpedo vor, während sich die Besatzung nochmals vergewisserte, dass sie sich in schwedischen Hoheitsgewässern befand. Aber bevor es den Angriff ausführen konnte, wurde von einem anderen Schiff ein Torpedo auf unser U-Boot abgefeuert. Mit ziemlicher Sicherheit von einem zweiten U-Boot. Unser Kapitän feuerte den Torpedo ab, unterbrach das Führungskabel und tauchte in Deckung. Der fremde Torpedo verfehlte uns und detonierte

wahrscheinlich wegen einer unserer Gegen-
massnahmen, so dass unser U-Boot nicht
beschädigt wurde. Er versetzte die Besatzung
jedoch in Angst und Schrecken. Der schwedische Torpedo detonierte vier Minuten später.
Wir wissen nicht, welche Auswirkungen das
hatte."

"Torpedo?!" schrie einer der Regierungs-
beamten fast.

"Schwedische U-Boote feuern Torpedos
ab und verschwinden dann? Warum haben sie
sich nicht per Funk gemeldet oder so? Der
Kapitän des U-Bootes sollte für diesen ganzen
Schlamassel angeklagt werden. Für die ausländische Presse werden wir alle wie Idioten dastehen."

Nylund biss die Zähne zusammen und
liess sich Zeit, bevor er antwortete. Er brauchte
bereits jetzt sehr viel Selbstbeherrschung, dabei
hatte die Sitzung gerade erst begonnen. "Unsere
Vorschriften geben dem Kapitän das Recht, in
schwedischen Gewässern einen scharfen
Schuss auf ein fremdes Schiff abzugeben. Dies
ist jedoch irrelevant, da er völkerrechtlich
gesehen lediglich das Feuer erwidert und nicht
selber eröffnet hat."

Der Politiker wollte gerade wieder anfangen zu reden, als Nylund beschloss, dem ignoranten Idioten einfach übers Maul zu fahren.

"Um funken zu können, muss das
U-Boot nahe an der Oberfläche sein. Unsere
Besatzung war der Meinung, dass der Torpedo
aus geringer Tiefe abgefeuert worden war und
vermuteten, dass ein feindliches U-Boot nur
darauf wartete, dass sie sich der Oberfläche
näherten, um Meldung zu machen. Daher
fuhren sie nach Süden, um ihre eigene

Torpedo-Detonation auszuwerten und das Gebiet zu verlassen. Und wenn ich noch etwas hinzufügen darf: *Sie* machen ja einen tollen Job, so ganz ohne Hilfe der Marine – und stehen dann da wie ein Volltrottel!"

Der Regierungsbeamte sprang fast von seinem Stuhl auf und hätte den Streit fortgesetzt, wenn der Oberkommandierende nicht eingegriffen hätte. Rosenfeldt schlug mit der Hand so fest auf seinen ausklappbaren Tisch, dass dieser aus den Angeln brach und zu Boden fiel.

"Es reicht jetzt, Sie beide. Dies ist eine hochsensible Angelegenheit und wir haben heute einige schwierige Entscheidungen zu treffen. Konzentrieren Sie sich auf die Sache, meine Herren. Konzentrieren Sie sich!" Er forderte Nylund auf, fortzufahren.

"Wie ich gerade erklärt habe, drehte unser U-Boot nach den Explosionen nach Süden ab, um die Detonation einzuordnen und das Gebiet abzusuchen. Sie fanden keinen Hinweis darauf, dass der schwedische Torpedo irgendetwas getroffen hätte und auch keine Spur von anderen U-Booten. Zu diesem Zeitpunkt leiteten wir das Protokoll für die Vermisstenmeldung ein und starteten eine gross angelegte Suche."

"Als unsere Marine sich ihnen näherte, hielt es der Kapitän für wahrscheinlich, dass die fremden Schiffe abgezogen waren und dass es am sichersten wäre, aufzutauchen, um nicht selbst für ein fremdes Schiff gehalten zu werden. Er schoss eine Leuchtrakete ab und liess das Boot auftauchen. In diesem Moment wurde er von Yankee 6-4 entdeckt."

Der andere Verteidigungsclown öffnete

seinen Mund in einem wesentlich respektvolleren und vernünftigeren Ton als sein Kollege. "Gibt es eine Möglichkeit, die Nationalität der U-Boote zu bestimmen? Ich nehme an, Ihre U-Boote konnten einiges davon aufnehmen?"

Nylund freute sich nicht auf diesen Teil, aber es musste gesagt werden. "Während der Begegnung selbst konnte die U-Boot-Besatzung die Herkunft der fremden Schiffe nicht feststellen. Es gibt zwar Aufzeichnungen von der Begegnung, aber wir wissen nicht, wo diese sich im Moment befinden."

Er konnte die für ihn nicht unerwartete Überraschung des Publikums sehen. Sie dachten alle das Gleiche: *Die Marine hat alle Bänder verloren?* Der Verteidigungsminister fasste sich schnell wieder. "Sie wissen nicht, wo die Bänder sind?"

"Nein, das wissen wir nicht. Laut U-Boot-Protokollen hat ein Navy-Leutnant das U-Boot von einem kleinen Navy-Boot aus betreten und alle Bänder an sich genommen. Dafür gibt es keinen Befehl und wir vermuten, dass der Mann in Wirklichkeit gar nicht zur Marine gehörte."

"Wie bitte?!"

Jetzt war der Minister an der Reihe, seine Selbstbeherrschung zu verlieren. "Was zum Teufel wollen Sie uns damit sagen, Admiral? Ein Mann in Uniform hat die Bänder aus dem U-Boot geholt, und es war keiner von uns? Wie ist das überhaupt möglich? Mein Kollege hat Recht. Wir werden alle wie ein Haufen Idioten dastehen, nicht nur für die ausländische Presse, sondern für den ganzen verdammten Rest der Welt. Ihr müsst diese Bänder wieder zurück bekommen, sofort!"

"Ja, Herr Minister. Die Marine untersucht die Sache, während wir ein Briefing für die Sicherheitsdienste vorbereiten. Ich fürchte aber, es kommt noch schlimmer."

Der Minister sackte in seinem Stuhl zusammen und stiess einen langen Seufzer aus. "Es wird alles noch schlimmer, nicht wahr? Na, das ist ja grossartig."

"Wir ordneten die Abholung der Bänder selber an und merkten innerhalb weniger Minuten, dass etwas nicht stimmte. Die Hubschrauber wurden umgeleitet, um nach dem Schiff zu suchen, während wir unsere Basis-Sicherheits-Sucheinheiten für Landoperationen vorbereiteten. Einer unserer Hubschrauber fand das Schiff zum gleichen Zeitpunkt, als eine Hundestreife in den Wäldern nahe Oxnö auf eine Gruppe von drei unbekannten Männern stiess."

"Und: Haben Sie diese Leute?"

"Nein, denn als sich der Suchtrupp näherte, wurden sie von den drei Männern unter Beschuss genommen. Unsere Leute gingen in Deckung, aber als die Personen auf ihre Position vorrückten, hatten sie keine andere Wahl, als das Feuer zu erwidern. Die drei unbekannten Männer sind dabei leider ums Leben gekommen und noch dazu jetzt sehr schwer zu identifizieren."

"Grosser Gott, was ist denn hier los?", fragte der Minister. "fremde U-Boote! Feuergefechte! Was sollen wir jetzt tun? Das müssen verdammt viele Leute mitbekommen haben."

"Die Kommunikationsabteilung der Marine hat die ganze Nacht hindurch Anrufe entgegengenommen und versichert, dass nichts Ungewöhnliches vor sich geht und kein Grund zur Sorge besteht. Allerdings muss die im *Abendblatt* gestellte Frage nach der Nationalität der U-Boote beantwortet werden. Unser Kommunikationsoffizier leistete bisher eine grossartige Arbeit und hat so die halbe Welt medial in Schach gehalten, aber er wird Unterstützung brauchen, um eine glaubwürdige Geschichte zu erzählen."

"Ja, das wird unsere erste Priorität sein, sobald wir hier fertig sind. Was haben Sie noch?"

"Was die Nationalität betrifft, so haben wir derzeit eine Marineoperation auf See laufen."

"Was für eine Operation?"

"Eines unserer Schiffe hat ein sehr ungewöhnliches Signal aufgefangen und ist unterwegs, um es zu analysieren. Es scheint intermittierend zu sein und es ist schwierig, den genauen Ort zu bestimmen. Das Signal könnte auch eine Unterwasserbake sein, die auf einer von uns nicht genutzten Frequenz sendet. Soweit wir wissen auch nicht auf einer, die unsere NATO-Freunde benutzen würden. In der Zwischenzeit wurde unser U-Boot zurück auf See beordert, um das Gebiet zu beobachten."

"Moment mal, das vermisste U-Boot ist also noch gar nicht im Hafen?"

"Nein, es war eben auch das U-Boot, welches dem Gebiet am nächsten war. Es ist gestern Abend abgetaucht, um Stellung zu beziehen und das Gebiet um die Übertragung zu beobachten."

"Sie sind aber doch noch nicht völlig durchgeknallt, oder?", fragte Clown Nummer eins zynisch.

Der Oberbefehlshaber warf ihm einen

sehr strengen Blick zu. Man konnte über Fredrik Rosenfeldt und sein manchmal zaghaftes Verhalten sagen, was man will. Hier machte der ehemalige Panzerkommandant eine gute Figur. Der Mitarbeiter des Verteidigungsministeriums verstummte jedenfalls augenblicklich, senkte seinen Blick und lehnte sich wieder in seinem Sitz zurück.

"Ich blicke überhaupt nicht mehr durch", sagte der Minister. "Es passieren zu viele Dinge gleichzeitig. Versuchen wir uns nochmals zu konzentrieren: Wir haben einen Journalisten, der behauptet, dass es sowjetische U-Boote in unseren Gewässern gibt und dass die Marine diesbezüglich defensiv ist. Das muss unsere Priorität sein, bevor die ganze Welt zu spekulieren beginnt. Zumindest gehe ich davon aus, dass wir heute von den Sowjets hören werden."

Der Minister fuhr fort: "Die Frage ist also ganz einfach: wer war es?"

"Wir wissen es nicht", antwortete Nylund.

"Können wir ausschliessen, dass es ein sowjetisches U-Boot war?"

"Nein, das können wir nicht. Wir haben einige Merkmale des U-Boots, die bestimmte Typen ausschliessen, aber viele Nationen werden Boote mit einem einzigen fünfblättrigen Propeller haben. Dazu gehören sowohl die Sowjetunion als auch mehrere NATO-Länder."

"Die NATO, was zum Teufel sollte die hier tun?"

"Ich weiss es nicht, aber aufgrund der uns vorliegenden Beweise können wir auch das nicht ausschliessen. Wir hoffen, dass das Signalgerät, das wir verfolgen, etwas Klarheit über die Nationalität bringt. Wir können natürlich nicht beweisen, dass das Signal und das U-Boot zusammengehören, aber es scheint wahrscheinlich."

"Wenn *'wahrscheinlich'* das Beste ist, was die Marine zu bieten hat, werden wir das jetzt weiterverfolgen." Der Minister gestikulierte in Richtung der beiden Mitglieder seines Personals.

Nylund versuchte, Einspruch zu erheben, wurde aber unterbrochen.

"Sie finden die Quelle des Signals und verifizieren, dass es sich um ein sowjetisches Gerät handelt. Und finden Sie die verdammten Bänder wieder. Wir werden uns um die politischen Auswirkungen kümmern, bevor alles noch schlimmer wird. Ganz zu schweigen davon, dass die gesamte schwedische Bevölkerung in Aufruhr ist, weil die Sowjets uns angreifen sollen. Machen Sie Ihren Job, Admiral, und wir machen Unseren."

Kapitel 15 - Analyseversuche

N 58°45'30" E 18°37'47", 16. April, 03:30 Uhr

Lindberg sass neben Sandberg in der Messe – ein grossartiger Name für einen Raum, in den zehn Leute wie Sardinen gepackt passten. Beide konnten nach den letzten Tagen kaum noch schlafen und waren früher als nötig aufgestanden. Das Torpedogeräusch blieb ihnen beiden im Gedächtnis haften. Es war kein angenehmes Geräusch, das sich ihren Köpfen festsetzte, vor allem, wenn man sich noch an Bord eines U-Boots befand, das nicht weit vom Ort des Geschehens entfernt war.

Torpedos haben kleine Propeller, die mit einer bemerkenswert hohen Drehzahl arbeiten, um sie mit hoher Geschwindigkeit anzutreiben. Das daraus resultierende Geräusch entspricht nicht dem eines Schiffes, sondern gleicht einem schrecklichen Kreischen, das sich für Banshees eignen würde, welche die Botschaft des Todes überbringen. Ausserdem verfügen die Torpedos über ein aktives Sonar, um das Ziel zu suchen. Im Gegensatz zu den Filmen aus dem Zweiten Weltkrieg senden sie keine Frequenzen aus, die das menschliche Ohr durch den Schiffsrumpf wahrnehmen könnte. Die Sonar-Besatzung kann es jedoch über ihre Kopfhörer empfangen. Obwohl es digital übertragen wird, ist das Geräusch immer noch genauso erschreckend. Ein elektronisch klingendes Zirpen signalisiert der Besatzung, dass sich ein Torpedo auf ihr Schiff zubewegt.

Lindberg blickte zu Sandberg. Beide Männer sahen erschöpft aus, nachdem sie während mehreren Tagen fast keinen Schlaf bekommen hatten. Sie hätten genug Zeit gehabt, um sich auszuruhen, aber die Banshees hielten sie wach. Lindberg ging davon aus, dass sich die Schlaflosigkeit irgendwann von selbst erledigen würde. Wie müde musste man eigentlich sein, damit man einfach einschlief, egal was geschah? Aber der Schlaf schien noch nicht greifbar zu sein, worauf er sich überlegte, dass die Beschäftigung mit etwas Einmaligem, Kostbarem das Beste wäre. Noch zweieinhalb Stunden bis zum Beginn ihrer Schicht.

Lindberg sah sich um. "Sandberg?"

"Ja."

"Wollen Sie zur Abwechslung mal etwas Sinnvolles tun und sich eine Kassette anhören, die ich habe?"

"Ein Band wovon?"

"Ein Band, das ich diesem arroganten Arschloch von Leutnant nicht gegeben habe, als er hier war, um es abzuholen."

Sandberg sah deprimiert aus: "Ich höre diesen Scheiss sowieso die ganze Nacht in meinem Kopf".

Lindberg konnte trotz dieser Worte Sandbergs Neugierde auf der anderen Seite des Tisches fühlen. "Kommen Sie. Sie wollen es genauso sehr wissen wie ich. Ich kann es von hier aus spüren." Lindberg ging zu einem kleinen Schrank mit Trainingsgeräten für die Sonarcrew hinüber und holte ein Tonbandgerät mit mehreren Kopfhörerausgängen heraus. Er reichte Sandberg ein Paar Kopfhörer und erklärte: "Ich höre es mir jetzt an. Sie können tun, was Sie wollen."

Sandberg schloss seinen Kopfhörer an das Gerät an, noch bevor Lindberg das Band aus seiner Tasche holte. Sie spielten das Band ab und begannen mit demjenigen Abschnitt, in welchem sie durch die Schicht fast über das andere U-Boot kamen. Beide Männer schlossen ihre Augen und konzentrierten sich auf das Geräusch. Nach ein paar Minuten spulten sie das Band wieder ein Stück zurück.

"Ich bleibe bei meiner ersten Aussage", sagte Sandberg. "Ich höre nur eine Schraube und ich zähle fünf Flügel."

Lindberg nickte. "Ich auch. Das schliesst eine ganze Menge an Booten aus. Ich bin mir nicht sicher, wie viele sowjetische U-Boote nur eine Schraube haben."

"Wir wissen trotzdem nicht, ob es ein sowjetisches Boot war", sagte Sandberg.

"Jetzt aber mal langsam: sie haben auf uns geschossen. Können Sie sich vorstellen, dass irgendeine der NATO-Nationen auf uns schiesst?"

"Nicht wirklich – gutes Argument."

"Können Sie sich vorstellen, das es ein Boot mit zwei Schrauben sein könnte, das nur mit Einer davonfährt?"

"Nein, es hat ja wie verrückt beschleunigt. Wenn Sie vor jemandem weglaufen müssten, von dem Sie wissen, dass er gefährlich ist und Sie auf keinen Fall erwischen darf: würden Sie dann auf einem Bein davonhüpfen? Und selbst wenn das der Fall gewesen wäre, hätte es immer noch hörbare Strömungs-geräusche um den anderen Propeller gegeben. Ich würde sagen, dass es sich um eine Ein-Schrauben-Konstruktion handelt."

"Minisub?"

Sandberg schüttelte den Kopf. "Das glaube ich nicht. Es ist zu stark. Wenn es ein Mini-U-Boot gewesen wäre, hätten wir bei langsamerer Geschwindigkeit mehr Geräusche wahrgenommen. Mehr Kavitation bei geringerer Geschwindigkeit. Ich denke an ein Angriffs-U-Boot."

"Okay, dann eben sowjetische Standardboote. *Whiskey-Klasse* ist ein 'Nein': Doppelschrauben..." Lindberg begann, einige Notizen auf einem Blatt Papier zu machen.

"*Echo-Klasse* – nein: Doppelschrauben. *Kilo-Klasse?*"

Sandberg dachte eine Sekunde lang darüber nach. "Eine Welle, aber soviel ich weiss, wären das sechs oder sieben Propellerflügel. Ich müsste mal nachsehen, ob wir eine Version mit fünf Flügeln kennen. Verdammt, hören wir es uns noch einmal an. Was, wenn der Bastard sechs Flügel hat?"

Beide hörten sich den Kontakt noch mehrmals während Minuten an. Keiner von ihnen konnte einen Hinweis darauf finden, dass Sandberg mit seiner ersten Einschätzung falsch lag. Ein fünfblättriger Propeller war sicher. Sie würden noch einmal nachsehen müssen, ob es Kilos mit einer fünfblättrigen Schraube gab. Sie gingen auch noch einige andere Möglichkeiten von U-Booten durch, die in Frage kommen könnten.

Die *Foxtrot-Klasse* waren gewöhnliche U-Boote, die jedoch wie die meisten sowjetischen U-Boote mit mehreren Propellern ausgestattet waren, welche wahrscheinlich jeweils sechs Blätter hatten.

"*Tango* – nein: mehr als ein Propeller".

Lindberg schaute auf die Uhr. Bald war es Zeit, die Sechs-Stunden-Wache zu beginnen.

"Wie wäre es mit einem der *Bravo-Klasse*?"

Sandberg unterdrückte ein schallendes Gelächter sodass nur ein Glucksen zu hören war. "*Bravo-Klasse*? Was haben Sie geraucht?!"

"Die haben doch eine einzige Schraube, nicht wahr?"

"Ja, aber es ist ein Ausbildungsschiff. Kaum etwas, mit dem man eine andere Marine angreifen würde. Ich habe auch noch nie davon gehört, dass sie damit im Baltischen Meer operierten. Aber gut, um gründlich zu sein, sollten wir das überprüfen. Ich kann mich nicht an die Anzahl der Flügel bei einer *Bravo*-Schraube erinnern."

"Und der Torpedo?"

"Schwer zu sagen. Es ist kein Schwedischer, soviel ist sicher. Sein Geräusch vermischt sich mit demjenigen unserer eigenen Schraube, wenn wir uns zu ihm hin drehen. Und wenn wir durch die Schicht gehen, ist es schwierig, klare Merkmale zu erkennen. Es ist sehr schwer zu sagen, ohne Vergleiche hören zu können, aber der Torpedo könnte sehr gut aus der UdSSR stammen."

"*Oberon*", sagte Lindberg und wechselte das Land, da ihm keine weiteren U-Boote der sowjetischen Marine mehr einfielen.

"Sie glauben, das U-Boot kam aus Grossbritannien? Ich meine, ich bezweifle keineswegs, dass die nicht auch hier herumgeschnüffelt haben – aber auf ein schwedisches U-Boot zu schiessen, das ist definitiv zu weit hergeholt. Das haben Sie noch vor einer Minute selbst gesagt. Ausserdem hat die *Oberon*, soweit ich mich erinnere, doppelte Schrauben."

"Ach was, wir werden das Problem ohnehin nicht hier lösen, oder? Wir müssen Zugang zu den Audiotheken haben und die Dinge vergleichen können."

"Ganz zu schweigen von ein paar Wochen Ruhe und Frieden", fügte Sandberg hinzu.

"Es ist 05:35 Uhr. Gehen wir frühstücken, bevor die Wache beginnt."

* * *

Stockholm, 16. April, 07:35 Uhr

Eivor Falk räumte den Küchentisch ab. Die Kinder hatten soeben das Haus verlassen, um sich auf den Weg zur Schule zu machen. Ihr Mann, der im Krankenhaus Schicht arbeitete, war noch nicht zu Hause. Auf einem Stuhl neben dem Tisch lag das *Abendblatt* von gestern. Auf der ersten Seite stand eine riesige Schlagzeile über sowjetische U-Boote, die in schwedischen Gewässern operierten und darüber, dass die Marine keinerlei Aufschluss darüber gebe, was vor sich ginge.

Sie schlug die Zeitung auf und blätterte durch die üblichen Alltagsbanalitäten, bis sie zu diesem grossen Artikel über die U-Boote kam. Jesper Bergman hielt sich in seinem Artikel nicht zurück und arbeitete mit Layout und Schriftgrösse, um den Eindruck zu erwecken, dass die sowjetischen U-Boote schon längere Zeit hier in den schwedischen Gewässern waren, während die Marine am Steuer schlief – unfähig oder unwillig, etwas dagegen zu unternehmen. *Journalisten sind alle gleich,* dachte sie. Die Wahrheit war biegsam, wenn sie sich gut verkaufen liess und für genügend Aufsehen sorgte.

Auf der nächsten Seite war eine Skizze abgebildet, die ein Zeuge offenbar von diesem U-Boot angefertigt hatte. Nun, 'U-Boot' war eine ziemlich übertriebene Beschreibung dafür. Es war ein kleiner Kasten, der auf einem grösseren Kasten stand. Ja, es sah tatsächlich so aus, wie man sich ein U-Boot vorstellt – das stimmte schon. Es könnte aber ebensogut auch ein Lastkahn sein, der eine Sauna transportiert. Eivor erinnerte sich daran, dass sie zum ersten Mal Zeichnungen der Sichtung gesehen hatte, als sie das Briefingmaterial für Löfgren vorbereitete.

Bergman würde das wahrscheinlich nicht auf sich beruhen lassen. Er würde die Geschichte wochenlang warmhalten, wenn er glaubte, dass sein Name dadurch häufiger in der Zeitung stehen könnte. Vielleicht sogar ein Fernseh-Interview zu geben – das würde ihm gefallen.

Als sie mit der Zeitung fertig war, stand sie auf und ging ins Schlafzimmer, um sich anzuziehen. Zeit, zur Arbeit zu gehen. Edvinsson, das Callcenter und das Verwaltungspersonal arbeiteten rund um die Uhr, um mit den Anfragen aus aller Welt Schritt zu halten. Es wäre gut, dabei zu sein, wenn weitere Informationen einträfen. Das Oberkommando musste nach all dem von heute Morgen eine Sitzung abhalten.

* * *

177

N 58°45'40" E 18°18'10", 16. April, 10:00 Uhr
Der Wachoffizier hatte das Minensuchboot
mehr als zwölf Stunden lang hin und her
manövrieren lassen und nach dem unregelmässigen Signal gesucht. Es kam und ging, aber
nicht nach einem regelmässigen Muster. Beim
ersten Mal war es nur ein paar Minuten lang
verschwunden, weshalb er sich sicher war,
dass sie es schnell wiederfinden würden, selbst
wenn es immer wieder abtauchte. Beim zweiten
Mal hatten sie es fast drei Stunden lang verloren, bevor sie es wiedergefunden hatten. Das
kann kein Zufall sein, dachte er. Das muss Absicht sein. Das dritte Mal war es zweiundzwanzig Minuten lang verschwunden.

Es hatte einige Zeit gedauert, aber als er
sich seinen Plan ansah, hatte er das Gebiet
deutlich markiert und war sicher genug, dass
sie näher herankommen konnten, um eine
Beobachtung zu machen. Die Signalfrequenz
stimmte mit keiner bekannten Bake überein.
*Nicht die NATO, eher ein Gerät des Warschauer
Paktes, wenn es das ist, wofür ich es halte.* Er
nahm das Telefon neben sich zur Hand.

"Sagen Sie dem Kapitän, dass wir uns
der Position nähern. Und macht die Taucher
bereit."

Er überprüfte seine Peilung nochmals,
um sicherzustellen, dass er sich in der richtigen
Position befand. Als er damit zufrieden war,
fuhr er eine Minute lang gegen den Wind, bevor
er den Anker fallen und das Schiff zurücktrei-
ben liess. Man stelle sich einmal vor, er würde
den Anker auf die gesuchte Signalquelle fallen
lassen. Das wäre doch mal was! Er hatte schon
einmal darüber nachgedacht, aber das Risiko
stand Eins zu einer Million und der Versuch,

bei diesem Wind ohne Anker auf Position zu bleiben, wäre sehr mühsam gewesen. Tief in seinem Inneren seufzte er dennoch erleichtert auf, als das Signal noch lange nach dem Aufsetzen des Ankers anhielt. Auf die Witze, die er sich hätte anhören müssen, konnte er verzichten...

Die Taucher wurden über den bevorstehenden Einsatz unterrichtet und waren schnell einsatzbereit. Der Kapitän prüfte ihre Position und gab dann dem Tauchoffizier grünes Licht. Die beiden Taucher setzten sich in das kleine Schlauchboot und liessen sich gleich über die Bordwand fallen. Sie kamen kurz wieder hoch, um zu signalisieren, dass sie bereit waren und bekamen vom Tauchoffizier einen Daumen nach unten. Langsam verschwanden sie unter der stahlgrauen Oberfläche der Ostsee und hinterliessen nur eine Spur von Luftblasen.

Der Kapitän war angespannt. Taucheinsätze gehörten zu ihren regelmässigen Aufgaben und er hatte schon öfter an solchen Arbeiten teilgenommen, als er sich erinnern konnte. Diesmal hatte er das Gefühl, dass er wusste, was sie finden würden – was ihm Angst einflösste. *Es muss eine Unterwasserbake sein.* Das würde eine Menge Sinn ergeben. Was ihn nervös machte war, dass er nur einmal in seinem Leben von 24 Khz gehört hatte und zwar in einer Diskussion mit einem polnischen Kollegen. Diese Bakenfrequenz wurde von der Sowjetunion häufig verwendet. Wenn er dabei war, Material auszugraben, das der sowjetischen Marine gehörte, konnte das nur Ärger bedeuten. Oder noch schlimmer: wo war das U-Boot, das die Bake benutzen sollte?

179

Stockholm, 16. April, 12:00 Uhr

Bergman sah sich die Wiederholung des Interviews am Mittag an. Er sah gut aus und machte wohl auch einen guten Eindruck. Er strahlte Professionalität und Seriosität aus, fand er. Die *'Morgennachrichten'* hatten ihn am Vortag angerufen und ihn zu einem Interview eingeladen. Als Hüter der Information der schwedischen Öffentlichkeit war er an diesem Morgen um 7 Uhr im Studio des schwedischen Fernsehens SVT erschienen.

Das Gespräch hatte sofort *'in medias res'* begonnen, ohne jegliche Höflichkeitsfloskeln oder einleitenden Worte, aber das war für ihn in Ordnung. Er verabscheute Smalltalk ohnehin.

"Sie machen einige gewagte Aussagen über sowjetische U-Boote, die in schwedischen Gewässern operieren. Woher stammen diese Informationen?"

"Nun, die Quelle wird vertraulich bleiben. Wir wissen, dass ein U-Boot gesichtet wurde. Meine Quelle hat Informationen geliefert, die stark darauf hindeuten, dass es zur sowjetischen Ostseeflotte gehört."

"Okay, aber ich nehme an, dass dies noch keine überprüfte Aussagen sind?"

"Das ist richtig. Wie ich bereits sagte, gibt es starke Anzeichen dafür, dass dies so wie beschrieben der Fall ist. Ich arbeite noch daran, einige der Informationen zu verifizieren, aber wir hielten es für notwendig, dass diese Informationen die schwedische Öffentlichkeit jetzt erreichen, um damit sicherzustellen, dass unsere Regierung diese Angelegenheit sehr ernst nimmt."

"Besteht nicht die Gefahr, dass Sie die Sache überstürzt angehen?"

"Im Echtzeit-Journalismus besteht immer das Risiko, dass weitere Fakten die Dinge in einem neuen Licht erscheinen lassen, aber die Anzeichen hier sind eindeutig. Ich halte es für zwingend notwendig, dass die schwedische Öffentlichkeit darüber informiert wird, während unsere Regierung dieser möglichen Verletzung der schwedischen Territorialgrenzen nachgeht. Sollte ich mich irren, kann ich damit leben, aber das schwedische Volk muss wissen, was vor sich geht. Wir müssen die Gewissheit haben, dass unsere Regierung unsere Grenzen schützt und unsere Sicherheit zu ihrem wichtigsten Anliegen macht."

"Ja, in der Tat", fuhr der Interviewer fort. "Es gab ja schon früher Anzeichen für fremde U-Boote, aber ich glaube, dies ist das erste Mal, dass eines an der Oberfläche gesichtet wurde. Ich würde mich sicherer fühlen, wenn wir herausfinden könnten, wer oder was dahinter steckt. Können Sie uns also helfen, die Grenze zwischen Fakten und Vermutungen zu ziehen?"

"Natürlich gibt es hier nicht wirklich viele Informationen zu verarbeiten, also sollte es einfach sein. Es ist ein Schiff gesichtet worden. Das ist eine Tatsache. Das Schiff sieht aus wie ein U-Boot.Und die Tatsache, dass es plötzlich verschwunden ist, unterstreicht das. Wir wissen, dass es auf schwedischem Hoheitsgebiet geschah und dass es von rund zehn verschiedenen Personen gesehen wurde. Wir wissen ausserdem, dass das U-Boot nicht schwedisch ist."

"Und woher wissen wir, dass es kein schwedisches U-Boot ist?"

"Nun, zunächst einmal hat ein Zeuge eine Skizze des U-Boots angefertigt. Sie entspricht weder der Form noch der Gestalt eines schwedischen U-Boots der *Sjöormen-* oder *Näcken-Klasse.* Zweitens sind die Positionen der schwedischen U-Boote überprüft worden. Keines von ihnen war zu diesem Zeitpunkt in diesem Gebiet gemeldet."

"Wir können also die Schlussfolgerung ziehen, dass das schwedische Territorium von einem anderen Land verletzt wurde? Ist das Ihrer Meinung nach eine Tatsache?"

"Ja, das ist eine Tatsache. Und wie ich bereits erwähnt habe, muss jetzt die Regierung entschlossene Massnahmen ergreifen, um die Nationalität dieses U-Boots herauszufinden. Wir brauchen diese Informationen sofort. Die Sicherheit des schwedischen Volkes steht auf dem Spiel. Jetzt ist nicht die Zeit für Vertuschungsmanöver. Wir brauchen sowohl von der Regierung als auch von der Marine völlige Transparenz darüber, was hier passiert ist und was sie dagegen zu tun gedenken."

Ich sehe gut aus, dachte er. Sobald dies veröffentlicht und übersetzt war, würde sich die internationale Presse mit ihm in Verbindung setzen. Zweifellos. Das war gut für ihn.

Kapitel 16 – Katz und Maus

N 58°46'09" E 18°16'52", 16. April, 12:30 Uhr

Die Taucher des Minenräumbootes suchten fast eine Stunde lang, bevor sie etwas auf dem Grund fanden. Als sie näher kamen, sahen sie etwas, das wie ein Stück Stahlrohr aussah, das an einer Metallplatte befestigt war. Dieser Gegenstand war eindeutig von Menschenhand gemacht. Es lag waagrecht auf dem Grund, was darauf hindeutete, dass es bewusst dort platziert worden war und nicht von einem Schiff über Bord gegangen war. Die Taucher verbrachten eine halbe Stunde damit, das Gerät zu begutachten, Fotos und Messungen zu machen und spezifische Details zu zeichnen.

An Bord funkte der Kapitän das Hauptquartier an, ob es ihnen zusätzliche Informationen über die Art dieses Gegenstandes liefern könnte. Es schien, als hätte er mit seinen Vermutungen recht gehabt. Es handelte sich offenbar um eine Unterwasserbake, die ein Signal aussendet, das U-Boote zur Navigation nutzen können. Die unregelmässigen Sendemuster werden dabei nach einem geheimen Code chiffriert. So kann zum Beispiel der Befehl gegeben werden, sich der Bake zu nähern, sobald sie nach einer bestimmten Anzahl Minuten Pause wieder ein Signal sendet. Das Minenräumboot verfügte über zahlreiche Daten zu den Übertragungsmustern, aber im Moment sah alles noch nach Zufall aus und ein nachvollziehbares Muster war nicht zu erkennen. Sie würden einen Experten brauchen, um die Daten genauer zu analysieren.

Einer der Taucher, die den Gegenstand untersuchten, vermutete, dass das Gerät von der sowjetischen Marine stammen könnte. Angesichts der Schweissnähte und Materialien sei es wahrscheinlicher, dass es aus dem Osten als aus dem Westen stamme, sagte er. Das war zwar kein Beweis für irgendetwas, aber der Kapitän fügte es trotzdem seinem Bericht hinzu. Er war der Meinung, dass mehr Informationen besser wären, solange klar sei, dass es sich um eine Vermutung und nicht um eine Tatsache handelte. Eine Stunde später erhielt er vom Hauptquartier eine Antwort über die nächsten Schritte. *Bergen Sie das Objekt und fahren Sie mit Höchstgeschwindigkeit zum Marinestützpunkt Muskö.*

* * *

Marinestützpunkt Muskö, 16. April, 12:30 Uhr
Löfgren sass in seinem Büro und lehnte sich in seinem Stuhl zurück. Es waren ein paar harte Tage gewesen. Er fühlte sich sehr unwohl in dieser Nacht bei dem Gedanken, dass er zum Verlust eines schwedischen U-Boots hätte beitragen können. Der Plan, dem er zugestimmt hatte, war einfach. Wenn – rein hypothetisch – in schwedischen Gewässern ein U-Boot an der Oberfläche gesichtet würde dann müsste jemand dafür sorgen, dass eine solche Sichtung von der schwedischen Marine und der schwedischen Regierung sehr ernst genommen würde. Das war alles. Nicht übermässig kompliziert – und niemand würde verletzt. Es sollte nur sichergestellt werden, dass eine potenzielle

U-Boot-Bedrohung von Schweden ernst genommen wird.

Die Sichtungen von U-Booten in den letzten Jahren waren meist mit Vorsicht zu geniessen. Bei *U-137* war es ernst, aber die Menschen hatten ein kurzes Gedächtnis. Es gab immer Raum für politische Verdrehungen der Tatsachen. In einigen Fällen bezweifelte die politische Opposition sogar, dass die gemeldete Sichtung überhaupt stattgefunden hätte. Politisches Gerede über *'Budget-U-Boote'*, die erfunden worden seien, um mehr Mittel für die Marine zu erhalten, war in den siebziger Jahren weit verbreitet. Ein sichtbares U-Boot würde die schwedische Öffentlichkeit daran erinnern, dass die Sowjetunion kein Freund war und die Marine würde endlich die nötigen Mittel erhalten, um angemessene U-Boot-Operationen durchzuführen.

Ganz zu schweigen von seiner eigenen Abteilung, dem militärischen Nachrichtendienst. Sie waren so oft umstrukturiert worden, dass es Ende der siebziger und Anfang der achtziger Jahre richtig schwierig wurde zu verstehen, wer was tun sollte. Eine völlig verworrene Situation. Löfgren sollte zunächst der Marine selbst unterstellt werden, aber nach einer weiteren Überprüfung wurde der Nachrichtendienst vollständig von den regulären militärischen Bereichen getrennt. Es hatte einiges an Arbeit gekostet, aber dank seiner Beziehungen zu Rosenfeldt ging am Ende alles gut aus. Für viele andere waren die Berichtslinien und die unklaren Zuständigkeiten immer noch sehr undurchsichtig und verhinderten eine effektive nachrichtendienstliche Tätigkeit.

Je früher, desto besser, dachte er. Wenn

die verdammten Sozialisten erst einmal wieder an der Macht waren, würden sie weiter im Osten ihr Unwesen treiben und die Verteidigungsbudgets weiter kürzen. Dass ein schwedisches U-Boot involviert sein würde, war nie abzusehen – ganz zu schweigen davon, dass es fast verloren gegangen war.

Egal wie man die Sache auch betrachten mochte – er musste nur die untergeschobenen Nachrichtendienstbefehle aus dem Archiv holen und schon müsste er aus dem Schneider sein. Er hatte nichts Falsches getan. Vielleicht würde es als unverhältnismässig angesehen werden, den Leiter der Marine zu umgehen und das Verteidigungsministerium direkt zu informieren. Wahrscheinlich bliebe das ohnehin unbemerkt, würde aber ansonsten höchstens einen Klaps auf die Hand bedeuten.

Nylund war derjenige, der den Nachrichtendiensteinsatz geplant hatte. Er hatte Löfgren angewiesen, die Beweise für die Mission zu platzieren. Sollte es hart auf hart kommen, dann hatte er lediglich getan, was ihm befohlen wurde. Es würde ihm allenfalls nachteilig angelastet werden, dass Nylund technisch gesehen nicht sein Vorgesetzter war, aber das könnte er wahrscheinlich kaschieren oder zumindest herunterspielen. Ja, das sollte alles gut gehen. Er war in Sicherheit. Nylund konnte ihn kein weiteres Mal in Schwierigkeiten bringen, ohne seine eigene Haut zu riskieren.

* * *

Rosenbad, Stockholm, 16. April, 12:30 Uhr
"Wir werden damit nicht mehr lange durch-
kommen", sagte der Verteidigungsminister und
bewegte sich in seinem Bürostuhl. "Die Öffentlichkeit ist aufgebracht über die Bedrohung aus
dem Osten und wir müssen bald etwas tun. Wir
werden vor der ganzen Welt wie unbedarfte
Deppen dastehen. Wir könnten nicht einmal ein
fremdes U-Boot aufbringen, das auf der
verdammten Oberfläche fährt. Welche Botschaft würde das aussenden?"

Der Verteidigungsminister gestikulierte
in Richtung der anderen, um eine Antwort zu
erhalten. Seine beiden Mitarbeiter, die mit ihm
an allen Sitzungen und Besprechungen teilnahmen, sassen auf dem Sofa, daneben der Oberbefehlshaber der schwedischen Streitkräfte.

Einer der Berater des Ministers ergriff
zuerst das Wort. "Gibt es irgendeinen Beweis,
den wir verwenden könnten, um die Nationalität dieses U-Boots herauszufinden?"

Rosenfeldt schüttelte den Kopf. "Nein.
Die Quelle von Jesper Bergman, von der er
behauptet, dass sie starke Hinweise liefert, ist
uns völlig unbekannt. Wir wissen nicht, woher
er diese Informationen hat. Einige Angaben
deuten auf die Sowjetunion hin, aber sie sind
etwas vage."

"Welche Dinge wären denn das?"

"Die Skizze, die wir gesehen haben, ist
recht grob, aber die allgemeine Form des Bootes
- mit einem niedrigeren und längeren Turm - ist
in der sowjetischen Marine üblicher. Die Positi-
onierung ist weiter achtern als bei den meisten
NATO-Booten. Aber wie gesagt: alles sehr vage."

"Nun, das ist trotzdem etwas, an dem
man sich festhalten kann", sagte der Berater.

"Und sonst gibt es nichts?"

"Wir haben eine Unterwasserbake aus unseren Gewässern geborgen. Sie wird jetzt zur Inspektion in die Muskö-Basis gebracht. Sie könnte von der sowjetischen Marine sein, aber wir können es noch nicht mit Sicherheit sagen. Die Frequenz wurde schon einmal von der sowjetischen Marine benutzt, aber das muss alles noch verifiziert werden. Anscheinend hat ein Taucher bemerkt, dass es nach der allgemeinen Verarbeitung beurteilt östlich aussieht. Das ist alles, was wir haben. Bestenfalls Indizien. Nicht genug, um den Eindringling eindeutig zu identifizieren."

"Ach, was soll das?! Natürlich sind es die Russen. Wer sonst würde einen verdammten Torpedo auf eines unserer U-Boote abfeuern?" Der nun sehr erregte und aufgebrachte Berater erhob sich von seinem Stuhl. "WER sollte es sonst sein?!"

Rosenfeldt nickte. "Ich stimme Ihnen zu. Es scheint wirklich ein sowjetisches U-Boot zu sein. Ich will damit nur sagen, dass wir es nicht beweisen können – zumindest im Moment noch nicht. Nylund und seine Marine arbeiten hart an der Bake, um zu sehen, ob sie Klarheit schafft, aber im Moment sieht es tatsächlich so aus, als sei das Gerät aus dem Osten."

Der Berater gestikulierte ungehalten in der Luft, sagte aber nichts. Er wandte sich ab und schritt im Raum umher, während er aus dem Fenster sah.

"Die verdammte Navy hat die Bänder verloren, unsere einzige echte Chance, die verdammten Russen mit Sicherheit zu identi-fi-zieren. Wenn wir mit diesem unsicheren Durcheinander von Hinweisen und möglicherweise von diesem und von jenem ausgehen, werden wir alle wie idiotische Dilettanten dastehen. Wir müssen hier entschlossen und professionell vorgehen. Die öffentliche Meinung der Schweden ist gegen die Sowjetunion eingestellt. Der Feind ist immer rot und kommt immer aus dem Osten. Was sollen wir sonst noch sagen? Etwa *'die NATO hat einen Torpedo auf eines unserer U-Boote geschossen'*?"

"Niemand weiss, dass ein Torpedo abgefeuert wurde", unterbrach ihn sein Berater.

"Oh, ich bitte Sie! Es waren dreissig Männer auf dem U-Boot. Glauben Sie im Ernst, dass nicht einer von ihnen im Suff seiner Frau oder wem auch immer sein Herz ausschüttet? Ausserdem haben wir auch einen Torpedo abgefeuert und wir wissen noch nicht, was dabei herausgekommen ist. Nach unserem Kenntnisstand wäre es sogar möglich, dass wir vielleicht eine ganze Schiffsladung ausländischer Seeleute getötet haben."

Er lief jetzt in einem äusserst schnellen Tempo hin und her. *Wenn er noch schneller geht*, dachte der Oberbefehlshaber, *wird er die nächste Kurve nicht mehr kriegen und direkt in die Wand laufen.*

Der Berater fuhr fort: "Die einzige politisch plausible Lösung ist eine eindeutige Erklärung, dass dies eine sowjetische Operation war. Wir protestieren mit einer offiziellen Note in Moskau. Es ist im Prinzip ja bereits bekannt geworden und wenn wir nun etwas anderes erzählen, wird uns die öffentliche Meinung umbringen. In fünf Monaten sind die Wahlen und die verdammten Sozialisten stehen besser da als je zuvor."

"Die Öffentlichkeit mag möglicherweise

akzeptieren, dass es sich um einen sowjetischen Eindringling gehandelt haben soll, aber was tun wir eigentlich dagegen, ausser eine scharfe Protestnote nach Moskau zu senden?"

"Zeigen Sie der Öffentlichkeit, dass wir ihre Sicherheitsbedenken sehr ernst nehmen. Erhöhen Sie die Ausgaben für die Marine, erhöhen Sie die Zahl der Übungen der Luftwaffe über dicht besiedelten Gebieten. Das Dröhnen von Kampfjets ist ein wirksames und relativ kostengünstiges Mittel, um zu zeigen, dass wir es ernst meinen."

"Und was ist mit der Sowjetunion? Die mögen es vielleicht nicht, wenn man sie international anprangert."

"Was werden sie tun? Uns angreifen? Wir sind kein NATO-Land, aber wir könnten es genauso gut sein. *Die* wissen, dass es Vereinbarungen zwischen der NATO und uns gibt."

Der Verteidigungsminister nickte.

"Ich weiss. Okay, lassen Sie mich den Premierminister informieren und seine Unterstützung einholen. – Gehen wir."

Er wandte sich an Fredrik Rosenfeld. "Wir haben keinen einzigen Hinweis darauf, dass es sich um jemand anderen handeln könnte?"

"Alle Indizien sprechen dafür, dass die Sowjetunion dahintersteckt. Es gibt keine Beweise, die auf jemand anderen hindeuteten".

"Okay, das war's dann. Ich melde mich bei Ihnen, sobald ich mit dem Premierminister gesprochen habe."

* * *

Abendblatt, 16. April, 13:00 Uhr

Bergman drehte sich auf seinem Bürostuhl, ein breites Grinsen im Gesicht. *Explosionen. Ich liebe es.* Ein Freund von ihm, der in der Kommunikationsabteilung für den zivilen Seeverkehr arbeitete, hatte seinen Artikel gesehen und ihn angerufen. Offenbar meldete die *M/S Taurus* zwei Tage nach der Sichtung eine erhebliche Unterwasserexplosion. Sie arbeiteten noch daran, aber es sah so aus, als gäbe es mindestens zwei von ihnen. Die Marine sprach von einer geplanten und kontrollierten Minenexplosion. In der Nähe befand sich ein Sprengstofflager, das jedoch fast zwanzig Seemeilen entfernt war und in einer Tiefe von fast vierhundert Metern lag.

Blödsinn, dachte Bergman. *U-Boot gesichtet, Unterwasserexplosionen – und dann legt die halbe Marine ab zu einer Übung, wie sie es nennen. Absoluter Schwachsinn.* Die Explosionen waren eine Tatsache und er konnte sie immer noch in die heutige Zeitung bringen. Diese Nachricht, die zu den gestrigen Schlagzeilen hinzukam, würde die Marine und die Regierung so sehr unter Druck setzen, dass sie reagieren müssten. Auspacken? Vielleicht nicht, aber wenn sie erst einmal ihre Erklärungen abgegeben hatten, konnte er wahrscheinlich wochenlang auf der ersten Seite bleiben, wenn er jedes Detail in Frage stellte.

* * *

N 58°45'00" E 18°44'09", 16. April, 13:30 Uhr
Was sich anfangs nur wie warme Luft an seinem Ohr anfühlte, entwickelte sich langsam zu einem Flüstern. Lindberg war ausnahmsweise schnell eingeschlafen und war schlaftrunken, als er im dunklen Abteil die Augen öffnete. Er sah die Silhouette des Kochs, der sich über ihn beugte.

"Was ist los?"

"Gefechtsmannschaften auf die Stationen. Befehl des Captains."

Lindberg richtete sich schnell in seiner Koje auf. Ohne darüber nachzudenken, setzte er sich aber nicht ganz auf. Selbst wenn er erst halb wach war, wusste sein Unterbewusstsein, dass er sich den Kopf an der Koje über ihm stossen würde, wenn er das täte. Der Koch verschwand, während Lindberg seine Füsse über den Rand seiner Koje schwang und seine Schuhe anzog. Er hatte seit der Begegnung in seiner Uniform geschlafen – er war zu müde gewesen, um sie auszuziehen. Er kletterte die Leiter hoch, bog in den Hauptkorridor ein und ging auf seinem Weg zur Kommandozentrale an der Kantine vorbei.

In seinem Kopf entstanden bereits Szenarien, die erklären sollten, was vor sich gehen könnte. Letzte Woche um diese Zeit wäre er diesen Weg gegangen und hätte über das Unzeitgemässe der Übung gemurmelt. Die Begegnung änderte das alles. Das *'Aufsuchen der Gefechtsstationen'* war eine abgespeckte Version der *'Gefechtsstationen'*. Sie wurde eingesetzt, wenn Kontakte verfolgt und ausgewertet werden mussten, ohne dass ein Kampf unmittelbar zu erwarten war. Die Ingenieure

und die anderen Besatzungs-mitglieder könnten weiterschlafen. Zumindest für den Moment.

Als er die Kommandozentrale betrat, war
die Atmosphäre angespannt. Wikingsson und
Sandberg sassen an den Konsolen eins und
zwei. Sie unterhielten sich leise, während sie
auf den BTR deuteten und offensichtlich versuchten, einen Sonarkontakt zu interpretieren.

"Lindberg, guten Morgen", begrüsste ihn
der Torpedooffizier. "Wir müssen einen Q-Plot
und einen taktischen Plot starten. Gehen Sie zu
Sandberg und legen Sie los."

Wie sich herausstellte, hatte Wikingsson
zehn Minuten vorher einen schwachen Kontakt
gemeldet. Während er und Sandberg herauszufinden versuchten, ob dieser Kontakt überhaupt real war, entschied der Kapitän, zusätzliche Augen und Ohren auf den möglichen
Kontakt zu richten. Lindberg bereitete
seinen Q-Plot vor und suchte auf dem BTR nach
ersten Datenpunkten. Peilung 081, dann fünf
Minuten später Peilung 082.

"Das ist alles, womit ich arbeiten kann?"
Er winkte Sandberg zu.

"Das ist alles, was wir im Moment haben.
Es ist sporadisch und sehr schwach, aber ich
denke, Wikingsson hat recht."

Sandberg zeigte auf seinen Sonarschirm.
"Sie sehen diese Gruppe von Handelsschiffen –
es sind drei oder vier von ihnen. Schwer zu
unterscheiden. Sie scheinen sich alle von
Süden nach Norden zu bewegen. Sie verdecken
fast alles, aber ab und zu kommt ein schwaches
Geräusch durch. Der Kontakt scheint sich langsam nach Süden zu bewegen. Sobald diese
Handelsschiffe aus dem Weg sind, sollten wir
eine besseres akustisches Bild haben."

Sandberg war ganz der Alte. Scheinbar entspannt und nur auf das konzentriert, was vor ihm war. Er hatte keine Zeit, Angst zu empfinden. Lindberg hatte auch nicht viel Zeit für Angst gehabt, als der Torpedo sich ihnen näherte – dafür aber in den letzten Tagen umso mehr.

Der blosse Gedanke an einen weiteren untergetauchten Kontakt in ihrer Nähe liess seine Phantasie in Richtung Katastrophe abschweifen. Das kreischende Geräusch des ankommenden Torpedos würde sie verfolgen, während sie versuchten, zu entkommen. Das digitale Zirpen seiner aktiven Übertragung würde in seiner Frequenz zunehmen, wenn er sich ihnen näherte.

Selbst wenn die Druckhülle der durch die Explosion erzeugten Kraft standhalten würde, war es wahrscheinlich, dass die schwächste Stelle, nämlich dort wo die Antriebswelle der Schraube in den Rumpf führte, kollabieren würde. Je nach Tiefe bliebe nicht viel Zeit, bevor sich der Druck aufbaute und der Motorraum überflutet würde. Die Besatzung müsste den gesamten Ballast abwerfen und versuchen, das Boot an die Oberfläche zu bringen. Sie bräuchten nur eine Minute an der Oberfläche, um alle aus dem Boot zu holen und die Flosse zu Wasser zu lassen.

Es ist ein Wettlauf zwischen dem Wasser, das aus den Ballasttanks austritt und dem Wasser, das durch den beschädigten Rumpf eindringt. Sollte der Schaden siegen, würden sie nie wieder die Oberfläche sehen. Nach ein paar Momenten der Schwerelosigkeit würden sie langsam immer tiefer in den dunklen, kalten Gewässern der Ostsee verschwinden.

Ein Schauer lief durch seinen Körper. Die Tiefe an ihrer Position betrug über hundert Meter. Er konnte sich vorstellen, wie er in der engen Fluchtkammer stünde und spürte, wie die Panik in ihm aufstieg, als der Druck an die Aussentiefe angepasst wurde. Wenn die Fluchtluke unbeschädigt war, sollte sie sich automatisch öffnen und er konnte seinen freien Aufstieg zur Oberfläche beginnen. Es würde zwanzig Sekunden dauern, bis er an der Oberfläche war. Sobald er wieder frische Luft atmen würde, könnte er nur hoffen, dass er gefunden würde, bevor er erfröre.

"Immer noch Peilung 082. Ziel Bravo, schwaches Signal."

Wikingsson meldete erneut einen kurzen Kontakt. Die Handelsschiffe waren Richtung Norden weitergezogen und Sandberg bemühte sich intensiv, den Kontakt aufrecht zu erhalten. Lindberg konnte hören, wie er bei der Arbeit flüsterte.

"Hab dich, hab dich! Du kannst jetzt nirgendwo mehr hin!"

Fünf Minuten vergingen, bis Sandberg einen Erfolg verkündete. "Das war's. Wir haben ihn. Ziel Bravo, jetzt Peilung 083, es ist ein echter Kontakt – wahrscheinlich ein U-Boot. Und ein leiser Bastard."

"Wie leise?" Der Kapitän stand jetzt hinter Sandberg.

"Sehr leise. Ich muss es durch die Datenbank laufen lassen und ein paar Dinge vergleichen."

"Dann los!"

Sandberg warf dem Kapitän einen Blick zu, der ihm signalisierte, dass er bereits wusste, was er zu tun hatte und dass er so schnell wie möglich vorgehen müsste. Wenn der Kapitän ihn in Ruhe liesse, könnte es vielleicht noch ein bisschen schneller gehen... – Der Kapitän verstand die nonverbale Bemerkung und ging ein paar Schritte zurück auf seinen Stammplatz neben dem Periskop.

Sandberg murmelte weiter vor sich hin, während er arbeitete. "Du glaubst, du kannst mir entkommen, wie? Nein. Nein. Nein! Jetzt habe ich dich!"

Lindberg markierte seinen Q-Plot, aber es war unmöglich, aus den minimalen Bewegungen der Peilung irgendwelche Erkenntnisse zu gewinnen. Sie würden zu manövrieren anfangen müssen, um einige Winkel zu erhalten, mit denen er arbeiten konnte.

Mit dem rechten Ohr hörte er Sandberg zu, während er mit dem Linken hörte, wie der Kapitän mit dem XO das weitere Vorgehen besprach. Sie befanden sich ausserhalb der schwedischen Gewässer. Das bedeutete: was auch immer es war, würde in internationalen Gewässern stattfinden. Sie konnten sich dazwischen entscheiden, vorzudringen und weiter nach der Identifizierung zu suchen, oder sie konnten sich in schwedische Gewässer zurückziehen und sich an die Grenzen ihres Landes halten.

Ein Oberflächenschiff oder eine andere militärische Einheit hätte sich per Funk bei der Basis oder Einsatzzentrale gemeldet, um Instruktionen einzuholen. Das war für ein U-Boot in dieser Tiefe keine Option. Der Kapitän hatte in dieser Situation das taktische Kommando und musste die Entscheidung selbst treffen. Vorstossen und eine Konfrontation riskieren oder sich zurückziehen aber dann auch nie erfahren, was dort war. Stefan Lindholm traf seine Entscheidung schnell.

"Steuermann, gehen Sie auf hundert Meter Tiefe. Kurs 045. Wir werden einen Sprint nach Nordosten machen. Dann schleichen wir uns wieder heran, um zu sehen, ob wir dieses Schiff wiederfinden und was wir darüber herausfinden können."

Das U-Boot tauchte auf eine grössere Tiefe und beschleunigte. Eine grössere Tiefe würde den Druck erhöhen, was dazu beitrüge, die Kavitation zu minimieren während sie ihre Position veränderten. Ein anderer Blickwinkel auf das Ziel würde es ihnen ermöglichen, den Kurs und die Entfernung zum Ziel zu bestimmen.

Zwanzig Minuten später kehrten sie wieder auf eine Tiefe nahe der Schicht zurück. Sandberg sass wie angewurzelt an seiner Konsole. Man konnte ihn kaum atmen hören.

"Hab ihn, Ziel Bravo. Peilung 106. Habe sie jetzt deutlicher gesehen. Die Störung des Sonars durch die Handelsschiffe nimmt ab."

Sandberg war ganz bei der Sache. Er las in einem Ordner, in welchem bereits aufgezeichnete U-Boote analysiert beschrieben waren, während die tieffrequente Schallanalyse die Frequenzen der Motoren ermittelte. Sein Blick wanderte zwischen dem Ordner und den Sonarbildschirmen hin und her.

Der Sonar-Offizier sass im SESUB und arbeitete ebenfalls daran, die Entfernung zum Ziel zu ermitteln. Da sich die Peilung nicht stark bewegte, war es schwierig zu sagen, wie weit das Ziel entfernt war. Lindberg schaute auf seinen Q-Plot, aber er hatte das gleiche Problem.

"Ich vermute, dass sie sich mehr oder weniger direkt von uns wegbewegt. Ich bekomme eine schwache Bewegung in der Peilung, jetzt links." Lindberg schaute über Sandbergs Schulter, als sich das Sonarbild veränderte.

"Drehung. Sie dreht ab. Peilung bewegt sich jetzt nach links. Mittel und zunehmend. Sie muss den Kurs ändern."

Der Kapitän sah Sandberg an. "Identität, Sandberg. Ich muss wissen, was es ist."

"Ziel Bravo, jetzt Peilung 104, bewegt sich nach links, Kurs 047, berechnete Reichweite 60 Hektometer."

Der Kapitän hatte einen ernsten Gesichtsausdruck und starrte auf den Plan. "Gehen Sie auf Gefechtsstation, fluten Sie Röhre sechs. Bleibt alle ruhig. Wir befinden uns nicht in schwedischen Gewässern. Es ist nur eine Vorsichtsmassnahme."

Der Kapitän wandte sich an den Navigationsoffizier. "Wie weit sind wir von schwedischen Gewässern entfernt?"

"Vier nautische Meilen".

Sandberg unterbrach sie. "Ziel Bravo, Kursänderung. Sie dreht nach Steuerbord. Sie fährt im Zickzack von uns weg."

"Und was ist es?"

"Zwei Wellen, dreiblättriger Propeller. Ich schaue mir jetzt die Frequenzen an. Ich bin mir noch nicht sicher, aber ich bleibe dran."

Der Kapitän und der XO wechselten ein paar Worte, bevor sie zustimmend nickten.

"Alles stoppen. Bringt sie in den Schwebezustand. Wir bleiben ein paar Stunden hier und sehen, ob sie umkehrt. Dann machen wir uns auf den Weg zurück in schwedische Gewässer. Ich werde hier draussen keinen Kampf

198

provozieren. Wir bleiben erst mal unter der Schicht. Wir können das per Funk melden, wenn wir uns sicher sind."

Die Besatzung sah erleichtert aus. Lindberg schaute auf seine Uhr. Er hatte es nicht bemerkt, aber die Sonarcrew war seit fast fünf Stunden auf ihren Gefechtsstationen und sie waren alle erschöpft. *Zurück in schwedischen Gewässern* bedeutete einen Schritt zurück Richtung Heimat. Vielleicht würden sie es ja in einem Stück zurückschaffen.

Kapitel 17 - Politik

D*a stimmt etwas nicht.* Löfgren sah sich den
Bericht an, der die Position der schwedischen U-Boote zum Zeitpunkt der Sichtung
zeigte. Nicht, dass Bergman sie in seinem
Artikel veröffentlicht hätte, aber er schien sich
seiner Sache sehr sicher zu sein. Kannte Bergman den Standort der schwedischen U-Boote?

Wenn dies der Fall wäre, würde eine
schwerwiegende Sicherheitslücke irgendwo in
der Marine bestehen und es dürfte nicht allzu
schwierig sein, die Quelle zu finden. Nicht viele
Leute hatten Zugang zu diesen Informationen:
er selbst, Melker Nilsson, Nylund, Rolf Eriksson, ein oder vielleicht zwei Funker. Es wäre
nicht schwer, einigen dieser Leute Informationen unterzuschieben nur um zu sehen, ob morgen etwas davon in der Presse auftauchen
würde. Er notierte sich, dass er heute Abend
darüber nachdenken wollte. Im Moment musste
er sich um seine eigene Situation kümmern.

Löfgren stand von seinem Schreibtisch
auf und schaute sich die leere Fläche vor
seinem Büro an. Die meisten Leute waren noch
nicht von der Mittagspause zurück und hier
drin war es wahrscheinlich so leer, wie es nur
sein konnte. Er klemmte sich eine Mappe mit
einigen Papieren zur Tarnung unter den Arm
und bog mit sehr entschlossenem Schritt um
die Ecke.

An der Tür zog er den Zutrittsbadge von

Eivor Falk durch, den sie auf ihrem Schreibtisch hatte liegen lassen. Der erfolgte Zutritt würde im Logbuch auftauchen, aber Eivor benutzte das Archiv ja auch häufig. Niemand würde sich also über ihren Zutritt Gedanken machen. Er schloss die Tür sorgfältig hinter sich und ging geradeaus durch den Mittelgang, während er die Codes am Ende der Regale absuchte. Eivor Falk hatte die Kiste dort abgestellt, wo sie hingehörte. Er öffnete sie schnell, um die Beweise herauszusuchen, die er ihr ein paar Tage zuvor übergeben hatte.

Es dauerte einige Minuten, bis er die dicken Ordner mit all den Dokumenten durchgesehen hatte. Hatte jemand anders diese schon durchgesehen? Es wäre ein Leichtes gewesen, die Papiere herauszunehmen. Nach ein paar weiteren Minuten schwitzte er und spürte, wie sein Puls in seinen Schläfen hämmerte. Er konnte die Papiere nicht finden. Die Dokumente, in denen der angeblich geheime Auftrag des U-Boots aufgeführt war – sie waren nirgends zu finden.

Nach einer Viertelstunde gab er auf. Das konnte einfach nicht sein. Jemand musste die Akten durchgesehen und sie herausgenommen haben. Die einzige Person, die ausser ihm selbst davon wusste, war Nylund. Er war derjenige, der sich das Ganze überhaupt erst ausgedacht hatte. Hatte Nylund ihm eine Falle gestellt? Nein, Rolf Eriksson bestätigte, dass das U-Boot verschwunden war und die halbe Flotte hatte danach gesucht.

Zurück an seinem Schreibtisch setzte sich Löfgren hin und versuchte, einen klaren Kopf zu bekommen. Nylund erzählte der Gruppe, dass das U-Boot Nachrichtendienstbefehle hatte, als es verschwand. Die meisten von ihnen hatten keine Berechtigung, Befehle aus dem Archiv anzufordern. Nylund war einer von ihnen – vielleicht auch Melker Nilsson. Hätte einer von ihnen Einsicht in die Befehle genommen, hätte es bereits Fragen zu beantworten gegeben. Wer sonst hätte ein Interesse daran haben können, dass der Auftrag verschwand?

* * *

Stockholm, 16. April, 16:00 Uhr

Jesper Bergman hielt sich nicht zurück, als er seine zweite Titelseite über den Vorfall mit dem schwedischen U-Boot und das ausweichende Verhalten der schwedischen Marine und Politiker veröffentlichte. Er hatte eine bestätigte Sichtung eines ausländischen U-Boots – wahrscheinlich eines Sowjetischen. Er hatte bestätigte Unterwasserexplosionen und jeder, der sich in den Stockholmer Schären aufhielt, konnte die Präsenz und Aktivitäten der Marine in den letzten Tagen beobachten. Er konnte auch die Hubschrauber der Marine sehen, welche über die Dächer knatterten. Weshalb auch immer sie dies taten – es war offenbar sehr wichtig. Aber es hatte auch eine Flut von Beschwerden aus der Öffentlichkeit bei der Marine zur Folge.

Bergmann beugte sich über seinen Schreibtisch und betrachtete den Artikel, den er gerade fertiggestellt hatte. *Nicht schlecht in Anbetracht des engen Zeitrahmens*, dachte er sich. Das müsste das Schweigen der Regierung und der Marine brechen. Es war unmöglich, dass sie so weitermachten, ohne etwas zu sagen. *U-137 ist* letztes Jahr vor Karlskrona aufgelaufen und jetzt das. Mit ein bisschen Phantasie – oder viel Phantasie – könnte man glauben, dass wir von der Sowjetunion angegriffen würden. Einige Militärs würden das wahrscheinlich sogar gut finden. Dann könnten sie endlich ihre Pläne zur Invasionsverteidigung anwenden und Schweden wahrscheinlich dazu bringen, der NATO beizutreten. Diesmal ganz offiziell.

* * *

Stockholm, 16. April, 16:30 Uhr
Nylund betrachtete erneut die Skizze, die Wikström ihm mitgebracht hatte. Er war kein U-Boot-Experte, aber seiner Meinung nach ähnelte es eher einem deutschen als einem sowjetischen U-Boot. Ein deutsches U-Boot in schwedischen Gewässern. Er bezweifelte nicht, dass sie dort gewesen waren. Sie mussten in der Lage sein, mit den Sowjets Verstecken zu spielen und gleichzeitig ihren Hauptauftrag zu erfüllen, nämlich die sowjetische Marine an der europäischen Hauptfront abzufangen. Solche Dinge erforderten Übung.

Das Vereinigte Königreich und die USA waren im Übrigen auch dabei gewesen. Er war nicht persönlich involviert, aber er wusste, dass es mündliche Vereinbarungen über gemeinsame Übungen in Verbindung mit Marinebesuchen gab. Ein deutsches U-Boot war schon einmal in schwedischen Gewässern erschienen, aber es tauchte dann freiwillig auf und Schweden erhielt eine formelle Entschuldigung der westdeutschen Regierung.

Westdeutschland, das Vereinigte König-

203

reich, die USA. Sie alle hatten eines gemeinsam: sie würden niemals einen Torpedo auf ein schwedisches Schiff abschiessen – oder? Verdeckte Besuche in anderen Ländern waren die eine Sache. Selbst schwedische U-Boote verletzten manchmal fremde Hoheitsgewässer. Auf fremde Schiffe zu schiessen und dabei möglicherweise deren Matrosen zu töten, war aber eine ganz andere Sache. Dann der Angriff auf das Sicherheitsteam der Basis. Es schien sehr unwahrscheinlich, dass es jemand anderes als die Sowjetunion gewesen sein könnte.

Er hatte beschlossen, die ursprüngliche Skizze der Analysegruppe der Marine zu übermitteln. Sie überwachte die Bearbeitung aller Tonbänder, Sichtungsberichte und anderer Materialien, die sich auf potenzielle Kontakte mit ausländischen Schiffen in schwedischen Gewässern bezogen. Ein Fahrer hatte das Original der Skizze eine Stunde zuvor abgeholt. Die Analysegruppe würde wahrscheinlich seine Meinung teilen. Die wahrscheinlichste Nationalität des Eindringlings blieb die Sowjetunion. Aber diese Skizze sah einem westdeutschen Boot verdammt ähnlich.

* * *

Rosenbad, Stockholm, 16. April, 17:00 Uhr

"Haben Sie die Zeitung gelesen?" Der Verteidigungsminister war aufgeregt, was für ihn ungewöhnlich war. "Jetzt haben wir eine Sichtung, die Unterwassersprengungen, die Hubschrauber, die tief über die Häuser der Leute fliegen. Wir müssen etwas dazu sagen. Die Sozialisten haben das auch mitbekommen. Die sagen der Zeitung, dass sie an der Beweisführung dieser Sache teilhaben wollen, bevor sie überhaupt bereit sind zuzugeben, dass ein ausländisches Schiff jemals hier war."

"Ich weiss", sagte Rosenfeldt.

"Sie haben es sogar als ein weiteres *'Budget-U-Boot'* bezeichnet, weil sie es für eine Fiktion halten. Es sei nur Vorwand für uns, die Mittel für die Marine zu erhöhen."

Rosenfeldt murmelte vor sich hin: "Nicht, dass wir dieses Spiel noch nie gespielt hätten, aber dieses Mal nicht."

"Die Schlussfolgerung ist, dass wir etwas sagen müssen. Ich weiss, dass es genau das ist, was dieser kleine Scheisser Bergman will, aber wir werden es tun müssen. Gibt es etwas Neues über die Nationalität?"

"Nichts Verbindliches. Wir haben Hinweise darauf erhalten, dass sich der sowjetische Funkverkehr im Baltikum in den letzten Tagen intensiviert hat, was normalerweise auf eine erhöhte Aktivität folgt. Nicht absolut schlüssig, aber auffallend."

„Und Nylund – wird er sich zusammenreissen und uns keine weiteren Überraschungen mehr auftischen?"

"Ich würde mir keine Sorgen um ihn machen. Er hatte zwar eine verzögerte Reaktion, aber danach hat er auf taktischer Ebene gute Arbeit geleistet. Ich bezweifle, dass er sich in etwas Politisches einmischen wird. Später können wir ihn mit allen Ehren in den Ruhestand versetzen, ihn an seine lebenslange Verpflichtung zur Vertraulichkeit erinnern und ihn nach Hause schicken."

Ein Telefon klingelte und ein Mitarbeiter nahm ab. Nach ein paar Sekunden hielt er dem Oberkommandierenden den Hörer hin. "Es ist für Sie."

Rosenfeldt nahm den Hörer entgegen und hörte eine halbe Minute lang aufmerksam zu. Er legte auf und wandte sich an den Verteidigungsminister. "Die Analysegruppe der Marine sagt, dass es sich zweifelsfrei um ein sowjetisches U-Boot handelt. – Das war's dann. Berufen Sie eine Pressekonferenz für morgen ein. Nylund soll in seiner besten Uniform erscheinen."

* * *

Rosenbad, Stockholm, 17. April, 08:00 Uhr

Der Verteidigungsminister würde bei dieser Pressekonferenz im Mittelpunkt stehen und vom Oberbefehlshaber sowie dem Chef der Marine flankiert werden. Sogar der Premierminister würde anwesend sein, um zu zeigen, wie ernst die Angelegenheit sei und um damit seine Unterstützung zu signalisieren. In den Augen der meisten ausländischen Pressevertreter war die Konferenz ohnehin schon seit einigen Tagen überfällig. Einige von ihnen waren noch am selben Abend eingetroffen, an dem Bergmans ursprünglicher Artikel erschienen war.

Auf der Gegenseite der Regierung war die Gruppe, die sich nun im schnell eingerichteten

206

Konferenzsaal eingefunden hatte, 750 Journalisten stark. Dies spiegelte das Interesse an diesem Thema wider, auch in Bezug auf die Frage, wie es die laufenden Auseinandersetzungen zwischen Ost und West beeinflussen könnte.

Nordin machte sich auf den Weg zum Podest, auf dem die Tische und Mikrofone aufgebaut waren. Rosenfeldt und Nylund standen bereits daneben, seriös wirkend, mit ernstem und strengem, militärischem Blick. Sie hatten ihre Vorbesprechung noch am späten Abend. Nylund hatte dabei erfahren, dass dies die offizielle Erklärung zu den Ereignissen sein würde. Er war gar nicht glücklich darüber, das sowjetische U-Boot als Tatsache zu bezeichnen.

Obwohl er politisch nicht sehr engagiert war, verstand er die Notwendigkeit, in dieser Angelegenheit kompetent und selbstbewusst aufzutreten. Der Welt zu sagen, dass Schweden keine Ahnung hätte, was passiert war, kam nicht in Frage, ebenso wenig wie die Beschuldigung einer NATO-Nation wegen unbefugten Betretens. Die Behauptung, dass es sich um ein schwedisches U-Boot gehandelt habe, wurde von allen Uniformierten energisch zurückgewiesen. Das hätte der Welt ein schweres Zeichen der Inkompetenz gegeben.

Bevor er das Wort an den Verteidigungsminister übergab, trat der Premierminister an die Mikrofone und eröffnete die Pressekonferenz mit einigen Bemerkungen darüber, wie ernst die schwedische Regierung die Situation nehme. Anschliessend ging der Verteidigungsminister auf die Ereignisse der letzten Tage ein. Er beschrieb die Sichtung eines ausländischen U-Boots in schwedischen Hoheitsgewässern, die hätte verifiziert werden können. Das U-Boot sei anschliessend verschwunden und die Marine von Muskö und Berga ausgerückt, um sicherzustellen, dass der Eindringling die schwedischen Gewässer tatsächlich verlassen hätte.

Was die Unterwassersprengungen betraf, wurde bestätigt, dass die Marine eine U-Boot-Bekämpfung durchführte. Die Absicht sei gewesen, dem Eindringling klarzumachen, dass er schwedische Gewässer verlassen müsse. Dies sei als Warnung und nicht als Angriff auf das ausländische Schiff zu verstehen gewesen.

Es gab Gerüchte über ein vermisstes schwedisches U-Boot – etwas, das Nylund erklären musste.

"Es stimmt, dass ein schwedisches U-Boot aufgrund der Sichtung und der anschliessenden Suche seine Position verspätet gemeldet hat."

Er erklärte, der Standardprozess der Marine sehe vor, dass die Marine den Status zuerst auf 'U-Boot überfällig' setze und nach einer gewissen Zeit auf 'U-Boot vermisst' ändere. Es sei deshalb richtig, dass die Marine gleichzeitig auch mit der Ortung des schwedischen U-Boots beschäftigt gewesen sei. Dies sei aber rasch erledigt gewesen – das U-Boot war intakt und wohlbehalten, wenn auch zu diesem Zeitpunkt noch auf See.

Die Reporter hinterfragten sodann die ursprüngliche offizielle Erklärung, wonach es sich um eine gewöhnliche Übung gehandelt hätte. Nylund erklärte, es seien zu viele Dinge geschehen und von zu viel Unsicherheiten begleitet gewesen.

"Die Marine ist zu voller Transparenz in solchen Angelegenheiten verpflichtet, aber wir können nie Aussagen über laufende Operationen machen. Dies dient sowohl der Sicherheit des Navy-Personals, das an diesen Operationen teilnimmt, als auch dem Schutz der Öffentlichkeit vor Fehlinformationen."

Diese letzte Aussage wurde von der Menge mit offensichtlicher Skepsis aufgenommen, aber das Problem wurden durch die weit bedeutendere Frage in den Hintergrund gedrängt: *Wer operierte in schwedischen Gewässern?* Der Verteidigungsminister beantwortete diese Frage in einem milden, aber bestimmten Ton.

"Wir haben Beweise gesichert, die nur den einen Schluss zulassen, dass es sich um ein sowjetisches U-Boot handelte, das in schwedischen Hoheitsgewässern operierte."

Aus der Journalisten-Menge explodierte darauf ein Feuerwerk von Fragen.

"Warum?"

"Ist das die einzige Operation, die Sie hier beobachtet haben?"

"Wie lange können die noch ungestraft so weitermachen?"

Thomas Nordin hob seine Hand. Es gelang ihm zwar nicht, das Sperrfeuer an Fragen zu stoppen, aber die Intensität liess genügend nach, um geordnet weiterfahren zu können.

"Die schwedische Regierung wird eine offizielle Protestnote bei der Sowjetunion einreichen und die Beendigung dieses Verhaltens fordern. Es muss ihr klar sein, dass wir unsere Streitkräfte in erhöhter Alarmbereitschaft halten werden, bis sie uns in dieser Angelegenheit einige Garantien geben kann."

Das war es, worauf die schwedische Öffentlichkeit gewartet hatte. Die öffentliche

Bestätigung dessen, was jeder schon zu wissen glaubte – dass sowjetische U-Boote ständig Schwedens Souveränität verletzten. Die UdSSR war genau *der* grosse, böse Bär aus dem Osten, als der sie dargestellt wurde. Die Marine wie auch das Militär im Allgemeinen würden mehr Mittel erhalten müssen. Die NATO würde ihre Präsenz in der baltischen Region verstärken. Es würde für sowjetische U-Boote schwieriger werden, in den Skagerrak einzudringen, um dort die Polaris-Raketenboote zu stören. Eine einzige Aussage warf die schwedisch-sowjetischen Beziehungen um Jahrzehnte zurück.

* * *

Stockholm, 17. April, 10:30 Uhr
Als die Nachricht eintraf, sassen Rosenfeldt, Nordin und Nylund in einem Raum neben dem Saal der Pressekonferenz. Ihr schwedisches U-Boot hatte sich heute Morgen per Funk gemeldet und den Kontakt mit einem bestimmten U-Boot gemeldet. Es befand sich in internationalen Gewässern und war auf einem anderen Kurs als sie. Sie blieben einige Stunden dort, bevor sie in einem weiten Bogen in schwedische Gewässer zurückkehrten, um dabei sicherzugehen, dass das Gebiet frei war. Kein weiterer Kontakt. Das andere U-Boot hatte das Gebiet höchstwahrscheinlich verlassen.

"Konnten sie die Nationalität erkennen?" fragte Nordin.

Der Bote schaute auf das Blatt und las die Meldung laut vor: "Bestimmtes U-Boot, das sich im Zickzack-Kurs von schwedischem Gebiet entfernt. Der Sonarchef vermutet zum jetzigen Zeitpunkt am ehesten eine *Oberon*, was auch immer das ist."

Nylund und Rosenfeldt richteten sich schlagartig auf, als sie diese Beurteilung hörten. Nordin warf ihnen nur verwirrte Blicke zu.

"Was ist eine *Oberon*?"

"Eine *Oberon* ist ein diesel-elektrisch betriebenes U-Boot. Es ist ein Boot der britischen Royal Navy, Herr Minister." Die drei Männer sahen sich an. Sie hatten der versammelten Presse soeben ausführlich erklärt, dass das Eindringen in schwedisch Gewässer durch ein sowjetisches U-Boot erfolgte.

"Aber diese *Oberon* war nie auf schwedischem Gebiet?" fuhr Nordin fort.

"Es scheint, dass sie auf schwedischem Gebiet nie gesehen oder gehört wurde. Nein. Das heisst aber nicht, dass sie nie dort war." Nylund begann laut darüber nachzudenken, was das bedeuten könnte, als Nordin eine Hand hob und ihn aufhielt.

"Ich werde mit den Amerikanern reden. Wenn das tatsächlich ein britisches Boot war, dann werden die Amerikaner auch davon wissen."

Er sah zum Boten hinüber. "Nichts davon verlässt diesen Raum."

Kapitel 18 – Zweifel

Stockholm, 17. April, 11:00 Uhr

Alexander Markovski war erst seit zwei Jahren Botschafter in Stockholm und hatte sein Amt in einer Zeit übernommen, in der Schweden von der Mitte oder – je nach Betrachtungsweise – sogar von der Rechten regiert wurde. Es war keine leichte Aufgabe und der 27. Oktober letzten Jahres machte sie schon gar nicht leichter. Früh am Morgen hatte er damals die Nachricht erhalten, dass ein sowjetisches U-Boot in den schwedischen Hoheitsgewässern auf Grund gelaufen war. Die Geschichte von *U-137*, oder *S-363*, wie die sowjetische Bezeichnung des Schiffes lautete, erreichte die Nachrichtenagenturen weltweit. *'Whiskey on the rocks'* war eine Redewendung, die inzwischen weltbekannt war und es in Marinekreisen wahrscheinlich noch während Jahrzehnten bleiben würde.

Er erfuhr noch vor den Schweden davon, aber er konnte nichts tun, um sein Schiff von einem Felsen zu holen oder unter Kontrolle zu haben, was die schwedische Regierung tat nachdem sie es gefunden hatte. Die sowjetische Marine stellte sich an der Grenze der schwedischen Hoheitsgewässer auf und versuchte, Schweden zur Rückgabe des U-Boots zu bewegen. Offenbar liess sich der schwedische Ministerpräsident davon aber nicht abschrecken, sondern befahl seinen Küstenschutzkräften, die schwedischen Gewässer um jeden Preis zu verteidigen. Er hätte diese Entscheidung so sicher nicht getroffen, wenn er geglaubt hätte, dass Schweden gegen die gewaltige sowjetische Kriegsmaschinerie alleine dastünde. Schweden war zwar nicht Mitglied der NATO, aber Markovski war sich sicher, dass es entsprechende Vereinbarungen gab. Weder er noch seine Regierung wussten zwar im Detail, wie diese Vereinbarungen lauteten, aber *dass* Solche existierten, galt als sicher.

Unterhaltsam war der Zirkus, der sich daraufhin im schwedischen Militär abspielte. Nicht nur, dass sich ein ausländisches U-Boot in ihren Gewässern befand, es sass auch noch die ganze Nacht auf einem Felsen fest – mit laufenden Motoren – und versuchte, von dort wegzukommen. Und das, während die schwedische Marine schlief. Die Marine war peinlich berührt und wurde danach heftig kritisiert, sogar von der schwedischen Armee selbst und der Luftwaffe. Die Marine gab Haushaltskürzungen die Schuld und Politiker stellten die Kompetenz der Marine in Frage. Sowohl in der militärischen als auch in der politischen Landschaft herrschte ein einziges grosses und verwirrtes Durcheinander.

Sowohl für einen Aussenstehenden als auch einen potenziellen Feind war es interessant, die verschiedenen Reaktionen zu beobachten. Tatsache war, dass Markovski während seiner gesamten Laufbahn nie einen konkreten Angriffsplan der Sowjetunion auf Schweden gesehen hatte. Das zeigte sich damals ganz besonders: die Macht der Roten Armee war unter finanziellem Druck ins Wanken geraten. Ein Land wie Schweden anzugreifen stand nicht zur Debatte. Man konzentrierte sich ausschliesslich darauf, die Verteidigung auf einem akzeptablen Niveau zu halten und zu verhindern, dass der Westen den desolaten Zustand entdeckte. Täuschung wurde wichtiger als Stärke.

Markovski stand am Fenster der Stockholmer Botschaft und betrachtete die Aussicht auf Långholmen – eine der vielen Inseln, welche die besondere Atmosphäre Stockholms ausmachten. Als der erwartete Anruf eintraf, ging er zu seinem Schreibtisch und nahm den Hörer ab. Er erwartete heute keine Höflichkeiten oder Smalltalk.

"Sie haben berichtet, dass die schwedische Regierung eine offizielle Erklärung abgegeben und uns als Eindringlinge bezeichnet hat. Ist das richtig?"

"Das ist richtig. Sie hielten eine offizielle Pressekonferenz ab, auf welcher der Verteidigungsminister dies auch unzweideutig zum Ausdruck brachte. Der Saal war voll von Journalisten, also werden Sie dies in den nächsten Stunden und darüber hinaus wohl auch noch in den nächsten Tagen oder Wochen in jeder Zeitung lesen und in jedem Radio- und Fernsehsender hören oder sehen."

"Und sie haben keinerlei Beweise dafür vorgelegt? "

"Nichts. Sie sagten zwar, es gäbe Beweise, die stark auf ein sowjetisches Schiff hindeuteten, aber sie haben nichts vorgelegt. *'Die Katze ist aus dem Sack'*, wie man im Westen sagt. Was soll ich jetzt tun?"

"Es ist jetzt an der Zeit, in die Offensive zu gehen. Wir werden eine offizielle Presseerklärung vorbereiten und ich möchte, dass Sie eine eigene Pressekonferenz einberufen, sobald die erste Erklärung veröffentlicht ist".

"Und Sie wollen, dass ich eine Beteiligung unsererseits bestreite, nehme ich an?"

"Natürlich. Die sowjetische Marine hatte nichts damit zu tun. Wir werden unsere Beteiligung bestreiten und finden es empörend, dass mit dem Finger auf uns gezeigt wird. Hier wird nur der bedauerliche Fehler der *S-363* ausgenutzt, um einen weiteren Keil zwischen Schweden und die Sowjetunion zu treiben. Es sind ihre verdammten Rechten, die dahinter stecken. Dann geben wir ihnen ein paar Tage Zeit, um unsere Darstellung zu bezweifeln, bevor wir eine internationale Untersuchung dieser Angelegenheit vorschlagen. Wir begrüssen internationale Transparenz, aber das würde dann auch bedeuten, dass Schweden alle Beweise herausgeben müsste."

Die Stimme auf der anderen Seite lachte. "Kommen Sie schon, Sascha. Wenn sie Ihnen immer noch nicht glauben, sagen Sie ihnen einfach, sie sollen das nächste Mal das verdammte Ding versenken. Das sollte sie auf die falsche Fährte bringen."

Markovski lächelte vor sich hin und stellte sich die Situation im offiziellen Sitzungszimmer der schwedischen Regierung vor, wo er ihnen sagen würde, dass sie es beim nächsten Mal besser machen und *'das verdammte Ding einfach versenken'* sollten. Selbst für einen Diplomaten war es manchmal schwer, sich der Eleganz einer derartig geradlinigen Ausdrucksweise in Gesprächen mit internationalen Kollegen zu entziehen. Ein schwedischer Verteidigungsminister jedoch benötigte wohl ein nichtdiplomatisches Wörterbuch, würde er eine solche Formulierung jemals verwenden wollen.

Stockholm, 18. April, 21:00 Uhr

Nordin sass ganz still da, die Arme vor sich auf dem Tisch verschränkt und schaute starr auf sein Telefon. Es sollte jeden Moment klingeln, denn das Telefonat mit dem NATO-Vertreter wäre schon vor ein paar Minuten fällig gewesen. Er wusste noch nicht, mit wem er sprechen würde, aber er hoffte mit jemandem, der über die militärischen Bewegungen der NATO in Europa Kenntnis hatte. Jemand aus dem Stab des SACEUR, nicht ein Politiker.

Seine Sekretärin ging an der offenen Tür vorbei und zeigte mit dem Daumen nach oben. Der Anruf war in der Linie. Da sie wusste, wie wichtig der Anruf war, schloss sie die Tür zu seinem Büro ohne ihn zu fragen.

Das Telefon von Nordin klingelte. Wenn der NATO-Vertreter bereits in der Leitung war, wollte er nicht allzu eifrig wirken, also liess er es viermal klingeln bevor er abhob:

"Ja, hier ist Thomas Nordin."

"Mr. Nordin. Tim Morris. Ich bin ein Adjutant von General Rogers. Sie kennen ihn wahrscheinlich als Obersten Alliierten Befehls-haber Europas. Mir wurde gesagt, Sie hätten einige Punkte über NATO-Operationen zu besprechen?"

"Mr. Morris guten Tag, freut mich. Ja, ich möchte ein paar Dinge mit Ihnen besprechen. Im Speziellen geht es um die Marineoperationen der NATO. Ich nehme an, Sie sind in der Lage, diese Angelegenheit zu erörtern oder wenigs-tens unsere Fragen dazu weiterzuleiten?"

"Aber sicher, Herr Nordin. Ich habe eine direkte Verbindung zu Northwood und CINCEASTLANT. Ob ich Ihre Fragen jetzt beant-worten kann oder ob ich sie weiterleiten muss, hängt von der Art Ihrer Diskussionspunkte ab. Wir haben in den letzten Tagen Ihre Zeitungen gelesen und Ihre Pressekonferenz gesehen. Ihr Anruf kommt für uns also nicht völlig überraschend."

"Ich nehme an, Sie sind gut informiert, Mr. Morris. Die Angelegenheit ist sowohl heikel als auch kompliziert. Das liegt wohl in der Natur von Unterwasseroperationen, nehme ich an."

"Ja, die Situationen und Aktionen von Unterwasserschiffen sind immer komplex. Das ist die grundsätzliche Idee davon, glaube ich."

"Ja, so ist es. Und manchmal wäre es hilfreich, etwas mehr Klarheit zu haben. Und sei es nur, um bestimmte Möglichkeiten auszuschliessen. Um Missverständnissen vorzubeugen, wenn Sie verstehen, was ich meine."

"Ich stimme Ihnen vollkommen zu, Herr Nordin. Es wäre sehr schlecht, wenn blosse Missverständnisse laufende und zukünftige Beziehungen überschatten oder gar verunmöglichen würden. Ich kann Ihnen versichern, dass General Rogers das genauso sieht."

"Danke, Mr. Morris. Das ist gut zu hören. Sie sehen also, ich versuche auszuschliessen, dass es laufende NATO-Aktivitäten gibt, von denen die schwedische Marine vielleicht weiss, die gewählten Minister des Landes aber nicht."

"Nun, wir haben keine vollständige Transparenz des Informationsflusses zwischen dem schwedischen Militär und seiner Regierung, aber ich kann Ihnen versichern, dass es keine geheimen Pläne gibt, die zu einer Unstimmigkeit bei den Informationen führen könnten."

Diese diplomatische Sprache war eine Notwendigkeit, aber nach Jahren der Anwendung dieser Regeln war Nordin dessen eigentlich ziemlich überdrüssig. Das Gute an Menschen die es gewohnt waren, sich so auszudrücken, war ihre Anfälligkeit sich zu Fehlern hinreissen zu lassen.

"Nun, Mr. Morris, das ist beruhigend. Aber ich muss wirklich nur wissen, ob Sie einen Torpedo auf eines unserer U-Boote geschossen haben."

In der Leitung wurde es still. Mr. Morris hatte offenbar gerade etwas zu überlegen. Er war ein kluger Mann und er würde verstehen, was Nordin erreichen wollte. Die Leitung war nicht lange still.

"Herr Nordin. Lassen Sie mich Ihnen versichern, dass kein NATO-Schiff Torpedos auf schwedische Schiffe abgefeuert hat."

"Das ist gut zu wissen. Aber Sie haben in letzter Zeit in unseren Gewässern rekognosziert, nicht wahr?"

"Herr Nordin. Ich weiss nicht genau, was Sie wollen, aber lassen Sie mich Ihnen nochmals versichern, dass kein NATO-Schiff einen Torpedo auf ein schwedisches Schiff abfeuern würde. Wir würden auch nicht ohne Genehmigung in schwedische Gewässer eindringen."

"Nein, das wäre eine Verletzung der schwedischen Souveränität und das würden Sie natürlich nie tun."

"Das ist richtig. Dennoch ist es sowohl im Interesse der NATO als auch Schwedens, eine solide und wachsame Marinepräsenz entlang der schwedischen Küste zu haben. Ich bin sicher, Sie verstehen, dass eine solche Fähigkeit auch regelmässig getestet werden muss."

"Ja, natürlich. Es stimmt immer noch: Übung macht den Meister."

"Ja, das tut es."

"Es wäre nur schade, wenn bei solchen Übungen ein U-Boot der *Oberon-Klasse* in schwedischen Gewässern entdeckt würde. Das wäre wirklich ein grosses Problem, was die öffentliche Meinung angeht. Wie Sie feststellen konnten, haben wir bereits einige Verlautbarungen in dieser Angelegenheit gemacht."

"Ich verstehe Sie sehr gut, Herr Nordin. Ein solches Ereignis wird nicht stattfinden. Das können Sie mir glauben. Wir haben nichts davon, wenn Sie Ihre bereits öffentlich gemachten Aussagen ändern müssen."

"Danke, Mr. Morris. Das ist eine Erleichterung. Das war alles, was ich bestätigt haben wollte. Keine Missverständnisse. Man könnte sogar sagen, wir haben gemeinsame Ziele."

"Ja, natürlich. Vielen Dank für das Gespräch, Mr. Nordin."

* * *

Stockholm, 19. April, 08:00 Uhr

Nylund schenkte sich eine Tasse Kaffee ein und schaute durchs Küchenfenster aufs Wasser. Es war die erste Nacht seit einer Woche, in der er richtig schlafen konnte. Die Pressekonferenz hatte zwar nichts gelöst, aber sie hatte etwas von dem Druck weggenommen, der sich in den letzten Tagen aufgebaut hatte. Die schwedische Öffentlichkeit bekam endlich ihre Theorien über die bösen Russen bestätigt. Nylund zuckte für sich selbst mit den Schultern. Zehn Minuten nach der Pressekonferenz waren wohl die meisten Schweden zur Normalität zurückgekehrt. Eine Normalität, die nicht beinhaltete, dass sie über die notwendigen maritimen

Fähigkeiten nachdachten, um ihre Hoheitsgewässer verteidigen zu können.

Die internationale Presse berichtete darüber, aber als sie erkannte, dass es sich nun um eine diplomatische und nicht mehr um eine militärische Angelegenheit handelte, kamen die Nachrichten langsamer und waren weniger sensationell. Für die Marine bedeutete dies nicht weniger Arbeit, aber etwas weniger Dringlichkeit. An seinem Küchentisch sitzend, ging Nylund die Liste seiner Prioritäten durch, die er zu bearbeiten hatte. Einige davon waren offizieller, andere eher persönlicher Natur.

Der Verteidigungsminister erwartete, dass alle Beweise gesammelt und ordnungsgemäss dokumentiert wurden. Das war wichtig, aber keine sonderlich grosse Aufgabe. Es gab keinerlei objektive Beweise dafür, dass es sich um ein sowjetisches U-Boot gehandelt hatte. Vor dem Hintergrund von *U-137* im Jahr zuvor und der allgemeinen Auffassung, dass der Feind ohnehin immer 'rot' war, war dies die einzige Möglichkeit gewesen. Es gab genügend Indizien, dass es sich um ein sowjetisches U-Boot handelte. Es gab nur nichts Handfestes.

Die *Oberon*-Spur war hingegen beunruhigend. Wenn der Sonarchef des schwedischen U-Boots Recht hatte und es sich tatsächlich um ein britisches U-Boot handelte: was würde das bedeuten? Es wurde nie in schwedischen Gewässern gesichtet und es verhielt sich nie aggressiv. Im Gegenteil, es manövrierte sich von der schwedischen Küste weg. Vielleicht, weil es das sich nähernde schwedische U-Boot hörte; vielleicht aber auch, weil es seine Mission bereits erfüllt hatte. Wie immer man die ganze Sache und all die Informationen drehte und wendete: es gab keine Beweise für ein Fehlverhalten der NATO. Aber es gab andererseits auch keine Beweise für ein sowjetisches Fehlverhalten.

Der schwedische Armeechef nahm die Nachricht gar nicht gut auf. Er war überzeugt, dass dies nur ein Trick der Marine war, um ihren Anteil am Militärhaushalt zu erhöhen. Er befürchtete, dass dem Heer dadurch weniger Mittel zur Verfügung stehen würden, um einen bedeutenden landgestützten Angriff abwehren zu können.

* * *

Stockholm, 19. April, 09:00 Uhr

Nordin sass nachdenklich da, sein Gesicht in beiden Händern vergraben. Er stiess einen langen Seufzer aus, lehnte sich zurück und legte seine Handflächen auf den Tisch.

"Haben sie das gesagt?"

Einer seiner Mitarbeiter sah ungefähr so müde aus wie Nordin selbst. "Ja, die offizielle Antwort ist, dass kein sowjetisches U-Boot in schwedischen Gewässern operiert hat. Sie machen eine grosse Sache aus dem Unglück von *U-137* und dass wir es uns nun leicht gemacht hätten, indem wir sie in der internationalen Presse als Bösewicht dargestellt haben. Sie sind nicht sehr erbaut darüber. Andererseits, wenn sie es wären, würden sie trotzdem so reagieren. Insofern ist ihre Reaktion keine Überraschung."

"Ja, natürlich. Sie würden nicht einfach alles zugeben und sich entschuldigen. Also, was hat Herr Markovski gesagt, als Sie mit ihm gesprochen haben?"

"Inoffiziell äusserte er sich ziemlich aggressiv. Nachdem er uns gesagt hatte, dass die Sowjetunion eine internationale Untersuchung der Angelegenheit begrüssen würde, bei der wir für die Kommission alle unsere Karten auf den Tisch legen müssten, meinte er zu uns, dass unsere Marine bessere Arbeit hätte leisten und das Ding versenken sollen."

"Das ist eine Überlegung." Nordin nickte zustimmend. Wenn die Marine den Eindringling erwischt hätte, wäre die Sache schon längst aufgeklärt worden.

"Was die internationale Untersuchung anbelangt, so glaube ich dass er blufft. Die Sowjetunion wird auf keinen Fall zulassen, dass internationale Inspektoren ihre gesamte Kommunikation überprüfen und ihre Marinestützpunkte besuchen können. Was meinen Sie dazu?" Nordin blickte seine Assistenten fragend an.

"Ich denke, dass sie das noch offizieller formulieren werden, bevor es sich zu einer echten Krise entwickelt. Was ist mit unseren Aufzeichnungen?"

"Was soll mit ihnen sein?"

"Können wir damit beweisen, dass es ein sowjetisches U-Boot war?"

"Nun, im Moment vielleicht noch nicht, aber bald werden wir eine Indizienkette haben, die jeden Zweifel ausräumt. Daran wird aber noch gearbeitet."

* * *

Marinestützpunkt Muskö, 19. April, 10:00 Uhr
Löfgren war in bester Laune. Er hatte am Morgen einen Anruf vom Oberbefehlshaber persönlich erhalten. Neue Befehle direkt von diesem Mann. Brisant genug war, dass Rosenfeldt ihm sagte, dass kein schriftlicher Befehl folgen würde. Löfgren müsse dafür sorgen, dass dies geschehe und wenn er auf irgendwelche Hindernisse stosse, werde der Oberbefehlshaber sich persönlich dafür einsetzen, diese zu beseitigen. *In gewisser Weise könnte man es so sehen, dass er für mich arbeitet*, dachte Löfgren. Nylund würde sich nicht einmischen dürfen und Löfgren hätte die Befugnis, alle Wünsche des Marinechefs zu ignorieren. Er würde nur den Oberbefehlshaber auf dem Laufenden halten müssen, damit sie diesen Mann unter Kontrolle halten konnten.

Perfektes Timing, dachte Löfgren. Ein besonderer Auftrag. Das gab ihm die perfekte Ausrede, die er brauchte, um sich in den Archiven uneingeschränkt umzusehen. Er musste die Aufträge finden, die er platziert hatte.

Löfgren schloss die Augen und ging gedanklich durch, was er zu tun hatte. Er wollte es sich nicht aufschreiben, aber er brauchte eine Checkliste, um sicherzustellen, dass alle Beweise in den Archiven mit dem übereinstimmten, was der Verteidigungsminister mitgeteilt hatte. Der Mann sagte, es sei ein sowjetisches U-Boot, also würde es ein sowjetisches U-Boot sein.

Die Berichte über den Transponder und die Schiesserei mit den drei Unbekannten müssten ausfindig gemacht und unkenntlich gemacht – oder entfernt – werden. Das könnte noch in den nächsten Tagen geschehen. Das

Hauptproblem bestand nun darin, herauszufinden und auch zu steuern, was mit der Besatzung des schwedischen U-Boots geschehen sollte. Er musste ihre geplante Rückkehrzeit herausfinden. Sie müssten bald zurück sein.

Gemäss den Berichten der Besatzung konnte der Eindringling nicht identifiziert werden, aber sie müsste gründlich befragt werden. *Was machen wir dann mit den Leuten? Lassen wir sie einfach in die Welt hinaus, wo sie irgendwelche wilden oder abstrusen Geschichten erzählen können, wie sie wollen? Es gibt keine andere Möglichkeit, als dass wir sie eine Weile festhalten, bis wir die Situation unter Kontrolle haben.* Sicherlich könnte man sie im Namen der Vertraulichkeit, der psychologischen Beurteilung und der Nachbesprechung... oder aus welchen anderen Gründen auch immer, irgendwo wegsperren.

* * *

Stockholm, 19. April, 10:00 Uhr
Dies war das zweite Mal, dass Frida Wikström unerwartet in Nylunds Haus auftauchte. Offenbar traute sie den Telefonen nicht mehr und fühlte sich am wohlsten, wenn sie sich unvorhersehbar bewegte. Diesmal klopfte sie jedoch wie jeder normale Mensch an der Haustür.

"Gibt es hier einen Kaffee? Wir müssen ein paar Dinge besprechen."

"In der Tat, das müssen wir, Frida. Etwas könnte sein, dass Sie wieder unangemeldet hier auftauchen."

"Ach, Sie verkraften das, nicht?"

Nylund lächelte über ihre Direktheit. Sie hatte sich nicht im Geringsten verändert. So war sie seit dem Tag, an dem er sie kennen gelernt hatte und das war einer der Gründe, warum er sie mochte. Geradlinig, ohne Umschweife und mit einem einzigen Fokus auf die Erledigung der Aufgabe, was auch immer es sein mochte. *Kein Wunder, dass sie eine gute Ermittlerin der Polizei war*, dachte er. Sie müssen traurig gewesen sein, als sie ging.

Die Wahrheit war ganz anders. Wikströms Vorgesetzte hatten bei ihrer Verabschiedung alle erleichtert aufgeatmet. Sie war zwar brillant und zielstrebig, hatte aber auch ein Händchen für Regelverstösse und war dafür bekannt, dass sie mit Kollegen, die weniger engagiert oder qualifiziert waren, nicht viel Federlesen machte. Viele Probleme in der Abteilung waren an dem Tag gelöst, an dem sie den Polizeidienst verliess. –

"Ich schaffe das nicht", sagte sie.

"Was schaffen Sie nicht?"

"Der Zeitplan und die Einordnung der Dinge, die in letzter Zeit passiert sind. Die Umstellung im operativen Bereich... Die Artikel von Bergman. Sie kamen für meinen Geschmack zu früh und zu treffend. Wer hat ihn überhaupt erst auf diese Geschichte gebracht? Wie konnte er so sicher sein, dass es ein ausländisches U-Boot war? War er sich so sicher, weil er die Positionen der U-Boote der schwedischen Marine kannte?"

Sie schüttelte wütend den Kopf und vergrub dann ihr Gesicht in den Händen, während Nylund ihr eine Tasse Kaffee hinstellte. Sie setzte sich auf und fuhr fort, ohne auf ihre Kaffeetasse zu achten.

"Segerfors, die Bänder, die Schiesserei. Wie ich das alles auch drehe und wende, es läuft alles auf eines hinaus: es muss irgendwo in der Marine eine undichte Stelle geben."

"Ich weiss."

"Und wissen Sie, was das Verrückteste ist? Eine Zeit lang dachte ich sogar, Sie wären es!"

Nylund sah sie mit einem überraschten Gesichtsausdruck an. Anders als beim letzten Mal war dies aber eine vorgetäuschte Überraschung. Natürlich wusste er, weshalb sie dies dachte. Er war die einzige Person, die Zugang zu allem bei der Marine hatte und die gleichzeitig von ihren Ermittlungen und ihrer Fahrt zu Segerfors wusste.

"Und weshalb haben Sie mich dann von Ihrer kleinen Verschwörungstheorie ausgeschlossen?"

"Sie hatten letztes Mal eine echte Überraschung im Gesicht, als ich Ihnen von Segerfors erzählte. Und es war ja nicht etwa so, dass ich ihn für Sie finden musste. Sie hatten bereits seinen Namen und seine Adresse. Wenn Sie ihn aus dem Weg hätten räumen wollen, wäre es nur lästig gewesen, mich dabei zu haben."

"Es sei denn, ich habe Sie als Alibi benutzt", sagte Nylund mit selbstgefälliger Stimme.

"Dann hätten Sie eine offiziellere Quelle benutzt. Sie würde ein viel zuverlässigeres Alibi liefern als irgendeine müde Ex-Polizistin."

"Da haben Sie recht. Also, wer ist es?"

"Nun, angesichts der Tatsache, dass niemand ausser Ihnen davon weiss, scheint es trotzdem noch jemanden zu geben, nicht wahr? Die Informationen über die Marine *müssen* von der Marine kommen. Schwer zu sagen, woher diese Information über Segerfors stammt.

Vielleicht jemand, der Ihnen gefolgt ist?"

"Ich, verfolgt werden? Das kann ich mir nicht vorstellen."

"Ich kann mir alles vorstellen. Deshalb müssen wir diese Untersuchung auf die nächste Ebene bringen."

"Hören Sie, ich bezahle Sie dafür, dass Sie das alles mit den Zeugen durchgehen und prüfen, ob es sich um vertrauenswürdige Informationen handelt. Ich kann und will Sie nicht dafür bezahlen, dass Sie es mit der ganzen Marine auf dieser Ebene aufnehmen."

"Sind Sie verrückt? Hier geht es doch nicht darum, ob die frustrierte Nachbarin eine Affäre hat oder nicht. Sie haben mir doch von der Schiesserei erzählt, von den fehlenden Bändern und davon, dass eines Ihrer U-Boote beschossen wurde. Das ist eine Kriegshandlung, Klassi. Ich bitte Sie!"

"Sie haben recht, ich weiss. Aber das kann ich nicht."

"Seien Sie nicht so herablassend zu mir. Ich weiss, worauf ich mich hier einlasse und obschon ich noch gar nicht weiss, ob das überhaupt zu meinem Auftrag gehören *könnte*, müssen wir uns das ansehen."

Nylund nippte an seinem Kaffee und blickte aus dem Fenster. "Ich weiss, dass Sie Recht haben. Das haben Sie immer. Also, wie gehen wir jetzt weiter vor?"

Wikström war jetzt sehr aufgeregt und hatte bereits Papier und Stift zur Hand genommen. Nylund bemerkte, dass sie ihren Kaffee völlig vergessen hatte, aber er dachte sich, dass sie ihn nicht mehr brauchte. Wahrscheinlich würde sie eher etwas brauchen, das sie in ihrem Tatendrang bremste. Wikström begann, eine lange horizontale Linie auf das Papier zu ziehen und sie sprach, während sie diese einteilte, um so eine Zeitleiste darzustellen.

"Wir brauchen einen Platz für unser eigenes Archiv. Können Sie Kopien der Berichte machen, wenn sie reinkommen? Die Bänder sind bereits verschwunden und ich habe das Gefühl, dass noch mehr Dinge verschwinden könnten. Nicht weit von hier gibt es ein Lagerhaus mit Self Storage-Boxen. Ich habe dort noch etwas Platz von früher, den wir nutzen können."

"Ich kann wahrscheinlich Kopien von bestimmten Dingen bekommen", sagte er. "Das ist natürlich nicht erlaubt, aber es gibt gewisse Möglichkeiten, trotzdem dazu zu kommen. Frau Falk, eine der Sekretärinnen dort, kennt mich gut und ist sehr hilfsbereit."

"Hmm, wir könnten ihre Hilfe gebrauchen, aber sie muss auch bei all dem mit einbezogen werden."

"Verdeckt?"

"Wir müssen herausfinden, wer wem was erzählt. Am einfachsten ist es, ein paar verschiedene Informationen bei verschiedenen Leuten zu platzieren und dann zu sehen, welche Informationen wo auftauchen. Wir brauchen dazu Kopien und dann können wir mit einigen der Berichte spielen, um zu sehen, wie sie sich bewegen oder ob sie verschwinden."

Nylunds Herzschlag beschleunigte sich, als ihm der Ernst des Gesprächs bewusst wurde.

Kapitel 19 – Budget-U-Boote

Stockholm, 19. April, 11:00 Uhr

Obwohl Nylund müde war, verspürte er einen Anflug von kindlicher Aufregung, nachdem sie ihren Plan ausgeheckt hatten. *Wie damals, als ich zehn war und wir im Garten Detektiv spielten*, dachte er. Er musste sich bewusst vergegenwärtigen, dass dieses Mal mehr auf dem Spiel stand. Es ging sogar um Leben und Tod.

Er nahm den Hörer ab und wählte Löfgrens Nummer. Abgesehen von den alten Differenzen muss der militärische Nachrichtendienst dasselbe gedacht haben, als Bergman behauptete, die Positionen der schwedischen U-Boote zu kennen. Löfgren meldete sich nach dem zweiten Klingeln und seine Stimme klang, als hätte er schon bessere Tage gehabt. "Hallo, hier ist Klas."

"Klas, ja, was kann ich für Sie tun?" Löfgrens Antwort kam automatisch und unverbindlich, wie Nylund auf der anderen Seite der Leitung bemerkte.

"Schon gut, ich weiss: wir haben unsere Differenzen. Was auch immer Sie von mir denken, wir sind durch diese Sichtung und die anderen Ereignisse miteinander verbunden und wir müssen das klären."

"Ja, Ihre Idee, *Beweise* zu platzieren, ist nicht so ganz aufgegangen."

"Welche Beweise?"

"Als unser U-Boot verschwand, haben

Sie denen gesagt, dass wir das nicht melden könnten, weil es sich um eine geheime Operation handle – irgendetwas über das Manövrieren in verminten Gewässern."

Nylund musste einen Moment innehalten und nachdenken. Das war ihm völlig entfallen. Sie waren damals nur ein paar Minuten davor, das U-Boot für vermisst zu erklären und er brauchte mehr Zeit, um sich Gedanken zu machen. Löfgren hatte Recht. Er hatte Eriksson und den Bergungsmannschaften davon erzählt.

"Ja, Sie haben Recht: das war voreilig. Aber von welchen Beweisen sprechen Sie?"

"Ich habe Ihnen gesagt, dass es keinen Nachrichtendiensteinsatz gibt, also auch keine Aufträge. Sie sagten mir, ich solle mir welche ausdenken. Genau das habe ich getan."

"Und Sie haben die Beweise dafür im Auftragsarchiv abgelegt?" fragte Nylund.

"Ja."

"Na, dann holen Sie sie wieder raus."

"Stellen Sie sich vor: genau das habe ich versucht. Sie sind aber weg."

"Die Beweise, die Sie ins Archiv gebracht haben, sind verschwunden? Wer hätte denn überhaupt von diesen Aufträgen wissen können?"

"Niemand, soweit ich weiss. Ich habe danach gesucht, aber ich kann sie nirgends finden."

"Nicht gut. Aber wir haben jetzt Wichtigeres zu tun."

"Wichtigeres als beim Fälschen von Beweisen erwischt zu werden?" fragte Löfgren sarkastisch zurück. "Wenn das irgendwie herauskommt, sind wir *beide* erledigt. Dafür werde *ich* sorgen. Ich bin dann nur der arme Kommandant, der vom bösen Chef der Marine dazu gezwungen wurde."

Das ist jetzt wieder Löfgren pur, dachte sich Nylund. *Er sorgt sich vor allem um seine eigene Haut.* Nylund würde die Schuld für den Fehler des Nachrichtendienstes auf sich nehmen. Das war kein Problem. Sie hatten unter enormem Druck gestanden und eine schlechte Entscheidung getroffen. Von einem politischen Spielverderber bedroht zu werden, war etwas anderes, aber für diesen Streit war jetzt keine Zeit.

"Ich bin sicher, dass Sie Ihren Stern irgendwann bekommen, aber wir müssen uns jetzt um andere Dinge kümmern."

"Sie meinen Bergmans Interview und seine Behauptung, er kenne die Standorte der schwedischen U-Boote?" wollte sich Löfgren vergewissern.

"Ja, genau. Wer weiss, ob er blufft oder nicht. Aber wenn wir davon ausgehen, dass er es nicht tut, haben wir ein gröberes Problem. Jemand in der Marine lässt Informationen durchsickern."

"Und Sie haben bereits eine Ahnung, wer das sein könnte und wie man das herausfindet?"

"Ich habe jemanden, der uns möglicherweise dabei helfen kann herauszufinden, was Bergman weiss und wie er an diese Informationen gelangt ist. Das dürfte im Moment alles sein, was wir tun können. In der Zwischenzeit tun Sie Ihr Bestes, um die verschwundenen Beweise zu finden."

Nylund legte den Hörer auf. Wenn Löfgren für sich einen Nutzen erkannte, würde er wahrscheinlich mitspielen. Die Aussicht auf einen Stern auf seiner Kommandanten-Uniform könnte ausreichen, damit er sich zurückhielte und kooperierte.

Auf der anderen Seite der Leitung machte sich Löfgren ähnliche Gedanken über Nylund. Konnte er dem alten Mann wirklich vertrauen?

* * *

Stockholm, 19. April, 11:00 Uhr
Nordin war müde. Er hatte gerade das Telefonat mit dem Chef der schwedischen Armee beendet, der ihn dringend hatte sprechen wollen. Alles hatte am Morgen begonnen, als er keine andere Wahl hatte, als mit Reportern über das U-Boot-Problem zu sprechen. Seine politischen Gegner wurden nun zunehmend offensiver und behaupteten, es gäbe gar kein ausländisches U-Boot. Die bösen Rechten in der Regierung hätten absichtlich ein schwedisches U-Boot durch das Danziger Gatt fahren lassen, um die ganze Aufregung zu verursachen. Alles, um die schwedische Öffentlichkeit von den nicht einge-haltenen Wahlversprechen abzulenken, mehr Geld für die Marine zu beschaffen und einen Keil zwischen Schweden und die Sowjetunion zu treiben. Sie hatten vor allem die Haushalts-frage in den Vordergrund gestellt und wieder-holt von der Sichtung eines *'Budget-U-Boots'* gesprochen.

Er musste über seine erste Reaktion lächeln. *Warum ist mir das nicht eingefallen?* Dafür musste er den verdammten Sozialisten einen Punkt gutschreiben. Nicht schlecht. Ganz und gar nicht schlecht. Offensichtlich sahen sie die einigende Wirkung, die ein äusserer Feind auf das Land hatte und waren besorgt, dass dies die Wahl für sie negativ beeinflussen könnte.

Sie hatten Recht. Die Umfragewerte für Nordin und seine Partei waren nach all dem gestiegen. Es gab keinen Grund anzunehmen, dass dies ändern würde, während Schweden sich für diesen potenziellen Konflikt rüstete. Mehr Geld für die Marine war bereits aufgegleist und es würde in Zukunft noch mehr geben, wenn sie an der Macht bleiben könnten.

Er wünschte, dass dies seine Idee gewesen wäre. Dann hätte er mit dem Hinweis auf die Nationalität des U-Boots weniger fixiert sein können. Diese politischen Punkte wären das Ergebnis *seines* strategischen Genies gewesen. Leider handelte es sich jetzt um ein *echtes, ausländisches* U-Boot und das Plus an politischen Punkten wurde, obwohl es ermutigend war, durch die Tatsache zunichte gemacht, dass sie nicht wussten, wer es war und was sie dagegen tun sollten. *Ich schätze, man muss sich damit abfinden. Lass es uns ein sowjetisches U-Boot bleiben, spielen wir das Spiel mit und halten wir uns an die Regeln.*

Eine Stunde lang beantwortete er Fragen zu diesem Thema und versicherte allen, dass es keine rechte Verschwörung gebe, welche die schwedischen Streitkräfte missbrauche, um eine Art Scheinkrieg zu inszenieren. Er fühlte sich wohl bei der Presse, aber kaum war er fertig und hatte sich wieder in sein Büro zurückgezogen, wurde er vom Chef der Armee auf diese dringende Angelegenheit angesprochen. In der Annahme, es handle sich um die Besprechungen des Oberkommandos, nahm er den Anruf entgegen, nur um sich dann eine Menge Beschwerden anhören zu müssen.

Jetzt würde die Marine einen grösseren Anteil am Verteidigungshaushalt erhalten. Nylund würde mehr Schiffe, U-Boote und Hubschrauber bekommen, mit denen er ausländische U-Boote jagen könnte. Währenddessen würde seine Armee, also der Teil des Militärs, welcher eine sowjetische Invasion wirklich abwehren könnte, darunter leiden.

Nordin hielt die gleiche Rede vor dem Armeechef wie vor der Presse. Es handelte sich nicht um einen Plan der Regierung, sondern um die tatsächliche Sichtung eines ausländischen U-Boots. Der Chef der Armee war im Raum, als sie dies besprachen. Ein schwedisches U-Boot wurde beschossen, um Himmels willen! Der Armeechef glaubte ihm, soweit er das beurteilen konnte, aber das hielt ihn nicht davon ab, gleich wieder neue Theorien aufzustellen.

Wahrscheinlich hatten sich Nylund und die Marine dies ausgedacht, um ohne Wissen der Regierung Gelder von der Armee abzuzweigen. Ja, es musste die Marine sein, die hinter all dem steckte. Das würde alles erklären. Und was war mit dem verschwundenen U-Boot, das plötzlich wieder unversehrt aufgetaucht war? Wurde es jemals wirklich vermisst?

An diesem Punkt legte Nordin auf. Verdammt, er sollte Rosenfeldt anrufen und ihm sagen, er solle seine Untergebenen endlich unter Kontrolle bringen! Diese Leute sollten eigentlich die Moral der Gesellschaft verkörpern. *Ich fühle mich eher wie in einem Irrenhaus!*

* * *

Stockholm, 19. April, 13:00 Uhr

Nylund war wieder in seinem Büro und Eivor Falk kam mit einem Ordner unter dem Arm vorbei.

"Der pathologische Bericht des Stabsarztes des Marine", sagte sie, "zum Vorfall von neulich Abend".

Nylund nahm die Mappe und begann, sie durchzusehen. Es war ein erstaunlich knapper Bericht, wenn man bedachte, dass drei Menschen getötet worden waren. *Andererseits sollte die Todesursache wohl klar genug sein*, dachte Nylund.

Er begann, die Schlussfolgerung zu lesen. Alle drei Männer waren von mehreren Kugeln getroffen worden und ihr Zustand war so, wie man es erwarten konnte. Nur bei einem von ihnen waren noch genügend Teile des Kiefers vorhanden, um einen Zahnabdruck und dessen Analyse zu ermöglichen. Zähne sind erstaunlich wertvoll, wenn es darum geht festzustellen, woher die Menschen kamen und wie sie lebten.

Er überflog die Bilder, wendete seinen Blick aber schnell wieder ab. *Mein Gott. Das ist es, was 7,62 mm Blei, das mit 800 Metern pro Sekunde fliegt, mit einem Menschen macht.* Als er die Seite umblätterte, kam er zu den Kommentaren. Die Männer sahen nicht so aus, als wären sie aus dem Osten, aber der erste Eindruck konnte trügen.

Die zahnärztliche Untersuchung des Leichnams mit intaktem Kiefer zeigte mehrere Füllungen in seinen Zähnen. Die Schlussfolgerung lautete, dass diese im Osten nicht üblich seien. Die für die zahnärztlichen Arbeiten verwendeten Materialien stammten eher aus

Westeuropa oder den Vereinigten Staaten. Mit weiteren Untersuchungen glaubte der Gerichtsmediziner, die Nationalität der Toten auf ein Land eingrenzen zu können.

Er legte den Ordner auf seinen Schreibtisch zurück. *Das hat nicht gerade viel zur Klärung beigetragen, oder?* Ein Mann, der mit dem Verschwinden der Bänder in Verbindung stand, hatte Zahnabdrücke, die wahrscheinlich nicht aus dem Osten stammten. Die Zahnabdrücke waren zusammen mit anderen Informationen an die schwedischen und einige internationale Behörden geschickt worden. Vielleicht gab es irgendwo in irgendeinem Register eine Übereinstimmung, die ihnen helfen könnte, etwas über die Nationalität und Identität dieser Männer herauszufinden.

Wenn er es sich recht überlegte, bräuchte er eine Kopie davon, um sie Wikström zu übergeben.

* * *

Marinestützpunkt Muskö, 19. April, 13:05 Uhr
Eivor Falk kam vom Mittagessen zurück und setzte sich an ihren Schreibtisch, bereit, den Arbeitstag fortzusetzen. Man sollte meinen, beim Militär gäbe es einen sehr disziplinierten Umgang mit Dokumenten und deren Administration, aber das war nicht der Fall. Marineoffiziere betrachteten sich selbst als über so profanen Dingen wie Verwaltungsaufgaben stehend. Sie hatten Kriege zu führen oder Ähnliches. Daher pflegten sie regelmässig einen recht lockeren, um nicht zu sagen nachlässigen Umgang in administrativen Belangen – vermutlich zu gleichen Teilen *'aus Versehen'* und *'mit*

Absicht'.

Falk hatte sich daran gewöhnt und dachte nicht mehr allzu viel über dieses Chaos nach, sondern tat einfach das Beste, was sie an einem ihrer Arbeitstage tun konnte. Auf ihrem Schreibtisch türmten sich mehrere Stapel Papiere, in erster Linie laufende Ermittlungen oder Operationen, dazu kamen noch einige offene Pendenzen.

Es war wohl jetzt an der Zeit, sich um den grossen Stapel zu ihrer Rechten zu kümmern, dachte sie sich und schaute auf den Kalender auf ihrem Schreibtisch. Es war jetzt der 19. April. Acht Tage waren seit der Sichtung vergangen – vier, seit das schwedische U-Boot wieder aufgetaucht war und die Bänder gestohlen worden waren.

Sie zog ein Papier aus dem Stapel heraus und sah es sich an. Ein Bestellformular für Ausrüstung. Sie hatte das Dokument für den Fall aufbewahrt, dass sie es brauchen würde. Angesichts des Drucks, der sich in dieser Sache aufbaute, war es vielleicht an der Zeit, ein kleines Ablenkungsmanöver zu starten. Vor ihr lag eine eingereichte Bestellung, wie sie vom Hauptlager und vom Yachthafen ausgeführt worden war. Ein kleines Wasserfahrzeug und vier Garnituren schwedischer Marineuniformen. Sie blätterte durch einige der anderen Papiere und las den Bericht, den die Besatzung des U-Boots eingereicht hatte, noch einmal durch.

Vier Männer in einem kleinen Marineschiff hatten sich dem U-Boot genähert, es geentert, die Bänder des Sonarsystems übernommen und waren so schnell verschwunden, wie sie aufgetaucht waren. Dies war der Auftakt zu der Schiesserei, die danach in den Wäldern um Oxnö stattgefunden hatte.

Sie sah sich das Bestellformular noch einmal genauer an. Kleines Schiff, vier Uniform-Garnituren. Der Auftrag war von einem der regulären Mitarbeiter der Lager- und Wartungsmannschaft erteilt worden. Sie erkannte seine Unterschrift. Die Unterschrift der Person, die alles abgeholt hatte, war hingegen nur ein Gekritzel. Gut so. Das würde genügen.

Ein weiterer Blick auf das Formular bestätigte ihr, dass es von ein und derselben Person eingereicht und genehmigt worden war. Das war zwar gegen die Vorschriften, aber das Lagerpersonal überprüfte die Formulare oft nicht ganz so gründlich. Im Gegensatz zur unleserlichen Unterschrift der Person, welche die Materialien abgeholt hatte, war die Genehmigungsunterschrift eindeutig erkenn- und lesbar.

* * *

Marinestützpunkt Muskö, 19. April, 14:00 Uhr
Als er zurückkam, fand Nylund eine Notiz auf seinem Schreibtisch. Sie war von Frau Falk und er sollte sich dringend mit ihr in Verbindung setzen. Vielleicht hatte es etwas mit den fehlenden Beweisen zu tun, die Löfgren platziert hatte. Frau Falk gehörte zu den häufigeren Besuchern des Archivs und *wenn* jemand über diesen Brief stolpern könnte, dann war sie es.

Er schaute draussen nach ihr, aber sie war nicht an ihrem Arbeitsplatz. Er war versucht, die Nachricht zu ignorieren und einfach auf ihre Rückkehr zu warten, aber in den letzten zehn Jahren hatte sie noch nie eine dringende Nachricht wie diese hinterlassen. Er beschloss, sie zu suchen und nahm den Hörer ab, um im Archiv anzurufen. Angesichts dessen, worüber er gerade nachgedacht hatte, war das eine wahrscheinliche Möglichkeit. Er hatte Recht.

"Archiv, Falk."

"Eivor, ich bin's, Klas. Ich habe gerade Ihren Zettel gesehen. Was gibt es denn so Dringendes?"

Falk erläuterte Nylund die Angelegenheit mit dem Bestellformular. Die angeforderten Materialien und der Zeitpunkt der Entnahme der Bänder aus dem U-Boot passten gut zusammen. Sie war sich nicht sicher, ob daran etwas sein könnte, aber es schien ein bisschen zu sehr *'Zufall'* zu sein. Sie fuhr fort zu erklären, dass sie den Namen der Person, die das Material abgeholt hatte, nicht kannte, dass aber der Materialbesteller und der Gesuchsgenehmiger ein- und dieselbe Person waren. Bevor sie fertig war, wurde sie von Nylund unterbrochen.

"WER?! Wer hat das Formular eingereicht und genehmigt?" rief er.

"Löfgren. Unterzeichnet hat es Kommandant Löfgren."

Kapitel 20 – Trauma-Auslöser

Marinestützpunkt Muskö, 19. April, 15:00 Uhr

Nylund sass an seinem Schreibtisch und versuchte zu begreifen, was er gerade erfahren hatte. Löfgren hatte den Auftrag für das Wasserfahrzeug und die Uniformen unterschrieben, die beim Diebstahl der Bänder benutzt worden waren. Wenn er etwas damit zu tun gehabt hätte, dann hätte er mit Sicherheit nicht seinen richtigen Namen benutzt. Löfgren mochte vieles sein, aber dumm war er nicht.

Er war derjenige, der sie über die Sichtung informiert hatte, also wollte er, dass es bekannt wurde. Natürlich hätte auch etwas schief gehen können. Das schwedische U-Boot erhielt den Befehl, in ein anderes Gebiet zu fahren und dann wieder zurück. Vielleicht war es ein fehlgeschlagener Versuch, das schwedische U-Boot aus dem Weg zu räumen. Ein fehlgeschlagener Versuch von wem? Wenn es einen Torpedoaustausch und eine nahe Begegnung gab, haben wir den Bastard auf Band. Deshalb musste er die Bänder verschwinden lassen, um uns die Möglichkeit zu nehmen, den Eindringling zu identifizieren.

Nylund lehnte sich in seinem Stuhl zurück. Das alles waren natürlich nur Spekulationen. Er kannte Löfgren seit vielen Jahren. Wenn es sich eindeutig um ein sowjetisches Boot gehandelt hätte, so hätte Löfgren das Band dem gesamten Oberkommando und wahrscheinlich auch der Presse vorgeführt. Er hätte dafür gesorgt, dass *ihm* die Anerkennung für ein zweites bestätigtes sowjetisches Boot in schwedischen Gewässern zuteil wird. Hätte Löfgren um umgekehrten Fall, wenn es sich nämlich um ein anderes als ein sowjetisches Boot gehandelt hätte, Gründe gehabt, eine Klärung zu verhindern?

Wie dem auch sei, leider hatte Nylund bereits mit Löfgren über eine mögliche undichte Stelle in der Marine gesprochen – und darüber, wie sie zu finden sei. Es wäre eine Ironie des Schicksals, wenn sich Löfgren als das gesuchte Leck herausstellen würde. Er musste mit Wikström sprechen und dafür sorgen, dass dies in ihre Ermittlungen einbezogen würde. Ob wahr oder nicht, angesichts des Materials, das sie hatten, sah es so aus, als ob Löfgren etwas im Schilde führte. Sie mussten herausfinden, was.

* * *

Ostsee, 19. April, 23:00 Uhr
Seit der Begegnung drei Tage zuvor war nichts Aussergewöhnliches mehr passiert. Lindberg verfolgte den Handelsverkehr – aber auch nicht viel mehr. Sie folgten ihren regulären Routen ohne die geringste Abweichung. Das Aufregendste was sie in diesen Tagen erlebten war, als sie das Periskop keine fünfzig Meter vor einem Segelschiff ausfuhren, weil sie es mit dem Sonar nicht hören konnten.

Der Kapitän liess das Periskop sofort wieder einfahren und es blieb glücklicherweise unbeschädigt. Die Familie im Segelboot wäre wohl zu Tode erschrocken, hätte sie das Ganze mitbekommen.

Zusammen mit Sandberg hörte er sich weiterhin die Aufzeichnungen der Begegnungen mit den ausländischen U-Booten an, wenn sie Zeit fanden. Sandberg vermutete, dass der letzte Kontakt eine *Oberon* war. Das wurde nie offiziell bekanntgegeben, aber sie vermuteten, dass es im Bericht an das Marinehauptquartier vermerkt war. Sie hatten aber immer noch keine Ahnung, um welchen Typ es sich bei der ersten Begegnung gehandelt hatte. Auch die Nationalität des Torpedos zu bestimmen, war ohne einen direkten Vergleich mit den Aufnahmen aus dem Tonarchiv im Ausbildungsstudio so gut wie unmöglich.

In der regulären Schiffsaudiothek gab es keine Torpedos. Im Allgemeinen sollte klar sein, mit wem man sich im Krieg befand. Alles, was sie über Torpedos wissen mussten, war, dass sie gefährlich waren. *Haltet euch fern!* Das war es, was der hohe Ton ihnen sagte.

Die Anspannung forderte von der gesamten Besatzung ihren Tribut. Die Erleichterung darüber die Begegnung überlebt zu haben, wurde von stiller Verzweiflung abgelöst, als ihnen befohlen wurde ihr derzeitiges Patrouillengebiet wieder aufzusuchen, statt direkt nach Hause zu fahren. Der grösste Teil der Besatzung schlief schlecht, hatte keine Lust zu essen und litt unter Erschöpfung und Reizbarkeit.

Mehrere hitzige Streitereien entbrannten über Kleinigkeiten, die normalerweise kein Aufheben verursacht hätten. Die Stimmung wurde schon gar nicht besser, als der Koch auch noch verkündete, dass sie keinen Kaffee mehr hätten. Sie waren nicht für einen so langen Einsatz vorgesehen und im Gegensatz zu Lebensmitteln, bei denen er den Vorrat strecken konnte, war Kaffee sehr gefragt und schmerzlich knapp. Einer der Ingenieure war eines Morgens aufgewacht und daraufhin explodiert, als man ihm die Nachricht zusammen mit einer Tasse Kräutertee überbrachte.

Der Signaloffizier betrat die Kantine. Sie war voll mit Besatzungsmitgliedern, die normalerweise schliefen, aber keine Ruhe finden konnten. Stattdessen sahen sie sich einen Film an und träumten immer wieder davon, dazu eine Tasse Kaffee trinken zu können. Etwas Stärkeres hätte auch nicht geschadet. Leider galt auf schwedischen Marineschiffen ein striktes Alkoholverbot.

"Die Befehle sind gekommen", verkündete der Signaloffizier kurz. "Wir werden uns langsam auf den Weg zurück nach Berga machen."

Die gesamte Kantine stiess unisono einen Seufzer der Erleichterung aus. Endlich würden sie wieder an Land gehen können, wo sie vor jeglichen scharfen Geschossen sicher sein würden und hoffentlich endlich wieder ruhig schlafen können. Lindberg war sich nicht sicher, ob das auch für ihn gelten würde. Er und Sandberg hatten sich das Band so oft und intensiv angehört, dass er sowohl im Wachzustand als auch im Schlaf nichts anderes als das hochfrequente Geräusch des Torpedos hören konnte. Er hatte keine visuellen Albträume davon, aber er konnte die Tonhöhe des Propellers hören, der mit seinem durchdringenden Sirren auf sie zukam.

Sobald er an Land sein würde, könnte er wenigstens Jenny anrufen. Er hatte sie auf einer Party in Wikingssons Wohnung in

Stockholm kennengelernt. Lindberg hatte sie sofort bemerkt, als er die Wohnung betrat, weil sie auf dem Weg nach oben direkt an ihm vorbeiging. Später am Abend sprachen sie miteinander, aber es war für keinen von ihnen Liebe auf den ersten Blick. Stattdessen trafen sie sich ab und zu über Wikingsson und andere gemeinsame Freunde. Monatelang ging das so weiter, ohne dass etwas Romantisches passiert wäre. Dann, eines Tages, als sie alle an einem kleinen See in der Nähe waren um zu grillen, war es als ob sie beide plötzlich aus dem Tiefschlaf erwachten und es geschah alles auf einmal. Vielleicht war es der kalte Abend und das warme Feuer, die Auslöser dafür waren. Er machte eine unbeholfene Bewegung, damit es so aussah, als sei er zufällig neben ihr gelandet. Sie lächelte und nahm einfach seine Hand. Es waren keine Worte mehr nötig.

Am darauf folgenden Montagmorgen meldete er sich in Berga bei der ersten U-Boot-Division zurück und begab sich auf die 'reguläre' Patrouille, die sich für immer in sein Gedächtnis einprägen sollte. Das perfid sirrende Geräusch des Torpedos. Lindberg war sich nicht sicher, ob er jemals wieder gut schlafen würde.

Kapitel 21 – Täuschungsmanöver

Stockholm, 20. April, 09:00 Uhr

Die Notiz lag auf seinem Schreibtisch. Nylund zog es aber vor, seine Informationen möglichst mündlich zu erhalten, deshalb rief er direkt den technischen Leiter an. Dieser war normalerweise für die Planung grösserer Überholungen der Schiffe zuständig. Jetzt aber wurde er speziell wegen der Bake beigezogen, die das Minensuchboot geborgen hatte. Nylund tauschte mit dem Mann die üblichen Höflichkeiten aus, kam dann aber schnell zur Sache.

"Ich habe Ihre Nachricht gesehen. Sie sind fertig mit der Sonarbake, oder was auch immer es ist. Was haben Sie für mich?"

"Es war sicher eine interessante Aufgabe", antwortete der Ingenieur. "Wie im Bericht des Minensuchbootes erwähnt, sieht das Gerät wie eine Art Transponder oder Bake aus. Die Bemerkung des Tauchers, dass es nach östlicher Provenienz aussieht, ist richtig. Die Schweissnähte und das äussere Material deuten definitiv darauf hin. Die Frequenz, auf der es sendet, ist ebenfalls eine Frequenz, die wir schon einmal bei den Sowjets gesehen haben. Bis dahin sieht es wie ein Gerät des Warschauer Paktes aus."

"Nur *bis dahin?* Und weiter?"

"Dann haben wir es in seine Einzelteile zerlegt. Das Innere unterscheidet sich erheblich vom Äusseren. Sauber durchkonstruiert und gut verarbeitet, die meisten elektronischen

Komponenten sind nicht aus Russland. Sie stammen eher aus dem Westen."

"Ja, aber die Russen könnten sicher auch westliche Komponenten finden und verbauen – zur Ablenkung, meine ich."

"Ja, das könnten sie. Aber nicht alle diese Dinge sind so leicht zu bekommen. Einige von ihnen wären sogar für uns schwer zu beschaffen. Meiner Meinung nach dürfte es für uns wesentlich einfacher sein, das östlich aussehende Äussere zu fälschen als für sie, das westlich aussehende Innere zu finden und zu bauen. Das alles ist natürlich reine Spekulation."

"Glauben Sie also, es sei ein westliches Gerät?"

"Das kann ich nicht abschliessend sagen. Ich sage nur, dass es einfacher wäre als andersherum. Alles ist möglich."

"Wo ist das Gerät jetzt?"

"Nun, wir haben den vollständigen Bericht im Hauptarchiv abgelegt und das Gerät wurde vor einer Stunde von einem Team der Asservatenkammer abgeholt."

"Holen Sie es zurück."

"Was zurückholen?"

"Holen Sie das Gerät wieder. Holen das Gerät und setzen Sie Ihren Hintern auf die Kiste. Wagen Sie es nicht, das Ding aus den Augen zu lassen, bis ich es sage. Und schicken Sie mir eine Kopie des Berichts."

"Aber ..."

Nylund hatte den Hörer bereits aufgelegt. Das Gerät könnte aus dem Westen stammen. Es könnte von einem westlichen U-Boot dorthin gebracht worden sein. Unabhängig davon dass die Skizze offensichtlich schon verändert wurde, bevor sie dort angekommen war, schien das Archiv oder die Asservatenkammer nicht der beste Ort dafür zu sein. Er soll auf der Kiste sitzen bleiben, bis wir den Bericht in die Hände bekommen und uns eine Kopie sichern können. Nylund musste mit Wikström sprechen. Sie würde ihm dabei helfen müssen.

* * *

Stockholm, 20. April, 11:00 Uhr

Nylund nahm den Hörer ab. Der Anrufer am anderen Ende war der Stabsarzt der Navy.

"Es gab einen Treffer bei den Zahnunterlagen des Mannes. Wir haben nun einen Namen."

"Sagen Sie es mir."

"Michael Wozniak, geboren 1955".

"Also polnisch, nicht russisch" bestätigte Nylund.

"Polnischer Abstammung, ja – aber es gibt noch mehr Informationen zu diesem Mann. Den Unterlagen zufolge sind beide Elternteile Herrn Wozniaks Polen, aber er selbst ist in Grossbritannien geboren und aufgewachsen. Wir haben die Unterlagen von der britischen Armee erhalten. Er wurde 1972 direkt nach der Schule in die Luftlande-Infanterie, 3. Bataillon eingeteilt. Dieses hat seine Basis auf dem 16. Stützpunkt, eine Ortschaft namens Colchester. Ich habe keine Ahnung, wo das ist. Mein Kollege hier meint, es sei irgendwo an der Ostküste Grossbritanniens."

"Ja, ja, Colchester. Was haben wir noch über ihn?"

"Offenbar ein ausgezeichneter Soldat. Solide Dienstakte; anscheinend schnell zum

Feldweibel befördert. Überraschenderweise verliess er 1979 den Dienst. Scheint, als sei er danach von der Bildfläche verschwunden."

Ein Schauer lief Nylund über den Rücken. "Ein Geheimdienstmann? Es ist doch kein britischer Agent, der unsere Männer angegriffen hat, oder?"

"Nun, es würde sicherlich ins Profil passen, aber ich bezweifle, dass die Briten uns seine Akte übergeben hätten, wenn er in ihrem Auftrag operiert hätte. Dann wäre er ja nicht mehr geheim, oder?" Der Mann am anderen Ende der Leitung lachte über seinen eigenen Scherz, fuhr aber in einem ernsteren Ton fort, als er keine Reaktion von Nylund erhielt. "Ich würde eher an einen Glücksritter denken. Er hat eine alte Wunde an der linken Wade, die von einer Kugel stammen könnte. In seiner Dienstakte steht nichts von einem Einsatz in einem Kriegsgebiet, wo so etwas hätte passieren können. Aber Trainingsunfälle werden auch nicht erwähnt."

Der Mann war damals definitiv kein sowjetischer Soldat. Die Geschichte der britischen Armee könnte ein kleines Problem sein. Nylund musste dem Stabsarzt zustimmen, dass sie die Akte nicht erhalten hätten, wenn Mr. Wozniak im Auftrag des Vereinigten Königreichs gehandelt hätte. Wahrscheinlicher war, dass er für den Meistbietenden gearbeitet hatte. Das aber könnte wiederum irgendeiner sein.

"Es scheint mir weit hergeholt, dass jemand mit einer so fundierten militärischen Ausbildung bewaffnete Soldaten mit einer Handfeuerwaffe angreift. Er muss gewusst haben, dass die Chance, aus diesem Feuergefecht als Sieger hervorzugehen, gering bis gar nicht vorhanden war", spekulierte Nylund.

"Wenn sie es mit einem ebenbürtigen Gegner zu tun hätten, ja, aber sie würden dann auch wissen, dass unsere aktiven Soldaten meist neunzehnjährige Männer ohne Kampferfahrung sind. Wenn man auf sie schiesst, werden sie vielleicht erstarren und gar nicht erst angreifen. Das wäre allerdings ein verdammt riskantes Spiel. Und dieses Mal hat es offensichtlich nicht funktioniert." Diesmal lachte der Stabsarzt nicht über seine eigene Bemerkung.

"Sie haben Recht. Wie auch immer, ich muss jetzt gehen. Haben Sie sonst noch etwas für mich?"

"Nein, das war's schon. Es gibt einige Details in der Akte, aber ich bezweifle, dass diese für Sie wichtig sind. Ich schicke sie rüber. Nur noch etwas..."

"Ja?"

"Die britische Armee war sehr hilfsbereit, aber sie wollten wissen, warum wir die Akte eines ihrer Soldaten angefordert haben."

"Ich kann es Ihnen nicht sagen. Sie werden sich etwas einfallen lassen müssen. Auf keinen Fall werden wir sie darüber informieren, was er hier eigentlich gemacht hat oder wie er gestorben ist."

"Okay, überlassen Sie das mir. Brauchen Sie sonst noch etwas?"

"Ja, es gibt etwas. Ich möchte, dass Sie mir sofort eine Kopie dieses Berichts per Kurier schicken. Dann legen Sie den Hauptbericht im Archiv unter HC58d ab."

Der Mann auf der anderen Seite zögerte: "Das ist nicht der Bereich, der dafür vorgesehen ist".

"Ich weiss, aber Sie müssen diese Sache bei HC58d ablegen und dürfen niemandem davon erzählen. Ich möchte die Aufmerksamkeit einiger Mitarbeiter des Archivs testen. Wir werden es später noch korrekt ablegen. Ist das klar?"

"HC58d, wird gemacht."

* * *

Rosenbad, April 20, 11:30 Uhr

"Ich will es gar nicht hören! Wir haben erklärt, dass es sich um ein sowjetisches U-Boot gehandelt hat und es wird ein verdammtes sowjetisches U-Boot bleiben." Nordin war sichtlich ungehalten über die neuesten Informationen, die er von Rosenfeldt erhielt.

"Oder sollen wir der Welt etwa sagen, dass wir uns geirrt haben und unsere Souveränität von unseren NATO-Verbündeten verletzt wurde?"

"Das ist schon klar. Ich will damit nur sagen, dass sich im Archiv immer mehr Material ansammelt, das darauf hindeutet, dass es sich nicht um eine sowjetische Operation gehandelt hat. Mindestens einer der Männer, die bei der Suche nach den Bändern erschossen wurden, ist ein britischer Staatsbürger. Weiter scheinen die Komponenten des Transponders, den wir aus dem Wasser gefischt haben, westlichen Ursprungs zu sein. Das alles beweist noch nicht, dass es sich nicht doch um ein sowjetisches Boot handelte, aber es lässt Zweifel an unserer schnellen und konkreten Schlussfolgerung aufkommen, dass es ein Solches war. Das ist alles." Der Oberbefehlshaber zuckte mit den Schultern, um zu betonen, dass er dem

Verteidigungsminister lediglich Fakten präsentierte.

Nordin hielt kurz inne und dachte nach. "Was wir brauchen, ist ein Archiv, in dem nichts darauf schliessen lässt, dass es sich um etwas anderes als ein sowjetisches U-Boot handelt."

"*Aufräumen?*" Rosenfeldt zog die Augenbrauen hoch.

"Schauen Sie: Es wäre ja nicht gerade das erste Mal, dass Ihre Leute Dinge '*verloren*' oder '*versehentlich verlegt*' haben, um das gewünschte Ergebnis zu erhalten. Nylund muss seine Marine in Ordnung bringen und sicherstellen, dass alles, was wir im Archiv haben, ein starkes Argument dafür ist, dass es sich um ein sowjetisches U-Boot handelt. Ende der Durchsage."

Rosenfeldt stand auf, richtete seine Uniform und nickte kurz, bevor er sich zum Verlassen des Raumes umdrehte. Er war zufrieden und fast ein wenig stolz darauf, dass er bereits mit Löfgren gesprochen und genau diese Säuberung eingeleitet hatte.

* * *

Marinestützpunkt Berga, 20. April, 14:00 Uhr
Endlich war es so weit. Das U-Boot war immer noch unter Wasser, aber es fuhr auf Sehrohrtiefe und der Radarmast ragte über die Oberfläche hinaus. Lindberg konnte deutlich die Umrisse von Utö und Ornö erkennen, den beiden grossen Inseln, die als äusserer Rand des Hårsfjärden vor dem Marinestützpunkt Berga liegen. Der Kapitän hob das Periskop und warf einen Blick auf die Einfahrt zum Hårsfjärden. Das Wetter war wunderschön, obwohl die

eisigen Apriltemperaturen selbst durch das Periskopobjektiv zu spüren waren.

Der Kapitän ordnete eine Meldung aller Sonarkontakte von Wikingsson an. Als Wikingsson die Peilungen durchgab, bestätigte der Kapitän sie visuell durch das Periskop. Es war nichts in der Nähe, worüber sie sich Sorgen machen mussten.

Lindberg verliess die Kommandozentrale und begann, die Überlebensanzüge vorzubereiten. Der Befehl war noch nicht erteilt worden, aber dafür war noch Zeit genug. Die gesamte Deckbesatzung trägt zu dieser Jahreszeit diese Überlebensanzüge, wenn sie sich auf das Anlegen des Schiffes an der Pier vorbereitet. Im April liegen die Wassertemperaturen in Stockholm normalerweise bei vier bis fünf Grad Celsius. U-Boote sind an der Oberfläche und in engen Gewässern sehr schwierig zu manövrieren. Wenn eines der Besatzungsmitglieder ins Meer fällt, kann es ohne weiteres zehn Minuten dauern, bis das U-Boot wieder in der Lage ist, es zu bergen. Zehn Minuten in vier Grad kaltem Wasser reichen aus, um zu einem ernsthaften gesundheitlichen Problem zu werden.

Lindberg und der Rest der Deckbesatzung hatten die Anzüge schon fast fertig angezogen und waren bereit, als sie hörten, wie der Kapitän den Befehl zum Ausblasen der Ballasttanks gab. Ein Ventil am Boden des Tanks öffnete sich und die Hochdruckluft strömte ein, worauf das Wasser herausgedrückt wurde. Während sich der Tank mit Luft statt mit Wasser füllte, stieg das U-Boot langsam Richtung Oberfläche.

Die Befehle kamen über die Lautsprecheranlage und bestätigten, was sie bereits wussten.

"Auftauchen, Auftauchen, Deckbesatzung an der Hauptluke bereithalten."

Sie alle konnten die leichten Bewegungen der Wellen spüren, die auf das U-Boot einwirkten, als es an die Oberfläche kam. Mit seinem runden Rumpf und ohne Kiel wäre das U-Boot bei rauer See an der Oberfläche heftigen Rollbewegungen ausgesetzt. Heute aber war ein guter Tag und es war kaum spürbar.

Der Ingenieur bestätigte: "Ballast ist ausgeblasen. Ventile sind geschlossen. Wir sind aufgetaucht, Kapitän."

"Verstanden. Luke öffnen. Brücke besetzen. Deckcrews: Vorbereiten zum Andocken, backbord."

Sie hatten es schon oft gehört, aber noch nie war das Geräusch, wenn sich die Luke öffnete, so wohltuend. Ein leises Klicken und ein kurzzeitiger Luftzug, als sich der Druck zwischen innen und aussen ausglich. Wie das Öffnen einer Dose Limonade. Ein paar Sekunden später spürten sie den ersten kalten Aprilwind, der ihnen ins Gesicht entgegenschlug. Jeder Mann schloss die Augen und atmete tief durch die Nase ein. Frische Luft ist für die meisten Menschen normal. Für die Besatzung eines U-Boots ist sie ein Zeichen von Heimat.

Der Navigationsoffizier, der die Brücke besetzen sollte, verriegelte die geöffnete Luke und begann mit dem Aufstieg auf den Kommandoturm. Lindberg und die Deckbesatzung kletterten in den Turm und benutzten eine Tür an der Seite, um auf das Deck des U-Boots zu gelangen. Das Wetter war für die Jahreszeit überraschend kalt, aber nicht kalt genug, dass sich Eis auf dem Rumpf bilden konnte.

Die Besatzung öffnete die Deckluken der Kammern mit den Leinen und legte diese in breiten S-Formen auf dem Deck aus. Auf diese Weise konnten sie sich nicht verheddern, wenn die Landbesatzung begann, sie an die Anlege-stelle zu ziehen. Die Deckbesatzung bezog dann an der Vorderseite des U-Boots Stellung, von wo aus sie die Andockleinen auswerfen würde.

Lindberg war mit den hinteren Leinen beschäftigt, die er einholte oder festhielt, während sich das U-Boot langsam in die richtige Position am Pier bewegte. Nachdem er seine Leine festgemacht und den Befehl, dass das Anlegen abgeschlossen war, bestätigt hatte, sah er sich zum ersten Mal im Dock um. Die reguläre vierköpfige Landbesatzung, zuständig für die Anlege-Operationen der U-Boote, war da. Weiter oben auf der Pier warteten Dutzende von Menschen und eine ganze Flotte von Mini-vans.

"Alle runter vom Boot", rief jemand auf dem Pier.

"Steigen Sie aus und stellen Sie sich hier in einer Reihe auf", sagte er und zeigte auf einen Mann mit einem Klemmbrett neben ihm auf dem Pier. Langsam verliess die Besatzung das Schiff und reihte sich an der angewiesenen Stelle ein. Der Mann mit dem Klemmbrett trug sie in eine Liste ein und wies ihnen den Weg zu einem der Fahrzeuge am Fuss des Piers. "Rang, Name und ID-Nummer?"

"Sonar Petty Officer Lindberg, Carl, 630327-2953."

"Gut, setzen Sie sich in Wagen zwei."

"Und das U-Boot?"

"Eine andere Mannschaft wird sich um das Boot und Ihre Ausrüstung kümmern.

Gehen Sie bitte einfach zum zweiten Fahrzeug. Sie brauchen sich keine Sorgen zu machen. Wir müssen nur so schnell wie möglich mit den Nachbesprechungen beginnen."

Eine Nachbesprechung war sinnvoll, dachte Lindberg. Soweit ihm bekannt war, waren sie die erste schwedische U-Boot-Besatzung, die jemals einen scharfen Torpedo auf eine echte Begegnung abgefeuert hatte. Ganz zu schweigen davon, dass sie selbst ja ebenfalls beschossen wurden. Kein Wunder, dass die oberste Führung der Marine wissen wollte, was passiert war und wie es den Männern und dem Material ergangen war.

Lindberg ging auf das zweite Fahrzeug in der Kolonne zu. Sobald es vollbesetzt war, stieg der Fahrer ein und fuhr schnell durch die Tore der ersten U-Boot-Abteilung des Marinestützpunkts Berga. Er bog links ab und passierte Amiralsholmen, wo eine ganze Flotte kleiner Segelboote lag. Der Fahrer zweigte nach rechts auf die Hauptstrasse ab, passierte den grossen Übungsplatz vor der Schwimmhalle und fuhr durch das Haupttor weiter in Richtung Västerhaninge.

Obwohl es nur ein sehr vages Gefühl des Unbehagens war, wurde dieses bei Lindberg mit jeder Richtungsänderung stärker.

Kapitel 22 - Säuberung

Stockholm, 20. April, 15:00 Uhr

Rosenfeldt sass an seinem Schreibtisch und sah sich die letzten Finanzberichte an. Manchmal vermisste er die Einfachheit der Zug- und Kompanieführung aus seinen früheren Tagen. Er hatte einen grossen Teil seiner Zeit beim Panzerregiment P10 verbracht, wo der Schwerpunkt auf operativen und logistischen Fragen lag. Wie man manövriert, wie man seine Truppen ausbildet. Jetzt verbrachte er die meiste Zeit damit, Berichte zu lesen und sich in politische Angelegenheiten einzubringen, von denen er weder etwas verstand noch sie interessant fand.

Er hatte sich in den Reihen der Armee schnell hochgearbeitet. Sein natürliches Talent für militärische Belange war gepaart mit einem starken Willen, alles für sein berufliches Vorankommen zu tun. Gleichzeitig hatte er ein ausgeprägtes Gespür für die Grenzen dessen, was er seinen Kollegen an persönlichem Ehrgeiz zumuten konnte, ohne gleich als sozial unverträglich zu gelten. Er hatte zwar auch gute Freunde unter seinen Soldaten, aber diejenigen die ihn gut genug kannten, neigten dazu sich eher von ihm zu distanzieren. Sie erkannten seine Schwäche, sie nötigenfalls zu brüskieren wenn es seiner Karriere nützte. Gleichzeitig wollten sie ihm nahestehen, weil sie wussten, dass er Erfolg haben würde und dass dieser Erfolg auch auf die Menschen in seinem Umfeld abfärbte.

Ein Klopfen an seinem Türrahmen holte ihn aus seinen Gedanken. Nylund stand in seinem Kampfanzug da. Den trug er schon seit alles angefangen hatte, abgesehen von der Pressekonferenz. Der Admiral sah aus wie ein alter Kämpfer, aber Rosenfeldt vermutete, dass dies auch durchaus gewollt war.

"Kommen Sie rein, Klassi. Nehmen Sie Platz."

Nylund betrat den Raum mit mehr als nur ein wenig Besorgnis. Ausserhalb der regulären Besprechungen in das Büro des Oberbefehlshabers gerufen zu werden, war nicht sehr üblich und bedeutete selten gute Nachrichten. Es waren ein paar harte Tage gewesen und Nylund war sich bewusst, dass er nicht perfekt gehandelt hatte – vor allem nicht zu Beginn der Krise. Er war wie benommen gewesen nach all diesen vorangegangenen Sichtungen, die sich als Nichts herausstellten. Er konnte sich nicht mehr an den Namen der alten Dame auf Utö erinnern, aber sie wollte allein im letzten Jahr vier Periskope gesehen haben. Ein U-Boot, das an der Oberfläche voll sichtbar war, war jedoch etwas anderes. Er hätte schneller handeln und die Angelegenheit nicht ignorieren sollen. Nylund holte tief Luft, um zu sprechen, aber Rosenfeldt kam ihm zuvor.

"Wie geht es Ihnen, Klassi?"

Nylund war überrascht über den milden, fast freundlichen Ton in seiner Stimme, aber er kannte Rosenfeldt zu gut und befürchtete, dass dies kein so guter Anfang war, wie der Oberbefehlshaber es ihn glauben machen wollte.

"Mir geht es gut, alles in allem, aber ich bezweifle, dass Sie mich nur hierher beordert haben, um sich nach meiner Befindlichkeit zu erkundigen?"

Rosenfeldt lächelte. "Sie haben recht, Klassi. Schön zu hören, dass es Ihnen gut geht, aber wir haben tatsächlich Wichtigeres zu tun, als über unsere Befindlichkeiten zu reden. Ich werde gleich zur Sache kommen. Diese U-Boot-Geschichte ist erledigt. Das gesichtete Schiff gehört der Sowjetunion, Punkt. Sie wissen so gut wie ich, dass das so bleiben muss. Keine weitere Mutmassungen oder gar wilde Spekulationen mehr!"

Nylund war zum zweiten Mal innerhalb einer Minute überrascht. Ihm war schon klar, dass die Politik als eine Art notwendiges Übel auch hier ihren Platz hatte, aber es hörte sich so an, als hätte man ihm gerade befohlen, alle Ermittlungen über den Vorfall einzustellen.

"Ich bin mir nicht ganz sicher, ob ich Ihnen folgen kann?"

"Wir müssen sicherstellen, dass es sich um die Sichtung eines sowjetischen U-Boots handelt. Um es deutsch und deutlich zu sagen brauche ich ein Archiv voller Informationen die besagen, dass es sich um ein sowjetisches U-Boot handelt und dass es keinerlei Hinweise darauf gibt, dass es sich um jemand anders handeln könnte. Habe ich mich klar genug ausgedrückt?"

Nylunds Überraschung schlug schnell in Wut um. Er verwarf die Hände in der Luft, als er zu sprechen begann.

"General, das ist ungeheuerlich. Es handelt sich nicht nur um eine Sichtung. Jemand hat einen Torpedo auf meine Marine abgeschossen. Ohne das grosse Geschick von Kapitän Lindholm hätten wir dreissig tote Matrosen zu beklagen. Das ist nicht einfach etwas, das wir aufgrund von Hinweisen unter den Teppich kehren können. Ich stimme zu, dass es zuerst so aussah, als wäre es ein sowjetisches Boot gewesen, aber immer mehr Beweise erscheinen fragwürdig oder deuten sogar in eine andere Richtung. Dies muss gründlich untersucht werden. Die Sonarbake besteht aus westlichen Komponenten und einer der verdammten Schurken, die wir erschossen haben, scheint ein britischer Staatsbürger zu sein."

"Es wird eine Untersuchung geben, Klassi. Wir werden eine offizielle Untersuchungskommission einsetzen."

"Nein, das wird *jetzt* untersucht. Nicht von einer Kommission im nächsten Jahr, die nichts als selektive Beweise finden wird. Wir müssen wissen, wer einen Torpedo auf unser Schiff geschossen hat. Fredrik, ich bitte Sie: das ist nicht irgendein Geplänkel mehr! Das war eine Kriegshandlung!"

"Also: wer war es denn dann, Admiral?" Rosenfeldt legte seine nach oben offenen Hände als fragende Geste auf den Tisch.

"Ich weiss es nicht, ich weiss es *noch* nicht. Aber wir müssen es herausfinden."

"Also, was wissen Sie eigentlich? Meiner Meinung nach kämpfen Sie mit einem Phantom und suchen nach etwas, das es einfach nicht gibt. Sie müssen das bleiben lassen. Sie wissen, dass die einzige politisch mögliche Lösung ein sowjetisches U-Boot ist und genau so wird es sein. Nichts anderes. Habe ich mich jetzt klar ausgedrückt, Admiral?"

"Ich verstehe Sie, aber das können wir nicht tun."

Rosenfeldt seufzte. "Klassi, die einzige

andere Möglichkeit ist, dass es ein U-Boot der NATO war und Sie wissen um unsere Beziehungen zu ihr."

"Ja, ich weiss. Und ich weiss auch, dass sie gelegentlich in unserem Archipel herumschnüffeln, aber dieses Mal war ein Kriegsschuss dabei."

"Noch schlimmer: Sie wollen somit die NATO beschuldigen, einen Torpedo auf unser U-Boot abgefeuert zu haben?!"

"Nein, aber..."

"Kein Aber, Admiral. Wir müssen diese Sache beendigen."

Nylund sagte nichts. Er schaute auf den Boden und schüttelte ungläubig den Kopf.

"Was ist nur in all den Jahren aus uns geworden, Fredrik?"

Ohne auf eine Antwort zu warten, stand Nylund auf und machte auf dem Absatz kehrt. Rosenfeldt sah, wie er den Raum verliess und nach rechts den Korridor zum Ausgang hinunterging.

Nylund war ab diesem Zeitpunkt ein Unsicherheitsfaktor. Er verstand zwar, worum es ging, aber das ging ihm so sehr gegen den Strich, dass der Oberbefehlshaber nicht sicher war, ob er Nylund wirklich vertrauen konnte, die Sache so zu regeln wie es nötig war. Er griff zu seinem Telefon.

"Ich bin's. Ich glaube, Nylund könnte zum Problem werden."

* * *

Marinestützpunkt Berga, 20. April, 18:00 Uhr
"Nylund, hier ist Eriksson."

"Hallo, Roffi."

"Ich war gerade am Pier und das U-Boot ist zurück. Ich habe gehört, dass es zurückkommt und wollte nach der Besatzung sehen, aber sie ist nirgends zu sehen. Wissen Sie, wo sie ist?"

"Ich weiss es nicht genau, aber ich nehme an, sie werden befragt. Stimmt irgendetwas nicht?"

"Nun, das Boot sieht beinahe so aus, als wäre es verlassen worden. Als ob sie es überstürzt verlassen hätten. In der Spüle liegen immer noch Essensreste, als hätte der Koch das, was er in den Händen hielt, einfach fallen lassen und wäre weggegangen. Natürlich werden sie befragt, aber die Landbesatzung sagte, dass sie innerhalb einer Minute nach dem Andocken aus dem U-Boot beordert wurden. Ihr wisst so gut wie ich, dass jeweils eine Menge Dinge zu tun sind, bevor ihr euch verabschieden könnt. Ausserdem ist die Luke weit offen. Sie muss geschlossen und mit einem Vorhängeschloss gesichert werden, sobald das Andocken abgeschlossen ist."

"Nun, die Umstände sind recht ungewöhnlich, da ist es kein Wunder, dass die Dinge nicht ganz wie üblich abliefen. Können Sie eine andere Mannschaft aufbieten, die das Boot in Ordnung bringt? Ich werde mal nachfragen, wo die Mannschaft jetzt ist."

"Eine andere Mannschaft wird gar nicht erbaut darüber sein, ein Boot von Anderen aufzuräumen, aber ich kann das sicher veranlassen."

* * *

261

Stockholm, 20. April, 18:00 Uhr

"Er wird nicht locker lassen. Ich habe das Gefühl, dass er so lange nachforschen wird, bis er herausgefunden hat, wer einen Torpedo auf seine Marine geschossen hat", sagte Rosenfeldt.

Thomas Nordin schüttelte den Kopf. "Es ist nicht *seine* verdammte Marine. Wir haben ihm nur erlaubt, sie eine Zeit lang zu leiten. Er muss verstehen, dass es in diesem Fall keine andere Möglichkeit gibt. Keine Diskussion."

"Er könnte ein Risiko für all das sein. Er ist ein guter Mann, aber im Moment sehr emotional."

"Hören Sie, es ist ganz einfach. Wenn *er* das nicht schafft, müssen Sie jemanden finden, der es schafft."

"Ihn absetzen, meinen Sie?"

"Nicht offiziell, nein, das würde zu viel Aufmerksamkeit erregen und eine ganze Reihe anderer Probleme verursachen. Lassen Sie ihn, wo er ist, aber schränken Sie seine Befehlsgewalt auf den offiziellen Dienstwegen der Marine ein und finden Sie jemanden, der ihn umgehen kann."

"Nun, das ist bereits im Gange. Ich habe geahnt, dass so etwas passieren würde. Ich habe jemanden, der daran arbeitet. Jemand, der loyal und bereit ist, alles zu tun, was nötig ist, um beruflich weiterzukommen. Kommandant Löfgren wird das erledigen. Militärischer Nachrichtendienst. Er hat seinen Arbeitsplatz in der Nähe des Archivs, besitzt volle Zugangsrechte und wird tun, was wir ihm sagen, wenn etwas für ihn dabei herausspringt. Wie zum Beispiel ein zusätzlicher Stern auf seiner Uniform."

"Ich kümmere mich nicht um die

Schultern eurer Leute. Wenn er ein paar Sterne oder Goldstreifen oder was auch immer will, könnt ihr sie ihm gerne geben."

Der Verteidigungsminister lehnte sich zurück und entspannte sich in seinem Stuhl. Die Verwaltung der Informationen in dieser Sache erforderte einige Zeit und Mühe, aber sie könnte sich möglicherweise überproportional auszahlen. Wenn es ihm gelänge, die Situation unter Kontrolle zu bringen und die Nachricht von einem sowjetischen U-Boot in schwedischen Gewässern zu verbreiten, könnte dies wirklich zu einem Problem für die verdammten Sozialisten werden.

Sie hatten es auf seine Regierung abgesehen und leider sah es so aus, als würden sie Erfolg haben. Es hing ein wenig davon ab, welcher Umfrage man Glauben schenkte, aber es bestand die Chance, dass er dem sowjetfreundlichen Verhalten dieser Leute einen Strich durch die Rechnung machen könnte.

Und wenn es nicht funktionierte? Wenn es nicht funktionierte, würde er den Mann unter ihm opfern. Ihn und den Chef der Marine. Wenn das Archiv nur teilweise gesäubert würde, könnte er dem Militär Unfähigkeit vorwerfen und das Militär könnte wiederum die Haushaltskürzungen der Sozialisten in den siebziger Jahren dafür verantwortlich machen. *Nicht schlecht*, dachte er. *Ganz und gar nicht schlecht!*

"Sagen Sie diesem Löfgren, dass er die Vollmacht hat, alles zu tun, was nötig ist, um die Sache zu klären. Wir müssen das so schnell wie möglich erledigen."

"Er arbeitet daran. Ich werde das so mit ihm besprechen."

* * *

Marinestützpunkt Muskö, 20. April, 19:30 Uhr
Nylund knallte den Hörer auf die Gabel. Ein Versuch nach dem anderen, die Besatzung des U-Boots zu finden, war mit Unwissen oder Gleichgültigkeit beantwortet worden. *Was ist nur los mit der verdammten Marine, wenn der Admiral seine eigene Mannschaft nicht finden kann? Erst wird das Boot vermisst und kaum haben wir es wieder gefunden, ist stattdessen die Besatzung verschwunden.*

Zweifellos war dies das Werk des Oberbefehlshabers. Da Nylund sich weigerte, die Archive zu säubern, müssen sie Vorkehrungen getroffen haben, um seine Kompetenzen innerhalb der Marine einzuschränken. Es war nun klarer denn je, dass er und Wikström ihre eigenen Nachforschungen darüber anstellen mussten, wie dies alles zusammenhing. Und wenn er noch weitere Kopien aus den Archiven benötigte, musste er sich jetzt einen Wettlauf mit der Zeit liefern, bevor sein Zugang völlig blockiert wurde. Man könnte ihn vielleicht absetzen, aber das würde im Moment zu viel Aufmerksamkeit erregen, dachte er. Es würde eher eine stille Blockade seiner Arbeit sein und sie würden ihn danach in den Ruhestand versetzen.

Er nahm den Hörer ab und rief den technischen Leiter der Marinebasis Muskö an. Vielleicht konnte er das Transponder-Gerät noch auftreiben. Trotz der Tageszeit kam auf das erste Signal eine Antwort.

"Ja?"

"Hier ist Nylund. Ich hoffe, Sie sitzen noch auf der Kiste mit dem Transponder?"

"Nein, die Kiste ist nicht mehr da."

"WAS?! Was sagen Sie da? Mann! Habe

ich Ihnen nicht klar gemacht, dass Sie die Kiste solange bewachen sollen, wie ich es Ihnen sage?"

"Ja, das haben Sie, aber Kommandant Löfgren kam mit irgendwelchen Papieren wegen einer Verlegung. Ich *musste* die Kiste herausrücken. Was hätte ich sonst tun sollen?"

Schon wieder Löfgren. Langsam ergab sich ein klareres Bild. Die Bänder, die das U-Boot hätten identifizieren können, waren verschwunden. Der Transponder mit westlichen Komponenten, die Zweifel an der 'sowjetischen Sichtweise' aufkommen liessen, erlitt das gleiche Schicksal. Das Verschwinden des Transponders könnte das Werk von Rosenfeldt sein, der Löfgren bat, ihn aufzuklären. Aber hatte Rosenfeldt tatsächlich etwas mit den Tonbändern zu tun? Derentwegen waren Menschen erschossen worden. Ein paar kompromittierende Dinge aus dem Archiv zu holen, war eine Sache. Sich am Erschiessen von Menschen zu beteiligen eine vollkommen Andere. Es waren doch Friedenszeiten, oder etwa nicht?

Kapitel 23 - Verdachtsmomente

Marinestützpunkt Muskö, 21. April, 10:00 Uhr

*D*as *ist nicht gut*, dachte Löfgren. Innerhalb von fünfzehn Minuten erhielt er zwei verschiedene Informationen von zwei verschiedenen Stellen, die beide darauf hindeuteten, dass er weitere Probleme haben könnte. Das waren keine guten Nachrichten – nicht für die Marine und nicht für ihn.

Die Marine-Analysegruppe hatte eine Skizze direkt von Nylund erhalten. Offenbar hatte er sie von einem der Hauptzeugen, einem gewissen Alvar Segerfors, erhalten, der ebenfalls eine Skizze eingereicht hatte, als alles begann. Als Löfgren nun die Skizze vor sich sah, hatte er ein Problem. Sie sahen sich nicht einmal ähnlich. Die erste Skizze in seiner Akte war bestenfalls schemenhaft und es bedurfte einiger Phantasie, um darauf ein U-Boot zu erkennen.

Das zweite Bild, das Nylund von demselben Zeugen geschickt hatte, war ganz anders. Es war unzweifelhaft, dass es sich um ein U-Boot handelte. Der Bug war höher als das Heck und es hatte einen Kommandoturm am Heck. Der Kommandoturm hatte eine durchgehende Front und eine deutlich erkennbare Rundung am Heck. Auf dem vorderen Deck befand sich ein etwa mannshohes Objekt – möglicherweise eine Art Sensor.

Er musste über die Analysegruppe der Marine lächeln. Wie praktisch, dass sie alle so voreingenommen waren, dass sie unmöglich zu einem anderen Schluss kommen konnten, als dass es sich um ein sowjetisches U-Boot gehandelt hatte. *Man könnte ihnen wohl auch ein Bild von Jesus zeigen, wie er übers Wasser geht und diese Gruppe würde das irgendwie als ein U-Boot der Whiskey-Klasse interpretieren.*

Nylunds handschriftliche Notizen, die zusammen mit der Skizze verschickt wurden, legten nahe, dass es sich um ein westdeutsches U-Boot des Typs *206* handeln könnte. Es hatte eine charakteristische Rundung an seinem Turm, die es von vielen anderen U-Booten unterschied. Der Bericht der Analysegruppe hatte sich sehr bemüht, diese Idee zu verwerfen. Sie vermuteten, dass der Betrachtungswinkel auf der Zeichnung aufgrund der Position des Beobachters zu Verzerrungen der Perspektive führte und kamen zum Schluss, dass es sich genauso gut um ein sowjetisches U-Boot der *Whiskey-Klasse* handeln könnte. *Bekam es nicht einen anderen Charakter, weil der Schnorchelmast am Heck herausragt?* Wie auch immer. Er war kein U-Boot-Experte. Dieser Bericht aber würde im Archiv bleiben. Das war sicher. Es war die offizielle Bestätigung, dass die Experten der Marine dieses Schiff für ein sowjetisches Schiff hielten.

Für Löfgren war es kein Problem, eine 'geeignetere' Skizze zu bekommen. Sein Problem mit dieser Skizze, in Verbindung mit dem, was er heute Morgen gehört hatte, war ein Zweifaches. Wie zum Teufel war Nylund in den Besitz der verdammten Skizze gekommen? Führte er nebenbei etwa seine eigenen Ermittlungen oder befragte sogar Zeugen? Und wenn dieser Alvar Segerfors von Anfang an ein

Phantombild vorgelegt hatte, warum sah es dann in seinen Briefing-Papieren anders aus? Angenommen, Segerfors war nicht plötzlich aufgewacht und erinnerte sich lebhaft an zusätzliche Details, dann hatte jemand die Skizze manipuliert.

Nachdem das Material eingetroffen war, war nur noch eine Person sowohl an der Vorbereitung von Sitzungsunterlagen als auch an der Archivierung beteiligt: Frau Falk. Sie war mit ziemlicher Sicherheit die einzige Person gewesen, welche die Gelegenheit zu Manipulationen gehabt hätte. *Entfernen Sie die detaillierte Skizze und ersetzen Sie sie durch eine ungenauere Version, die es unmöglich machen wird, den Typ des U-Boots zu bestimmen.*

Dieser Verdacht wurde noch dadurch verstärkt, dass er gehört hatte, wie Frau Falk mit einer anderen Angestellten sprach, die ihren Zutrittsbadge verloren hatte. Sie hatte davon gesprochen, dass ihr so etwas nie passieren würde, denn sie trüge diese Karte von dem Zeitpunkt an, an dem sie ihr Haus verlasse, bis zu dem Zeitpunkt, da sie wieder nach Hause komme, stets an einer Schlinge um ihren Hals. Wenn sie aber die Karte immer auf diese Weise auf sich getragen hätte: wie hätte er sie dann neulich auf ihrem Schreibtisch finden können, als er sie für den Zugang zu den Archiven benutzte? Hatte sie den Badge absichtlich dort liegen lassen? Er lehnte sich in seinem Stuhl zurück und fühlte sich von Minute zu Minute unwohler. *Frau Falk hätte jahrelang Zugang zu allem und jedem gehabt, ohne dass es jemandem aufgefallen wäre.*

* * *

Marinestützpunkt Berga, 21. April, 10:30 Uhr
Eriksson hatte Recht gehabt. Die andere
U-Boot-Besatzung, die zur Verfügung stand,
war nicht gerade erbaut darüber, dass sie zum
Aufräumen des Nachbar-U-Boots gerufen
wurde. *Sie hatten einen Zwischenfall und plötzlich sind sie zu wichtig, um ihren eigenen Müll zu
entsorgen?* Widerwillig waren sie über den Pier
getrottet und hatten sich an ihre Reinigungs-
aufgaben gemacht.

Nachdem sie die offensichtlichsten
Dinge, den Müll und die Lebensmittel, durchgesehen hatten, begannen sie die persönliche
Ausrüstung der Besatzung auszuräumen und
auf dem Pier zu stapeln, um sie zu kennzeich-
nen. Sie hatten Eriksson gefragt, was sie damit
machen sollten und er hatte sie angewiesen, die
Dinge einfach in den Baracken hinter dem
Hauptgebäude der Abteilung einzuschliessen.

"Und das?" Einer der Soldaten wedelte
mit einem Tonband vor Eriksson herum."
Gehört das zur persönlichen Ausrüstung oder
bleibt es an Bord?"

Eriksson sah es sich an. Das Band war
von der gleichen Marke und das gleiche Modell,
das in allen Aufnahmegeräten der Marine
verwendet wurde. Sie waren alle nummeriert,
so dass die Marine feststellen konnte, ob
Bänder fehlten. Auf ihren U-Booten achteten
die Sonarcrews im Allgemeinen penibel darauf,
dass die Aufnahmegeräte immer liefen und dass
alle Bänder sorgfältig behandelt und aufbewahrt wurden.

"Wo haben Sie es gefunden?"

"Ich habe es in einem persönlichen Spind
gefunden, zusammen mit dieser Ausrüstung",
deutete der Matrose mit dem Kopf in Richtung

eines Kleiderstapels auf dem Boden.

"Wem gehört die Ausrüstung?"

Der Matrose beugte sich vor und schaute auf das Etikett an der Tasche, in welche die Kleidung gepackt werden sollte: "Sonar Petty Officer Lindberg, Sir."

Sonar Petty Officer Lindberg hatte Navy-Bänder in seinem Spind, obwohl alle Bänder gestohlen worden waren? Es war ohnehin strengstens verboten, diese Bänder von ihrem vorgesehenen Platz zu entfernen.

"Geben Sie es mir", sagte Eriksson. Der Matrose zuckte mit den Schultern und reichte sie ihm, froh darüber, eine Sache weniger zu haben, die er einpacken und in die Kaserne tragen musste.

* * *

Unbekannter Ort, 21. April, 14:00 Uhr

Die gesamte Besatzung war in einer Auto-kolonne durch Västerhaninge gefahren worden. Sie waren durch Tungelsta gefahren und dann nach rechts abgebogen. Weiter konnte Lindberg der Route nicht folgen.

Danach fuhren sie durch Gebiete, die ihm unbekannt waren. Alles nur Wälder und Seen. Sie folgten der Strasse 257 in Richtung Botkyrka, bogen aber an der letzten Kurve nach links statt rechts ab. Irgendwo zwischen dieser Kurve und Västerby bogen sie rechts von der Hauptstrasse ab und fuhren auf kleinen, schmalen Schotterstrassen weiter. Als es wieder heller wurde, setzte man sie bei einem grossen Haus mitten im Nirgendwo ab, das wie eine grosse Scheune aussah, die zu einem Wohnhaus umgebaut worden war.

Die Namen der Mannschafts-Mitglieder, welche sich in zwei Reihen im Garten hatten aufstellen müssen, wurden erneut auf der Liste auf dem Klemmbrett abgehakt. Das Haupthaus lag vor ihnen und ein zweites Haus, fast so gross wie das Erste, befand sich zu ihrer Linken. Das Grundstück war von einem hohen Zaun umgeben, nicht militärisch mit Stacheldraht, aber doch hoch genug, dass er nicht ohne Weiteres zu überwinden gewesen wäre. Es hatte zu regnen begonnen und als die Zählung beendet war, wurden sie in das grosse Haus gebeten.

Von innen sah es wie ein einfaches Hotel aus. Jedem Mann wurde eine Garnitur neuer Kleidung, Handtücher und Toilettenartikel ausgehändigt und ein Zimmer zugewiesen, das er sich mit einem oder zwei anderen Besatzungsmitgliedern teilen musste. Als Sandberg aufstand, war Lindberg überrascht, dass er allein in ein Zimmer geschickt wurde. Wikingsson wurde ebenfalls allein in ein Zimmer geschickt und auch Lindberg, als er an der Reihe war. Es schien, als ob die ganze Sonarcrew allein in ihren jeweiligen Zimmern war. Was geschah mit den anderen? Er hatte keine Zeit, danach zu fragen bevor er in sein Zimmer begleitet wurde.

Er schrak zusammen, als er hörte, wie die Tür hinter ihm abgeschlossen wurde. In der Regel konnte man in einem Land wie Schweden niemanden einfach so einsperren, es sei denn, er hatte etwas verbrochen. Vielleicht hatte das Militär aber in diesem Bereich einige besondere Vollmachten. Er hatte doch nichts falsch gemacht, oder?

Während der Fahrt erklärte ihnen der Mann mit dem Klemmbrett, der in Lindbergs

Auto mitgefahren war, dass das Ganze zwar etwas seltsam anmuten könnte, aber bei der Nachbesprechung von Besatzungen durchaus üblich sei. Da Schweden sich seit zweihundert Jahren nie mehr im Krieg befand, war dies einfach sehr unüblich.

* * *

Marinestützpunkt Berga, 21. April, 14:00 Uhr
Rolf Eriksson ging über den kleineren Übungsplatz neben der Hauptversammlungshalle in Berga. Auf der gegenüberliegenden Seite des Platzes befand sich die Ausbildungsstätte für die U-Boot- und Sonar-Abwehr-Mannschaften, wo sie im Umgang mit Sonaren und der Schallanalyse geschult wurden. Er hatte seit zehn Jahren keinen Fuss mehr hier hinein gesetzt und die Empfangsdame sah ihn deshalb fragend an.

Eriksson meldete sich an und ging zu einem der Schalltrainingsräume. Er vergewisserte sich, dass niemand den Raum benutzte, trat ein und schloss die Tür sorgfältig hinter sich. Es war ein kleiner Raum, in dem acht Personen gleichzeitig trainieren konnten. Acht Plätze mit Tonbandgeräten, Kopfhörern und Stapeln von Papier, auf denen die Auszubildenden Kästchen ankreuzen und Kommentare zu dem schreiben konnten, was sie gerade hörten.

Die Auszubildenden markierten das Band, das sie hörten und markierten dann das Blatt, das sie identifizieren konnten. Kavitation, Motorgeräusche, Auspuff- oder Rudergeräusche, Anzahl der Schraubenflügel. Die Liste möglicher Geräuschquellen war länger geworden, seit er selbst ausgebildet wurde, aber das

Prinzip blieb dasselbe.

Er setzte sich an eine Station und setzte die Kopfhörer auf. Vorsichtig legte er das Band in den Abspielgerät ein und nachdem er sich vergewissert hatte, dass es richtig eingelegt war, drückte er auf *'Play'*. Es waren nur ein paar Minuten Ton darauf. Er hörte sich die Aufnahme aufmerksam an und spulte sie mehrmals zurück, wobei er einen der Schulungsbögen benutzte, um sich Notizen über das Gehörte zu machen.

Es war schon eine Weile her, dass er im aktiven Dienst an Bord eines U-Boots gedient hatte und seine Kenntnisse der Geräuschanalyse waren etwas veraltet. Die Grundlagen kannte er aber noch und konnte schnell erkennen, was er ungefähr hörte. Am Anfang vielleicht Rudergeräusche; dann beschleunigte sich der Kontakt und man konnte die Geräusche der Ruderhydraulik nicht mehr hören. Er verlor den Überblick, als er versuchte, den Rhythmus zu finden. Es war zwar schon lange her, dass er das geübt hatte. Dennoch war er überzeugt, dass er den sehr ausgeprägten und vertrauten Rhythmus eines drei- oder vierblättrigen Propellers erkannt hätte und so stellte er fest, dass es mindestens fünf Flügel sein mussten.

Der Kontakt begann zu kavitieren, als er beschleunigte. Es musste ein U-Boot sein und er konnte nur eine Propellerwelle ausmachen. Bei mehreren Wellen wären die Propeller mit ziemlicher Sicherheit nicht vollständig synchron gelaufen. Er kämpfte noch etwas länger mit der Anzahl der Blätter und konnte keinen Hinweis darauf finden, dass das U-Boot mehr als eine Schraube hatte. Das musste er einem

Experten überlassen, der das verifizieren konnte. Sandberg, der Sonar-Chef an Bord, sollte sich das mal anhören. Er würde es sicher feststellen können.

Sowjetisches U-Boot mit einer Welle? Das würde eine Menge von ihnen ausschliessen. *Whiskey, Foxtrot, Echo, Tango*. Sie alle hatten mehrere Propeller. Es könnte eine *Kilo* sein. Sie hatten eine Welle. *Sie hatten aber sechs oder sieben Blätter, wenn ich mich recht erinnere, aber okay, es könnte eine 'Kilo' gewesen sein.* Eriksson hatte genug gehört und konzentrierte sich auf das Geräusch des Torpedos, das ebenfalls auf der Aufnahme zu hören war.

Die Tonhöhe des ankommenden Torpedos würde helfen, den Typ zu bestimmen, aber ohne Zugang zu einer Audiothek, die als Referenz diente, war das fast unmöglich. Auch das würde auf einen Experten warten müssen. Diese Aufgabe würde Nylund übernehmen müssen. Für Eriksson war damit jedenfalls noch nicht bewiesen, dass es sich um ein sowjetisches Schiff handelte. Es hätte alles Mögliche sein können, mit einer Welle und fünf oder mehr Schaufeln.

Eriksson steckte das Band ein und ging über den Übungsplatz zurück zu seinem Auto. Er fragte sich, warum Lindberg überhaupt eine Kopie davon in seiner persönlichen Ausrüstung aufbewahrt hatte. War an Bord etwas passiert, das Lindberg misstrauisch machte?

* * *

Marinestützpunkt Berga, 21. April, 17:00 Uhr
Eriksson nahm den Hörer ab und wählte die Nummer von Nylund. Er war sich nicht sicher, ob diese Tonbandaufnahme etwas bewirken würde, aber der Mann sollte wissen, dass es existiert.

"Admiral, hier ist Eriksson. Ich habe interessante Neuigkeiten."

"Ja, schiessen Sie los!"

"Es scheint, dass einer der Sonarleute an Bord eine Kopie des Bandes von der Begegnung gemacht hat."

Aus Nylund sprudelten die Fragen nur so heraus: "Was? Wo haben Sie es gefunden? Haben Sie es? Haben Sie es sich angehört?"

"Es wurde von der zweiten Crew gefunden, welche das Boot reinigte. Wir haben die persönliche Ausrüstung der Besatzung sortiert und markiert und dabei ein Band gefunden. Ich nahm es an mich und habe es hier auf meinem Schreibtisch, zusammen mit zwei Kopien, die ich gemacht habe."

"Und was ist da drauf? Haben Sie es sich angehört?"

"Ja, ich habe es mir angehört. Schauen Sie, ich bin kein Experte und kann Ihnen deshalb nicht genau sagen, was es ist. Es gibt Rudergeräusche, danach starke Beschleunigung. Eine Schraube mit mindestens fünf Flügeln. Eine Welle, soweit ich das beurteilen kann. Wie gesagt, ich bin kein Experte auf diesem Gebiet. Jemand mit besseren Kenntnissen müsste es sich genau anhören und mit allen verfügbaren Audiotheken vergleichen, um eine genaue Identifizierung vorzunehmen."

"Das Band beweist also nichts?"

"Noch nicht, aber das liegt nur daran,

dass wir es noch nicht von einem Experten abhören liessen. Mit etwas mehr Zeit wäre es vielleicht möglich, genau zu erkennen, was es ist. Bis jetzt beweist es nicht, dass es ein sowjetisches U-Boot war, wie die Presse behauptet, aber es beweist auch nicht, dass es keins war."

"Okay, okay, Eriksson. Hören Sie zu: Wir müssen gewährleisten, dass diese Bänder in Sicherheit sind, bis wir sie analysieren können. Wegen der fehlenden Bänder und der Schiesserei ist die Lage jetzt ohnehin etwas angespannt. Ich stelle Ihnen den Kontakt zu einer Person her, der ich vertraue und die für die Sicherheit der Bänder sorgen kann. Sie wird Sie später anrufen und Zeit und Ort vereinbaren."

"Eine Person? So etwas wie ein Marineoffizier?"

"Eine Person... – jemand, dem ich vertrauen kann. In der Navy ist in letzter Zeit zu viel schief gelaufen. Keine Sorge, wir 'diversifizieren' nur ein bisschen, damit nicht wieder etwas verschwindet. Warten Sie einfach auf ihren Anruf."

Eriksson bestätigte und legte den Hörer auf. Er konnte es Nylund nicht verübeln, dass er bei diesem Thema vorsichtig war. Er hatte ja Recht. In letzter Zeit waren zu viele Dinge in der Marine schief gelaufen. Die ganze Inkompetenz-Geschichte war im Jahr zuvor von der Presse in die Welt gesetzt worden. Nachdem *U-137* nachts und bei schlechter Sicht im seichten Küstenbereich auf Grund gelaufen war, liess es während der ganzen Nacht seine Dieselmotoren laufen, um vom Felsen wegzukommen, auf dem es festsass – und die Marine bemerkte es nicht. Für die gesamte Presse war dies wochenlang ein gefundenes Fressen: *Die schwedische Marine*

kann ein fremdes U-Boot selbst dann nicht auf-
bringen, wenn es auf dem Grund festsitzt.

Seitdem war es eine harte Zeit für die
Marine. Beim aktuellen Vorfall ging es nicht nur
darum, dass fast ein U-Boot versenkt worden
wäre. Es waren ihnen auch Berichte und
Beweise abhanden gekommen. Insgeheim
bezweifelte Eriksson, dass sie jemals herausfinden würden, wer es tatsächlich war. Die Bänder
könnten helfen, aber er war noch im Ungewis-
sen, ob sie je mit Sicherheit feststellen könnten,
wer der Eindringling war. Vielleicht wäre es
besser, sich freiwillig aus dem aktiven Dienst
zurückzuziehen, bevor sie alle entlassen
würden. Das *'Altherrenregal'* bei der schwedischen Wehrmaterialverwaltung schien einen
endlosen Vorrat an offenen Stellen für ehemalige Offiziere zu haben.

* * *

Unbekannter Ort, 21. April, 21:00 Uhr
Lindberg würde heute Nacht nicht schlafen
können. Das wusste er schon jetzt. Das
sirrende Geräusch des Torpedos, der sie
verfolgt hatte, kehrte zurück sobald er die
Augen schloss. Seine Atmung und sein Herzschlag beschleunigten sich und nach ein paar
Minuten wurde es so unerträglich, dass er die
Augen öffnen musste. Als der Anblick der Decke
und der daran befestigten Lampe wieder ins
Blickfeld rückten, erkannten seine Sinne, dass
er in Sicherheit war und er begann, sich wieder
zu beruhigen.

Die Schlafprobleme waren mit der Zeit
immer gravierender geworden. In den ersten Tagen war es noch gar nicht so schlimm gewesen.

Gelegentlich hatte er sich dabei ertappt, wie er durch ein durchdringendes Sirren aufgewacht war und er hatte einige Momente gebraucht, um festzustellen, ob es sich um Traum oder Wirklichkeit handelte. Im Laufe der Zeit kehrte das Torpedogeräusch immer öfter zurück, zehn oder zwölf Mal pro Nacht. Er wusste nicht, was es damit auf sich hatte, aber das wiederkehrende Geräusch und die Schwierigkeiten Schlaf zu finden, hatten zu einem viel schlimmeren Problem geführt: zur Angst vor dem Schlaf.

Er wusste bereits, dass es unangenehm sein würde, zu schlafen versuchen und sein Körper wusste das auch. Es war leichter, gegen den eigenen Willen zu handeln, wenn man etwas tun und sich dazu zwingen musste. Jeder konnte in die Zahnarztpraxis gehen, auch wenn sich das Bauchgefühl noch so sehr dagegen sträubte. Schlaf war jedoch keine Handlung, die man erzwingen konnte. Es war das *Fehlen* von Handlung. Das *Fehlen* des Denkens. Als er sich hinlegte, um wieder zu schlafen, wusste sein Körper bereits, dass es Zeit für einen weiteren Besuch in der Hölle war und er spürte, wie die Angst wieder in ihm hochkroch.

Es war, als würde man langsam in eiskaltes Wasser hinabsteigen. Unbehagen, wenn es an seinen Knien vorbeiging und diese Intensität nahm zu, als es über seine Taille hochstieg. Als es seine Brust erreichte, war normales Atmen bereits unmöglich. Der Gedanke, in schwarzes, eisiges Wasser einzutauchen und nie wieder aufzutauchen, versetzte sein Gehirn in Panik. Spätestens an diesem Punkt musste er die Augen wieder öffnen, um zu entkommen.

Kapitel 24 - Verhör

Militärisches Hauptquartier, 22. April, 9:00 Uhr

Löfgren wartete geduldig vor dem Büro des Oberbefehlshabers. Es war nicht leicht, bei all dem ruhig zu bleiben, aber er hatte das Gefühl, dass er die Situation mit jeder Stunde die verging, besser im Griff hatte. Er würde in der Lage sein, in den Archiven aufzuräumen. Die Leute in hohen Positionen würden ihm ewig dankbar sein, wenn er das geschafft hätte.

Wenn es ihm darüber hinaus gelänge, den Hauptverdacht für die Veröffentlichung der geheimem Marinematerialen auf Frau Falk zu lenken, könnte er ihr und Nylund jeden einzelnen Fehler anhängen. Nylund handelte zu spät und befahl Löfgren, gefälschte Beweise zu platzieren. Frau Falk manipulierte daraufhin Materialien und das Archiv. Wie sollte er unter diesen Bedingungen, umgeben von Inkompetenz und Verrat, eine zuverlässige und gute Arbeit leisten?

Rosenfeldts Sekretärin winkte ihn durch und er stand schnell auf und marschierte ins Büro des Oberbefehlshabers. Rosenfeldt stand hinter seinem Schreibtisch mit dem Rücken zur Tür. *Vielleicht geniesst er die Aussicht*, dachte Löfgren, aber das war unwahrscheinlich, denn der Blick ging über eine der Hauptautobahnen, die in diesem Teil der Stadt gebaut wurden – nicht unbedingt eine Augenweide.

Rosenfeldt drehte sich um und bedeutete ihm, Platz zu nehmen, bevor er sich ihm gegenüber setzte.

"Also, Commander, wie kommen wir mit unserer kleinen Operation voran?"

"Die Aufräumarbeiten verlaufen grösstenteils planmässig", erklärte Löfgren zuversichtlich.

Er holte einen dünnen Ordner aus seiner Marinetasche und schlug ihn auf seinem Schoss auf, um seiner eigenen Checkliste folgen zu können.

"Der Transponder selbst und der Bericht darüber sind verlegt worden. Wir mussten uns mit einem Ingenieur auseinandersetzen, der offenbar von Nylund beauftragt wurde, den Transponder zu bewachen. Das wurde durch ein sehr offiziell aussehendes Papier gelöst. Das war kein Problem."

"Aber es gibt mehrere Personen, welche dieses Ding gesehen haben. Wie können wir sie davon überzeugen, dass es gar nicht mehr existiert?"

"Das können wir nicht, aber wir können eine überzeugende Geschichte aufbauen, indem wir beweisen, dass dies tatsächlich ein sowjetisches U-Boot war. Wenn wir das geschafft haben, wird es irrelevant sein, woran sich diese Leute zu erinnern glauben. Das menschliche Gedächtnis funktioniert nicht fehlerfrei. Es wird sich immer wieder irren und Fakten verändern. Das ist einer unserer Trümpfe. Einzig was schwarz auf weiss gedruckt steht, ist wahr. Der Rest ist nur Verschwörungstheorie."

Löfgren schaute auf seine Liste und fuhr fort. "Der Autopsiebericht über die Leichen nach der Schiesserei und die Dokumente, die wir von der britischen Armee erhalten haben, wurden ebenfalls entfernt. Das beweist natürlich nicht, dass das Vereinigte Königreich unbeteiligt war, aber das Dokument liess Zweifel an der offiziellen Geschichte aufkommen. Von nun an ist die Nationalität der drei Männer unbekannt. Aus ihrem Verhalten könnte man die These ableiten, dass es sich um russische Agenten handelte und niemand kann das Gegenteil beweisen. Die Leichen wurden aus dem Marinestützpunkt abtransportiert und werden jetzt eingeäschert..." Er schaute auf seine Uhr. "Ja, genau jetzt."

"Und diese neue Skizze, die Sie bekommen haben – die mit der Rundung auf dem Kommandoturm: ist die auch entfernt worden?" Rosenfeldt ging offenbar seine eigene mentale Checkliste durch.

"Nein, die haben wir im Archiv belassen."

"Warum? Hat Nylund nicht angedeutet, dass es ein westdeutsches Boot sein könnte?"

"Ja, das hat er, aber diese Möglichkeit wurde von seiner eigenen Marineanalysegruppe in der Luft zerrissen. Nettes Grüpplein, diese Leute. Patriotisch und stark voreingenommen gegenüber dem Feind, der immer 'rot' ist, wenn Sie wissen, was ich meine. Ausserdem ist es gut, wenn wir noch etwas im Archiv haben."

Löfgren sah wieder in seine Akte. "Derzeit wird die Besatzung befragt."

"Bei der Marine?"

"Nein, von externen Auftragnehmern."

"Sie haben doch nicht etwa vor, die Besatzung zu verletzen, oder? Es sind *schwedische* Offiziere und Soldaten!"

"Der Verteidigungsminister hat zwar den Auftrag erteilt, *'alles zu tun, was nötig ist'*, aber nein: wir haben nicht vor, die Besatzung zu

281

verletzen. Die meisten von ihnen werden eine kurze Erklärung abgeben und dann wieder in den Dienst entlassen werden. Maschinisten, Ingenieure – sie haben keine realistische Möglichkeit, irgendwelche Details des Vorfalls zu erfahren. Sie werden wissen, dass auf sie geschossen wurde, können aber nicht sagen, von wem. Von der Sonar-Besatzung wird es nur eine Handvoll Leute geben, die irgendetwas gehört haben und auch über das nötige Fachwissen verfügen, um zu verstehen was passiert ist. Ihre Befragung könnte etwas länger dauern bis wir sichergehen können, alles erfahren zu haben was sie wissen. Wenn sie Hinweise darauf haben, dass es sich nicht um ein sowjetisches Schiff handelte, müssen wir ihnen vielleicht vorschlagen, ihre Erinnerungen neu zu kalibrieren."

"Ihre Erinnerungen *'neu kalibrieren'*?"

"Pharmazeutika, Interviews, Psychologie, Suggestion. Die meisten von ihnen sind sehr junge Männer, die nur nach Hause zu ihren Freundinnen wollen. Sie sind leicht zu beeinflussen."

Beeindruckend, dachte Rosenfeldt. *Der Mann ist voll bei der Sache und wird vor nichts zurückschrecken, um die Sache zu erledigen.* Zunächst gefiel ihm, was er hörte, aber als sie in Richtung Psychopharmaka-Einsatz und zu etwas abschweiften, das nach einer Gehirnwäsche der armen Männer klang, begann er sich zu fragen, ob Löfgren diesen *'alles was nötig ist'*-Befehl nicht ein bisschen zu sehr auskostete.

"Okay, aber niemand wird verletzt."

"Es wird niemandem ein sichtbarer Schaden entstehen."

Das liess Rosenfeldt zusammenzucken.

Was zum Teufel hatte das zu bedeuten? Schnell fasste er sich wieder und deutete mit dem Kopf in Richtung der Mappe auf Löfgrens Schoss.

Löfgren sah wieder darauf hinunter. "Ja. Die Sonarcrew. Das bringt mich zu den Tonbändern. Sie wurden gestohlen und ich weiss nicht, wo sie sind oder wer sie hat. Das ist ein grosses Problem. Das ist noch eine offene Frage, die wir nicht beantworten können."

Er wusste sehr wohl, wer die Bänder hatte und ging davon aus, dass sie für immer verschwunden blieben. Trotzdem wollte er sicherstellen, dass dies nicht sein Problem war oder werden könnte. Er beobachtete, wie Rosenfeldt sich zurücklehnte, die Hände hinter dem Kopf verschränkte und an die Decke blickte.

"Gibt es noch andere Aufnahmen?" fragte Rosenfeldt nach einem Moment des Schweigens.

"Wir durchsuchten die persönliche Ausrüstung der Besatzung und das gesamte U-Boot, um sicherzustellen, dass keine weiteren Bänder vorhanden sind. Bis jetzt haben wir nichts gefunden."

Löfgren schloss die Mappe, da er nun seine Traktandenliste abgearbeitet hatte.

"Apropos Probleme. Wir haben da auch noch ein paar andere."

Der Oberbefehlshaber zeigte sich äusserlich unberührt und hob nur die Augenbrauen, um Löfgren zum Weitermachen zu ermuntern.

"Ich weiss nicht genau, wie Nylund in den Besitz der aktualisierten Skizze gekommen ist, die er der Analysegruppe vorgelegt hat. Ich würde ihm zutrauen, dass er nebenbei seine eigenen Ermittlungen durchführte, nachdem ihm der volle Aktenzugriff und die Befugnis, sie offiziell durchzuführen, verweigert wurde. Ich werde dem noch nachgehen. Wenn er irgendetwas vermutete, könnte er durchaus in der Lage gewesen sein, Kopien zu bekommen. Aber ich weiss es nicht."

"Ja, untersuchen Sie das und stellen Sie sicher, dass er nichts in seinem persönlichen Archiv hat. Wir können es uns nicht leisten, dass widersprüchliche Beweise auftauchen."

"Ich kümmere mich darum, aber es gibt noch ein weiteres Problem. Die Skizze, die ich ursprünglich für das Briefing verwendet hatte, sah anders aus als die Neue, obwohl sie vom ein- und demselben Zeugen stammte. Entweder erinnerte sich der Zeuge plötzlich an neue Dinge, oder jemand hat die Originalskizze ausgetauscht. Ich habe Grund zu der Annahme, dass es sich im letzteren Fall um Frau Eivor Falk handelt, eine der Sekretärinnen der Marinestützpunkt Muskö."

"Und was sind das für Gründe, Commander?"

"Nun, sie ist die Einzige, die überhaupt Zugang hat. Ein konkretes Motiv ist mir nicht bekannt, aber es ist höchst beunruhigend. Ich würde mich sofort darum kümmern, wenn es nach mir ginge."

"Wenn jemand ohne Anweisung von oben Dinge im Archiv ändert, muss er sofort entlassen werden. Das Militär und insbesondere die Marine werden wegen ihrer angeblichen Inkompetenz lächerlich gemacht. Wenn Sie in Ihrer Mannschaft ausmisten müssen, um sicherzustellen, dass Sie einen gut funktionierenden Verwaltungsapparat haben, dann tun Sie das."

Rosenfeldts Anweisungen liessen an Deutlichkeit nichts zu wünschen übrig.

Unbekannter Ort, 22. April, 10:00 Uhr

Perfekt, der junge Mann vor ihr sah völlig verstört aus. Erregung durch Kampferlebnisse, gefolgt von längerer Exposition einer vermeintlichen oder tatsächlichen Gefahr. Wenn man dann noch etwas Schlafentzug hinzufügt, hat man ein starkes Gemenge, das einen Menschen innerhalb kürzester Zeit vollkommen erschöpft. Die Benzodiazepine, die ihm letzte Nacht verabreicht wurden, hatten wahrscheinlich auch nicht geholfen. Er hatte vielleicht etwas geschlafen, aber er blieb schläfrig. So oder so würde von diesem jungen Mann heute nicht viel Widerstand oder Entschlossenheit zu erwarten sein.

Sie wurde nur in Notfällen hinzugezogen. Es gab viele Psychologen, aber sie war es, die nach dem Einsatz der schwedischen Streitkräfte im Kongo viel mit Kämpfern gearbeitet hatte. Sie erkannte die Marktnische schnell und gründete ihr eigenes Unternehmen. Ihre Dienste waren nicht billig und wurden meist unter, sagen wir mal, eher unklaren rechtlichen Bedingungen eingesetzt. *Diskrete Lösung komplexer Aufgaben psychologischer Natur* klang dabei sehr anspruchsvoll und professionell.

Sie hatte ihr Team dabei und die meisten von ihnen waren keine Psychologen. Es ging nicht nur darum, zu reden und zu bewerten. Sie musste auch Dinge erledigen. Dinge, die eher operativer Natur waren. Mit im Team waren zum Beispiel Ex-Militärs, sowohl schwedische als auch ausländische, welche häufig unzufrieden mit ihrem früheren staatlichen Arbeitgeber waren. Sie schafften es auf ihre Gehaltsliste. Es waren nur Top-Leute, welche darauf figurierten. Solange die Missionen erfüllt wurden, gab es nur eine begrenzte Kontrolle über die rechtlichen Aspekte der Aufträge.

Bislang war dies überhaupt nicht schwierig gewesen. Ihre Aufgabe war einfach. Sie musste jeden in der Besatzung identifizieren, der hätte vermuten können, dass es sich nicht um ein sowjetisches U-Boot gehandelt hatte. Wenn sie einen gefunden hatte, sollte sie alles tun was nötig war, um ihn dazu zu bringen, seine Meinung zu diesem Thema zu überdenken. *Streue solange Zweifel, bis sie unsicher werden.* Man musste nicht mit Soldaten arbeiten, um das Funktionsschema dieses Vorgehens zu verstehen. Die Tabakindustrie hatte die gleichen Massnahmen ergriffen, als die ersten Zusammenhänge zwischen Rauchen und Krebs auftauchten. Sie brauchten die Öffentlichkeit nicht davon zu überzeugen, dass Zigaretten gut für die Menschen sind – sie brauchten nur zu bezweifeln, dass sie schlecht sind.

Ihr ging es genauso und sie kannte diesen Blick sehr gut. Den Gesichtsausdruck, wenn eine bestimmte Erinnerung anfängt, an den Rändern unscharf zu werden. Dann das langsame Ausatmen, wenn die unklare Erinnerung vollends verblasst.

Bei den Ersten auf der Liste war es ein Kinderspiel. Ingenieure und Personal aus dem Torpedoraum. Sie wussten von einem Torpedo. Sie wussten von den beiden Explosionen, aber das war auch schon alles. Sie konnten nicht sagen, was ausserhalb des U-Boots wirklich geschehen war. Sie wussten nicht mehr als der durchschnittliche Schwede, der das *Abendblatt* las. Sie unterhielt sich eine Viertelstunde mit jedem von ihnen, strich sie von ihrer Liste und schickte sie dann nach Hause.

Der Mann, der jetzt vor ihr stand, gehörte zur Sonarcrew. Berichten zufolge war er derjenige, welcher den ersten Kontakt meldete und das Sonar für die gesamte Dauer des Einsatzes bediente. Er war im Dezember 1981 frisch von der U-Boot-Schule in Berga gekommen und hatte im Januar 1982 seinen zwölfmonatigen Dienst an Bord angetreten. Drei Monate auf einem Schiff hatten ihn wohl auf ein angemessenes Niveau gebracht. Trotzdem würde sie vermutlich mehr aus dem nächsten Mann auf der Liste, Sonar Chief Edward Sandberg, herausholen. *Dann wollen wir mal sehen, was wir hier haben*, dachte sie, während sie die Akte des Mannes öffnete.

Mit fürsorglicher und empathischer Stimme begann sie: "Können Sie mir Ihren Namen und Ihren Rang nennen, Matrose?"

"Sonar Petty Officer Lindberg, Carl."

"Gut, ich habe es Ihnen ja bereits gesagt, aber ich sage es Ihnen noch einmal: das hier ist das Standardverfahren für die Nachbesprechung. Ich weiss, es ist unangenehm, hier zu bleiben und Fragen zu beantworten. Ich weiss, Sie würden lieber nach Hause gehen. Machen Sie sich aber keine Sorgen, Sie werden bald wieder zu Hause sein."

Sie betrachtete ihn eine Weile schweigend. "Sie sehen müde aus. Haben die Medikamente, die Ihnen gegeben wurden, nicht geholfen?"

"Ich weiss nicht – ich glaube, ich habe ein paar Stunden geschlafen, aber es ist alles noch ziemlich verschwommen."

"Ich verstehe. Machen Sie sich keine Sorgen. Wir werden Sie bald nach Hause bringen, damit Sie sich ausruhen können. Nach dem, was Ihnen passiert ist, sind Schlafstörungen und ein gewisses Mass an Unruhe normal. Das geht wieder vorüber, aber es kann eine Weile dauern."

"Vielleicht können wir langsam anfangen. Beginnen Sie einfach mit Ihrer Beschreibung dessen, was am 13. April da draussen passiert ist."

Lindberg erklärte die Begegnung. Wie unklar und schwierig es war, sie zu lokalisieren. Wie sich herausstellte, handelte es sich um ein U-Boot, das sich seiner Einschätzung nach von der Strömung treiben liess und dabei zwei oder drei Knoten Vortrieb beibehielt. Gerade so viel, dass es die Ruder benutzen konnte. Er beschrieb, wie er darüber nachdachte, ob er es melden sollte oder nicht und wie er den Kontakt schliesslich für real genug hielt, um ihn dem Kapitän und dem Torpedooffizier zu melden.

Sie zweifelten zunächst an ihm, meinten dann aber dennoch, dass die Sache untersucht werden musste. Sie schlossen die Möglichkeit eines Oberflächenschiffs aus. Solche Irrtümer kamen schon auch vor. Etwas zu identifizieren war nicht so einfach wie die Leute dachten – dass man es einfach abhörte genügte nicht. Als sie an der Oberfläche nichts fanden, tauchten sie unter die Schicht und kamen direkt vor dem Kontakt herunter.

"Direkt vor diesem verdammten Ding!" Lindberg gestikulierte mit den Händen vor seinem Gesicht. "Genau davor!"

"Und was ist dann passiert?" Sie gab immer noch ihr Bestes, damit sich der Mann verstanden und sicher fühlte.

Lindberg fuhr fort zu beschreiben, wie sie es zunächst nicht hörten. Es befand sich in ihrem Kielwasser und das Sonar wurde durch ihren eigenen Rumpf und die Propellergeräusche gestört. Als sie wendeten, erkannte Sandberg es sofort. Er fand das Verhalten des Eindringlings merkwürdig, denn er fuhr in einer geraden Linie mit voller Geschwindigkeit davon.

"Entschuldigen Sie, aber ich kenne mich mit U-Boot-Kriegsführung nicht gut aus. Warum ist das seltsam?"

"Weil wir um sein Heck herumkamen und ihn leicht in die Schusslinie bekommen konnten. Sich umzudrehen und zu fliehen ist in dieser Entfernung schlicht lebensmüde."

Er erklärte, dass ein zweites U-Boot auf sie geschossen hatte. Das musste daran gelegen haben, dass der Torpedo aus einer ganz anderen Richtung kam. Ja, es war möglich, einen Torpedo in einem Bogen zu lenken, um den Feind zu verwirren, aber Lindberg hätte einen Abschuss aus dieser Entfernung gehört. Die Oberfläche war frei, also gab es keine andere Möglichkeit, als dass dieser Torpedo von einem zweiten U-Boot kam.

"Haben Sie jemals von diesem zweiten U-Boot gehört?"

"Nein, wir haben nur den Torpedo gehört."

Hätte sich das U-Boot in einer ähnlichen Richtung befunden, hätte der Torpedo es verdeckt und wäre für sie unsichtbar gewesen. Der Kapitän hatte sofort reagiert. Sie feuerten einen Torpedo ab, der das Sonarbild noch mehr verdeckte und tauchten dann in Deckung. Sie konnten keines der U-Boote wieder aufspüren, aber sie hatten das Erste auf Tonband.

Als er den letzten Teil der Geschichte

erzählte, sah er zu ihr auf. "Haben Sie die Bänder denn noch nicht ausgewertet?"

"Daran wird gearbeitet, aber im Moment müssen wir uns auf das konzentrieren, was Sie wissen."

Der junge Sonar-Operator wusste nicht, dass die Bänder unterwegs verloren gegangen waren, aber er brauchte es auch nicht zu wissen.

"Wir haben uns die Bänder noch an Bord angehört und herauszufinden versucht, was es war. Es ist schwierig, aber wir können mit Sicherheit sagen, dass es eine Welle und einen fünfblättrigen Propeller hat. Das würde schon etliche U-Boote ausschliessen, denn viele haben eine Doppelwelle."

"Sie können also nicht mit Sicherheit sagen, um welche Klasse eines sowjetischen U-Bootes es sich handelte?"

"Ja, wie ich schon sagte, es schliesst viele von ihnen aus. Es ist keine *Tango* und auch keine *Whiskey*. Nennen wir es eine *Kilo*, wenn wir uns bei der Flügelblattzahl geirrt haben, aber das bezweifle ich. Sandberg und ich haben eine ganze Weile daran gearbeitet. Um ehrlich zu sein, können wir nicht einmal mit Sicherheit sagen, dass es ein sowjetisches U-Boot war."

Sie ignorierte seine letzte Bemerkung und fuhr fort. "Wie viel Zeit haben Sie mit der Analyse dieses Bandes verbracht? Es scheint mir, dass Sie alle vom Dienstantritt bis zum Abmelden auf den Kampfstationen beschäftigt waren. Da bleibt nicht viel Zeit zum Abhören von Tonbändern."

Lindberg spürte, dass etwas nicht stimmte, aber mit seinem benebelten Geist konnte er nicht erkennen, was es war. Die

Dame deutete an, dass es sich um ein sowjetisches U-Boot handelte, aber weder er noch Sandberg konnten das wissen. Und sie hatten die Aufnahmen stundenlang abgehört.

"Wir hörten die Bänder ab, bis wir den Befehl zur Rückkehr nach Berga erhielten."

Da war es: der Mann verheimlichte etwas. Sie beschloss, nicht mehr so verständnisvoll zu sein und in die Offensive zu gehen. Vielleicht konnte sie ihn dazu bringen, sich selbst zu hinterfragen und über die Konsequenzen für sich selbst nachzudenken, statt über das, was auf See geschehen war.

"Sie haben Bänder abgehört, bis Sie nach Berga zurückgerufen wurden? Das finde ich widersprüchlich, denn Sie hatten ja alle Bänder schon vorher übergeben. Haben Sie noch weitere Kopien des Bandes?" Ihr Tonfall war jetzt scharf und streng. Sie stand auf, beugte sich über den Schreibtisch und fixierte ihn. "Haben Sie noch ein Band?"

Lindberg brauchte einige Sekunden, um herauszufinden, was genau er gesagt hatte, das diese Reaktion auslöste. Langsam wurde ihm klar, was geschehen war und er begann zu überlegen, was die richtige Antwort sein könnte. Er versuchte, das zusätzliche Band glaubwürdig zu leugnen, konnte aber hören, wie seine eigene Stimme unsicher schwankte. Sie würde sich wohl kaum überzeugen lassen.

"Petty Officer Lindberg, die Sache ist ganz einfach. Wir führen eine Nachbesprechung mit Ihnen durch und wir untersuchen auch ein Eindringen eines sowjetischen U-Boots in schwedische Gewässer. Es geht um die Integrität des schwedischen Territoriums und das ist von nationaler Bedeutung. Wenn

Sie weitere Beweise haben, werden Sie sie mir mitteilen. Dies zu verschweigen wäre ein schweres Verbrechen mit sehr schweren Konsequenzen."

Das sollte ihn genügend einschüchtern und richtig konditionieren, dachte sie sich. "Lindberg, haben Sie eine Kopie, ja oder nein?"

"Ja, schon gut. Wir haben es uns in den letzten Tagen in unserer Freizeit auf der Station angehört."

"Wo ist das Band?"

"Ich hatte es in meinem Spind, zusammen mit meiner persönlichen Ausrüstung, bevor wir anlegten. Wir wurden sofort nach der Ankunft vom Schiff gebracht, also denke ich, dass es noch dort sein müsste."

"Das sollten Sie hoffen. Sie haben eine Kopie des Bandes gemacht, nicht wahr? Und Sie haben sie den Leuten vorenthalten, welche von Ihnen offiziell deren Herausgabe verlangt hatten. Das könnte Sie in ernste Schwierigkeiten bringen, Seemann. Sehr ernste Probleme. Ein sowjetisches U-Boot dringt in schwedische Gewässer ein und Sie spielen mit den Beweisen herum. Wir werden sehen, was mit Ihnen passiert, wenn das erledigt ist."

Sie schlug seine Akte zu, hob sie auf und ging an Lindberg vorbei, um den Raum zu verlassen. *Armer Junge,* dachte sie. Ich werde ihn zwanzig Minuten lang mit seinen Gefühlen allein lassen und ihn erst dann zurück in sein Zimmer bringen lassen. Er würde wahrscheinlich am Boden zerstört sein. Ein kleiner Kollateralschaden, den man mit Blick auf das Grosse und Ganze in Kauf nehmen musste. Sie bog um die Ecke und ging auf einen ihrer Kollegen zu.

"Lindberg, Carl. Durchsuchen Sie seine

Ausrüstung. Er müsste eine Tonbandkassette bei seinen persönlichen Gegenständen haben. Ich muss nach Muskö um mit jemandem zu reden. Halten Sie die Männer isoliert von den Anderen."

Der Mann nickte nur und griff nach seinem Telefon.

"Oh – und wenn Sie ihn zurück in sein Zimmer bringen: legen Sie ihm Handschellen an und schubsen ihn ein wenig herum. Ich möchte, dass er das Gefühl hat, etwas grundlegend falsch gemacht zu haben. Das wird es leichter machen, ihn später zur Kooperation zu bewegen."

* * *

Rosenbad, 22. April, 14:00 Uhr

"Ich habe Löfgren gesagt, er solle der Sache nachgehen, aber es scheint, dass Nylund nebenbei seine eigenen, persönlichen Nachforschungen anstellt." Rosenfeldt schlug seine Beine übereinander und sah den Verteidigungsminister an.

"Was ist los mit diesem Mann? Erst ist er ein müder alter Admiral und jetzt ergreift er von Stunde zu Stunde mehr die Initiative. Ehrlich gesagt wäre es mir lieber, wenn er es andersherum gemacht hätte." Nordin schüttelte den Kopf und stiess einen Seufzer aus.

"Nun, es muss so bleiben, wie es ist. Wenn er nebenbei seine eigenen Nachforschungen betreibt, müssen wir wissen, was er vorhat und dem dann entschieden ein Ende setzen."

"Und was meinen Sie mit 'entschieden'?"
"Ich will herausfinden, ob und mit wem

Nylund zusammenarbeitet, alles zurückbekommen, was er hat und ihn dann in den Ruhestand schicken. Er muss die Klappe halten. Und derjenige, welcher ihm hilft, auch."

"Wir können Nylund faktisch kaltstellen – das ist kein Problem – und wir können wahrscheinlich auch sein Büro und seine Wohnung im Rahmen einer Nachbesprechung und eines Ausstiegsprozesses durchsuchen. Wenn er aber auch noch irgendwelche Helfer hat, bin ich mir nicht sicher, was wir tun können."

"Bringen Sie sie zum Schweigen."

"Wir können die Leute nicht zum Schweigen bringen, wenn sie es nicht wollen. Ich weiss, wir haben Waffen und so weiter, aber das ist in einem Land wie dem unseren nicht die Aufgabe des Militärs".

"Ja, ja, ich weiss. Holen Sie einfach jemand anderen, der sie zum Schweigen bringt. Überlassen Sie es Kommandant Löfgren. Ihm scheint es ja Spass zu machen..."

"Ja, er geniesst es fast ein bisschen zu sehr. Ich würde zurückhaltend damit sein, ihn diesbezüglich noch mehr anzuspornen."

"Sie können so vorsichtig sein, wie Sie wollen, aber er muss das vollständig erledigen. Es wird nur *eine* Version der Wahrheit geben und die wird in den Navy-Archiven sein. Die scheinen in Ordnung zu sein, zumindest bald. Wenn irgendwelche offiziell aussehenden Dokumente da draussen herumschwirren, muss Löfgren sie finden und sie loswerden. Punkt und Ende der Durchsage."

Kapitel 25 - Entwirren

Marinestützpunkt Muskö, 22. April, 16:00 Uhr

Hier lang", befahl der Marinegefreite und wies nach vorne.

Eivor Falk betrat den Raum mit einem gewissen Mass an Nervosität, wie sie die meisten Menschen hätten, nachdem sie zu einem aussergewöhnlichen Treffen mit jemandem bestellt wurden von dem sie noch nie gehört hatten. Sie entspannte sich etwas, als sie sah, dass nur eine Person anwesend war. Eine Frau, die etwas älter war als sie und ein grundsätzlich freundliches Auftreten hatte. Die Frau wies auf einen Stuhl ihr gegenüber und fragte, ob sie ihr etwas anbieten könne.

"Nein danke. Ich bin nur gespannt darauf, was hier vor sich geht."

"Ja natürlich, aber machen Sie sich keine Sorgen. Wir sehen uns nur ein paar Dinge an, die im Hauptarchiv verschoben oder falsch abgelegt wurden und müssen uns vergewissern, dass unsere Abläufe korrekt sind. Sie besuchen die Archive öfters, nicht wahr?"

"Ja natürlich, das ist so. Die Ablage im Archiv und das Heraussuchen von Materialien für Sitzungen und Besprechungen gehören zu meinem Job. Ich bin da immer wieder drin."

Falk wurde jetzt nervös. Die Untersuchung von Abläufen wurde von einem alten Marineleutnant durchgeführt, der zu unfähig oder zu verbraucht war, um im aktiven Dienst dienen zu können. Diese Frau gehörte eindeutig nicht zur Navy. Sie lehnte sich in ihrem Stuhl zurück, um entspannt und lässig zu wirken, aber an der Haltung ihrer Schultern konnte man erkennen, dass dies nicht ihrem Naturell entsprach. Sie sprach in eine weichen und freundlichen Tonfall, konnte aber den durchdringenden Blick ihrer blauen Augen nicht verbergen. Diese Frau war ein Profi. Und zwar so professionell, dass sie dies trotz aller Bemühungen nicht verbergen konnte.

Nein, hier ging es nicht um Abläufe. Es ging um etwas anderes und Frau Falk hatte eine sehr gute Vorstellung davon, was das sein könnte. Die Zeit war gekommen.

"Arbeiten Sie normalerweise allein im Archiv?"

"Ich habe eine *Top-Secret-Freigabe* und kann alleine im Archiv arbeiten, ja. Gibt es Schwierigkeiten wegen etwas, das passiert ist?"

"Nein, überhaupt nicht, da können Sie beruhigt sein. Ich bin vielmehr daran interessiert, zu erfahren, ob Sie in letzter Zeit etwas im Archiv gesehen haben, das Ihnen seltsam vorkam – zum Beispiel etwas, das nicht an seinem richtigen Platz war. Solche Dinge."

"Nun, da waren diese Bestellungen für das Fahrzeug und die Uniformen." Sie erklärte, wie sie ein Bestellformular gefunden hatte, das zeitlich und inhaltlich mit einem Vorfall zusammenfiel, bei dem diese möglicherweise verwendet worden waren. Sie erklärte auch, dass sie die Unterschriften nicht hätte erkennen können. Und dann war da noch der Verstoss gegen die Unterschriftenregelung. Die bestellende und die genehmigende Person waren identisch. Den Teil, dass sie das Formular gefälscht hatte, liess sie natürlich weg.

"Und wer war diese Person?"

"Es wurde von Kommandant Löfgren unterzeichnet."

"Wo ist es jetzt?"

"Ich habe eine Kopie an Admiral Nylund übergeben. Das Original befindet sich immer noch im Archiv – es sei denn, jemand anderes hätte es entfernt."

"Wurde Kommandant Löfgren darüber informiert?"

"Ich glaube nicht, aber ich weiss es nicht. Ich gebe nur Informationen weiter. Ich werde nicht in alle Entscheidungen eingeweiht, die hier getroffen werden, verstehen Sie?"

"Ich benötige ebenfalls eine Kopie dieses Bestellformulars. Gibt es sonst noch etwas, das Ihnen suspekt erscheint?"

Falk bewegte sich auf ihrem Stuhl. *War dies vielleicht der Zeitpunkt, um zuzuschlagen?* Es schien, als würde das Bestellformular genügen, um die Dame auf die Spur von Löfgren zu bringen. Kein Grund zur Besorgnis. Sie würde immer noch den Zutrittsbadge als Backup-Plan haben, falls zusätzliche Munition nötig sein sollte. Andererseits konnte es nicht schaden, dem Ganzen einen zusätzlichen Schubs in die richtige Richtung zu geben. – Ja, es war an der Zeit dafür.

"Ich habe heute Morgen bei der Durchsicht von Material einige Informationen gefunden. Es war ein Auftragsdokument für das U-Boot, das verschwunden ist. Irgendetwas darüber, dass ihre Mission zumindest teilweise auf Nachrichtendienstinformationen beruht. Ich habe nicht ganz verstanden, was dies bedeutet, aber das ist normal. Normalerweise lesen wir nur gerade soviel, dass wir es einordnen können, aber selten das ganze Dokument."

"Und warum kam Ihnen das seltsam vor?"

"Die Befehle für das U-Boot wurden bereits ausgefüllt, bevor es die Anlegestelle verliess. Dieser Zusatz tauchte plötzlich auf, aber ich bin mir nicht sicher, woher er stammt."

"Ein U-Boot-Befehl muss von jemandem unterschrieben werden – und das ist...?"

"Nun, normalerweise werden die Befehle vom Kommandanten der ersten U-Boot-Division, Melker Nilsson, unterzeichnet. Nachrichtendienstliche Befehle können aber auch auf andere Weise übermittelt werden."

"Ja, ja – und *wer* hat diese neue Anordnung unterzeichnet?"

"Es war Kommandant Löfgren."

"Auch davon brauche ich eine Kopie."

Die Frau gegenüber von Falk machte sich einige Notizen in ihrem Notizbuch und schloss die Akte vor sich. Sie sah sich im Raum um und winkte dann dem Gefreiten, der vor der Tür wartete.

"Ich denke, wir sind hier fertig. Wie ich schon sagte: es gibt nichts, worüber man sich Sorgen machen müsste. Wir müssen uns nur die Abläufe detailliert ansehen, um sicherzustellen, dass U-Boot-Aufträge nicht aus dem Nichts auftauchen. Ich denke, diese Angelegenheit wird hier eine kleine Überarbeitung auslösen – was die Abläufe angeht. Das ist alles."

Die Frau reichte ihr schnell die Hand zum Abschied und wollte schon den Raum verlassen, als sie sich nochmals umdrehte und fortfuhr: "Nur noch etwas: Ich nehme an, dass Sie Ihren Zutrittsbadge immer bei sich tragen und niemand sonst die Möglichkeit hat, ihn zu benutzen?"

Falk hielt ihren Badge hoch, der in einer Schlinge um ihren Hals hing.

"Ich habe ihn immer bei mir. Nur: vor ein paar Tagen habe ich ihn auf meinem Schreibtisch vergessen. Das erste und einzige Mal in zehn Jahren, würde ich meinen. Die Schlinge hatte sich in meiner Jacke verheddert, als ich zum Mittagessen gehen wollte und ich habe den Badge auf meinem Schreibtisch liegen lassen. Aber als ich zurückkam, lag er immer noch an derselben Stelle. Mein Kollege liess mich wieder rein. Wissen Sie, andere Mitarbeiter lassen ihre Ausweise ständig offen auf ihrem Schreibtisch liegen."

* * *

Stockholm, 22. April, 20:00 Uhr

Sie sah einen silberfarbenen Volvo auf dem Parkplatz vor dem Geschäft auftauchen, wohin sie Eriksson gebeten hatte um sich zu treffen. Der Standort war gut gewählt, da das Geschäft auch eine kleine Tiefgarage hatte. Sie war schwer einzusehen und es war leicht zu beobachten, wer dort ein- und ausging. Sie sah, wie er kurz die Einfahrt suchte, bevor er abbog um in die Garage zu fahren. Dies war offensichtlich nicht sein gewohntes Viertel.

Sie entfernte sich von ihrem Auto, als er in die Garage fuhr. Eriksson hielt auf ihrer Höhe an und musterte sie von oben bis unten, wobei er offensichtlich ihr Aussehen mit dem verglich, das Nylund ihm beschrieben hatte. Überzeugt, dass sie die Richtige war, nickte er und liess sein Fenster herunter.

"Kapitän Eriksson, nehme ich an?"

Er nickte erneut. "Ja." Ohne zu zögern hielt er ihr ein kleines Paket aus dem Fenster entgegen.

"Das ist das Band das wir gefunden haben, plus zwei Kopien, die ich davon gemacht habe. Nylund sagte, Sie würden dafür sorgen, dass sie an verschiedenen, sicheren Orten verwahrt werden."

Sie nahm das Paket entgegen. "Ja, das werde ich. Wir müssen mit den Informationen, die wir haben, sorgsam umgehen." Eriksson nickte ihr ein drittes Mal zu, bevor er sein Fenster wieder schloss und wegfuhr. Er fühlte sich eindeutig unwohl bei diesem Versteckspiel. Das war bei den meisten Militärs so. Sie waren darauf trainiert, auf dem Schlachtfeld Befehle zu befolgen. Es fiel ihnen nicht leicht, sich wie Spione zu verhalten, jedem zu misstrauen und im Verborgenen zu arbeiten. Sie alle würden eine Seeschlacht dieser Situation hier vorziehen.

Sie ging zu ihrem Auto hinüber und stieg ein. Die Neugierde überkam sie – sie öffnete eine der Kassetten und legte sie in den Kassettenrecorder ein. Als sie auf *Play* drückte, ertönte aus den Lautsprechern ein tiefes, undefinierbares Brummen oder Rumpeln. Sie hörte es sich eine halbe Minute lang an, stoppte es dann und spulte das Band zurück. Wie um alles in der Welt konnte man sich dabei irgendetwas vorstellen oder gar erkennen? Es hörte sich an, als würde jemand unter Wasser mit einer Kette rasseln.

Sie fuhr aus dem Parkhaus zurück auf die Strasse. Sie wusste, dass es wahrscheinlich Paranoia war, aber das Gefühl, verfolgt zu werden, war ihr immer noch präsent. Das letzte Mal war nichts passiert, aber sie würde trotzdem einige Vorsichtsmassnahmen treffen, bevor sie zu dem Lagerhaus fuhr, in dem sie die Bänder aufbewahren wollte. Sie würde Nylund darüber informieren müssen, dass sie nun die Bänder besass und sie dann zur sicheren Aufbewahrung auf verschiedene Orte verteilen würde.

* * *

Unbekannter Ort, 23. April, 10:50 Uhr

Dieser kleine Bastard, dachte sie. Ihre Leute hatten einen ganzen Tag lang in den persönlichen Gegenständen der Besatzung gewühlt, ohne ein Band zu finden. Nicht bei Lindbergs Sachen und auch nicht bei den anderen Effekten. Er schien gebrochen genug zu sein, um nicht zu lügen, aber gleichzeitig hatte er sie auch getäuscht.

Es gab natürlich noch eine andere Möglichkeit: dass er das Band zwar dort abgelegt hatte, aber jemand anderes es gefunden und mitgenommen hatte. Es erschien ihr aber wahrscheinlicher, dass die kleine Ratte von einem Navy-Soldaten gelogen hatte. Und sie hatte ihm geglaubt. Das ärgerte sie am meisten, als sie den Korridor hinunter in Richtung des Büros ihres Teams ging. Jetzt war es vorbei mit den Nettigkeiten gegenüber diesem Kerl.

Sie platzte in den Raum und unterbrach eine Diskussion darüber, ob der Sonar-Chef Sandberg nicht vielleicht zu gross für den U-Boot-Dienst sei und ob sein Rücken dadurch auf Dauer leiden würde.

"Ist er bereit?"

Ein Teammitglied schaute auf seine Uhr: "Vielleicht. Er war bereits vorher ein ziemliches Wrack, aber seit Sie angerufen haben, haben wir ihn alle fünf Minuten angestupst und zum Aufstehen gebracht. Er wird schon bald völlig kaputt sein."

"Gut, ich habe noch etwas anderes zu erledigen. Wecken Sie ihn weiterhin alle fünf Minuten. Ich werde in ein oder zwei Stunden bei ihm sein."

Ihrer Erfahrung nach waren Schlafmangel und das Gefühl von Ohnmacht die wirksamsten Mittel, um jemanden zu brechen. Der Sonar-Mann war wie ein Krimineller behandelt und mit den entsprechenden Konsequenzen bedroht worden. Jetzt hatte sie die Mittel, um ihm weiter zu drohen.

Wenn sie bei ihm ein Gefühl dafür wecken konnte, wie schlimm es für ihn enden könnte, würde allein schon seine Vorstellungskraft den grössten Teil der Arbeit für sie erledigen. Er würde sich ein Leben hinter Gittern vorstellen, vielleicht sogar irgendwo an ein Bett gefesselt, wo sich niemand mehr um ihn kümmern würde. Mit starkem Schlafentzug, der dafür sorgte, dass sein Verstand beeinträchtigt wurde, würde der Grad der Verzweiflung, den er erreichen würde, jenseits dessen liegen, was sich die meisten Menschen überhaupt vorstellen können. Sie hatte schon einmal miterlebt, wie das funktioniert.

Sie betrat ihr Büro. Es schien, als hätte der oberste Befehlshaber versucht, sie zu erreichen. Es war das Beste, direkt mit ihm zu sprechen, um sicherzustellen, dass dies alles auch optimal den Interessen ihres Unternehmens diente. Im Gegensatz zur weit verbreiteten

Annahme, dass nur Privatfirmen und nicht der Staat hinterhältig und skrupellos vorgingen, kam tatsächlich der Grossteil ihrer Aufträge von den verschiedensten Regierungen. Sobald sie mit den Geschäftsentwicklungsaktivitäten des Tages fertig wäre, würde sie sich mit diesem kleinen Wurm befassen, der sie belogen hatte.

* * *

Unbekannter Ort, 23. April, 11:00 Uhr

Nach dem ersten Klingeln nahm sie den Hörer ab.

"Das Protokoll, nach dem Sie gefragt haben: es ist wieder da."

"Und?"

"Sie hatten Recht. Eivor Falks Badge wurde am 16. April um 12:51 Uhr benutzt, als sie zu Mittag ass. Es gibt mindestens drei Personen, die bestätigen können, sie während dieser Zeit beim Mittagessen gesehen zu haben. Sie kann es auf keinen Fall gewesen sein. Jemand hat sich mit ihrem Ausweis Zutritt verschafft."

"Und Löfgren?"

"Wir sind uns noch nicht sicher, aber wir prüfen das. Wir wissen, dass er an diesem Tag auf der Basis war, aber wir wissen nicht, wo er während der Mittagspause war. Er könnte es gewesen sein, aber wir wissen es noch nicht mit Gewissheit. Wir haben alle Fingerabdrücke von ihrer Karte abgenommen. Es ist unwahrscheinlich, dass das etwas bringt, aber es ist einen Versuch wert."

"Gute Arbeit. Beweise hin oder her, es gibt sicherlich ein paar Dinge, die bei Kommandant Löfgren nicht in Ordnung sind. Es ist zwar

303

etwas heikel, da *er* uns beauftragt hat, aber lassen Sie mich in der Zwischenzeit ein paar Überlegungen machen und mit ein paar Leuten reden. Ich kann wahrscheinlich einen diskreten Weg finden, um Rosenfeldt darüber in Kenntnis zu setzen."

"Okay, brauchen Sie sonst noch etwas?"

"Versuchen Sie weiter, Löfgrens Aufenthaltsorte an diesem Tag herauszufinden. Und schauen Sie sich vielleicht auch ganz allgemein seine Bewegungen an, wenn Sie schon daran sind."

Kapitel 26 – Tonband-Suche

Stockholm, 23. April, 11:30 Uhr

Nylund sass an seinem Schreibtisch und blickte aus dem Fenster auf den See. Sein Haus kam ihm ohne Christina und ohne seine Tochter furchtbar gross vor. Wenn er ruhig dasass, gab es nicht eine einzige Regung in seinem Haus. Nicht eine. Nichts als absolute Stille.

Er schaute auf den Notizblock vor sich. Er wusste immer noch nicht, welchen Ort Wikström für die gesammelten Beweise ausgesucht hatte, aber sie sagte, sie würde in den nächsten ein oder zwei Tagen vorbeikommen und ihn informieren. Sie war in letzter Zeit zunehmend übervorsichtig, fast schon paranoid geworden und wollte es ihm nicht am Telefon sagen.

Keines der Kästchen, die er auf seinem Block gezeichnet hatte, war ein solider Beweis. Die Untersuchungskommission würde ihm nicht verlässlich sagen, wer einen Torpedo auf seine Marine abgefeuert hatte. Insgesamt betrachtet hatte er jedoch das Gefühl, dass sie ein kritisches Mass an Indizien finden könnten, die darauf hindeuteten, dass es sich doch nicht um ein sowjetisches U-Boot gehandelt hatte. Es war jemand anderes.

Es gab ein Band. Eriksson konnte nicht abschliessend sagen, worum es sich handelte, aber ein Experte, der Zugang zu anderen Aufzeichnungen hat, könnte sich vielleicht

305

einen Reim darauf machen. Sicherlich hatten sie in ihrer Audiothek Aufnahmen westdeutscher Boote von einer früheren Übung. Er war sich nicht sicher, ob es sich um ein westdeutsches Boot handelte, aber auf der neuen Skizze sah es auf jeden Fall wie eines aus.

Die Analysegruppe der Marine hatte natürlich seine Vermutung in Bausch und Bogen verdammt. Schwer zu sagen bei diesen Leuten. Nach dem letztjährigen Debakel mit *U-137* konnten sie nur noch an *die grosse rote Gefahr* aus dem Osten denken. Dass dies auch komplizierter sein könnte, schien sie nicht zu kümmern. Sie hatten darauf hingewiesen, dass der Betrachtungswinkel auf der Skizze falsch war, aber wie das ein Beweis für ein sowjetisches Boot sein sollte, war ihm schleierhaft.

Nylund konnte Wikströms Frustration nachempfinden und verstand, warum sie die Polizei verlassen hatte. Sie hatte ihm mehr als einmal erzählt, wie sie versuchte einen Fall zu lösen, während hinter ihr jemand jeden ihrer Schritte verfolgte und nach einer Formalität suchte, um den Fortschritt zu behindern. Deprimierend.

Er hatte einen im Vereinigten Königreich geborenen Soldaten, der für jeden hätte arbeiten können und einen fehlenden Transponder. Er hatte zwar eine Kopie des Berichts, aber das Gerät selbst war verschwunden. Er fügte ein weiteres Kästchen hinzu. Die Tatsache, dass das verdammte Ding verschwunden war, war fast schon wieder ein Beweis für sich. Es änderte nichts an der Tatsache, dass ihm eine Menge von Indizien sagte, dass dies etwas anderes als ein sowjetisches Schiff war. Er blickte zur Decke hinauf. *Hinweise* waren eine

Sache, aber er hatte nicht den geringsten hand-
festen *Beweis*. Es würde auf das Tonband
ankommen. Sie brauchten das Band in den
Händen eines Experten und vielleicht würden
sie dann zu einem eindeutigen Ergebnis
kommen. Er schaute auf seine Uhr. Er hoffte,
dass Wikström die Bänder inzwischen in ihrem
Besitz hatte und dafür sorgen konnte, dass sie
sicher aufbewahrt wurden.

* * *

Unbekannter Ort, 23. April, 12:00 Uhr
Sie stand vor der Tür und überlegte, wie sie
vorgehen wollte. Der Mann auf der anderen
Seite würde durch den Schlafentzug ein völliges
Wrack sein. Wenn sie ihm genug Angst einflös-
sen konnte, sollte er nicht mehr lügen können.

Ihr Gespräch mit dem Oberbefehlshaber
verlief sehr gut. Er war dankbar für die Informationen, auch wenn es sich um schlechte
Nachrichten handelte. Sie kamen überein, dass
sie wie geplant weitermachen würde, um das
Problem mit dem Archiv und den Informationen
zu lösen. Er würde sich um einen Teil der politischen Angelegenheiten kümmern, bevor sie
wieder miteinander sprechen und sich über das
weitere Vorgehen mit Löfgren absprechen
würden.

Sie dehnte ihren Nacken und drehte
ihren Kopf hin und her. Je älter sie wurde,
desto schwerer fiel es ihr, diese kurzen und
hochintensiven Operationen durchzuhalten.
Sie atmete tief durch, zog ihre Augenbrauen
zusammen und senkte den Kopf, um einen
aggressiveren Ausdruck zu bekommen. Dann
riss sie die Tür auf und stürmte hinein.

"Du lügst, stimmt's? Du denkst, du kannst mich anlügen und kommst damit durch. Wenn du nicht schon vorher in Schwierigkeiten warst, dann bist du spätestens jetzt in grossen Schwierigkeiten, mein Sohn!"

Lindberg blickte mit trüben Augen zu ihr auf. Ihr Kollege hatte bislang neben ihm gestanden und ihn alle paar Sekunden leicht geohrfeigt, um sicherzustellen, dass er wach blieb. Nun verliess er den Raum und sie blieb mit Lindberg allein zurück.

"Du hast gelogen. Du hast mich belogen, nicht wahr?"

Der junge Mann vor ihr sah nur noch verwirrt aus angesichts der plötzlichen Flut von Fragen, die auf ihn niederprasselten. Gut, er reagierte wie erwartet. Sie sollte in der Lage sein, das Problem jetzt zu lösen, ohne ihm weitere sechs oder zwölf Stunden dieser Behandlung zumuten zu müssen.

"Haben Sie eine Ahnung, was mit Ihnen passiert, wenn Sie nicht mit mir kooperieren? Ein sowjetisches U-Boot war in schwedischen Gewässern. Das ist ein schwerwiegender internationaler Vorfall und Sie verschwenden meine Zeit damit, dass ich Ihre Ausrüstung durchsuchen muss. Haben Sie irgendwelche Tonbänder? Und wenn ja, wo sind sie? Ich muss es wissen – und zwar sofort!"

"Ich hatte eine Kassette in meinem Spind. Nur eine. Ich schwöre es!"

"Nun, wir haben sie nicht gefunden, also müssen wir davon ausgehen, dass Sie lügen, nicht wahr?"

Lindberg schüttelte resigniert seinen bis auf die Brust hängenden Kopf, während er ihr beteuerte: "Ich lüge nicht. Ich lüge nicht!"

"Haben Sie das U-Boot auf dem Band identifiziert?"

"Nein, wir wissen nicht, was es war."

"Und als Ihnen nicht klar wurde, was es war: was haben Sie danach mit dem Band gemacht?"

"Es ist bei meinen Sachen im Spind. Dort muss es sein."

"Sie lügen mich schon wieder an. Es ist nicht dort, also wo ist es?"

"Dann weiss ich es nicht!", schrie Lindberg ihr ins Gesicht. "Ich hatte es bei meiner Ausrüstung, als wir das verdammte Schiff angedockt haben. Was wollt ihr noch von mir?"

Überrascht trat sie einen Schritt zurück, um ihn besser betrachten zu können. Er hatte wohl tatsächlich nicht gelogen. Er dachte wirklich, das Band sei bei seiner Ausrüstung. Verdammt, das bedeutete, dass niemand wusste wo die Kassette war. Sie würde ihre Firma darauf verwetten, dass er nicht log, aber sie musste es noch ein letztes Mal versuchen, bevor sie damit aufhören konnte.

"Nun, alles was wir von Ihnen wollen ist, dass Sie uns sagen, wo sich das Band befindet. Wenn Sie das nicht tun, wird das schwerwiegende Folgen für Sie haben, junger Mann. Schlimmer als Sie sich vorstellen können."

Und er kann sich wahrscheinlich schon eine ganze Menge vorstellen, dachte sie.

"Haben Sie jemals gesehen, was mit Verrätern passiert? Am Ende verschwinden sie, nicht wahr? Was glauben Sie, wohin sie gehen?"

"Ich weiss es nicht, ich weiss es nicht", schluchzte er, sein Kopf hing immer noch herunter. "Ich weiss nicht, wo das Band ist. Ich hatte es bei meiner Ausrüstung im Spind. Es war in meinem Spind, als ich es das letzte Mal gesehen habe. Ich schwöre es."

Sie sah ihn eine ganze Minute lang schweigend an. Er hatte die Wahrheit gesagt. Das war jetzt aber ein Problem.

Sie wechselte abrupt zu ihrer liebevollsten Stimme. "Entspannen Sie sich, Matrose. Ich glaube Ihnen. Alles wird gut werden. Sie verstehen sicher, dass wir verzweifelt herauszufinden versuchen, *was* für ein sowjetisches U-Boot in unseren Gewässern war. Wenn es um die nationale Sicherheit geht, kann es halt schon mal etwas heftiger werden. Machen Sie sich keine Sorgen. Sie werden bald wieder zu Hause sein."

Lindberg antwortete nicht, aber sie konnte hören, wie sein Atem ruhiger wurde, als sie ihm sagte, dass alles vorbei sei. Natürlich könnte sie sich jetzt gegen ihn wenden und ihn mit weiteren wütenden Fragen löchern, aber sie hielt das nicht für nötig. Davon überzeugt, dass er nicht wusste, wo das Band war, klopfte sie Lindberg stattdessen anerkennend auf die Schulter.

"Gut gemacht, Soldat. Sie sind ein schwer zu knackender Mann!"

Sie verliess den Raum und ging hinüber zu ihrem Teamraum, wo sie von ihren Kollegen erwartet wurde. Sie schüttelte den Kopf. "Er weiss es nicht. Ich bin mir sicher, dass er es nicht weiss. Wenn das Band da war, ist es irgendwann zwischen dem Andocken und jetzt verloren gegangen. Wer war nach der regulären Mannschaft noch an Bord?"

"Das Boot wurde von einer zweiten Mannschaft gereinigt, welche von einem gewissen Kapitän Rolf Eriksson angeführt wurde."

"Mal sehen, ob wir aus einem von ihnen

etwas herausholen können, aber seien Sie vorsichtig, okay?"

"Okay, wir sehen uns das mal an. Und was machen wir mit dem Mann im Zimmer nebenan?"

"Geben Sie ihm etwas zum Schlafen – etwas Stärkeres, das seine Aufgabe richtig gut erfüllt. Kümmern Sie sich gut um ihn und versichern Sie ihm, dass er bald wieder zu Hause sein wird. Er wird sich kaum daran erinnern und wahrscheinlich froh sein, wenn er einfach nur rauskommt und nach Hause gehen kann."

Ihr Kollege nickte. "Kein Problem."

"Und melden Sie ihn zur *pendenten Nachbearbeitung*. Vielleicht müssen wir diese Sache irgendwann anders zu Ende bringen."

* * *

Stockholm, 23. April, 12:15 Uhr
Wikström ging den Slottsbacken hinauf, das schwedische Königsschloss zu ihrer Rechten. Das Königshaus. Was für ein Witz! Aus unerfindlichen Gründen war eine Familie von Geburt an dazu bestimmt, über alle anderen zu herrschen und von deren Steuergeldern leben zu dürfen. *Im Mittelalter mag das funktioniert haben, aber man hätte es dabei belassen sollen.*

Ihr Bruder hatte sie angerufen und da dies selten genug geschah, sagte sie zu, ihn in der Stadt zu treffen. Ihr Bruder war durch und durch ein Stadtmensch. Ein Anwalt in einer der angesehensten Kanzleien, welcher rund um die Uhr arbeitete. Wenn er Zeit zum Essen hatte, würde seine liebe kleine, gescheiterte Polizistenschwester natürlich auftauchen. Das war

311

schon immer so. Er machte immer nur, was *er* wollte und die übrige Welt passte sich ihm an. Sie wusste nicht, wie er dies anstellte, aber es schien für ihn zu funktionieren. Er war nur zwei Jahre älter als sie, aber seine Arbeitszeiten und sein Lebensstil forderten langsam ihren Tribut. Er war übergewichtig und hatte bei ihrem letzten Treffen im Juli während der Mittagspause wie ein Hund an einem Brunnen Wasser getrunken.

Sie bog links in den Bollhusgränd ein. Fünf kleine Häuser – ein verdammt gutes Restaurant für ein Mittagessen.

Nach dem exquisiten (und teuren) Mittagessen, zu dem sie ihr Bruder eingeladen hatte, beschloss sie, nicht auf direktem Weg zu ihrem Auto zurückzukehren, sondern noch etwas Luft zu schnappen. Sie war mit ihm hinunter zum Wasser gegangen, um einen Spaziergang auf Skeppsbron zu machen. Er musste zurück in sein Büro, irgendwo auf der anderen Seite der Brücke in der Nähe von Norrmalmtorg. Zumindest vermutete sie, dass er dort arbeitete. Nach einer kurzen Verabschiedung bog sie vor dem Schloss nach links ab, nachdem sie einige Augenblicke lang beobachtet hatte, wie ihr Bruder dem Wasser entlang ging.

Da sie wie meistens mit dem Auto unterwegs war, beschränkte sie sich auch heute beim Mittagessen auf Mineralwasser. Ob im Ruhestand oder nicht, Alkohol am Steuer kam für eine Polizistin nicht in Frage. Ausserdem hatte sie heute Nachmittag noch andere Dinge zu erledigen.

Sie näherte sich der Kreuzung und ohne zu wissen warum, bog sie wieder nach links ab, so dass sich im Grunde ein Kreis schloss und sie in der Nähe des Restaurants landete, das sie erst vor zwanzig Minuten verlassen hatten. Als ihr bewusst wurde, was sie getan hatte, schärften sich ihre Sinne. Solche Dinge passierten ihr nie ohne Grund.

Da sie nun sehr aufmerksam war, versuchte sie ihren Schritt zu verlangsamen – etwas, das wohl die meisten Menschen in dieser Situation tun würden. Sie ging wieder an dem Restaurant vorbei. Entweder wurde sie alt und war aus der Übung, oder es folgte ihr tatsächlich jemand.

Sie ging die Gasse wieder hinunter in Richtung Wasser. Als sie die Ecke erreichte, bog sie lässig nach links ab und ging in der nächsten Sekunde in einen vollen Sprint über, bis sie die nächste Gasse erreichte, wo sie wieder nach links abbog. Hinter der Ecke blieb sie stehen, um zu verschnaufen. Ein Amateur oder jemand, der sie allein verfolgte, könnte der Versuchung erliegen, dem Wasser entlang zu laufen, um sie wiederzufinden. Einen solchen Ablauf erkannte sie mit schlafwandlerischer Sicherheit. Jemand, der in professionellen Beschattungen geübt ist, würde in aller Ruhe die sich bietenden Möglichkeiten der Umgebung durchgehen und darauf vertrauen, dass ein Kollege oder ein anderes Teammitglied sie wieder entdecken würde. Ein Profi würde auch merken, dass er vielleicht entdeckt worden war. Hätte sie ihr gemütliches Tempo beibehalten, wäre sie in dieser Zeit keinesfalls ausser Sichtweite gekommen. Sie liess eine Minute vergehen und setzte sich dann wieder in Bewegung.

Wer auch immer sie verfolgte, hatte sich einen verdammt anspruchsvollen Ort für sein

Vorhaben ausgesucht. Die Altstadt von Stockholm war ein Labyrinth aus Strassen und Gassen. Es war sehr schwierig, hier jemanden zu verfolgen und dabei gleichzeitig unsichtbar zu bleiben. Dafür waren alle Wege viel zu verwinkelt.

Ihr Puls schlug jetzt wieder ruhiger und sie war zuversichtlich, dass sie unbemerkt einen Weg durch die Gassen in Richtung Süden finden konnte, sofern sie nicht gleich von einem verdammten Regiment von Leuten verfolgt würde. Ohne es zu wissen tat Wikström Dasselbe, was Löfgren ein paar Tage zuvor in dieser Gegend getan hatte.

Als sie am Järntorget vorbeikam, spürte sie schon die ersten Regentropfen. Es sollte noch stärker zu regnen beginnen, das war sicher. Das bot ihr eine ausgezeichnete Gelegenheit, eine andere Strategie zu wählen. Sie machte auf dem Absatz kehrt und betrat eines der Cafés an der Ecke. Sie suchte sich einen Platz in der Nähe des Fensters, von dem aus sie sowohl die Türe als auch den Platz draussen überblicken konnte. Den dunklen Wolken nach zu urteilen, würde es bald so richtig schütten. Niemand, der keine dringenden Angelegenheiten zu erledigen hatte, würde sich unter diesen Umständen draussen aufhalten. *Das wird wohl ein paar Stunden dauern*, dachte sie und winkte der Kellnerin, die ihre Bestellung aufnahm.

* * *

Stockholm, 23. April, 15:00 Uhr

Rosenfeldts Tag hatte nicht gut begonnen, aber als er sich durch die vertrauten Gänge des schwedischen Militärhauptquartiers bewegte, ging es ihm wieder besser. Dieser Ort gab ihm ein Gefühl von Normalität. Er war sein Leben lang Offizier der Armee gewesen und war deshalb nicht grundlos zu deren Oberbefehlshaber aufgestiegen.

Alle Probleme können gelöst werden, war sein Motto, nach welchem er seit dreissig Jahren arbeitete. Er vermittelte es auch immer seinen Truppen, wenn sie Anzeichen zeigten, die Hoffnung aufzugeben. *Fixiere dich nicht auf das Problem. Arbeite einfach weiter an der Lösung. Alle Probleme können gelöst werden, egal wie sie geartet sind.* Er wandte sich nach links zu seinem eigenen Büro und traf noch in der Tür auf seine Sekretärin.

"General, das Dokument, von dem Sie sprachen, ist gerade per Kurier eingetroffen. Es liegt auf Ihrem Schreibtisch."

Der Oberbefehlshaber nickte ihr dankend zu und setzte sich an seinen Schreibtisch. Er nahm den Umschlag zur Hand, betrachtete ihn kurz während er sich er sich gewärtigte, dass alle Probleme gelöst werden können und öffnete ihn dann. Er fand darin einige Kopien von Dokumenten und eine handschriftliche Notiz, in der erklärt wurde, warum es in seinem Interesse sei, diese Unterlagen zu lesen. Keine Unterschrift, aber die Notiz stammte zweifellos von den externen Auftragnehmern. Sie hatten die Besatzung befragt und mit einigen anderen Personen gesprochen, die auf die eine oder andere Weise an der Sache beteiligt zu sein schienen.

315

Der Vermerk enthielt eine einfache Aufzählung von Punkten. Es bestand der Verdacht, dass Frau Eivor Falk sich an den Archiven zu schaffen gemacht hatte, weshalb das Team ein Gespräch mit ihr führte. Im Ergebnis lief es darauf hinaus, dass es unwahrscheinlich war, dass Frau Falk etwas Unkorrektes getan hatte - zumindest nicht absichtlich – aber das Team hatte einige andere interessante und gleichzeitig alarmierende Fakten aufgedeckt.

Kommandant Löfgren hatte ein Bestellformular für ein kleines Boot und vier Uniformen der schwedischen Marine eingereicht und unterzeichnet. Dies war genau die Ausrüstung, die beim Entern des schwedischen U-Boots verwendet wurde, als die Bänder verschwanden. Der Bestellschein geisterte eine Zeit lang im Papierkram des Marinestützpunktes herum, bevor er überhaupt wieder gefunden wurde. Wer die angeforderte Ausrüstung tatsächlich abholte, blieb jedoch unbekannt.

Im weiteren gab es einen Zusatz zu den Aufträgen für das schwedische U-Boot. Dieser war nicht Teil der ursprünglichen Befehle, sondern wurde zu einem späteren Zeitpunkt hinzugefügt. Es war unklar, wann und wie sie in den Archiven aufgetaucht waren, aber sie wurden ebenfalls von Kommandant Löfgren abgezeichnet. Das Seltsame war, dass kein Mitglied der Besatzung den Befehl zu kennen schien.

Die Ermittler gingen auch noch einer anderen Spur nach: Falks Zutrittsbadge war zu einem Zeitpunkt benutzt worden, an dem sie sich nachweislich an einem anderen Ort befand. Es gab keine weiteren Informationen darüber, um wen es sich dabei gehandelt haben könnte, aber bei einem gewissen Kommandanten Ola Löfgren schien einiges unklar zu sein.

Das war eine äusserst beunruhigende Nachricht. Rosenfeldt selbst hatte Löfgren ernannt und sich persönlich für ihn verbürgt, indem er dem Verteidigungsminister davon schwärmte, welch guten Job Löfgren machen würde. Sollte nun Löfgren irgendwie in die Sache verwickelt sein, würde das ein sehr schlechtes Licht auf Rosenfeldt selbst werfen. Er musste ein weiteres Treffen mit den Leitern dieser Untersuchung einberufen. Sie waren von Löfgren selbst beauftragte Externe und hatten keine Gründe, mit derartigen Informationen um sich zu werfen.

Als Profis waren sie an weiteren Aufträgen des Militärs und der Regierung interessiert und würden diese Umstände mit Sicherheit geheim halten

Kapitel 27 - Sterben

Stockholm, 23. April, 20:30 Uhr

Frida Wikström bog nach links auf den Parkplatz der Baustelle ab. Von dort aus war es noch ein kleines Stück zu Fuss bis zum Lager, aber es war einfacher die Umgebung zu Fuss zu erkunden. Sie musste halbseitig auf dem Bordstein parken um den Verkehr nicht zu behindern, aber das sollte heute Abend kein Problem sein. Sie ging zügig den Weg entlang und sah sich aufmerksam und genau um. Das Paket, das sie von Eriksson erhalten hatte, klemmte sie unter ihren Arm. Sie würde es heute Abend dort deponieren und sich dann überlegen, wie sie die drei Bänder aufteilen könnte.

Sie plante, eines von ihnen an einen anderen Ort zu bringen, sobald sie herausgefunden hatte, welcher dafür geeignet und sicher sein könnte. Dann würde sie einen klassischen Trick wie in Agentenfilmen anwenden: sie würde ein weiteres Band verpacken und es einem ihrer vertrauenswürdigen Freunde übergeben, mit der Anweisung, es einen Monat später woanders hinzuschicken. In dem Paket würden sich auch die weiteren Anweisungen für den Empfänger befinden, nämlich das Band neu zu verpacken und es zwei Monate später erneut zu versenden. So hätte sie drei Monate Zeit, um die Sache aufzuarbeiten, denn nur sie wusste, wo die Bänder waren und dass sie für jeden, der danach suchte, fast unmöglich zu finden sein würden. Das Gefühl, neulich verfolgt worden zu sein, hatte sich zwar einmal mehr als unbegründet erwiesen, aber es hatte sie dennoch zu grösserer Vorsicht veranlasst.

Morgen würde sie noch einiges mehr zu erledigen haben. Bevor sie mit dem Auto wegfuhr, hatte sie einen Anruf von einer Nachbarin von Alvar Segerfors erhalten, mit der sie bei ihrem letzten Besuch in Nynäshamn gesprochen hatte. Die Nachbarin hatte Alvar die Treppe zur Wohnung hochkommen sehen, aber er blieb nicht wie üblich stehen, um *Hallo* zu sagen. Er beeilte sich vielmehr, seine Schlüssel herauszuholen und sofort in seiner Wohnung zu verschwinden. Das erschien ihr ungewöhnlich, weil er sonst immer kurz Zeit hatte, um ein paar Worte zu wechseln. Sie versprach der Nachbarin, der Sache nachzugehen. Und das wollte sie unbedingt auch tun. Sie musste wissen, was mit ihm passiert war und wo er gewesen war.

Sie ging nach rechts auf den kleinen Parkplatz des Lagerhauses, überquerte ihn und gelangte zum Eingang. Die abgeschlossene Eingangstür konnte sie mit dem Hauptschlüssel öffnen und für das gemietete Schliessfach hatte sie ohnehin ihren persönlichen Schlüssel, sodass sie kommen und gehen konnte, wann sie wollte. Schnell schloss sie die Eingangstür auf, schloss sie hinter sich wieder ab und betrat dann das Labyrinth der Lagerschränke und grösseren Abteile im Inneren. Es war ein altes Lagerhaus mit hohen Decken und ihre Schritte hallten gespenstisch nach. Sie ignorierte den Schalter für die Hauptbeleuchtung, da die Notausgangsleuchten genügend Licht gaben, um ihren Weg zu beleuchten. *Geradeaus und den Gang A hinunter nach rechts. Schliessfach*

Neunzehn.

Die Türe des Fachs gab ein leichtes Quietschen von sich, als Frida sie öffnete. Sie verschwendete keine Zeit. Sie prüfte, ob alle Materialien noch vollständig und unversehrt waren, legte das Paket oben drauf und schloss das Fach wieder. Sie hielt eine Sekunde inne und öffnete es erneut. Alle Kopien am selben Ort aufzubewahren bereiteten ihrem übervorsichtigen Wesen Unbehagen. Schnell griff sie hinein und nahm eines der Bänder heraus, um es in ihre Tasche zu stecken. *Dieses bleibt hier bei mir.*

Sie ging wieder den Gang A hinauf, aber als sie um die letzte Ecke kam, hörte sie, wie jemand einen Schlüssel in die Eingangstür steckte. Instinktiv kehrte sie hinter die Ecke zurück und blieb stehen, um zu lauschen. Das Schloss knackte und knirschte, aber der Schlüssel liess sich noch nicht drehen. Sie erschauderte, als ihr klar wurde, was hier geschah. Wer auch immer durch diese Tür kommen wollte, hatte keinen passenden Schlüssel. Jemand brach das Schloss auf.

Das konnte kein Zufall sein. Es war praktisch undenkbar, dass jemand genau dann diesen Ort ausrauben wollte, während sie hier die Bänder deponierte. Frida zog ihre Waffe und machte sich auf den Rückweg durch den Korridor, um nach einem anderen Ausgang zu suchen.

Das Schloss wurde nun entriegelt und sie hörte, wie sich die Tür öffnete. Das war definitiv kein Zufall. Sie hörte mindestens zwei Personen durch die Tür kommen. Niemand sagte etwas, aber das Geräusch von aneinander reibenden Stoffen, während sie sich bewegten, war deutlich zu hören.

Die unbekannten Personen ignorierten den Hauptschalter ebenfalls und gingen geradewegs in das Lagerhaus hinein, wobei sie sich auf verschiedene Gänge verteilten. Sie überlegte kurz, ob sie zurückgehen sollte um die Materialien zu holen, entschied sich aber dagegen. Das würde zu lange dauern. Es waren mehr als zwei Personen und den Geräuschen ihrer Bewegungen nach zu urteilen, wussten sie, was sie taten. Sie bewegten sich schnell und zielgerichtet, so wie es Menschen tun, die wissen wonach sie suchen.

Ihr Herz begann zunehmend zu rasen und spürte, wie sie dies daran hindern würde, noch klar denken zu können. Ihre Hände zitterten und sie hatte Mühe, sich zu konzentrieren und die Informationen ihrer Sinne zu verarbeiten.

Frida musste ihren Puls aus dem roten Bereich heraus und wieder auf Werte bringen, bei denen sie noch funktionieren konnte. Sie zwang sich, den Mund zu schliessen, atmete durch die Nase ein, hielt den Atem ein paar Sekunden lang an und liess dann langsam die Luft durch den Mund ausströmen. Nach einem weiteren Atemzug spürte sie, wie ihre Herzfrequenz etwas sank. Langsam verloren ihre Sinne den Panikmodus und lieferten ihr wieder brauchbare Informationen.

Geduckt bewegte sie sich so schnell sie konnte durch den Gang in Richtung eines Quergangs. Sie hörte, wie sich jemand in einem anderen Gang parallel zu ihr bewegte und vermutete deshalb, dass er auch sie hören konnte.

Anstatt an der Ecke langsamer zu

werden, um die Situation überblicken zu können, richtete sie sich auf und beschleunigte auf den letzten Metern des Ganges so stark wie möglich. Im schlimmsten Fall war der Andere bewaffnet, aber es würde schwierig sein, sie in der kurzen Zeit, während der sie auftauchte, erkennen, schiessen und treffen zu können.

Sie hatte Recht. Ein Schuss ertönte nur wenige Meter von ihr entfernt, als jemand aus dem Parallelgang kam. Sie spürte nichts und nahm an, dass nicht getroffen wurde. Es war keine Zeit, um innezuhalten und nachzusehen.

Sie rannte ein paar Meter weiter und dann um eine Ecke linkerhand. Sie war versucht, blindlings einen Schuss hinter sich abzufeuern, um die Verfolger zu bremsen, aber sie entschied sich, ihre Waffe als Überraschungsmoment für die Gegner zu bewahren. Sie blieb kurz stehen und versuchte, ihren Herzschlag wieder zu senken um nicht zu zittern.

Während sie dort stand, erschien ein Schatten an der Ecke um die sie gerade gekommen war. Die Gestalt war gross und zweifellos ein Mann. Zu seinem Pech prüfte er zuerst seine rechte Seite, so dass sie eine Sekunde Zeit hatte zu zielen, noch bevor er in ihre Richtung blickte.

Er wirbelte herum, die Waffe vor sich gestreckt. Sie drückte den Abzug so sanft wie möglich und feuerte drei Schüsse in schneller Folge ab. Sie hatte ihre Waffe noch nie auf eine Person aus Fleisch und Blut abgefeuert. Das Geräusch war gedämpft und sie bezweifelte zunächst, dass die Waffe tatsächlich feuerte. Das wurde ihr aber schnell klar, als der Mann ein lautes, kurzes Stöhnen von sich gab und rückwärts aus ihrem Blickfeld kippte.

Sie überlegte, ob sie sich ihm nähern sollte, um die Sache definitiv zu beenden, entschied sich dann aber dagegen. Sie müssten zu dritt oder viert sein und sie würde das nicht überleben, wenn sie sich zu wehren versuchte.

Sie musste fliehen.

Sie hörte hämmernde Schritte, die sich ihr – angelockt von den Schüssen – näherten, worauf sie entlang der Seite des Gebäudes davonsprintete.

Ein Notausgangsschild kam in Sicht. Sie drückte die Klinke hinunter und stürzte sich mit aller Kraft gegen die Türe. Sie öffnete sich in den nun dunklen Abend. Die kalte Aprilluft schlug ihr ins Gesicht, was ihr half, wieder zu Atem zu kommen.

Würde sie nun geradeaus wegrennen, schösse man ihr in den Rücken. Also begann sie, die Gittertreppe hinunterzulaufen und beschloss, sich im Dunkeln unter der Treppe zu verstecken.

Ihre Verfolger erreichten die Tür und einer von ihnen kam hinaus, ganz auf die Entfernung fokussiert. Sie erwarteten, dass sie weglaufen würde. Als er die Treppe hinunterkam, war er auf gleicher Höhe mit ihr und stand nur zwei oder drei Meter von ihr entfernt. Sie zielte mit ihrer Waffe und schoss erneut. Diesmal gab es keinen Zweifel an der Wirkung. Die Kugel traf den Mann am Hinterkopf und er sackte augenblicklich in sich zusammen, ohne einen Laut von sich zu geben. In der Annahme, dass sich mindestens ein weiterer Mann bei der Tür befand, begann sie, im Dunkeln der Wand entlang wegzulaufen.

Frida sah einen Kopf aus der Türöffnung hinter sich auftauchen und feuerte blindlings einen Schuss in diese Richtung ab. Der Kopf verschwand wieder. Eine Sekunde später richtete der Mann eine Waffe um die Ecke und feuerte eine lange Salve in ihre Richtung. Keine der Kugeln kam ihr besonders nahe, worauf sie um die Ecke des grossen Gebäudes und weiter zum Wald lief.

Sie warf alle ihre Schlüssel weg und begann, in Richtung der Bäume zu rennen. Selbst wenn es ihnen gelang, sie zu erwischen, hätten sie keine Hilfe, ihr Schliessfach zu finden.

Sie schaffte es dreissig Meter in den Wald hinein, bis sie anhalten musste. Ihre Lunge fühlte sich an, als würde sie lichterloh brennen und sie spürte, wie der Inhalt ihres Magens hochkam. Ausserdem machte sich auch ihre alte Knöchelverletzung bemerkbar, aber das war nicht allzu schlimm. Sie konnte es für eine Weile ignorieren.

Sie hatte gerade noch genug Zeit, um sich zu bücken und erbrach sich dann hinter einem Baum. Sie war schon in vielen gewalttätigen Situationen gewesen, aber sie hatte noch nie jemanden erschossen.

Frida rang nach Luft und ging ein paar Schritte, bevor sie wieder laufen konnte. Ihr Orientierungssinn war beeinträchtigt. Sie wusste nicht, wohin sie gehen sollte, aber es blieb ihr nichts anderes übrig, als weiter zu rennen, einfach nur weg von dem, was gerade passiert war.

Sie musste zu Nylund gehen und ihn warnen. Vielleicht war er aber auch ein zu prominentes Ziel. Wer auch immer das U-Boot in schwedische Gewässer geschickt hatte, wollte wahrscheinlich nicht, dass ein Admiral vermisst wurde. Sie hingegen, Frida Wikström, war ein Niemand. Jemand, die man leicht loswerden konnte, ohne viele Fragen befürchten zu müssen.

Sie hörte, wie ein weiterer Schuss knallte. Diesmal war es ein Gewehr. Deutlich lauter als die Handfeuerwaffen, die sie drinnen gehört hatte.

Frida spürte nichts, aber als sie mit ihrem linken Bein den nächsten Schritt machen wollte, knickte sie unter ihrem eigenen Gewicht ein. Sie versuchte, sich an etwas festzuhalten, aber ihre Hände fanden nichts und sie landete flach auf dem Bauch und ihrem Gesicht.

Als sie sich umdrehte und an sich hinunterschaute, konnte sie sehen, dass sie getroffen worden war. Die Innenseite ihres linken Oberschenkels war zerfetzt, blutete stark und mit jedem Herzschlag lief mehr Blut heraus. Sie wusste, dass dies das Ende sein würde. Wenn sie nicht sofort Hilfe bekäme, würde sie verbluten.

Da der Schmerz ihr Gehirn noch nicht erreicht hatte, stützte sie sich auf einen Ellbogen und versuchte zu sehen, ob sich jemand in ihre Richtung näherte. Mit der anderen Hand suchte sie auf dem Boden nach ihrer Waffe. Es war jetzt vollkommen dunkel und die Bäume in ihrer Nähe waren kaum mehr erkennbar.

Ein zweiter Schuss peitschte. Sie spürte einen dumpfen Schlag, als die Kugel sie in der Brust traf. Als sie flach auf dem Rücken lag, fühlte sie eine Sekunde lang das Schwanken der Baumkronen über ihr und sie hörte die Verfolger näher kommen. Frida Wikström konnte dem Drang, die Augen zu schliessen, nicht mehr widerstehen.

Kapitel 28 - Nachwehen

Unbekannter Ort, 24. April, 07:00 Uhr

Es gibt Neuigkeiten", sagte ihr der Mann am anderen Ende der Leitung – ohne sich vorzustellen. Nach einer Sekunde erkannte sie seine Stimme als die des zweiten Teamleiters, der das Tonband suchte.

"Ich höre?"

"Ich wollte Sie anrufen, um Ihnen mitzuteilen, dass ein Wehrpflichtiger das Band bei der persönlichen Ausrüstung gefunden und es einem Kapitän namens Rolf Eriksson übergeben hat. Dieser hat danach offenbar das Schallanalysezentrum in Berga besucht. Die dort arbeitende Person erinnerte sich deshalb an Kapitän Eriksson, weil er seit Jahren nicht mehr dort gewesen war. Sie hat nicht gesehen, was er gemacht hat, aber die haben dort definitiv die notwendige Ausrüstung, um Bänder zu kopieren."

Sie schlug mit der Faust auf den Schreibtisch vor sich. Verdammt, mehrere Kopien des Bandes würden es viel schwieriger machen, die Sache einzugrenzen. Aber das würde auch bedeuten, dass der arme Soldat, den sie gefoltert hatten, beim ersten Mal vermutlich die Wahrheit gesagt hatte. Er hatte das Band bei seiner persönlichen Ausrüstung. *Armer Kerl*, dachte sie – ohne jeglichen Hauch von Reue.

"Sie haben gesagt, Sie hätten Neuigkeiten. Also: was haben Sie mir jetzt wirklich zu erzählen?"

"Wir haben gerade Bescheid von unserem Team erhalten, das Nylunds Mitarbeiterin verfolgte. Offenbar hatte sie mit Zeugen der U-Boot-Sichtungen gesprochen. Sie gab sich als Polizeibeamtin unter dem Namen Maria Wennergren aus. Unter diesem Namen haben wir eine Mieterin eines Schliessfachs in einer Lagerhalle gefunden und diese Mieterin gestern Abend um halb neun dort abgefangen. Das Team hat den ganzen Ort durchsucht und es sieht so aus, als hätten unsere Leute das meiste Material gefunden. Wir haben nur noch zwei Probleme."

"Und welche?"

"Sie war bewaffnet. Wir haben einen Toten und einen Verletzten. Er wird überleben. Noch in derselben Nacht wurden umfangreiche Aufräumarbeiten gemacht, um alle Spuren der Schiesserei zu beseitigen. Es sieht jetzt wie ein gewöhnlicher Einbruch aus."

"Und was ist mit ihr? Sie haben sie doch nicht etwa entkommen lassen, oder?"

"Nein, sie wurde erschossen. Sie ist tot. Das Team hat sie an einen anderen Ort gebracht, wo sie nicht so schnell gefunden werden kann."

"Okay, ich vertraue darauf, dass Sie das im Griff haben. Was ist das zweite Problem?"

"Wir haben drei Plastikhüllen gefunden, aber nur zwei Bänder. Eines im Schliessfach, eines in ihrer Tasche. Aber eine Hülle ist leer. Wir wissen natürlich nicht, ob jemals eine Kassette drin war, aber wir nehmen an, dass es so war. Ausserdem sind den Bändern Notizen darüber beigefügt, welchen Ursprung die Geräusche haben könnten, also hat sie jemand abgehört."

327

"Und ihr Auto?"

"Sie kam zu Fuss."

"Zu Fuss? Nie und nimmer! Sie muss ein Fahrzeug gehabt haben, mit dem sie dorthin gefahren ist."

"Ja, schon möglich – aber die Suche und die Aufräumarbeiten haben die ganze Nacht gedauert. Sie hatte keine Autoschlüssel dabei und wir hatten nicht genug Leute, um ein grösseres Gebiet abzusuchen."

Sie holte tief Luft, während sie über das nachdachte, was man ihr gerade rapportiert hatte: "Nun, dann gibt es noch ein drittes Problem. Wenn Sie eine Polizistin erschossen haben, wird die Hölle los sein. Jede Polizeibehörde der Welt würde bei den Ermittlungen alle Register ziehen, um einen Polizistenmörder zu finden."

"Nun, es gibt keine *Maria Wennergren* bei der Polizei, zumindest nicht eine die wir finden könnten. Sie könnte vielleicht auch eine Ex-Polizistin gewesen sein. Wir werden das noch herausfinden, aber ich bezweifle jetzt schon, dass sie noch im Dienst der Polizei stand."

"Und die Aufräumarbeiten sind fertig?"

"Das Team versichert mir, dass sie so gut erledigt wurden, wie es nur geht und dass es ziemlich sicher als einfacher Einbruch angesehen wird."

* * *

Stockholm, 24. April, 08:30 Uhr

Jesper Bergman legte den Hörer auf. Er war zwar gar nicht scharf darauf, an einem Samstag ins Büro zu fahren, aber sein Tag wurde gerade richtig interessant. Er konnte sich noch nicht vorstellen, was los war und warum jemand ausgerechnet ihn ausgewählt hatte, aber seine Neugierde hatte ihn gepackt.

Der männliche Anrufer sprach ein britisches Englisch. Er hatte ihm gesagt, dass es innerhalb der Marine eine Diskussion über die Nationalität des U-Boots gebe. Vielleicht wäre es ja doch kein sowjetisches U-Boot gewesen. Bergman war gleich wie elektrisiert, aber wie bei allen Informationen, die auf seinem Schreibtisch landeten, wollte er einen Beweis dafür haben, dass es sich zumindest um eine fundierte Spekulation handelte und nicht nur um das Geschwafel eines Wichtigtuers.

Bergman verlangte einen Beweis dafür, dass es sich um den aktuellen Fall handelte. Die Stimme am Telefon erklärte ihm ruhig, dass in etwa ein bis zwei Stunden ein Kurier am Empfang der Redaktion sein würde. Er würde seinen Beweis bekommen, dass der Fall nicht so eindeutig war, wie es auf den ersten Blick aussah.

Bergman beglückwünschte sich selbst dazu, dass er von Anfang an vorsichtig gewesen war und es als *mögliches sowjetisches U-Boot* bezeichnete. Jetzt konnte er neue Informationen liefern, ohne dass es den Anschein erweckte, als sei er beim ersten Mal falsch informiert worden. *Das ist eine potenziell gute Sache*, dachte er. Wenn die Person, die ihn anrief, ihr Versprechen einhielte, wäre er für ein paar weitere Tage auf der Frontseite gesetzt. Er

hatte versucht, den Akzent des Anrufers einzuordnen. Es klang eindeutig britisch, aber mit einem Unterton von etwas... vielleicht Südafrika-
nischem?

* * *

Stockholm, 24. April, 13:00 Uhr
Als Bergman auf dem Rückweg vom Mittagessen am Empfang vorbeikam, wurde ihm ein
Paket übergeben, das gerade abgegeben worden
war. Er brauchte seine ganze Beherrschung,
um nicht gleich zurück in sein Büro zu sprin-
ten. Während er in seinen Gedanken rannte
und Leute zur Seite schubste, ging er in Tat und
Wahrheit in gleichmässigem Tempo und tat so,
als ob in seinem Leben nicht gerade irgendetwas Besonderes vor sich ginge.

Als er sein Büro betrat, war er allerdings
etwas zu aufgeregt sodass ihm die Türe beim
Schliessen aus der Hand rutschte und laut
zuknallte. Er entschuldigte sich bei seinen
Kollegen durch die verglaste Bürotrennwand,
bevor er sich setzte.

Das Paket enthielt einen Bericht der
Königlichen Schwedischen Marine. Hohe
Vertraulichkeitsstufe. Das bedeutete siebzig
Jahre lang unter Verschluss halten, bevor er
veröffentlicht werden konnte. *Das muss gut
sein*, dachte er. Als er den Bericht durchblät-
terte, fiel ihm zuerst eine Seite mit einer Skizze
eines U-Boots auf. Es war nicht die gleiche
Skizze, die er zuvor gesehen hatte, sondern eine
viel Detailliertere.

Es war auf den ersten Blick klar, dass es
sich um ein U-Boot handelte und ein geschultes
Auge könnte vielleicht sogar den Typ bestim-

men. Unterhalb der Skizze befanden sich ein paar handschriftliche Notizen. Sie wiesen auf die Form des Rumpfes und die Abrundung des Kommandoturms hin. Am Ende stand ein Kommentar: *Typ 206?* Dann eine ihm bekannt erscheinende Unterschrift. *Verdammt*, dachte Bergman. *Das ist die Unterschrift von Klas Nylund, dem Chef der Marine. Aber was zum Teufel ist ein 'Typ 206'?*

Er überflog den Bericht, um zu sehen, ob er irgendwelche Informationen über diesen *206* finden konnte. Ein paar Seiten später fand er sie. Im Text stand, dass es sich nicht um ein westdeutsches U-Boot vom *Typ 206* handelte, sondern mit ziemlicher Sicherheit um ein sowjetisches Boot der *Whiskey-Klasse*.

Westdeutschland. Bergman liess den Bericht auf seinen Schreibtisch hinabsinken. Westdeutschland. Das war die NATO und das würde bedeuten, dass... Er hielt in seinen Gedanken inne. Was würde das bedeuten? Würde die Marine denn nicht benachrichtigt werden, wenn ein NATO-U-Boot in schwedischen Gewässern operierte? Schweden war zwar kein Mitglied der NATO, aber es war allgemein bekannt, dass das schwedische Militär der NATO freundlich gesinnt war. Die Sozialisten könnten dieser strategischen Orientierung im Falle ihrer Wiederwahl einen Strich durch die Rechnung machen, aber das war ein Problem, welches sich erst später im Jahr stellen würde.

Nylund war angeblich kein Experte für U-Boote und seine Interpretation wurde von der Analysegruppe regelrecht zerpflückt. Es würde genügen, einen Artikel über die unterschiedlichen Deutungen innerhalb der Marine zu

331

schreiben. Die offensichtlichen Meinungsverschiedenheiten zu beleuchten würde ausreichen, um einigen hochrangigen Leuten einige
sehr unbequeme Fragen zu stellen.

* * *

Rosenbad, 24. April, 17:00 Uhr
"Dieser Saukerl! Wer hat ihm diese Informationen gesteckt?"

Nordin war wütend, als er sah, was im
Abendblatt gedruckt stand. Es gab nun plötzlich offizielle Zweifel daran, dass es sich um ein
sowjetisches U-Boot gehandelt hatte. "Wie sieht
es aus mit der Bereinigung der verdammten
Archive und der Sicherstellung, dass alles so
bleibt, wie wir es erklärt haben?"

Rosenfeldt nahm sein Gesicht aus den
Händen und setzte sich aufrecht hin. "Soweit
ich weiss, ist es gut gelaufen. Ich werde Löfgren
bitten, sich morgen zu melden und mir das zu
bestätigen. Sie wissen, dass er Ihre Befehle für
meinen Geschmack etwas allzu wörtlich
genommen hat, aber ich denke, er hat insgesamt einen guten Job gemacht."

"Einen guten Job? *Das* nennen Sie eine
gute Arbeit? Wenn er gute Arbeit geleistet hätte,
gäbe es keine Zweifel auf der ersten Seite dieses
verdammten Blatts. Das ist eine Katastrophe!
Die Marine ist undicht wie ein rostiges Sieb und
das hier sind die Theorien ausgerechnet des
Leiters dieser verdammten Institution."

"Nun, die Analysegruppe der Marine hat
sich mit aller Deutlichkeit davon distanziert."

"Ja, das ist ja toll, aber es lässt die
Marine auch wie einen zerstrittenen, undiszipli-
nierten und führungsschwachen Haufen

dastehen. Der Chef denkt das Eine, sein Stab denkt das Andere und desavouiert ihn. Dann finden diese Informationen irgendwie einen Weg zu einem dieser Schreiberlinge. Wir erscheinen so inkompetent wie immer, was uns alle in einem sehr schlechten Licht dastehen lässt, auch den Oberbefehlshaber. Und nur um das klarzustellen: das sind Sie!"

"Was sagen Sie da?!"

"Ich sage, dass wir eine Pressekonferenz einberufen und dies dementieren werden. Sie werden Nylund dorthin bringen und er wird der Welt sagen, dass er im übermüdeten Zustand eine spontane und nicht zu Ende gedachte Bemerkung gemacht hätte. Es war nie eine offizielle Stellungnahme. Er wird bestätigen, dass das U-Boot sowjetisch war, oder das wird sein Ende sein."

"Und wenn das nicht klappt?"

"Ihr Löfgren wird dafür sorgen müssen, dass es keinen einzigen Beweis mehr gibt, der auf das Gegenteil schliessen liesse. Wenn Sie das nicht können, hat das Militär seine verdammte Aufgabe nicht erfüllt und das wird Ihre Schuld sein. Und ich meine nicht ihre Schuld im Sinne des Militärs. Ich meine *Ihre* Schuld, *persönlich*. Schaffen Sie das aus der Welt!"

* * *

Militärisches Hauptquartier, 25. April, 09:30 Uhr
Löfgren sass wieder im Büro des Oberbefehlshabers. Er hatte gerade Rosenfeldt zugehört,
der einen langen Monolog darüber hielt, wie sie
sich darauf geeinigt hatten, dass es nur eine
Quelle der Wahrheit gab und dass es sich um
jeden Preis um ein sowjetisches U-Boot handeln
musste. In der Zeitung wurden Zweifel geäussert, denen die öffentliche Meinung bald folgen
könnte.

"Sie verstehen was ich meine, Löfgren.
Das muss jetzt sofort bereinigt werden."

Löfgren bewegte sich auf seinem Stuhl,
blieb aber entspannt. Er fand zunehmend
Gefallen an den Sitzungen mit dem Oberbefehlshaber und fühlte sich sogar wohl, wenn
dieser ihm die Leviten las. Der Mann war eigentlich gar nicht so übel, nur stand er unter
grossem Druck und kam damit offenbar schwer
zurecht. Nach dem *'Peter-Prinzip'* beurteilt hatte
Rosenfeldt mit seiner Position als Oberbefehlshaber eindeutig sein persönliches Niveau der
Unfähigkeit erreicht. Er hätte Panzerkommandant bleiben sollen. Als Solcher war er anscheinend gut.

"General, vertrauen Sie mir wenn ich
Ihnen sage, dass alles unter Kontrolle ist."

"Das nennen Sie *unter Kontrolle?*" Rosenfeldt deutete auf die Ausgabe des *Abendblatts*,
die vor ihm auf dem Tisch lag.

"General, zunächst einmal möchte ich
darauf hinweisen, dass es keinerlei Beweise
dafür gibt, dass es sich *nicht* um ein sowjetisches U-Boot gehandelt hat. Es sind allenfalls
Hinweise. Und warum sollte es der Marine nicht
erlaubt sein, eine interne Diskussion über die
Nationalität zu führen? Nylund hatte eine

Theorie und die wurde entkräftet. Das war's dann aber auch schon."

"Also, wo ist das Zeugs jetzt?"

"Nichts für ungut, General, aber es ist wahrscheinlich besser, wenn Sie es nicht wissen. Zusätzlich zu unserem eigenen Archiv hat Nylund tatsächlich nebenbei seine eigenen Ermittlungen angestellt und hatte einige Kopien von Unterlagen in seinem Besitz. Diese wurden entfernt und vernichtet."

"Haben Sie nicht auch noch gesagt, dass er wahrscheinlich auch einen Partner hat?"

"Ja, aber auch diese Person wurde entfernt."

"*'Entfernt'?*" Die Skepsis in Rosenfeldts Gesichtsausdruck war unübersehbar.

Löfgren war sich nicht sicher, wie offen er mit Rosenfeldt umgehen konnte. Im Gegensatz dazu, dass er wie ein wild entschlossener Panzergeneral aussah, hatte er nicht den Mumm für diese Art von Geheimdienstarbeit, welche – sagen wir mal *das Gesetz ein wenig beugt'*, um die gewünschten Ergebnisse zu erzielen.

"Ich denke es wäre besser, wenn Sie das auch nicht wüssten, General."

Rosenfeldt warf Löfgren einen empört-fragenden Blick zu und sah einen Moment lang so aus, als wolle er sich über den Schreibtisch hinweg auf ihn stürzen, bevor er sich mit einem wütenden Schnauben zufrieden gab.

"Warum lassen Sie mich das nicht selbst beurteilen?! Sie werden mir sagen, was zum Teufel hier los ist, Commander – und Sie werden es mir *jetzt* sagen! Ich gab die klare Anweisung *niemand wird verletzt*. Warum habe ich dann jetzt das Gefühl, dass genau das gerade passiert ist?"

"Sie wurde bei einer Auseinandersetzung getroffen", sagte Löfgren knapp.

Der Oberbefehlshaber fiel mit offenem Mund fassungslos in seinen Stuhl zurück.

"Was?! War sie Schwedin? Sie wolllen mir doch nicht sagen, dass Sie eine schwedische Zivilistin erschossen haben?"

"Es wurde nicht damit gerechnet, dass sie bewaffnet war und es kam zu einem Schusswechsel. Sie wurde dabei getötet. Das ist zwar bedauerlich, aber wir können es eben auch nicht ungeschehen machen."

"Waren das diejenigen Auftragnehmer, von denen Sie gesprochen haben? Das können nicht einfach Einvernahmeprofis sein, welche die Besatzung befragen und mit einigen anderen Leuten reden sollten. Was sind sie dann? Söldner? Sind Sie völlig verrückt geworden?"

Das war Löfgren nicht mehr bereit zu tolerieren. Er stand auf und schlug beide Fäuste auf den Schreibtisch des Generals. "Ich habe dieses Schlamassel nicht angerichtet! Das waren Sie. Ich bin nur der arme Kerl, der für Sie den Dreck wegräumen muss. Der Verteidigungsminister hat uns befohlen, *alles zu tun, was nötig ist*. Genau das haben wir getan. Leider endete es für Nylunds Mitarbeiterin unerfreulich, aber die nötigen Informationen haben wir bekommen. Wenn Sie Nylund dazu bringen, seine Äusserungen über Westdeutschland zurückzunehmen, stehen Sie mit einer weissen Weste da, General. Und Nordin auch. Ist das etwa nicht alles, was Sie wollten?"

* * *

Militärisches Hauptquartier, 25. April, 12:00 Uhr
Rosenfeldt hatte nun schon mehrmals mit der Vernehmungsbeamtin gesprochen. So bezeichnete er sie immer noch, obwohl ihm jetzt klar war, dass sie eine weitaus bedeutendere Rolle hatte. Sie war eher eine Art PR-Verantwortliche für das Unternehmen, das sie leitete. Dieses war nicht gerade in den *Gelben Seiten* aufgeführt.

Er sollte in ein paar Minuten ein Update von ihr bekommen, um zu sehen, wie es weitergehen sollte. Er würde entscheiden müssen, was er mit Nylund, Löfgren und überhaupt dieser ganzen verdammten Situation machen wollte. Sein Telefon klingelte und er hob ab.

"General, ich bin's."

"Ja – und was haben Sie für mich?" *Wer auch immer Sie sind*, dachte er. Er war zwar nicht ganz so alt wie Nylund, aber auch er war in einer Zeit aufgewachsen, in der man den Feind noch mit den Augen sehen konnte und ihn mit konventionellen Waffen bekämpfte. Der Umgang mit unbekannten externen Auftragnehmern, welche die Möglichkeit hatten, militärische Angelegenheiten bis ins Detail zu durchleuchten, war ihm sehr suspekt.

"Ich habe zwei verschiedene Dinge, General. Erstens: Wir haben die gesamte U-Boot-Besatzung nach Hause geschickt. Es gibt zwei von ihnen, die ein bisschen Arbeit erfordert haben. Der Sonar-Chef und einer der Unteroffiziere."

"Und mit *Arbeit* meinen Sie was?"

"Mit Arbeit meine ich, dass wir etwas länger mit ihnen reden mussten." Sie war offensichtlich nicht darüber erbaut, mit Fragen unterbrochen zu werden, die er besser nicht hätte stellen sollen.

"Es geht ihnen gut und sie sind auf dem Heimweg. Sie erhielten einen Orden, wurden bezahlt und haben eine Geheimhaltungsvereinbarung unterschrieben, wonach sie wegen Verrats belangt werden könnten, sollten sie jemals irgendjemandem ein Wort darüber erzählen. Das ist natürlich keine Garantie. Solche Vereinbarungen sind auch schon mal gescheitert."

"Wann hatten sie denn früher versagt?"

"Nun, sagen wir, dass Menschen mit traumatischen Erfahrungen, welche nicht in der Lage sind, darüber zu sprechen, manchmal auf der unkontrollierbaren Seite von Drogen und Alkohol enden. Dann kommt die Depression, dann die Verzweiflung. In dieser Situation bedeutet die Vereinbarung, die sie unterschrieben haben, nichts mehr für sie. Das Übliche halt."

Das Übliche? Wer war diese Frau? Sie sprach darüber so nüchtern wie ein Buchhalter, der über Geld spricht. Rosenfeldt erkannte instinktiv ihre eiskalte Professionalität, die ihn davon überzeugte, dass das Befolgen ihrer Empfehlungen der beste Ausweg aus diesem Schlamassel war.

"Was wollen Sie damit sagen?"

"Es hängt davon ab, wie wichtig Ihnen dieses Geheimnis ist. Ich glaube nicht, dass die beiden Seeleute die Geschichte mit den Sowjets restlos geglaubt haben, also würde ich persönlich vorschlagen, dass wir sie für eine *pendente Nachbearbeitung* markieren."

"Was bedeutet das?"

"Das bedeutet, dass die wichtigsten Leute, wie eben diese Sonar-Crew, tragische

338

Unfälle erleiden werden, sagen wir in etwa einem Jahr, wenn etwas Gras über die Sache gewachsen ist. Dann wird das Risiko, zwischen den Ereignissen einen Zusammenhang zu sehen, wesentlich geringer sein."

Rosenfeldt sah das Telefon in seiner Hand mit einem entsetzten Gesichtsausdruck an. Wollte diese Frau ernsthaft vorschlagen, unbescholtene schwedische Seeleute einfach zu ermorden, um die Sache geheim zu halten? Das war immer weiter davon entfernt, feindliche Panzer auf dem Schlachtfeld anzugreifen. Er hatte sich zwar langsam an die politischen Rahmenbedingungen gewöhnt, die mit seinem Job verbunden waren. Er mochte sie aber immer noch nicht und manchmal hatte er damit zu kämpfen, aber am Ende des Tages konnte er seine Arbeit in der Regel legitimieren.

Das, worüber sie jetzt sprachen, würde bedeuten, eine *'Rote Linie'* zu überschreiten – eine, bei der es keinen Weg zurück mehr gab. Erst hatten diese Leute eine schwedische Ermittlerin erschossen, wie er vermutete. Jetzt wollten sie noch weitere Menschen ermorden, die einfach nur im Dienste ihres Landes eingezogen worden waren. Das war alles Wahnsinn. Er biss auf seine Zähne und versuchte, nichts zu sagen, während er seine Gedanken zwang, langsamer zu werden.

"Lassen Sie mich vorerst noch darüber nachdenken. Was war die zweite Sache, die Sie mir sagen wollten?"

"Ja, wir müssen über meinen Auftraggeber, Kommandant Löfgren, sprechen. Der Zutrittsbadge von Frau Falk lag auf ihrem Schreibtisch, als sie beim Mittagessen in der Kantine gesehen wurde. Auf dem Badge wurde ein Teil eines Fingerabdrucks gesichert, der nicht ihr, sondern Kommandant Löfgren zugeordnet werden konnte. Ich denke, man kann mit Sicherheit sagen, dass er etwas mit all dem zu tun hat, auch wenn ich noch nicht genau weiss, wie oder warum. Ich würde mich an Ihrer Stelle von ihm distanzieren. Ich persönlich würde so viele Probleme wie möglich mit ihm verknüpfen und ihn dann opfern. Aber das ist nur meine Meinung."

Ja, das ist es, dachte Rosenfeldt. Aber diesmal konnte er ihren Standpunkt klar erkennen. Er machte sich keine Sorgen um Löfgren. Der war zwar hocheffizient, aber eine hinterhältig falsche Schlange. Er sorgte sich mehr um seine Karriere als um die Menschen, die um ihn herum dienten. Wenn so jemand untergehen musste, konnte Rosenfeldt damit leben. "Was machen ihre Leute jetzt?"

"Wir verfolgen Löfgrens Bewegungen der letzten Wochen zurück. Wir wissen, dass er jemanden getroffen hat, der noch nicht identifiziert ist. Daran könnte auch gar nichts sein, aber das wissen wir noch nicht. Ansonsten packen wir zusammen und bereiten uns darauf vor, das Feld zu räumen."

"Und die Schiesserei?"

"Welche Schiesserei?" Ihre neutrale Stimme signalisierte ihm, dass sie genau wusste, wovon er sprach.

"Löfgren berichtete, Sie hätten jemanden erschossen, der mit Nylund zusammenarbeitete."

"Ja, das war unglücklich. Sie war bewaffnet und hat uns überrumpelt. Aber das ist ja schon geklärt."

Geklärt. Er vermutete, dass das der Code

für *'das wird nie wieder ein Problem sein'* war.

Natürlich war es nicht ganz richtig, dass Wikström sie überrumpelt hätte. Sie hätten es auch vorgezogen, sie lebend zu erwischen. Leider hatte einer der Männer sie durch das Gebäude rennen sehen und instinktiv einen Schuss abgefeuert. Nachdem sie zurückgeschossen hatte und es ihr gelungen war, das Gebäude zu verlassen, beschloss der Teamleiter vor Ort kurzerhand, sie zu erschiessen. Das war die einfachste, schnellste und effizienteste Lösung.

Kapitel 29 - Fluchtgedanken

Militärisches Hauptquartier, 25. April, 15:00 Uhr

So, wie soll man jetzt damit umgehen? Nach dem Telefonat mit dieser schrecklichen Frau sass Rosenfeldt allein in seinem Büro und versuchte zu überlegen, wie er die sowjetische U-Boot-Krise lösen könnte. Ausserdem musste er vermeiden, die Schuld für die Ernennung von Löfgren auf sich nehmen zu müssen. *Wir bringen Nylund dazu, das ganze Debakel vor der Presse zu leugnen; dann stellen wir ihn kalt und versetzen ihn zu gegebener Zeit in den Ruhestand.*

Der Mann dürfte als Vier-Sterne-Admiral gut aussehen. Verwittertes Gesicht, graue Eminenz. Wir können ihn ein bisschen präsentieren. Dann kann er bis zum Horizont segeln oder seinen Enkeln Gute-Nacht-Geschichten vorlesen oder so, falls er welche hätte. Dagegen hätte Nordin sicher nichts einzuwenden.

Löfgren hatte eine phänomenale Arbeit bei der Säuberung der Archive geleistet und alle Beweisstücke gefunden. Die Empfehlung von Rosenfeldt hatte sich also bewährt. Die Tatsache, dass einige beunruhigende andere Dinge ans Licht gekommen waren, war zu diesem Zeitpunkt nur hilfreich, da sie Löfgren bei Bedarf wirklich unter Druck setzen würden.

Wenn er etwas mit den Tonbändern und der Fälschung von U-Boot-Befehlen zu tun hatte, könnten sie ihn im Falle von Schwierigkeiten wegen Hochverrats anklagen. Sogar die

Säuberung des Archivs könnte man ihm vorwerfen, da es weder von ihm noch von Nordin schriftliche Unterlagen über diesen Befehl gab. Sie könnten es so aussehen lassen, als hätte Löfgren aus eigenem Antrieb gehandelt und das würde einen Fall von Hochverrat noch wahrscheinlicher machen. Vielleicht sollte er die Dinge einfach sich selbst überlassen. Das wäre eine ganz eigene Art von Präventivschlag.

Er nahm den Hörer ab und wählte Nordins Direktwahlnummer.

"Ja?"

"Ich bin's. Ich wollte Ihnen nur etwas mitteilen, bevor ich Weiteres unternehme."

"Schiessen Sie los!"

"Wir werden Nylund auf das Podium holen und ihn seine ganze *206*-Sache dementieren lassen. Dann kann er seine Analysegruppe und die erstklassige Arbeit, die sie geleistet hat, loben. Danach werde ich ihn mundtot machen, bevor ich ihn zum Dank für seine grossen Dienste an unserem Land, dem Enttarnen des sowjetischen U-Boots und der Verfolgung desselben, befördere. In ein paar Monaten, wenn sich die Lage beruhigt hat, versetzen wir ihn in den Ruhestand und suchen einen Ersatz."

"Das gefällt mir."

"Dann müssen wir etwas gegen Löfgren unternehmen. Ich weiss, dass ich ihn zu dem gemacht habe, der er ist, aber es gibt einige beunruhigende Hinweise darauf, dass er etwas mit dieser ganzen Sache zu tun haben könnte."

"Was?! Löfgren hat was?"

"Es gibt Hinweise darauf, dass er die Bestellung der Ausrüstung der Crew, welche die Bänder gestohlen hat, unterzeichnet hat und

343

er hat gefälschte Auftragsdaten für das U-Boot im Archiv abgelegt. Es ist noch nicht ganz sicher, aber es wird derzeit abgeklärt."

"Wer arbeitet daran?"

"Am besten ist es, nicht alle Details zu kennen, aber sagen wir mal, Löfgren hat einige weitere Auftragnehmer an Bord geholt. Hocheffiziente Leute, welche dies über ihren eigenen Auftraggeber herausgefunden haben. Ich habe direkt mit ihnen gesprochen."

"Und: was schlagen Sie jetzt vor?"

"Geben Sie mir etwas Zeit, um ein paar Dinge noch näher zu überprüfen, aber ich denke, wir sollten Löfgren wegen Spionage verhaften. Dann sperren wir ihn ein und benutzen ihn als Begründung dafür, warum bestimmte Dinge nicht so gut gelaufen sind, wie sie hätten laufen sollen. Sie verfolgen gegenwärtig seine Schritte zurück und es scheint, dass er sich mit einem noch zu identifizierenden Mann getroffen hat. Wir können der Presse einige Mutmassungen zu diesem Thema unterbreiten, um der Geschichte mehr Gewicht zu verleihen."

"Ja – ja, das gefällt mir." Nordin griff die Gedanken von Rosenfeldt auf und fuhr fort. "Ich kann nachdoppeln und die Sozialisten dafür verantwortlich machen, dass die Mittel für das Militär gekürzt wurden und wir alle in diesem unglücklichen Schlamassel gelandet sind. Mit einer gut funktionierenden und solid finanzierten Marine wäre das nie passiert. Das alles. Das sollte unsere Chancen bei den Wahlen verbessern und wenn es trotzdem scheitern sollte, wäre ein Keil zwischen Schweden und der Sowjetunion auch ein willkommenes Geschenk für die neue Regierung."

"Ja. – Und da ist noch etwas anderes: Löfgrens Mitarbeiter haben einen schwedischen Staatsbürger erschossen, der mit Nylund an einer Untersuchung gearbeitet hat."

In der Leitung blieb es stumm. Rosenfeldt hielt einen Moment lang den Atem an und wartete auf die Reaktion des Verteidigungsministers.

"Weiss Nylund davon?"

"Nun, er wird wohl den Verdacht haben, dass etwas passiert ist, aber es gibt keine Beweise."

"Nun, Scheisse. Sehen Sie zu, dass Sie ihn gut knebeln. Und bewahren Sie die Telefonnummer der Firma, die sich darum kümmert, sorgfältig auf. Wenn alles andere fehlschlägt, können wir sie vielleicht dazu bringen, auch den neuen Premierminister zu erschiessen...!" Nordin lachte herzhaft in die abhörgesicherte Telefonleitung.

* * *

Militärisches Hauptquartier, 25. April, 16:30 Uhr
"Es ist ganz einfach, Klassi. Sie gehen aufs Podium und sagen der Welt, dass Ihre Bemerkung, es handle sich um ein westdeutsches U-Boot, eine nicht zu Ende gedachte Überlegung war, die gar nicht hätte geäussert werden dürfen. Dann nehmen Sie Ihren nächsten Stern als Dank für Ihre Verdienste an Ihrem Land entgegen und schweigen dann über all das bis zum Ende Ihrer Tage."

"Also in den Ruhestand befördert und zum Schweigen gebracht?"

"Ja, so etwas in der Art. Ich mache mir keine Gedanken über die Semantik. Die

345

Bemerkung über die *206* muss in den Augen der Öffentlichkeit annulliert werden. Dann werden wir für Sie eine tolle Beförderungsfeier organisieren. *Der Admiral, der die Sowjets in unseren schwedischen Gewässern gefunden und verjagt hat.* Noch einmal. Erst *U-137* und jetzt das. *Der Admiral, der eine selten dagewesene Budgeterhöhung für die Marine durchgesetzt hat.* Ihre Marine, Klassi! Wenn Sie Ihre Marine verlassen, wird sie stärker sein, als Sie sie übernommen haben und sie wird noch jahrelang weiter stärker werden. Ausserdem wird Ihnen ein vierter Stern gut stehen."

"Das war's also. Eine offizielle Version der Geschichte, um den Politikern zu gefallen. Verdammt Fredrik, Sie wissen genauso gut wie ich, dass es wie eine *206* aussieht."

"Ich kann einen Bericht Ihrer hochgeachteten Analysegruppe lesen, in dem dargelegt wird, dass es sich um ein sowjetisches U-Boot gehandelt hat und dass alles andere absurde Spekulationen sind. Das sind *Ihre* Experten, Klassi, die uns sagen, dass es ein sowjetisches U-Boot war."

Nylund sass eine Weile still da. Seine Marine. Seine Marine würde stärker denn je sein, wenn die Budgeterhöhungen durchkämen. War das nicht seine hauptsächliche Aufgabe? Eine starke und effektive Marine aufzubauen und zu erhalten, auch wenn er dereinst nicht mehr am Ruder war? Er würde einigen Papierkram unterschreiben müssen, das war sicher. Sie würden ihn nicht damit davonkommen lassen, nur gerade auf das Grab seiner Mutter zu schwören.

"Wann gehe ich in den Ruhestand und wer wird mein Nachfolger?"

"Das wird zu einem späteren Zeitpunkt entschieden – vielleicht in ein paar Monaten. Wann immer es ohne allzu viel Aufhebens möglich ist. Aber verstehen Sie mich nicht falsch: Noch immer sind Sie das Aushängeschild der Marine. Ich werde jedoch bald einen Nachfolger ernennen, der Ihnen auf Schritt und Tritt folgen wird. Ich will nicht, dass Sie eine einzige Entscheidung treffen, ohne dass man vorher davon weiss. Haben Sie mich verstanden?"

"Und wenn ich nein sage? Sie können mich nicht dazu zwingen, den Mund zu halten, Fredrik."

Der Oberbefehlshaber seufzte. "Nun ja. – Doch das können wir."

Nylund blickte auf und wurde von General Fredrik Rosenfeldt nur mit einem leeren Blick bedacht.

* * *

Haus von Nylund, 25. April, 18:30 Uhr

Es war jemand an der Tür. In diesen Tagen besuchten ihn nicht viele Leute. Die soziale Beziehungspflege war Christinas Sache und seit sie weg war, hatte er das alles vernachlässigt. Durch die Milchglasscheibe der Eingangstüre konnte er zwei dunkle Gestalten erkennen. Eine der Gestalten drückte bereits zum zweiten Mal auf die Türklingel. Nylund ging zur Türe, öffnete und sah sich zwei uniformierten Polizeibeamten gegenüber.

"Admiral Klas Nylund?"

"Ja."

"Wir untersuchen einen Einbruch und möchten Ihnen gerne ein paar Fragen stellen.

Dürfen wir kurz hereinkommen?"

Nylund hielt den Männern die Tür auf. Sie traten ein, reinigten ihre Schuhe sorgfältig auf der Matte und gingen dann geradewegs zum Küchentisch. Sie warteten höflich bis Nylund ihnen ein Zeichen gab, sich zu setzen.

Einer der Beamten zog ein paar Notizblätter aus seiner Tasche und legte sie vor sich auf den Tisch.

Der Polizeibeamte erklärte ihm kurz, worum es bei ihrem Besuch ging. Ein Einbruch in ein Lagerhaus mit Self Storage-Boxen. Jemand hatte einen grossen Teil der Schränke und Lagereinheiten aufgebrochen und durchsucht. Es war schwer zu sagen, wie viel fehlte, da nur die Kunden selbst wussten, was überhaupt vorhanden war. Der Polizeibeamte hielt es für unwahrscheinlich, dass es jemals möglich sein würde, den gesamten Schaden zu beziffern. Die Leute wollten der Polizei oft gar nicht sagen, was sie fernab von zu Hause unter Verschluss hielten.

Im Laufe desselben Vormittags erhielt die Polizei einen weiteren Anruf von einer Baustelle in der Nähe des Lagerhauses. Jemand hatte ein Auto so abgestellt, dass die Einfahrt zur Baustelle teilweise blockiert war, worauf die Bauarbeiter anriefen, um es entfernen zu lassen.

"Die Sache ist folgende", fuhr der Beamte fort: "Gestern haben wir den grössten Teil des Tages damit verbracht, all die Besitzer der Lagereinheiten zu überprüfen. Eine dieser Personen sieht so aus."

Er legte ein Stück Papier vor Nylund.

"Der Polizeiausweis lautet auf den Namen Maria Wennergren. Sie hat das Lagerfach A-19 schon vor längerer Zeit gemietet. Das ist eine Kopie ihres Ausweises. Kennen Sie diese Frau?"

In Nylunds Kopf hatten die Alarmglocken schon geläutet, als er die Worte *'Lagerhaus'* und *'Self Storage-Boxen'* gehört hatte. Sie hatten über diese anonymen Lager gesprochen, egal welche Art von Materialien sie in die Hände bekämen. Hatte sie die Tonbandaufnahmen von Eriksson auch dorthin gebracht?

Eine Lüge würde nicht viel bringen. Wenn die Polizei es bis jetzt noch nicht herausgefunden hatte, würde sie es wahrscheinlich in den nächsten Tagen herausfinden. Nylund hatte die Ermittlungen zwar unter dem Radar der Marine begonnen, aber die Beauftragung eines Privatdetektivs war an sich nicht illegal. Die Verwendung eines gefälschten Polizeiausweises wahrscheinlich schon, aber das hatte sie zu verantworten, nicht er.

"Ich erkenne die Person auf dem Foto, aber nicht den Namen."

"Interessant, dass Sie das erwähnen. Das Auto von dem ich vorhin sprach, ein schwarzer Volvo 142, war etwa einen Kilometer die Strasse weiter unten geparkt. Wir haben den Fahrzeughalter überprüft und das ist die Besitzerin des Wagens." Er legte den zweiten Zettel auf den Tisch. Es war eine dunkle Kopie eines Führerscheins.

"Frida Maria Wikström. Wie Sie sehen können, sind die Bilder fast identisch."

"Sie hat nicht viele Leute von ihrem Hausanschluss aus angerufen, wie es scheint, aber Ihre Nummer war dabei. Deshalb wollten wir überprüfen, in welcher Beziehung Sie zu Frida Wikström stehen. Wir nehmen an, dass das ihr richtiger Name ist, da es keine Maria Wennergren bei der Polizei gibt."

Nylund rutschte auf seinem Stuhl. Er war versucht zu sagen, dass er sie kaum kennen und nichts von dieser Sache wissen würde. Was auch immer die beiden dazu bringen könnte zu gehen. Aber auch hier kam er zum Schluss, dass sie es wahrscheinlich bald herausfinden würden. Sollte sich herausstellen, dass er gelogen hatte, würden sie wiederkommen.

"Nun, Sie haben wahrscheinlich die Nachrichten über die Sichtung eines ausländischen U-Boots im Danziger Gatt gesehen?"

Beide Beamten nickten.

"Ich habe Frida Wikström beauftragt, mit den Zeugen zu sprechen – den Leuten, die behauptet haben, das U-Boot gesehen zu haben. Wir bekommen jedes Jahr unzählige 'Sichtungen', die sich als schwimmende Baumstämme und anderer Müll herausstellen. Diese Sichtung schien echt zu sein, aber ich wollte eine zweite Meinung darüber einholen, ob die Zeugen verlässlich waren und wie sicher sie sich waren, was sie an diesem Tag gesehen hatten."

"Und das hat sie für Sie gemacht?"

"Ja, sie hat mit allen Zeugen gesprochen und mir eine Einschätzung ihrer Glaubwürdigkeit gegeben. Unnötig zu sagen, dass Wikström sie für vertrauenswürdig hielt. Zumindest die meisten von ihnen."

"Können wir ihre Bewertung sehen?"

"Das ist Teil der Ermittlungen der Marine und vertraulich. Tut mir leid."

Es war überhaupt nicht Teil einer Untersuchung der Marine. Er wusste zwar nicht, wo sich das Material jetzt befand, aber er dachte, dass er offiziell genug klang, damit die Polizeibeamten ihm glaubten.

"Okay, wann haben Sie Frida Wikström denn zuletzt gesehen?"

"Ich weiss nicht – vor einer Woche vielleicht. Sie hat ihren Auftrag ausgeführt, aber ich kann Ihnen nicht sagen, wohin sie danach gegangen ist. Ich fürchte, ich weiss nicht viel wovon ich glaube, dass es uns helfen könnte."

"Und Sie wissen nicht zufällig, wo sie jetzt ist, oder? Wie Sie sich vorstellen können, würden wir wirklich gerne mit ihr darüber sprechen, weshalb ihr Auto in der Nähe des Einbruchsortes gefunden wurde."

"Ja, ich verstehe. Leider weiss ich nicht, wo sie ist. Es tut mir leid."

Das war zumindest die Wahrheit. Nylund hatte keine Ahnung, wo sich Wikström aufhielt und der Kloss in seinem Hals wuchs von Minute zu Minute. Hoffentlich würden die Beamten bald gehen, bevor er die Panik, die er verspürte, nicht mehr verbergen konnte.

"Okay, wenn Sie etwas von ihr hören oder Ihnen noch etwas einfällt: bitte rufen Sie die Polizei unter dieser Nummer an." Der Beamte legte seine Visitenkarte auf den Tisch.

"Klar – mach ich."

Geht jetzt, verdammt noch mal. Geht jetzt einfach!

Die Beamten gingen und Nylund schloss die Tür hinter ihnen. Er lehnte sich mit einer zunehmenden Panik an den Türrahmen. Das musste der Ort sein, an dem sie die Beweise aufbewahrte. Es musste ein Zusammenhang bestehen. Niemals wäre dort eingebrochen worden, während ihr Auto in der Nähe stand.

Aber wo war *sie*?

Er eilte die Treppe hinauf und kramte nach ihrer Nummer. Er nahm den Hörer in die Hand und wählte, sein Hirn war wie leergefegt. Sie war weg und das war zumindest teilweise seine Schuld. Was, wenn das Schlimmste passiert war?

Nein, nein. Das wäre zu viel. Es gab einen gewissen Druck von Seiten der Marine und der Politiker, es für ein sowjetisches U-Boot zu halten und die anderen Beweise zu unterdrücken. Aber die schwedische Regierung würde nie jemanden ermorden lassen, oder? So funktionierte ein Land wie Schweden nicht. Andererseits hatte er den Blick des Oberbefehlshabers gesehen. Er wusste etwas. Er musste etwas wissen.

* * *

Haus von Nylund, 25. April, 21:00 Uhr

Er wollte Wikström anrufen, aber ihm war auch klar, dass die Behörden die Telefondaten überprüfen würden. Er wagte es nicht, dieses Risiko einzugehen. Das Gefühl der Ungewissheit war unerträglich. Dass er nicht einmal versuchen konnte, eine Antwort zu finden, war noch schlimmer. Alles, was er tun konnte war, hin und her zu gehen und nichts zu tun.

Die Polizei sprach von einem Einbruch, erwähnte aber nichts von einem Kampf oder noch grösseren Problemen. Was, wenn sie dort war, als diese Leute auftauchten? Sie würde sich nicht einfach opfern. Das war nicht ihre Art. Nylund wusste von den Verletzungen, die sie bei ihrer Arbeit erlitten hatte. Sie war einmal von einem Drogensüchtigen zusammengeschlagen worden und hatte Knochenbrüche im Gesicht erlitten. Wahrscheinlich wäre es noch schlimmer gewesen, wenn ihr Kollege nicht zu ihr geeilt und die Bedrohung, sagen wir mal, 'beseitigt' hätte.

Der Kollege wurde suspendiert, während sie eine Gesichtsfraktur erlitt. Nur kurz darauf wurde sie in einem Wohnblock die Treppe hinuntergestossen, als sie versuchte mit einem Zeugen zu sprechen. Sie beschwerte sich nie, aber er wusste, dass ihr Knöchel manchmal noch Probleme bereitete. Nein, sie hätte nicht kampflos aufgegeben.

Wenn das alles mit ihren Ermittlungen und der Sichtung des U-Boots zusammenhing, sollte er vielleicht morgen einfach auf das Podium gehen und seine Meinung sagen. Das verdammte Ding sah aus wie eine *206*. Ein westdeutsches Boot in den schwedischen Schären. Er hatte keine Illusionen über die NATO oder die Sowjetunion. Zweifellos hatten beide in schwedischen Gewässern herumgeschnüffelt. Aber dieses Mal war es anders. Diesmal hatten sie auf die schwedische Marine geschossen und auch wenn sie ihr Ziel verfehlt hatten, war es inakzeptabel so etwas einfach zu ignorieren.

Der Ruhestand und ein vierter Stern bedeuteten ihm nichts. Eine stärkere Marine, die besser ausgerüstet ist, um ihren Auftrag zu erfüllen: das hingegen wäre etwas.

* * *

Rosenbad, 26. April, 10:00 Uhr

Neun Tage nach der ersten Pressekonferenz war es Zeit für die Nächste. Diese fand in einem grösseren Rahmen statt und es kamen Hunderte von Journalisten aus der ganzen Welt. Thomas Nordin bekräftigte gegenüber der ausländischen Presse und der schwedischen Öffentlichkeit die offizielle Haltung, dass es sich um das Eindringen eines sowjetischen U-Boots handelte.

Unter Verweis auf bekannte Analysen der NATO und Unterlagen mit eindeutigen Beweisen dafür, dass die Sowjetunion dahinter steckte, machte Nordin seine Botschaft deutlich, dass sozialistische Haushaltskürzungen zu einer schwachen Verteidigungsfähigkeit führten und dass sich dies ändern müsse. Die östliche Bedrohung sei real.

Nylund blickte in die Menge. Die Blitzlichter der Kameras blendeten ihn. Während er nach aussen eine unbewegte Miene aufsetzte, frassen ihn seine Gefühle innerlich auf. Ein Grossteil der Beweise, die sie gesammelt hatten, war verschwunden – und Wikström auch. Seiner tiefsten Überzeugung nach hatte der Zeuge ein westdeutsches U-Boot skizziert. Es stimmte aber auch, dass der Mann auf dem Podium für eine schlagkräftige Armee und eine stärkere Marine eintrat, während die oppositionellen Sozialisten diese lieber noch weiter abbauen wollten. Die Fragen, die er erwartet hatte, prasselten denn auch auf Nordin ein:

"Stimmte es, was Bergman vom *Abendblatt* berichtet hatte?"

"Es gab sogar Zweifel innerhalb der Marine?"

"Trifft es nicht zu, dass sogar der Mann neben Ihnen auf der Bühne, der Marinechef selbst, darauf hinwies, dass es sich um ein NATO-Schiff handelte?"

Nordin versicherte, dass dies nicht der Fall sei, trat dann einen Schritt zur Seite und gab Nylund ein Zeichen, das Podium zu betreten.

Das Blitzlichtgewitter der Kameras intensivierte sich, als er von seinem Platz auf der Bühne zum Podium schritt. Man sah es ihm nicht an, aber es waren mit die schwersten Schritte, die Admiral Klas Nylund in seinem Leben hatte machen müssen.

"Admiral Nylund, Admiral Nylund! Stimmt es, dass Sie den Eindringling für ein NATO-Schiff hielten?"

Mit grimmiger Miene blickte er die Journalisten über die Mikrofone hinweg an. "Die Marine hat sich grosse Mühe gegeben, dieses Eindringen zu analysieren. Es gab tatsächlich eine Skizze, die auf den ersten Blick einige Ähnlichkeiten mit einem nicht-sowjetischen Schiff aufwies. Ich habe mir dazu ein paar Notizen gemacht, aber die waren nie als offizielle Stellungnahme gedacht. Es handelte sich lediglich um Hinweise, mit denen sich die Analysegruppe der Marine befassen sollte. Die Analysegruppe der Marine besteht aus den besten Köpfen in den Bereichen Schallanalyse und Seekriegsführung. Nach dem genauen Studium der Skizze und der anderen Unterlagen ist die Gruppe zum Schluss gekommen, dass das Eindringen in schwedische Gewässer durch ein sowjetisches Schiff erfolgte."

Nylund machte auf dem Absatz kehrt und ging zu seinem Platz zurück. Zur gleichen

Zeit nahm wieder Nordin die Position im Rampenlicht ein und fuhr mit seinem Trommelfeuer gegen die Sozialisten fort. Die Partei, die zweifellos die Befähigung des schwedischen Militärs zur Verteidigung gegen die östliche Bedrohung geschwächt hatte.

* * *

Marinestützpunkt Muskö, 26. April, 12:00 Uhr
Was für ein verdammtes Schlamassel das geworden war. Es sollte eine einfache Sichtung eines vermuteten sowjetischen U-Boots werden, aber weil ihre Teenager-Kinder nie die Klappe halten können, hätte es fast das Leben einer ganzen schwedischen U-Boot-Besatzung gekostet. Eivor Falk ging zurück zu ihrem Platz, nachdem sie einmal mehr an der Einsatzzentrale vorbeigekommen war.

Der Raum war voller Menschen, weshalb sie keine Chance hatte, unbemerkt die Logbücher einzusehen. Sie würde noch eine halbe Stunde warten und es dann noch einmal versuchen.

Seit dem Verhör durch diese übermässig freundliche Frau wurde sie in Ruhe gelassen, damit sie wieder wie gewohnt ihrer Arbeit nachgehen konnte. Aber das konnte nicht lange gut gehen. Sie hatte dieser mysteriösen Untersuchungsfirma genug Informationen gesteckt, um Löfgren eine Zeit lang in den Fokus der Ermittlungen zu rücken, aber sobald sie die Verdachtsmomente vertieft analysiert hätten, würden sie es durchschauen. Löfgren war ein nützlicher Idiot, dessen einzige Aufgabe es gewesen war, dafür zu sorgen, dass die schwedische Marine und die Regierung von der

Sichtung erfuhren. Das war alles.

Ihre Aufgabe war es, das schwedische U-Boot auf Distanz zu halten. Es sollte auf der anderen Seite der geplanten Ausstiegsroute patrouillieren, währenddem die Operation im Gange war. *Amateure,* dachte sie. Es wäre natürlich wesentlich einfacher gewesen, dem eingedrungenen U-Boot eine neue Ausfahrtsroute zu geben, aber man wollte keinen Funkverkehr, der später als Beweis hätte verwendet werden können. Es sollte sich um ein *vermutetes* sowjetisches U-Boot handeln, nicht um ein Nachgewiesenes.

Andererseits – wer bin ich denn, dass ich ihnen vorwerfen kann, Amateure zu sein? dachte sie. Sie hatte sich einige Notizen gemacht, als sie die Aufträge erhielt, aber ihre Kinder stritten als gäbe es kein Morgen, während sie arbeitete. Sie hatte sich erhofft, dass diese Streitereien aufhören würden, wenn sie die Mitte der Teenagerjahre erreicht hätten, aber das Gezänk schien nur noch intensiver zu werden. Worüber sie sich als Kleinkinder gestritten hatten, erschien im Vergleich zu heute geradezu unbedeutend.

Wie auch immer: sie war abgelenkt und verwechselte das Patrouillengebiet, in dem sich das U-Boot befand mit demjenigen, in welchem es eigentlich hätte sein sollen. Nachdem es ihr gelungen war, Befehle zu fälschen, um das U-Boot an einen anderen Ort zu entsenden, zweifelte sie an sich selbst und rief es an den ursprünglichen Ort zurück. Wann immer im Verlauf der Untersuchung die Protokolle des Marinestützpunktes überprüft wurden, stach dieser wunde Punkt sofort hervor. Sie hatte nicht gerade viel Respekt vor dem militärischen

Nachrichtendienst, aber wenn deren Ermittler genug Zeit hatten, sich damit zu befassen, würden sie wohl herausfinden, dass die Befehle nicht den normalen Prozess durchlaufen hatten und dass Löfgren nichts damit zu tun hatte.

Könnten sie auch herausfinden, dass *sie* es gewesen war? Mit ein wenig Zeit und Nachforschungen könnten sie das wahrscheinlich. Die Seiten im Logbuch der Basis mussten verschwinden. Je weniger Akten sie überprüfen konnten, desto grösser die Verwirrung und umso besser.

Es war hilfreich, in ihrem Beruf eine Frau zu sein. Umgeben von scheinbar mächtigen Männern, die zu sehr damit beschäftigt waren, Krieg zu spielen, um der Frau, die den Papierkram sortierte, zu misstrauen. Solche Idioten. Sie würden ein weiteres Jahrzehnt brauchen, um zu begreifen, dass Kriege nicht mehr mit Kanonen und Pulver geführt wurden. Kriege wurden mit Informationen geführt. Wer die richtigen Informationen bekam oder den Feind dazu bringen konnte, den falschen Informationen zu vertrauen, würde gewinnen. Frauen waren möglicherweise weniger gut in der Lage, schwere Waffen zu tragen, aber für diese neue Art des Krieges ebenso gut gerüstet. Ganz zu schweigen davon, dass sie wahrscheinlich von Natur aus mit raffinierteren Fähigkeiten zur Täuschung ausgestattet waren. Sie musste innerlich über ihren eigenen Gedanken lachen.

Wenn diese Angelegenheit ausgestanden war, musste sie verschwinden. Sie war schon aus vielen Bredouillen heil herausgekommen, aber als sie die Männer, die um sie herum arbeiteten, als Idioten betrachtete, machte sich ein ungutes Gefühl in ihrem Körper breit. *Jetzt wirst du arrogant,* dachte sie. *Und wenn du ein arroganter Spion bist, wirst du bald zum gefangenen Spion.*

Schweden würde wohl kaum ihre körperliche Unversehrtheit beeinträchtigen, sollte sie erwischt werden. Stig Bergling, der nur wenige Jahre zuvor gefasst worden war, wurde zwar zu lebenslanger Haft verurteilt, durfte aber tatsächlich von seiner Ehefrau in ungestörtem, vertraulichen Rahmen im Gefängnis besucht werden. Er war lange Jahre Spion für die Sowjetunion gewesen und würde wahrscheinlich erst in zehn bis fünfzehn Jahren aus dem Gefängnis kommen. Sie fragte sich, was ihr Mann wohl von limitierten ehelichen Besuchen während Jahrzehnten halten würde. Sie könnten wahrscheinlich beide damit leben, aber es würde ihr sehr schwer fallen, so lange von ihren Kindern getrennt zu sein.

Es schien lange her zu sein, aber sie sah es damals, als junge Frau mit Kleinkindern und einem Ehemann, der sein Studium noch nicht abgeschlossen hatte, eher als Spiel an, gelegentlich einen Zettel mit Informationen ihrem externen Kontakt weiterzugeben. Von der Navy wurde sie nicht gerade fürstlich entlöhnt und sie hielt es für unbedeutend und harmlos, ein paar kleinere Informationen aufzuschreiben und ihrem Verbindungsmann zu übergeben.

Sie wurde natürlich nur getestet. Das wurde ihr dann später klar. Die Aufforderungen wurden jedes Mal ein wenig deutlicher. Als sie damit aufhören wollte, wurde sie nur noch härter in den Würgegriff genommen. Sie war in der Situation gefangen und es gab keinen Ausweg mehr. Sie geriet in Panik, bewahrte sich

aber irgendwie davor, etwas wirklich Unüber-
legtes zu tun. Nach ein paar weiteren Jahren
hatte sie sich zwar daran gewöhnt, war aber
auch klug genug, um ihren eigenen Plan für
einen Ausstieg zu entwickeln, falls dieser Tag
jemals kommen sollte.

Im Moment gab es keine andere Möglichkeit. Sie war in den letzten Jahren sehr gut für
ihre Dienste bezahlt worden. Die Seiten im Logbuch mussten verschwinden, um keine schrift-
lichen Spuren zu hinterlassen. Danach war es
an der Zeit, den Stecker zu ziehen und ihren
Ausstiegsplan umzusetzen. Es ihrem Mann zu
sagen, war riskant, aber sie könnten es schaffen.

* * *

Marinestützpunkt Muskö, 26. April, 14:00 Uhr
Es war Zeit. Im Betriebsbüro fand gerade Wachablösung statt und eine ganze Reihe von Leuten
ging ein und aus, während sie sich über die
Arbeit und irgendwelche privaten Angelegenheiten unterhielten. Bei all der Strenge, mit der die
Ablösung der Wache an Bord der Marineschiffe
durchgeführt wurde, war es doch einigermassen erstaunlich, wie entspannt dies im Hauptquartier vonstatten ging.

Die Hauptaufgaben dieser Marineange-
stellten waren die Strategie und die richtige
Platzierung der Marineeinheiten im richtigen
Patrouillengebiet. Sie hatten nur wenig mit
blitzschnellen Entscheidungen zu tun. Trotzdem kam in der Regel jeder Befehl hier durch
und jede Kommunikation mit den Marineschiffen wurde protokolliert. Das Logbuch vom 11.
bis 16. April war so gegenwärtig, dass es nebst

denen, die gerade aktuell waren, noch gar nicht abgelegt worden war.

Sie hatte einige Papiere mitgebracht, um einen Grund für ihre Anwesenheit vorzutäuschen. Sie blätterte diese durch, während sie schnell durch die Tür ging.

"Falk!"

Sie erstarrte und schaute langsam zu einem der Kommandanten auf und blickte möglichst unschuldig drein.

"Ja, Commander?"

"Gleich wird die Wachablösung erfolgen – Sie wissen schon... Könnten Sie einen neuen Krug Kaffee aus der Kantine holen und ihn mir bringen?"

Noch so ein selbstgefälliger Idiot, der glaubt, sein Job sei wichtiger als alles, dachte sie. *Ich arbeite hier seit einem Jahrzehnt. Ich weiss, was eine Wachablösung ist. Ich weiss aber auch, dass ein pflichtbewusster Einsatzoffizier mir gar nicht erlauben würde, überhaupt hier zu sein, Commander.* "Ja, natürlich. Sofort", antwortete sie ihm mit einem Lächeln. "Geben Sie mir fünf Minuten, um das zu erledigen", sagte sie und wedelte mit ihren Papieren in der Luft.

Der Kommandant ging zurück, um mit einem anderen Offizier ein Dokument durchzugehen.

Ein Dankeschön würde auch nicht schaden, dachte sie, als sie in Richtung des grossen Schreibtischs in der Ecke des Raums neben der Kommunikationsstation ging. Sie legte die Papiere auf den Tisch und tat ein paar Sekunden lang so, als würde sie diese sortieren, während sie versuchte, das richtige Logbuch im Stapel auf dem Schreibtisch zu finden.

Da war der Zeitraum vom 11. April 1982 bis 16. April 1982. Hier müssten die beiden Änderungsaufträge enthalten sein. Sie versuchte gar nicht erst zu verbergen was sie tat, denn das würde seltsam aussehen, sollte jemand in ihre Richtung schauen, sondern schlug das Buch auf dem Tisch auf. Sie blätterte die Seiten durch und tat so, als würde sie diese mit den Papieren vergleichen, welche sie mitgebracht hatte und fuhr mit dem Finger über beide Seiten. *Da ist es.* Die Änderung des Einsatzgebietes für das U-Boot, zusammen mit dem Begleitbefehl, der als Grundlage für die Nachricht diente. Den unterstützenden Befehl, den sie gefälscht hatte und mit dem sie in diesen Raum gegangen war, ohne dass diese Ignoranten es bemerkt hatten.

Ihre Hände zitterten und sie traute sich nicht, sich umzusehen, weil sie sonst auffallen würde. Wahrscheinlich bildete sie sich das nur ein, aber sie hatte das Gefühl, dass jeder der sie beobachtete, bemerken würde, wie nervös sie war. Die Geräuschkulisse im Raum war immer noch laut, würde aber bald verstummen, wenn die abgelöste Wache ging. Sie müsste *jetzt* handeln.

Schnell hustete sie und riss die ganze Seite aus dem Buch. Aus dem Augenwinkel konnte sie sehen, wie der Signaloffizier kurz über die Schulter blickte, sich aber nicht umdrehte. Sie blätterte ein paar Seiten weiter und fand den Widerruf des ersten Befehls.

Der Signaloffizier hatte sich nun neben sie gesetzt und es wäre jetzt schwierig, nochmals mit einem Husten irgendwelche Aktivitäten zu kaschieren. Sie warf ein paar ihrer Seiten auf den Boden neben ihm. Er sah es aus dem Augenwinkel, worauf er seinen Stuhl zurückschob, um aufzustehen und ihr zu helfen. Im selben Moment drehte sie sich schnell um und riss die zweite Seite heraus.

"Oh, tut mir leid, Leutnant."

"Kein Problem, hier sind sie."

Sie lächelte den Leutnant an und nahm ihm die Papiere aus der Hand. Schnell drehte sie sich um, klopfte alle Papiere zu einem Stapel und legte das Logbuch dahin zurück, wo es hingehörte. Sie bemühte sich, einen normalen Eindruck zu erwecken, was ihr allerdings schwer fiel, da ihr Puls in den Schläfen pochte.

Sie ging durch den Raum zurück zur Türe, wo sie sich umdrehte: "Ich bringe Ihnen jetzt gleich den Kaffee, Commander."

Der Kommandant sah nicht einmal von seiner Arbeit auf. Darauf verliess sie einfach den Raum.

Draussen musste sie sich dazu zwingen, ihren Schritt zu verlangsamen. *Bleib jetzt ruhig. Ruhig bleiben! Das Schlimmste ist überstanden. Jetzt versaue es nicht, indem du versuchst, aus der Basis zu fliehen und so einen Verdacht zu erregen.* Sie schaute auf ihre Uhr. Noch etwa drei Stunden an diesem Tag. Diese drei Stunden würden wohl zu den längsten in ihrem Leben gehören.

Kapitel 30 - Verhaftung

Marinestützpunkt Berga, 27. April, 10:00 Uhr

Lindberg ging an der schier unendlich langen Ausgabetheke im Materiallager des Marinestützpunktes Berga entlang. Er trug Zivilkleidung und seine gesamte militärische Ausrüstung war in zwei grossen Segeltuchtaschen der Marine verpackt. Als er im Lager ankam, kippte er den gesamten Inhalt in einen Einkaufswagen, der wie einer aus dem Supermarkt aussah. Er machte sich auf den langen Weg durch das Lager und brachte die betreffenden Ausrüstungsgegenstände an die richtigen Orte zurück.

Er war sich nicht sicher, was er in dieser jetzigen Situation empfinden sollte. Der Stress der Begegnung auf See war sehr schlimm gewesen, aber nicht so schrecklich wie die Behandlung, der er danach ausgesetzt war. Sobald er wieder besser schlafen konnte und einigermassen normal funktionierte, konnte er durchaus nachvollziehen, dass das Militär wissen wollte, was da draussen passiert war. Ihre eigenen Leute dem zu unterziehen, was sie *Nachbesprechung* nannten und was ein Kriegsgericht als *Folter* bezeichnen würde, war trotzdem unerwartet gewesen.

Kaum hatten sie die *Nachbesprechung* beendet und war diese schreckliche Frau gegangen, änderte sich das Verhalten aller Beteiligten vollkommen. Sie alle kümmerten sich in den folgenden Tagen, welche er an diesem Ort verbrachte (wo auch immer dieser Ort war) gut um ihn.

Gestern hatte es in Berga sogar eine kleine Zeremonie auf dem Schloss gegeben. Er wurde angewiesen, seine Ausgeh-Uniform anzuziehen, die in der schwedischen Marine einfach als *Donald-Duck-Uniform* bezeichnet wird und wurde am frühen Nachmittag zum Schloss eskortiert. Dort erhielt er direkt vom Oberbefehlshaber der schwedischen Streit-kräfte, Fredrik Rosenfeldt, eine Auszeichnung. Er hatte sie an Lindbergs Uniform geheftet und ihm versichert, er habe seinem Land treu gedient.

Nach der Zeremonie, die seine Laune etwas aufhellte, folgten die ernsten Formalitä-ten der Entlassung. Wegen des Kampfstresses und der anschliessenden strapaziösen *Nachbe-sprechung* hatte er Anspruch auf eine Entschä-digung der Marine, die mit seinem letzten Marinegehalt auf sein normales Lohnkonto überwiesen werden sollte. Auf dem Formular, das er unterschrieb, stand der Betrag von hunderttausend Kronen. Das war für Lindberg ein kleines Vermögen und würde ihm einen guten Start ins zivile Leben ermöglichen. Die Marine war auch damit einverstanden, seinen Dienst zu verkürzen. Er hätte noch fast neun Monate zu dienen gehabt, aber man sagte ihm, er könne seine Ausrüstung zurückgeben und sofort gehen. Der Haken, der ihn erschaudern liess, war die Geheimhaltungsvereinbarung, die er unterschreiben musste, bevor alles erledigt war.

Er durfte niemals mit irgendjemandem darüber sprechen. Was er auf See gesehen oder gehört hatte oder was ihm danach widerfahren war, durfte er mit niemandem und nirgendwo besprechen. Ein Verstoss dagegen würde als Hochverrat eingestuft und mit lebenslanger Haft bestraft werden. Allein der Gedanke daran jagte ihm eine Höllenangst ein, aber als er in Richtung des Lagers ging und die Sonne auf sein Gesicht schien, sah die Welt schon viel freundlicher aus.

Er würde als reicher Mann durchs Tor hinausgehen, zumindest nach seinen Massstäben. Er würde in der Lage sein, ein neues Leben nach dem Dienst zu beginnen und dann zu schauen, wohin ihn dieses führte. Als Erstes würde er sicher nach Hause zu Jenny gehen, soviel wusste er bereits. Er war lange weg gewesen und es war nicht so, dass sie eine feste Beziehung hatten, aber er hoffte, dass sie irgendwie dort anknüpfen konnten, wo sie aufgehört hatten. Mit einer Reise vielleicht.

Lindberg setzte seinen Weg fort und warf Stück um Stück seiner Ausrüstung auf den Tresen, während er weiterging. Socken, Hemden, Schuhe, Regenbekleidung. Alles wanderte in verschiedene Behälter auf der anderen Seite. Das Personal beobachtete ihn gelangweilt, während er vorbeiging und schien sich nicht sonderlich dafür zu interessieren, ob er alles zurückgab oder nicht doch zufällig ein paar Sachen in seiner zivilen Tasche, die draussen auf dem Boden lag, behalten hatte.

Er dachte an Sandberg und fragte sich, ob dieser einer ähnlichen Behandlung unterzogen wurde, weil er ebenfalls in die Ereignisse auf See involviert war und diese im Nachhinein sogar versuchte zu analysieren.

Für Lindberg war es immer noch nicht geklärt. Es hätte ein sowjetisches U-Boot sein können, aber nicht einmal Sandberg konnte das mit Sicherheit sagen.

Ende der Fahnenstange. Er warf sein *Donald-Duck-Hemd* in den letzten Container und stellte den Einkaufswagen an der Seite ab. Da er das Militär ausserhalb des regulären Rhythmus verliess, war das Lagergebäude fast leer. Nicht wie damals, als er seinen Dienst antrat und Hunderte von Rekruten am gleichen Tag ihre Ausrüstung erhielten.

Als er den Hügel hinunterging, vorbei am Übungsplatz und der Kantine zu seiner Linken, drehte er sich noch einmal um und warf einen letzten Blick auf den Marinestützpunkt Berga. Das war's. Er hatte getan, was von ihm erwartet wurde. Jetzt würde er einen Bus nach Väster-haninge nehmen und von dort aus zurück nach Stockholm fahren.

Er wusste nicht, dass es damit noch nicht erledigt war. Solange er lebte, würde er nie damit fertig werden.

* * *

Marinestützpunkt Muskö, 28. April, 13:00 Uhr
Löfgren hatte seine Mittagspause beendet und ging zurück in sein Büro. Die Dinge liefen gut. Die Schiesserei war bedauerlich, aber die Vernehmungsbeamtin und ihr Team waren sich sicher, dass niemand Beweise dafür finden würde, was genau dort passiert war. Das schwedische U-Boot wurde an der Anlegestelle festgemacht, die Besatzung wurde befragt und dann nach Hause geschickt. Alle Indizien im Marinearchiv, die hätten darauf hindeuten können, dass es sich nicht um ein sowjetisches U-Boot handelte, wurden beseitigt und die Crew

des Auftragnehmers hatte alle Dinge aus dem Spind des Ermittlers eingepackt.

Er wusste allerdings nicht, wo diese Materialien jetzt waren. Das musste sich ändern. Sie mussten vernichtet oder irgendwie unter seine Kontrolle gebracht werden. Da das schwedische U-Boot jetzt in Sicherheit war, war das, was er zu tun bereit war, wirklich keine grosse Sache mehr. Er meldete die Sichtung einfach der Marine und dann dem Verteidigungsministerium. Er wurde dafür gut entschädigt und eine Beförderung war in Aussicht gestellt worden. Die Marine erhielt das Budget, das sie brauchte, um in der Ostseeregion eine ernstzunehmende Macht zu sein. Alles in allem ein gutes Ergebnis.

Er kam um die Ecke in Richtung des Eingangs seines Bürogebäudes und ging die Treppe zum gelben Backsteinhaus hinauf. Drinnen ging er nach links und winkte im Vorbeigehen der Empfangsdame, die ihn einliess, ohne seinen Ausweis zu sehen. Das war das Ende eines gelungenen Tages, den er bis dahin hatte.

Als er sein Büro betrat, sass ein Mann in seinem Besucherstuhl. Er trug eher einfache Kleidung, Jeans und ein kurzes Sakko über einem Hemd, das schon zu viele Waschgänge hinter sich hatte. Löfgren betrat das Büro und setzte sich auf seinen eigenen Stuhl.

"Kann ich Ihnen helfen?"

"Ja, Commander. Sie werden mit mir kommen müssen."

Löfgren lachte: "Was soll das heissen? Ich habe es nicht nötig, Ihnen irgendwo hin zu folgen."

"Doch, das werden Sie tun. Ich arbeite

für die schwedische Sicherheitspolizei und wir haben Grund zur Annahme, dass Sie hier in illegale Aktivitäten verwickelt sind. Sie kommen am besten mit mir, damit wir die Sache klären können." Löfgrens Lachen schlug augenblicklich in Wut um.

"Ich bin Kommandant ersten Grades beim militärischen Nachrichtendienst. Was wir hier tun, ist streng geheim und ich bezweifle, dass Sie die Befugnis haben, hier hereinzuplatzen und irgendetwas zu verlangen. Und jetzt verschwinden Sie aus meinem Büro, oder ich rufe den Sicherheitsdienst."

"Wenn ich Ihren Ärmel richtig lese" – der Mann nickte in Richtung von Löfgrens Uniform – "sind Sie noch kein Kommandant ersten Grades, oder?" Der Mann stand auf, trat um den Schreibtisch herum und packte Löfgren am Arm. "Hören Sie auf, unsere Zeit zu verschwenden und lassen Sie uns gehen."

Wutentbrannt stand Löfgren auf und entriss seinen linken Arm dem Griff des Mannes. Wie reflexartig drehte er sich nach links und schlug dem Mann eine gerade Rechte ins Gesicht. Er traf ihn genau auf der Nase und der Mann kippte nach hinten, schlug mit dem Rücken und dem Kopf gegen die Wand und fiel zur Seite.

Er war zwar nicht bewusstlos, blieb aber auf dem Boden liegen und versuchte, mit dem Brummen in seinem Schädel fertig zu werden. Löfgren stand über ihm und überlegte sich seine nächsten Schritte. Er brauchte nicht lange nachzudenken, denn im nächsten Moment stürmten zwei weitere Männer in Zivil durch die Tür, ihre Waffen seitlich im Anschlag.

Unsicher richtete sich der erste Mann

auf und hielt sich die Nase. Überraschenderweise lächelte er Löfgren an. "Das habe ich nun davon, wenn ich versuche nett zu sein, wie?" Er gestikulierte in Richtung der beiden anderen Männer, die noch immer im Eingang des Raumes standen. "Meine Freunde und ich werden Sie zwingen, mit uns zu kommen. Sie können freiwillig mit uns kommen, oder wir können Ihnen so wehtun, dass Sie sich wünschen, tot zu sein. Ich habe meine Nase als Alibi, sollten Sie sich wehren. Sie haben die Wahl, Commander. Mir ist das egal, aber ich würde mich gerne revanchieren..."

Es gab keine Möglichkeit, aus dem Büro zu fliehen, es sei denn, er wollte sich mit den beiden bewaffneten Männern anlegen, die den Eingang blockierten. Im Gegensatz zu ihrem Vorgesetzten, der sich erstaunlich ruhig verhielt, sahen ihn die beiden Männer in der Tür an, als würden sie die Situation auch ganz gerne ausnützen. Löfgren liess seine Arme sinken, öffnete seine Fäuste und zuckte mit den Schultern. "Wohin gehen wir?"

"Das geht Sie nichts an, Commander."

* * *

Unbekannter Ort, 29. April, 15:00 Uhr
Rosenfeldt betrat einen Keller in einem nördlichen Vorort von Stockholm. Er kannte diesen Teil der Stadt nicht sehr gut, war aber von einem Mitglied der Sicherheitspolizei, die auch Ola Löfgren festgenommen hatte, hierher gefahren worden.

"Es ist ein alter Luftschutzbunker. Wir nutzen ihn für verschiedene Zwecke, wenn die Dinge, sagen wir mal, weniger öffentlich sind und es auch bleiben sollen."

Rosenfeldt, der unauffällig in Zivil geklei-
det war, folgte dem Mann über eine dunkle und
feuchte Betontreppe nach unten. Dort befand
sich eine schwere Tür, wie man sie in einem
unterirdischen Luftschutzbunker erwarten
würde, aber diese hier hatte ein paar verschiedene, glänzende Verriegelungsmechanismen an
sich.

Der Polizeibeamte brauchte einige Zeit,
bis sich die Tür langsam öffnen liess. Drinnen
war es dunkel und vollkommen still. *Wie in
einer alten Gruft*, dachte Rosenfeldt und schüttelte sein aufkommendes Unbehagen ab.

Der Inspektor der Sicherheitspolizei
begrüsste ihn und wies ihn in einen kleinen
Raum mit einer Art Campingtisch und einigen
Stühlen. Der Mann hatte ein Pflaster auf der
Nase und der Bereich unter seinem linken Auge
war verfärbt.

"Irgendetwas?"

"Noch nicht viel. Er behauptet, er habe
das Augenmerk nur deshalb auf die Sichtung
gelenkt, um sicherzustellen, dass die Marine sie
ernst nimmt. Das ist natürlich kein Verbrechen."

"Nein, das ist es nicht, aber er hat direkt
das Verteidigungsministerium angerufen. Ganz
zu schweigen von all diesen anderen Dingen.
Wenn man das alles zusammennimmt, dann
erscheint das in einem anderen Licht und riecht
nach Verrat."

"Ja, die anderen Dinge. In Bezug auf den
Nachrichtendienstauftrag für das U-Boot
behauptet er, Nylund habe ihn angewiesen, er
solle diesen in die Auftragsdatei des U-Boots
einfügen. Wir prüfen, ob diese Aussage stimmt."

"Der Chef der Marine hätte ihm gesagt, er solle gefälschte Befehle im Archiv ablegen? Das ist interessant. Können Sie das auf andere Weise überprüfen? Ohne Nylund selbst zu fragen?"

"Nicht wirklich. Es wird Löfgrens Wort gegen das von Nylund stehen, es sei denn, es gibt andere Belege für diese Anweisung."

"Gut, also lassen wir Nylund vielleicht erst einmal aussen vor. Der Admiral wird sich primär um andere Dinge kümmern müssen."

Das war richtig. Er sollte sich um seinen eigenen Ruhestand kümmern und Rosenfeldt wollte nicht, dass er in diese Sache verwickelt würde. Es war das Beste, Löfgren aus dem Weg zu schaffen. Der Oberbefehlshaber sah sich beiläufig im Raum um. Vielleicht könnte Ola Löfgren, der Kommandant ersten Grades, auch einfach hier bleiben?

Er richtete seine Aufmerksamkeit wieder auf den Mann vor ihm. "Also, was können Sie mir noch berichten?"

"Das Bestellformular für die Beschaffung eines kleinen Bootes und vier Uniformen. Er behauptet, er habe es noch nie gesehen."

"Aber es ist doch seine Unterschrift darunter, nicht wahr?"

"Unseren Experten zufolge ist das der Fall. Nun, eine Unterschrift zu fälschen ist zwar schwierig, aber nicht unmöglich. Zudem bin ich mir sicher, dass er Hunderte von Dokumenten unterschrieben hat, also besteht auch die Möglichkeit, dass er gebeten wurde etwas zu unterschreiben, an das er sich nicht erinnert. Er wäre nicht der erste Mensch, der etwas unterschreibt, ohne genau zu wissen worum es überhaupt geht."

Rosenfeldt dachte daran, wie oft seine Sekretärin ihn gebeten hatte, etwas zu unterschreiben und er dies einfach tat ohne hinzusehen. Nein, Löfgren wäre sicher nicht der erste, dem das passierte. *Einfach unglückliche Umstände, dass ihm das passiert ist. Sehr unglücklich.*

Der Mann ihm gegenüber blickte auf ein Blatt Papier vor sich. "Für den Teil über den Diebstahl von Beweismitteln sagt er, dass er auch dazu beauftragt wurde."

"Von Nylund befohlen?"

"Nein, von Ihnen, General."

Fredrik Rosenfeldt lächelte und lehnte sich in seinem Sitz zurück. "Der arme Kerl. Er hat völlig den Verstand verloren. Ich nehme an, er hat eine Erklärung dafür, warum kein solcher Befehl existiert."

"Es gebe nur einen mündlichen Befehl, sagt er. Wir werden natürlich allen Hinweisen nachgehen, aber wenn Sie mich fragen, steckt Kommandant Löfgren sehr tief in diesem Sumpf. Er steckt bis zum Hals darin und kommt nicht mehr raus. Es sei denn, wir sollten auf Unterlagen stossen, die einige seiner Behauptungen beweisen. Das halte ich allerdings für unwahrscheinlich..."

"Ja, das halte ich auch für sehr unwahrscheinlich", antwortete Rosenfeldt. Er sah sich noch einmal im Raum um.

"Kann ich mit ihm reden? Unter vier Augen, meine ich."

Der Oberbefehlshaber nickte wissend, als es um die Wahrscheinlichkeit ging, eine von Löfgrens Behauptungen zu beweisen. Der Inspektor stand auf und gab Rosenfeldt ein Zeichen, ihm zu folgen.

"Hier entlang, General."

Sie gingen durch einen schmalen Korridor, bevor der Mann vor einer schweren Tür stehen blieb und einige Schlüssel aus seiner Tasche zog.

"Er ist mit Handschellen an die Wand gefesselt. Die Kette ist lang genug, damit er sich bewegen kann, aber es gibt eine Linie auf dem Boden, die seinen Aktionsradius markiert. Ich bin hier draussen, falls nötig."

"Keine Aufnahmegeräte?"

Der Mann schüttelte den Kopf. "Was wir hier tun, wird besser nicht in den Akten festgehalten."

Rosenfeldt betrat den Raum und schloss die Tür hinter sich. Löfgren sass auf einem einfachen Stuhl vor einem Tisch. Ganz ähnlich, wie die Vernehmungszimmer der Polizei im Fernsehen dargestellt wurden. *Da ist also etwas Wahres dran*, dachte Rosenfeldt, als er sich auf einen Stuhl setzte, der hinter einer weissen Linie stand, die in einem Bogen auf dem Boden verlief. Wahrscheinlich waren sie gewaltbereitere Menschen gewohnt als Löfgren, auch wenn die Nase des Kommissars einem etwas anderes nahelegen könnte.

Löfgren hatte auch ein blaues Auge und sass zusammengesunken auf dem Stuhl, als ob auch andere Teile seines Körpers schmerzten. Offenbar hatten die Agenten, die ihn festgenommen hatten, dafür gesorgt, dass er einen Preis für den Angriff auf sie bezahlte.

"Wie geht es Ihnen, Ola?"

"Was glauben Sie wohl, wie es mir geht, Sie Scheisskerl?! Jeder einzelne Schritt, den ich getan habe, wurde mir befohlen. Jeder verdammte Schritt!"

"Wurde Ihnen also auch befohlen, den Leuten, welche die Bänder entwendet haben, Fahrzeuge und Uniformen herausgeben zu lassen?"

"Das glauben Sie doch nicht wirklich, oder? Dass ich für Material unterschrieben hätte, das gegen die Marine verwendet werden sollte. Das ist einfach nur lächerlich!"

"Ich weiss nicht mehr, was ich glauben soll. Es scheint, als ob Sie damit beschäftigt waren, jedes Archiv zu manipulieren und Informationen wie durch ein Sieb zu lassen. Ehrlich gesagt riecht es so, als hätten Sie Spion gespielt und es schlecht gemacht. Und wenn Sie dann dabei erwischt werden, kommen Sie mit der pauschalen Ausrede, Sie hätten den Auftrag gehabt das alles zu tun. Schliesst das auch Treffen mit einer noch zu identifizierenden Person ein, die im Verdacht steht, etwas mit der Sache zu tun zu haben?"

Löfgren versuchte aufzustehen, liess sich aber wieder zurück in seinen Stuhl fallen und wand sich vor Schmerzen.

"Sie haben also mehr als nur Ihr Auge ramponiert, was?"

Löfgren gab nur ein unartikuliertes Grunzen als Antwort von sich, während er versuchte, es sich wieder auf dem Stuhl bequem zu machen.

"Hochverrat ist ein ernster Tatbestand, wissen Sie. Ernst genug, um Sie für Jahrzehnte hinter Gitter zu bringen. Das heisst natürlich nur, wenn wir die normalen Strafgerichte einschalten."

"Ich bringe Sie um, Sie Mistkerl!" zischte Löfgren durch die Zähne.

"Nein, das werden Sie nicht, Löfgren. Das

werden Sie nicht. Sie werden hier nämlich nie wieder rauskommen. Auf Wiedersehen, Ola. Wir sehen uns erst später wieder – nach Ablauf der siebzigjährigen Archiv-Sperrfrist."

* * *

Polizeiliches Untersuchungslabor, 30. April, 11:30 Uhr

Die Kriminaltechniker beobachteten, wie ein Abschleppwagen rückwärts in die Halle fuhr und anhielt. Der Fahrer sprang heraus und liess das abgeschleppte Fahrzeug schnell mit dem gabelförmigen hydraulischen Hebearm hinunter und setzte es dann vorsichtig auf den Boden. Er gab den Technikern ein Zeichen, bevor er wieder in seinen Laster stieg und so schnell verschwand, wie er gekommen war.

Die Techniker sahen auf das Fahrzeug und dann auf die grosse Uhr an der Wand. Noch eine Stunde bis zur Mittagspause. Wenn sie sich ein wenig beeilten, konnten sie die Aufgabe wahrscheinlich vorher noch erledigen. In den Begleitpapieren war vermerkt, dass es eine vermisste Person gab, die mit dem Fahrzeug in Verbindung stand, es aber keinen aktuellen Verdacht auf ein Verbrechen gab. Das würde eine erste Durchsicht des Fahrzeugs erforderlich machen, um festzustellen, ob sich etwas Interessantes finden liesse, aber noch keine vollständige forensische Analyse.

"Gut, dann sehen wir uns das mal an", sagte der Cheftechniker und nahm einen Satz Plastiktüten und ein Klemmbrett zur Hand. Er warf das Klemmbrett seinem Kollegen zu und griff auf der Fahrerseite in das Auto, um den Hebel der Motorhaubenentriegelung zu ziehen.

"Volvo 142, schwarz, zugelassen auf eine Frida Maria Wikström." Er beugte sich unter die Motorhaube und las die Fahrgestellnummer und andere Fahrzeugdaten ab, die später nützlich sein könnten.

"Sieht aus, als hätte es einmal einen Unfall gegeben – das wurde aber repariert. Die Motoraufhängungspunkte wurden durch den Aufprall offenbar leicht verschoben und bei der Reparatur neu eingeschweisst."

Anschliessend öffneten sie alle Türen des Volvos und auch den Kofferraum.

"Schauen wir mal. Nichts Interessantes im Kofferraum. Abschleppseil, Starthilfekabel. Hier ist eine weisse Jacke. Hat einen weiblichen Schnitt und ist auch von der Grösse her eher ein Damenmodell."

Er hielt die Jacke vor sich hoch. "Ja, eindeutig eine Damenjacke."

Die meisten anderen Dinge im Kofferraum waren ganz die Üblichen: Ein Warndreieck für Pannen und Unfälle, ein Erste-Hilfe-Kasten mit einem Firmen-Logo darauf – wahrscheinlich hatte sie dort ihre Versicherung.

Sein Kollege war damit beschäftigt, mit einer kleinen Taschenlampe den Bereich unter den Sitzen abzusuchen. Es war immer wieder erstaunlich, was man unter Autositzen alles finden konnte und einem viel über den Besitzer verriet. Sie fanden nicht etwas, einfach nichts. Auch das sagte ihnen etwas über den Besitzer.

Es könnte am Timing liegen. Vielleicht hatte sie gerade ihr Auto gereinigt. Er sah sich noch einmal um. Nein, er hatte den Eindruck, dass es immer so aussah. Keine Kinder, so viel ist sicher. Diese kleinen Monster richteten ein Auto in kürzester Zeit zu Grunde, aber dieses hier war schon eine ganze Weile in Betrieb. Wahrscheinlich wurde es hauptsächlich für Kurzstrecken benutzt.

"Es ist makellos", sagte sein Assistent.

"Ja, sehr sauber. Fast zu sauber. Wie ein Arbeitsgerät. Kennst du die anderen Leute, die immer so saubere Autos haben? Deutsche Taxifahrer. Es ist ihr Arbeitsplatz. Den wollen sie sauber haben. Die deutschen Taxis sind die saubersten Autos, die ich je gesehen habe."

"Du meinst also, der Besitzer sei wahrscheinlich ein deutscher Taxifahrer...?"

"Halt die Klappe, du Trottel, ich sage nur, dass diese Person vielleicht viel Zeit in ihrem Auto verbringt."

Sein Kollege wollte sich gerade wieder aus dem Fussraum herauswinden, als er einen lauten Pfiff ausstiess.

"Was? Was ist denn das?!"

"Ein schwarzes Halfter, das mit Klebeband unter dem Lenkrad befestigt ist."

"Ein Halfter – wie für eine Pistole, meinst du?"

"Moment mal." Sein Kollege nahm eine Kamera zur Hand und machte ein Foto davon, bevor er es vorsichtig von der Armaturenbrettverkleidung löste. Er steckte es in eine Plastiktüte und hielt sie unters Licht. "Lederhalfter, schwarz, die Grösse lässt auf eine Walther schliessen, würde ich sagen. Wir sollten überprüfen, ob sie einen Waffenschein für so etwas hatte. Ich kann allerdings keine Spur von einer Waffe finden."

Mit neu erwecktem Interesse machten sich beide weiter an die Arbeit und untersuchten das Innere des Wagens abermals. Nach einer halben Stunde und ohne weitere aufregende Funde verloren beide ihren Elan und schauten auf die Uhr, um zu prüfen, ob es nicht schon Zeit für die Mittagspause wäre. Es dauerte nicht mehr lange. Der Cheftechniker begann, das Formular durchzusehen, das sie ausfüllten, um sicherzustellen, dass alles korrekt verpackt und gekennzeichnet war. Sein Kollege suchte immer noch nach etwas Auffälligem im Auto.

"Noch nicht einmal ein handschriftlicher Vermerk in der Betriebsanleitung. Wer schreibt denn nicht auf, wie hoch der richtige Luftdruck für die Reifen ist? Ich vergesse das jedes Mal, wenn ich ihn prüfe obschon ich ja selbst mit Autos arbeite... – Warte mal, hier ist noch eine Kassette drin."

Er stand auf, ging zur Werkbank, legte die Kassette in den Recorder und drückte auf 'Play'. Ein leises Rumpeln erfüllte den Raum.

"Ich weiss nicht, was das ist, aber es ist keine Musik. Soviel ist sicher."

Die beiden Männer sahen sich an und zuckten ratlos mit den Schultern.

"Wie würdest du das beschreiben?"

"Keine Ahnung."

Sie standen beide da und hörten sich das Band noch dreissig Sekunden lang an.

"Weisst du was, ich werde das als 'Nicht identifiziertes Rauschen' verbuchen. Pack das Band ein und dann gehen wir essen."

Kapitel 31 - Schuldgefühle

Russische Botschaft, 2. Mai 1982, 13:00 Uhr

Markovski ging über den Hof und traf auf die beiden anderen Diplomaten des Botschaftspersonals. Zwei Männer mit den gleichen Erfahrungen wie er, nur in unterschiedlichem Ausmass. Der Eine war sein Vorgänger, der Andere, Junge, sein Nachfolger. Das Wetter war für einen Nachmittag im Mai hervorragend und die Sonne wärmte die drei Russen sanft, als sie sich in den Garten setzten. Sie warteten daauf, dass die Getränke serviert wurden.

"Also, sind wir jetzt soweit fertig?" fragte Markovskis Nachfolger.

"Weitgehend, Alexej. So gut wie. Wir müssen abwarten, was jetzt passiert und die Sache auf sich beruhen lassen. Die Dinge entwickeln ein Eigenleben, sobald sie nicht mehr unter Kontrolle sind. Es ist wie mit einem Baum. Das Einpflanzen ist das Wichtigste, aber es braucht auch eine Weile sorgfältiger Pflege, damit sie gut wachsen."

"Und du glaubst, das wird *gut wachsen*?"

"Nun, das schwedische Verteidigungsministerium stellt uns als die Bösewichte dar, während der Admiral andere Theorien hat. Andere Theorien, die er dann plötzlich wieder dementiert. Es wird gemunkelt, dass der Chef der Armee immer noch glaubt, dass es sich um einen Trick der Marine handelt, um sein Budget zu ihren Gunsten zu kürzen. Glauben Sie mir, mit der richtigen Pflege wird sich das *gut entwickeln.*"

"Ich bin mir nicht sicher, ob ich verstehe, was wir zu erreichen versuchen. Es scheint mir auch etwas verwirrend zu sein."

Markovski lachte herzhaft auf und lächelte dann seinen Nachfolger an. "Das ist richtig, Genosse. Verwirrung. Verwirrung ist unser Freund, Alexej!"

Als er fortfuhr, sprach er mit finsterer Stimme. "Du weisst es genauso gut wie ich, Genosse. Nicht alles ist gut zu Hause. Die Rodina[6] leidet. Unsere Wirtschaft stagniert schon seit längerem. Wir müssen sogar unser Getreide aus den USA beziehen, verdammt! Angesichts der technologischen Entwicklungen und der anhaltenden Kämpfe in Afghanistan befürchten einige, dass wir uns in einem Wettlauf befinden, den wir nicht mehr gewinnen können."

Der Blick seines Nachfolgers senkte sich zu Boden, als er über die düstere Zukunft des Vaterlandes nachdachte. Wer wusste schon, wie lange Breschnew noch da sein würde und die Meinungsverschiedenheiten über die Verteidigungsausgaben wurden von Tag zu Tag grösser. Die Zukunft war in der Tat ungewiss.

Markovski fuhr fort: "Wir wissen schon seit einiger Zeit, dass wir einen konventionellen Krieg in Europa gegen die NATO verlieren würden. Wenn aber ein reines Kräftemessen keine Option ist, werden andere Mittel und Massnahmen notwendig. Dann läuft die *S-363*

---

[6]Rodina ist das russische Wort für «Heimat», oder «Vaterland»;
Die russische Partei gleichen Namens wurde erst 2003 gegründet und kann hier deshalb nicht gemeint sein.

zufällig in schwedischen Gewässern auf Grund. Die Auswirkungen waren überraschend, selbst für unsere Strategen."

Markovski richtete sein Gesicht für einige Sekunden mit geschlossenen Augen gegen die Sonne. "Der Punkt ist, dass eine überlegene militärische Macht nur dann von Nutzen ist, wenn man bestimmen kann, wo man sie entschlossen einsetzt. Das ist der Weg in die Zukunft, Alexej. Als *S-363* auf Grund lief, stritten sich das schwedische Militär und seine Regierung monatelang darüber und lieferten sich interne Kämpfe, die nichts mit uns zu tun hatten. Sie stritten sich mit mehreren NATO-Ländern und lenkten damit die Aufmerksamkeit aller von dem ab, was wirklich wichtig gewesen wäre. Stattdessen vergeudeten sie ihre ganze Zeit damit, Theorien darüber aufzustellen, was passiert war und warum. Es herrschte völlige Verwirrung, Alexei. Es hätte nicht besser laufen können, wenn wir es genau so geplant hätten."

"Eine Sichtung eines sowjetischen U-Boots in schwedischen Gewässern und schon ist der Fokus der NATO weg. Ist es das, was du meinst?"

"So ähnlich, Alexej, so ähnlich. Auch die Politik war hilfreich. Sobald sie uns offiziell die Schuld gaben, hatten ihre Generäle und Politiker keine andere Wahl, als bei ihren Aussagen zu bleiben. Es wäre politisch zu problematisch gewesen das zu ändern, egal was passiert war. Es gibt aber zahlreiche Zweifel bei ihnen. Wahrscheinlich genug, um sie jahrzehntelang mit dieser Sache zu beschäftigen."

Die Getränke kamen und die drei Männer bedienten sich sogleich eifrig sowohl beim Tee als auch bei den prozentual gehaltvolleren Möglichkeiten, die vor ihnen auf dem Tisch standen. Als der Mitarbeiter sich wieder umdrehte und in Richtung Botschaftsgebäude verschwand, fuhr Markovski mit seiner Erklärung fort. "Glaub mir, Genosse: Du hast es mit einer Ungewissheit und einer Debatte zu tun, die Schweden noch viele Jahre lang beschäftigen wird. Die derzeitige Regierung wird die Wahl wahrscheinlich verlieren. Die neue Regierung wird es schwer haben, effizient zu sein, da unsere Länder jetzt verfeindet sind. Sie wird eine Kommission einsetzen, die herausfinden soll, was passiert ist. Es ist aber zweifelhaft, dass sie etwas Entscheidendes finden wird. Ihre Archive werden voller Ungereimtheiten und verloren gegangener Dinge sein. Das Ergebnis wird wahrscheinlich besagen, dass es immer noch wir waren, aber es wird keine Gewissheit geben. Ich würde sagen, dass sie im kommenden Jahrzehnt mehrere Kommissionen brauchen werden..."

Die drei Männer lachten, als Markovski das Wort *Jahrzehnt* benutzte. Zehn Jahre waren eine lange Zeit, um zu streiten ohne zu einem Ergebnis zu kommen. Konnte etwas so Einfaches wirklich so viele Wellen schlagen, dass es jahrelang anhielt?

"Aber werden sie nicht die Mittel für ihre Marine aufstocken und damit eine grössere Bedrohung darstellen?"

"Sollen sie doch. Wir scheren uns einen Dreck um Schweden, Genosse."

"Und Skaggerack? Wie können wir die amerikanischen Polaris-Boote bedrohen, wenn uns eine starke schwedische Marine im Weg steht?"

"Unser Geheimdienst sagt uns mit Bestimmtheit, dass die Polaris-Reichweite es ihnen ermöglichen wird, bis Ende des Jahres von überall entlang der norwegischen Küste aus zu feuern. Skaggerack ist unwichtig. Es ist nichts weiter als eine lokale Pfütze. Und glaub mir, Genosse: Wenn Schweden erst einmal seine Marine ausgebaut hat und dann merkt, dass es gar keinen Feind hat, den es bekämpfen muss, was glaubst du, wird dann passieren?"

Alexej nickte langsam, während er versuchte, sich einen Reim auf das soeben Gehörte zu machen. Nach ein paar Sekunden formulierte er seine Schlussfolgerungen. "Wenn ein Land, das seit 200 Jahren keinen Krieg mehr erlebt hat, zu viel für sein Militär ausgibt, statt für sein Gesundheitssystem und seine Renten, dann wird die innenpolitische Reaktion heftig sein. Die Aufstockung wird nur während kurzer Zeit erfolgen, dafür aber der Niedergang umso länger dauern."

"Genau, Alexej. Ungewissheit und innere Kämpfe, Ungewissheit und innere Kämpfe. Immer und immer wieder."

"Und was ist, wenn die Wirkung nachlässt?"

"Was denkst du, Genosse? Dann machen wir es noch einmal. Was hältst du von 2014?"

Alle drei Männer lachten wieder über das zufällige Jahr, das Markovski ausgewählt hatte, mehr als dreissig Jahre in der Zukunft.

"Vielleicht wirst du, Alexej, dabei sein, wenn es passiert. Der alte Viktor hier und ich – wahrscheinlich eher nicht."

Der alte Viktor prostet seinen beiden Kollegen mit einem Glas Wodka zu. "Auf die Verwirrung, Kameraden. Auf viel Verwirrung in den nächsten Jahrzehnten."

Sie stiessen an und leerten ihre Gläser. Wolken verdeckten jetzt die Sonne und obwohl es ein schöner Frühlingstag war, spürten sie, dass es noch eine Weile dauern würde, bis der Sommer käme. Während Alexej nach der Flasche griff, um ihnen allen eine zweite Runde zu spendieren, stellte er neugierig eine eher praktische Frage. "Das U-Boot – wo ist es eigentlich nach der Begegnung mit der schwedischen Marine geblieben?"

Markovski sah ihn an und lächelte. "Welches U-Boot, Genosse?"

Alexej lehnte sich in seinem Stuhl zurück und nahm einen Schluck von seinem zweiten Drink. "Vielleicht war es ein westdeutsches Schiff und wir werden es nie erfahren...?"

"So ähnlich", sagte Markovski. Auch er nahm einen Schluck von seinem Drink, bevor er fortfuhr. "Natürlich werden wir Herrn Nordin einen Brief schicken, in dem wir ihm mitteilen, dass wir offen für eine internationale Untersuchung sind. Wir werden bereitwillig alle unsere Archivunterlagen offen auf den Tisch legen, wenn sie das Gleiche tun. Natürlich werden sie das niemals tun, denn es gibt zu viele Ungereimtheiten in ihren Archiven."

"Woher wissen wir das?"

"Sagen wir es so: Wir haben seit einiger Zeit eine solide Informationsquelle in der Nähe des Archivs. Das heisst, wenigstens bis vor kurzem."

"Was ist passiert?"

"Sie verliess eines Tages die Arbeit und kam nicht wieder. Aber das ist kein Grund zur Sorge. Wir hätten es durch andere Quellen erfahren, wenn sie erwischt worden wäre. Sie

hat wahrscheinlich nur ihren eigenen Flucht-
plan umgesetzt. Eine kluge Frau. Ich bezweifle,
dass die NATO sie jemals finden wird."

"Was ist mit uns?"

"Wir? Oh, wir werden sie schon finden.
Es kann eine Weile dauern, aber wir *werden* sie
finden."

Der jüngere Mann sah lange auf sein
Glas. Sie zu finden, konnte für sie nur auf eine
einzige Weise enden. Dann sagte er, mehr zu
seinem Glas als zu den anderen Männern:
"Schweden ist also eine Art *Prototyp*?"

Markovski und Victor sahen sich gegen-
seitig an. Alexej war ein cleverer junger Mann.
Victor lehnte sich in seinem Stuhl vor, um
Alexej in die Augen sehen zu können. "Sag uns,
Genosse: woran denkst du dabei?"

Alexej schien zunächst zu zögern, weil er
wegen einer Bemerkung, die er ohne nachzudenken gemacht hatte, zur Rede gestellt wurde.
Dann konzentrierte er sich wieder und zuckte
mit den Schultern. "Mir scheint es so, dass die
Maskirowka[7] deutlich weniger Risiko birgt als
der Versuch, unsere Feinde mit militärischer
Macht zu schlagen. Warum machen wir das
nicht überall so?"

* * *

---

[7] Maskirowka ist ein russischer Begriff für «Verschleierungs- oder
Täuschungsmanöver»

Stockholm, 11. August 1982, 20:00 Uhr

Nylund sass auf der Couch. Auf dem Tisch vor ihm lag der Abschiedsbrief der Marine. Daneben eine kleine Box mit einem symbolischen zusätzlichen Stern, den er seiner Uniform anheften könnte. Als junger und ehrgeiziger Leutnant hatte er von diesem Tag geträumt. Von dem Tag, an dem er richtiger Admiral der schwedischen Marine sein würde. Kein Konteradmiral oder Vizeadmiral. Schlicht und einfach: *Admiral.*

Es war ein langer Weg bis dorthin gewesen und er hatte viele Stationen durchlaufen. Das Kommando auf See war immer seine Vorliebe gewesen, auch wenn es viel Zeit weg von der Familie bedeutete. Christina hatte dafür immer Verständnis, während seine Tochter bis heute wahrscheinlich nicht wusste, warum ihr Vater nicht mehr Zeit mit ihr verbringen konnte. Seine Karriere in der Marine hatte ihn eine Ehe und die Beziehung zu seinem einzigen Kind gekostet. Hier stand er nun an der Spitze der Befehlskette der Navy, ein kurzer Moment des Erfolgs, bevor ihm die Navy durch eine einzige Unterschrift weggenommen wurde.

Er stand auf und ging zu seiner Hausbar. Was würde sich besser zum Feiern eignen als ein Glas Rum? Er goss sich eine grosszügige Portion ein und überlegte, ob er zum Kühlschrank gehen sollte, um Eis zu holen, entschied sich dann aber, direkt zur Couch zurückzugehen. Er stellte sein Glas auf dem Marine-Abschiedsbrief ab. Als er es wieder zur Hand nahm, um einen Schluck zu nehmen, hatte sich ein nasser Ring auf dem Papier gebildet. Er las den Satz, der sich durch die Mitte des Papiers zog. *Die Marine ist dankbar für mehr als vier Jahrzehnte treuer und herausragender Dienste.*

Er war sich nicht sicher, was aus seiner Navy geworden war. Bei den Sichtungen der letzten Jahre hatte er gespürt, wie die Marine von einem Extrem zum anderen schwankte. Die Männer und Frauen auf den Marineschiffen erfüllten ihre Aufträge getreu ihrer Ausbildung. Und meistens machten sie ihre Arbeit vorbildlich. Auf der anderen Seite hatten Politik und Bürokratie viel Unruhe in der Marine gestiftet und ein zu komplexes Umfeld geschaffen, mit dem er nur schwer zurechtkam. Nur Zähnefletschen und keine Zähne. Das ging so weit, dass er sich Hilfe von aussen suchte.

Löfgren hatte etwas damit zu tun. Er war sich nicht sicher, wie oder warum, aber er hatte auf jeden Fall etwas damit zu tun. Der Gerichtsmediziner der Marine hatte ihn vor ein paar Tagen angerufen. Nylund hatte den Plan, den er zusammen mit Wikström entwickelt hatte, fast vergessen. Ausgesuchte Informationen verbreiten und selektiv auswählen, wer davon erfährt. Er hatte den Gerichtsmediziner der Marine gebeten, die Akte über einen gewissen Michael Wozniak unter *HC58d* ins Archiv aufzunehmen.

Offenbar hatte auch der Gerichtsmediziner die Akte vergessen, aber als er sich plötzlich daran erinnerte, überprüfte er deren Existenz und rief Nylund an. Die Akte war verschwunden. Sie war verschwunden und die einzige Person, die über ihren Ablageort informiert war, war Kommandant Ola Löfgren. Löfgren war also die undichte Stelle. Nylund hatte versucht, ihn zu erreichen, aber er war wie vom Erdboden verschluckt. Jetzt war es zu spät.

Wikström. Was war mit ihr geschehen?

Er spürte einen grossen Klumpen in seinem Magen, der ihm sagte, dass er es nie erfahren würde. Sie war eine starke Frau, die auf sich selbst aufpassen konnte – aber dass sie so lange verschwunden blieb...? Würde die schwedische Regierung wirklich jemanden ermorden lassen, nur um die Wahrheit zu vertuschen? Politikern fällt das Lügen leicht, aber hoffentlich nicht das Morden. Wie auch immer: Wikström war nicht mehr da. Sollte sie getötet worden sein, wäre es, als hätte er das selbst getan. Er hatte sie in die Sache hineingezogen und sie hatte den Preis dafür bezahlt – das war *sein* persönliches Verschulden.

Manchmal hatte er sich Frida Wikström als Cecilias ältere, stärkere Schwester vorgestellt. Cecilia machte sich gut in ihrem Bankjob in London. Sie war zäh und konnte dem enormen Druck standhalten, den man ihr an diesem unsäglichen Arbeitsplatz auferlegte. Sie ertrug alles, was man ihr zumutete.

Wikström hingegen war von Natur aus eher offensiv. Sie hätte sich nicht damit abgefunden, dass ein Banker sie übermässig unter Druck setzte. Er konnte sich ein Lächeln nicht verkneifen, als er sich vorstellte, wie Wikström einen von Cecilias Chefs in die Mangel nahm. Sie wäre eine grossartige ältere Schwester gewesen. Sie hätte Cecilia wahrscheinlich besser erzogen, als er es je getan hatte.

Admiral Klas Nylund ging mit schweren Schritten die Treppe hinauf. Der Rum hatte seine Wirkung entfaltet und er stützte sich mit der Hand an der Wand ab. In seinem Schlafzimmer legte er seine Galauniform auf dem Bett aus und begann, sich zu entkleiden. Nachdem er seine Uniform angezogen und sorgfältig gerichtet hatte, nahm er sich eine Minute Zeit um seine Schuhe zu putzen, bevor er zu seinem Schreibtisch ging und das Hochzeitsfoto herausholte – das Foto, welches er vor einer Weile umgestossen hatte. Es hatte deshalb keinen Rahmen mehr, also klemmte er es in einer Ecke fest, um es zu fixieren, während er wieder nach unten ging.

Er legte die vier Dinge in einer geraden Linie vor sich auf dem Tisch aus: ein Glas Rum, den letzten Admiralstern, den Marine-Abschiedsbrief und sein Hochzeitsfoto. Er schaute hinter sich. Hinter der Rückenlehne der Couch war eine Betonwand – das sollte kein Problem sein.

Er sah sich die Reihe der Gegenstände ein letztes Mal an. Es fehlte eigentlich etwas, das ihn an Wikström und sein Versagen, sie zu beschützen, erinnerte. Es war aber zu spät, daran etwas zu ändern. Nachdem er den Revolver aus seiner Tasche gezogen hatte, überprüfte er noch einmal seine Uniform. Mit zwei routinierten, schnellen Bewegungen spannte er die Waffe und führte sie an seine Stirn. Er holte tief Luft und drückte ohne weiteres Zögern ab.

* * *

Stockholm, 13. August 1982, 13:00 Uhr

Nordin fühlte sich so gut wie seit langem nicht mehr. Seine Partei profitierte noch immer von dem Debakel und eine neue Welle antisowjetischer Ressentimente schwappte über die Nation. Die Zahl der Schweden, die in der Sowjetunion eine echte Bedrohung sahen, war um fast fünfzig Prozentpunkte gestiegen und erreichte einen Höchststand von etwa achtzig Prozent. Achtzig Prozent – das ist ein verängstigtes Land.

Gleichzeitig versprach seine Partei höhere Mittel für das Militär im Allgemeinen und die Marine im Speziellen. *Vielleicht können wir den Sozialisten doch noch Paroli bieten* dachte er. Am 19. September würden sie die Antwort auf diese Frage erhalten. Bis dahin hielt Nordin an der kleinen Hoffnung fest, die Sozialisten in der Opposition halten zu können.

Ein Klopfen an seiner Tür riss ihn aus seinen Gedanken und er rief der unbekannten Person auf der anderen Seite ein einfaches "Ja!" zu. Einer seiner engsten Mitarbeiter kam mit einem besorgten Gesichtsausdruck und ein paar Notizen in der Hand herein.

"Was kann denn so schlimm sein?" fragte ihn Nordin. "Sie haben noch einen ganzen Monat Zeit, bis Sie offiziell arbeitslos werden." Er schmunzelte über seinen eigenen Zynismus.

Sein Adjutant verdrehte über den deplatzierten Scherz seine Augen, schüttelte dann aber den Kopf und nickte in Richtung der Papiere in seiner Hand. Er liess sie auf Nordins Schreibtisch fallen. "Die offizielle Antwort der Sowjets auf unseren Protest."

"Und sie behaupten, dass sie es nicht gewesen sind, nehme ich an?"

"Noch viel schlimmer: Sie haben ihren Vorschlag einer internationalen Untersuchung in einer offiziellen Mitteilung unterbreitet. Sie fordern uns offiziell auf, alle unsere Beweise auf den Tisch zu legen."

Nordin sass aufrecht in seinem Stuhl. Das war in der Tat eine schlechte Nachricht. Löfgren hatte die Archive gesäubert, so dass es keine Informationen mehr geben sollte, die das Gegenteil behaupteten, aber es enthielt auch keine stichhaltigen Beweise für die Behauptungen, die sie aufstellten. Er nahm diplomatische Note zur Hand, um sie selber zu lesen.

"Die bluffen doch nur."

Sein Adjutant schüttelte weiterhin den Kopf. "Das dachte ich auch, aber dies ist kein informelles Gespräch zwischen Diplomaten mehr. Dies ist ein offizielles, unterzeichnetes Schreiben des Präsidenten der Sowjetunion. Es besteht die Gefahr, dass sie mit diesem Brief hausieren gehen – und dann sind wir in einer prekären Situation."

Nordin holte tief Luft und wollte zu sprechen beginnen, aber sein Mitarbeiter kam ihm zuvor.

"Wir könnten so schnell wie möglich eine eigene Kommission zusammenstellen und sie mit der Untersuchung der Geschehnisse beauftragen. Das würde zeigen, wie ernst es uns ist, der Sache auf den Grund zu gehen, ohne internationale Diplomaten unsere Archive sichten zu lassen."

Nordin schüttelte den Kopf. "Es wird keine Kommission geben, die das untersucht. Wir wissen, wer es war und wir haben dies der schwedischen Öffentlichkeit klar gesagt. Es würde eher so aussehen, als stellten wir uns selbst in Frage, was einen Monat vor den Wahlen kontraproduktiv wäre. Wenn überhaupt, dann müssen wir darüber nachdenken, wie wir verhindern können, dass die Sozialisten im Falle eines Regierungs-wechsels in diese Sache verwickelt werden."

"Ich glaube nicht, dass wir das tun können."

"Warum nicht?"

"Dies ist eine offizielle diplomatische Note. Wenn wir nicht antworten wollen, werden sie wahrscheinlich damit an die Öffentlichkeit gehen. Was dann?"

"Dann können die Sozialisten ihre eigene Untersuchung einleiten. Das wird ihnen aber nicht viel nützen. Wir wissen, wer es war und es gibt keine Informationen, die uns widersprechen. Wenn wir bei unserer Haltung bleiben, wird diese Angelegenheit nie wirklich geklärt werden und wir behalten recht. *'Keine Lösung'* ist zu unseren Gunsten. Ausserdem ist es militärisch gesehen egal, wer tatsächlich bei uns eingedrungen ist, aber aus politischer Sicht gibt es einen grossen Unterschied."

* * *

Stockholm, 16. August 1982, 10:30 Uhr
Verteidigungsminister Thomas Nordin warf dem Oberbefehlshaber einen strengen Blick zu.

"Das soll wohl ein Witz sein? Wir sind kurz davor, die Sache deeskalieren zu können und jetzt das! Erst verlangen die verdammten Sowjets offiziell von uns, dass wir unsere Beweise der Weltöffentlichkeit vorlegen sollen – und jetzt das."

"Glauben Sie mir, ich wünschte ich

würde scherzen, aber es gibt keinen Zweifel: er wurde auf seiner Couch in seiner Galauniform gefunden. Eine einzige Schusswunde im Kopf. Der Tod sei sofort eingetreten."

"Mein Gott, was für ein Schlamassel! Es sieht für uns nicht gut aus, wenn das bekannt wird. Er wurde gerade mit Auszeichnung in den Ruhestand versetzt und die Aufregung hat sich erst gerade etwas gelegt. Das wird einen neuen Shitstorm auslösen."

"Das ist tatsächlich zu befürchten. Trotz der Pressekonferenz wissen die Medien und die Öffentlichkeit sehr wohl, welche Diskussionen innerhalb der Marine über die Sichtung stattgefunden haben. Es wird gar nicht gut aussehen, wenn das an die Öffentlichkeit kommt."

"Muss das überhaupt an die Öffentlichkeit?" Nordin warf dem Oberbefehlshaber einen fragenden Blick zu.

"Nun, er war verheiratet und hat eine Tochter. Wir können es ihnen nicht einfach verschweigen."

"Ich weiss, aber wir könnten vielleicht die näheren Umstände des Geschehens verschweigen und es als, sagen wir... *Herzinfarkt* abtun? Der Mann stand unter ziemlich grossem Stress. Wir könnten diese Heldensache am Laufen halten, finde ich. *Der Admiral, der die sowjetische Marine verjagt hat* – nicht nur einmal, sondern zweimal. *Der Admiral, der eine mächtige schwedische Marine aufgebaut hat*. Er hat im Grunde sein Leben geopfert, um sein Land zu verteidigen. So etwas in der Art. – Wer hat ihn eigentlich gefunden?"

"Ein Navy-Fahrer, der einige private Dinge aus seinem Büro vorbeibringen sollte. Der Soldat sah seine Füsse durch das Fenster und als niemand die Türe öffnete, rief er den Wachoffizier in Muskö an. Als der ihn am Telefon nicht erreichen konnten, wurde der Rettungsdienst alarmiert."

"Also: wieviele Leute haben den Tatort gesehen?"

"Der Soldat hat nur seine Füsse gesehen, sonst nichts. Die Polizeibeamten, welche die Tür aufgebrochen haben und die Kranken-wagenbesatzung – vier Personen, würde ich sagen."

"Was meinen Sie? Machbar?"

Rosenfeldt hatte aufgehört zu zählen, wie viele fragende Blicke er erhalten hatte.

"Sicher. Wir können mit den involivierten Personen Kontakt aufnehmen und die Sache mit ihnen besprechen. Der Mann war ein Held und sollte in der Erinnerung seines Landes ein Held bleiben. So etwas in der Art."

"Dann ist die Sache also erledigt?"

"Ja."

* * *

See Orlången, 24. August 1983, 08:30 Uhr

Polizeianwärter Mats Svensson durchstreifte die Gegend. Er hatte gerade zum ersten Mal das blau-weiss gestreifte Band verwendet, um den Bereich um eine Leiche abzusperren. Jetzt durchsuchten die Beamten den Wald nach etwas, das mit dem Todesfall in Verbindung stehen könnte.

Drei Stunden vergingen, aber niemand fand etwas das darauf hindeutete, dass es sich gar nicht um einen Unfall, sondern um ein Tötungsdelikt handeln könnte. Ein junger Mann war mit einem Boot auf den See hinausgefahren und zurückgekehrt. Seine Freundin, die ihn heute Morgen abholen wollte, fand bei ihrer Ankunft nur sein leeres Zelt und das Abendessen noch auf dem Teller vor.

Als sie im näheren Umfeld nach ihm suchte, machte sie die schreckliche Entdeckung, dass ihr Freund mit dem Gesicht nach unten im knietiefen Wasser in Ufernähe lag. Der Rettungsdienst brauchte mehrere Minuten, sie so weit zu beruhigen, dass sie wieder ansprechbar war. Schliesslich konnten die Helfer ihren Namen und ihren Aufenthaltsort in Erfahrung bringen. Sowohl die Polizei als auch die Sanitäter wurden gerufen, konnten aber nur noch den Tod des jungen Mannes feststellen. Sie gingen davon aus, dass er ertrunken war, aber das würde die Autopsie noch bestätigen müssen.

Mats war erschöpft. Er war erst seit einem Monat bei der Polizei und jetzt schon eine Leiche aus dem Wasser zu ziehen, war überreichlich Stress für ihn. Die Durchsuchung des Waldes war zwar körperlich nicht anstrengend, aber es half ihm nicht, die ersten Bilder der Szene aus seinem Kopf zu kriegen. Ein junger Mann, nicht viel älter als er selbst, lag mit dem Gesicht nach unten im Wasser. Er hatte begonnen, an der Leiche zu ziehen, war aber unsicher über sein Tun. Eine Sanitäterin stiess Mats beiseite, drehte den leblosen Körper um und prüfte ihn auf allfällige Lebenszeichen. Es waren keine zu finden.

Einer der leitenden Inspektoren kam hinzu: "Keine Anzeichen von Gewalt an der Leiche. Keine Anzeichen eines Kampfes. Ich nehme an, dass es sich um einen unglücklichen, vielleicht auch betrunkenen Mann handelt – mehr werden uns die Pathologen berichten können, wenn sie ihn aufschneiden."

Mats unterdrückte einen Schauer, als von der Öffnung des Mannes die Rede war. Während diese Arbeit von Leuten erledigt wurde, die zu so etwas in der Lage waren, würde er den Bericht abtippen und dafür sorgen, dass die Eltern oder andere dem jungen Mann nahestehende Personen benachrichtigt wurden. Er schaute auf seinen Block. Fredrik Wikingsson, einundzwanzig Jahre alt.

Polizeikadett Svensson blickte wieder von seinem Notizblock auf. "Aber weggehen, wenn das das Abendessen fertig ist und auch noch das Zelt offen stehen lassen?"

"Worauf wollen Sie hinaus?", fragte der Inspektor überheblich.

"Es ist einfach seltsam, sich das Abendessen auf einem Campingkocher zuzubereiten und wenn man fertig ist, steht man auf und rudert auf den See hinaus?"

"Kadett Svensson, ja?"

"Ja"

"Also, Kadett Svensson, dann nehmen Sie doch jetzt Ihren Block und Ihren Stift und fahren zurück zum Polizeiposten, um das alles abzutippen."

* * *

Die *Kakariki*, Auslaufen aus dem Hafen von Göteborg, 26. August 1983, 14:00 Uhr

Die *Kakariki* hatte gerade vor einer Stunde den Hafen von Göteborg verlassen. Sie war bis obenhin mit Autos beladen, die für die Nordinsel Neuseelands bestimmt waren. Der Volvo mochte in Schweden als braves Familienauto gelten, aber in weiten Teilen der südlichen Hemisphäre hatte er das Image eines Luxusfahrzeugs. Kombiniert mit dem gut vermarkteten Schwerpunkt auf seine Sicherheit sorgte das für eine immer grössere Beliebtheit auf den Strassen Aucklands.

Der Kapitän hatte den Passagier bereits an Bord kommen sehen, aber er war zu sehr mit dem Ablegen beschäftigt gewesen, sodass er seinen Ersten Offizier erst jetzt danach fragen konnte.

"Wer ist dieser Mitfahrer?"

"Jemand, der aus Schweden raus muss, ohne Fragen gestellt zu bekommen. Er soll ein ehemaliger Seemann gewesen sein und hat offenbar gut verdient. Ich denke, er könnte sich als nützlich erweisen. Es ist eine lange Reise und wir sind ohnehin unterbesetzt."

"Er wird uns also keinen Ärger machen, oder?"

"Ich glaube nicht und er hat auch schon bezahlt. Und sollte es trotzdem Ärger geben, können wir ihn ja einfach über Bord werfen..."

Beide Männer lachten über die Aussicht, den Schweden über die Reling zu werfen.

"Glauben Sie, er schafft das? Es ist eine sehr lange Reise."

"Ich habe 25'000 Kronen in meiner Kabine und die habe ich auf sicher. Er sieht fit für die Arbeit aus, also werden wir ihn füttern, solange er pünktlich in der Kombüse erscheint und wir ihn dazu bringen, die einfacheren Unterhaltsarbeiten an Deck zu erledigen. Ich denke, er wird sich um seine eigenen Angelegenheiten kümmern. Er scheint ein bisschen..."

"Ein bisschen was?"

"Ich weiss nicht, ein bisschen labil."

Der Kapitän sah seinem Ersten Offizier direkt in die Augen. *"Labil?"*

"Ach Sie wissen schon, was ich meine. Die Leute, die versuchen, auf diese Weise wegzukommen, tun das kaum ganz freiwillig. Ich bin mir aber sicher, dass er harmlos ist."

"Wenn nicht, werden *Sie* über Bord gehen. Das können Sie mir glauben!"

"Sie wollen also Ihren Anteil nicht?" Der Erste Offizier grinste.

Der Kapitän lachte. "Ich nehme alles, wenn ihr beide im Indischen Ozean Haifischfutter seid."

Beide Männer lachten.

"Spass beiseite, ich denke, wir können ihn gebrauchen. Er arbeitet fürs Essen und wir machen auf dieser Reise einen kleinen Zusatzgewinn. Das sollte klappen."

"Hat er einen Namen?"

"Sein Name ist Carl. Das ist alles, was ich aus ihm herausbekommen habe. Dieser Name scheint jedoch zu stimmen: als ich mit ihm gesprochen habe, putzte er sich mehrmals umständlich die Nase, als ob er sein Gesicht hinter dem Stofftaschentuch verstecken wollte. In einer Ecke seines Taschentuchs konnte ich dabei ein eingesticktes Monogramm erkennen: *'C.L.'* – zumindest *'Carl'* würde also passen."

"Gut, dann holen Sie Carl einen Overall. Wir haben eine Menge verschiedener Hilfsarbeiten, die während unserer langen Überfahrt erledigt werden müssen."

* * *

Sandsjön, 14. Dezember 1983, 13:00 Uhr
Die beiden Männer stiegen aus dem Fahrzeug und schlossen vorsichtig die Türen. Nur wenige Menschen wussten, wie gut das Geräusch einer zuschlagenden Autotüre hier oben in den Wäldern zu hören war. Besonders an einem ruhigen Tag wie heute. Die Sonne ging gerade unter und die Bäume warfen lange Schatten auf die Strasse. Noch dreissig Minuten, dann würde die Dämmerung einsetzen.

"Wir sind noch zu früh."

"Ich weiss. Es ist nur noch wenig Tageslicht vorhanden, aber ich will mir nicht den Hintern abfrieren, also lass uns mal nachsehen."

"Er sollte allein sein, oder?"

"Ja, er sollte allein sein. Soweit ich weiss, haben wir es mit einem Mann zu tun. Es ist sehr wahrscheinlich, dass hier auch irgendwo ein oder zwei Jagdgewehre herumliegen, aber ich glaube nicht, dass wir davon ausgehen müssen, dass er bewaffnet und gefährlich ist."

Die beiden Männer gingen langsam einen schmalen Pfad hinunter, der sie zu dem führte, was im Sommer das Ufer eines Sees wäre. Jetzt, Mitte Dezember, war er zugefroren und mit einer dünnen Schicht aus feinem Schnee bedeckt. Sie blieben öfter wieder stehen und lauschten auf jedes Geräusch, das ihnen verraten könnte, was in den Wäldern um sie herum geschah.

Als sie näher kamen, konnten sie das gedämpfte Hacken einer Axt hören, aber zwischen den Schlägen blieb es an diesem Nachmittag vollkommen still. Es war ein kalter Tag und ihr Atem bildete Wolken vor ihnen, während sie weiter auf das Geräusch zugingen. Wenn es möglich sein sollte, das Ganze wie einen Unfall aussehen zu lassen, wäre das vorzuziehen. Wenn nicht, dann funktionierte das auch. Es bedeutete nur zusätzliche Arbeit, um danach aufzuräumen.

Beide Männer hielten inne, als sie das Geräusch hörten.

"Scheisse, das ist ein verdammter Hund."

"Das ist schon mal schlecht. Noch schlechter ist, dass er gar keinen Hund haben sollte. Vielleicht ist jemand anderes in der Nähe?"

"Okay, wir müssen jetzt vorsichtig sein. Der Hund könnte zu einem grossen Problem werden, wenn er nicht angeleint ist. Ich schlage vor, wir machen nicht auf Unfall und setzen stattdessen auf stille Effizienz."

Der andere Mann nickte und öffnete seine Jacke, um seine Waffe herauszuziehen – eine Pistole mit PB-Schalldämpfer, mit der sie speziell für diese Operation ausgerüstet waren. Der erste Mann tat dasselbe und sie gingen langsam dem Ufer des zugefrorenen Sees entlang, die Waffen seitlich im Anschlag. Sie würden sie wahrscheinlich nicht brauchen und wollten nicht offensichtlich kämpferisch oder gar kriminell aussehen, sollte sie jemand sehen.

Zwischen den Kiefern erreichten sie eine kleine Hütte, direkt am Wasser. Eine ganze Minute lang standen sie völlig ruhig da. Das hackende Geräusch der Axt war verstummt. Ausser einer leichten Brise, die gelegentlich die Bäume um sie herum bewegte, gab es keine weiteren Geräusche. Auf dem See waren Spuren zu sehen. Jemand war mit einem Schneemobil oder vielleicht einem Hundeschlitten unterwegs gewesen.

Sie gingen beide auf das Haus zu, wobei sie darauf achteten, sich geduckt und ausser Sichtweite der Fenster zu halten. Sie bewegten sich extrem langsam und achteten darauf, dass jeder Schritt wohlüberlegt war und betraten die Terrasse neben der Eingangstür. Der Schnee gab ein leises Knirschen unter ihren Füssen von sich – ähnlich dem Knarren einer Türe, nur ohne die hohen, quitschenden Töne.

Von drinnen ertönte ein Poltern, als ob jemand über etwas stolpern würde, worauf die Männer nicht länger zögerten. Der Anführer gab seinem Kollegen schnell ein Zeichen, nach hinten zu gehen, bevor er der Türe einen kräftigen Tritt versetzte. Das Türschloss splitterte, die Türe öffnete sich aber nicht vollständig.

Als er zu einem weiteren Tritt ansetzte, peitschte ein Schuss. Er verfehlte sie beide, riss aber ein grosses Stück des Geländers hinter ihnen heraus. Sie gingen beide in Deckung und versuchten, den Schützen zu verorten. Ein Gewehr hatte eine grössere Reichweite als ihre schallgedämpften Pistolen, aber sie merkten schnell, dass dies nicht das grösste Problem sein würde. Der Mann mit dem Gewehr kauerte kaum dreissig Meter von ihnen entfernt hinter einem Felsen und hatte offensichtlich in der Kälte mit dem Repetierer zu kämpfen. Beide Männer zielten und eröffneten das Feuer auf den Mann, der sofort hinter dem Felsen verschwand.

Der Mann hatte vermutlich keine militärische Ausbildung. Er hatte sich hinter einem einzelnen Felsen im Freien verschanzt und die beiden würden ihn leicht in die Zange nehmen können. Ihre Pistolen fassten zwar nur acht Schuss, aber sie waren ein gutes Team und hatten genug weitere Munition dabei, um das zu schaffen. Ein Repetiergewehr war auf kurze Distanz langsam und unhandlich. Der sibirische Husky bellte wieder wie verrückt, aber seine Kette war an einem Baum zwanzig Meter weiter oben auf dem Hügel befestigt. Er würde ihnen keinen Schaden zufügen können.

Der Anführer, der immer noch auf der Terrasse neben der aufgebrochenen Tür lag, sah sich um und schickte sich an, aufzustehen. Sie mussten den Abstand verkleinern und diesen Mann so schnell wie möglich ausschalten. Als er sich hinkniete, hörte er ein Knarren der Tür und konnte eine Bewegung hinter sich eher spüren als sehen.

Edward Sandberg schlug die Axt seitlich in den Nacken des Mannes. Dank der Schwerkraft schlug die schwere Axt so heftig ein, dass das Geräusch splitternder Knochen zu hören war. Der Mann fiel zuerst lautlos vornüber auf den Bauch – schrie aber Sekundenbruchteile später auf, nachdem sich die Schmerzsignale ihren Weg in sein Gehirn gebahnt hatten. Sandberg blieb über dem Mann stehen, während das Blut den Schnee auf dem Boden zu färben begann.

Sein Kollege drehte sich um und musste sich nun zwischen Sandberg und dem Mann hinter dem Felsen entscheiden. Da er bei Sandberg keine Schusswaffe sehen konnte, drehte er sich wieder um und zielte auf den alten Mann, der nun sichtbar war und bereit, sein Gewehr erneut abzufeuern. Beide Männer drückten den

Abzug ihrer Waffen, und eine Sekunde später fielen beide Männer nach hinten.

Sandberg schaffte es, sich wieder zu bewegen und beendete das Schreien des Mannes vor ihm mit einem kräftigen Tritt gegen dessen Kopf. Dann warf er sich auf den Boden und versuchte, die schallgedämpfte Pistole zu ergreifen. Er erlebte seine eigene Handlung wie in Zeitlupe und benötigte gefühlt eine Ewigkeit, um die Waffe in der Kälte richtig fassen und auf den zweiten Mann richten zu können. Nach ein paar Sekunden wurde ihm klar, dass es keinen Grund für eine weitere Schussabgabe mehr gab: der zweite Eindringling bewegte sich nicht mehr.

Als er die Waffe vor sich hielt, begriff er das Geschehene erst richtig und seine Hände begannen unkontrolliert zu zittern. Er liess die Pistole zu Boden fallen. Noch auf allen Vieren kauernd kämpfte Sandberg darum, genügend Luft zu bekommen, um seine Sinne etwas beruhigen zu können.

Rechts von ihm bewegte sich etwas und er griff erneut nach der Pistole, bevor er erkannte, dass es sein Nachbar war. Er trug sein Gewehr auf der linken Schulter und hielt seinen rechten Arm fest an seinen Oberkörper gepresst.

"Du bist verletzt?!"

"Halb so wild. Ich habe mich bei der Arbeit am Haus schon übler verletzt als hier."

Sein Nachbar sah auf das Blut, das an seiner Hand heruntertropfte und fügte hinzu: "Ich glaube aber, du musst mich hier noch zusammenflicken, bevor du gehst. Du bist hier eindeutig nicht mehr sicher."

Kapitel 32 – 15 Jahre später...

Stockholm, 12. Mai 1997, 09:00 Uhr

Polizeiinspektor Mats Svensson schritt durch den Flur der Mordkommission. Er holte sich eine Tasse Kaffee aus der Kanne, um sie bei der Besprechung dabei zu haben, falls sie länger dauern sollte als erwartet. Als er mit fünfminütiger Verspätung durch die Tür des Besprechungsraums trat, blickte er in den Raum und stellte fest, dass die meisten Kollegen schon anwesend waren. Er liess die Akte auf den Tisch vor sich fallen und schaltete den Projektor ein.

"Okay, Leute. Hört zu. Ihr habt von dem Fund im Wald nördlich der Stadt vor etwa zwei Wochen gehört. Ein Mann geht mit seinem Hund spazieren. Der Hund kratzt im Dreck herum. Der Hund findet etwas, das wie ein Teil einer menschlichen Hand aussieht. Der Mann ruft die Polizei. Ich hoffe, jeder kann mir bis jetzt folgen?"

Er konnte das Lächeln seiner Kollegen sehen, ein gutes Zeichen für einen Montagmorgen und am Anfang eines neuen, scheinbar rätselhaften Falls. Je schlimmer der Fall, desto mehr Positivität war am Anfang nötig. Entgegen der einstündigen Fernseh-sendungen mit sexy Detektivarbeit war die echte Polizeiarbeit ein langer, langsamer und zermürbender Prozess. Ganz zu schweigen von der Frustration der vielen Sackgassen, in die jede grössere Ermittlung oft führte.

"Die Kriminaltechniker haben an dieser

Stelle gearbeitet und die Überreste einer Person freigelegt. Die Identifizierung hat eine Weile gedauert, aber die zahntechnischen Untersuchungen und alte Verletzungen haben schliesslich zu einer eindeutigen Identifizierung der Person geführt, bei dem es sich offenbar um ein Mordopfer handelt."

Er klickte mit der Maustaste, um das Bild auf dem Bildschirm hinter ihm anzuzeigen.

"Frida Wikström, Inspektorin Frida Wikström. Geboren 1946. Von 1969 bis 1978 eine der besten Kommissarinnen Stockholms. Galt als brillante Ermittlerin. Das war lange vor meiner Zeit, aber einige von Ihnen sind ihr vielleicht damals schon begegnet."

Es gab kein Lächeln mehr und alles, was er zur Antwort bekam, war ein Brummen von einem der älteren Männer in der Ecke, der damit zu verstehen gab, dass er damals Frida Wikström tatsächlich kannte.

"Sie wurde am 23. April 1982 vermisst und blieb seither verschwunden. Damals wurde ihr Verschwinden untersucht, aber seit Mitte des Jahres gilt es als *ungeklärter Fall.*"

Er klickte erneut mit der Maus, um das Bild zu wechseln. Auf dem Bild hinter ihm lagen menschliche Überreste auf einem Autopsietisch aus Chromstahl. Zwei rote Pfeile auf dem Bild zeigten auf den Brustkorb und das linke Bein.

"Todesursache: Zwei Schüsse aus einer schweren Handfeuerwaffe, wahrscheinlich ein grosskalibriges Gewehr. Ein Einschussloch im Brustbein und eines im linken Oberschenkel. Die Gerichtsmediziner haben festgestellt, dass beide Schüsse für sich genommen tödlich gewesen wären. Der Schuss ins Brustbein wäre sofort tödlich gewesen; der Schuss ins Bein hat

wahrscheinlich die Oberschenkelarterie durchtrennt, wodurch die Person innerhalb von
Minuten verblutet wäre.

Es handelt sich zwar noch um eine
Vermutung, aber wir gehen derzeit davon aus,
dass ihr von hinten ins Bein geschossen wurde,
möglicherweise auf der Flucht vor jemandem.
Danach wurde ihr, während sie auf dem
Rücken am Boden lag, von vorne ins Brustbein
geschossen, was aufgrund des Einschusswin-
kels sehr wahrscheinlich erscheint.

Die Leute von der Kriminaltechnik glauben, dass sie nicht am Leichen-Fundort
erschossen wurde, sondern dass sie nach ihrem
Tod an diesen Ort gebracht und dort vergraben
wurde. Sie untersuchen noch die Materialien
und Fasern, die an der Leiche und in ihrer
Umgebung gefunden wurden und welche dabei
helfen könnten herauszufinden, wie sie transportiert wurde. Ich glaube nicht, dass wir allzu
viel davon erwarten können. Wahrscheinlich
werden sie uns nur in Etwa berichten, dass sie
in einer Plane oder Decke oder etwas Ähnlichem
transportiert wurde."

Ein weiterer Mausklick. "Das ist der Ort,
an dem ihr Auto 1982 gefunden wurde. Geparkt
vor der Einfahrt zu einer Baustelle. Der
Bautrupp meldete es am Morgen der Polizei,
weil es die Einfahrt für einen schweren Kran
blockierte. Am selben Morgen wurde ein
Einbruch in ein Lagerhaus gemeldet, das als
Selfstorage-Anlage genutzt wird; es ist etwa
einen Kilometer von ihrem geparkten Auto
entfernt. Auch dieser Einbruch wurde nie
aufgeklärt.

Es wird vermutet, dass zwischen diesen
beiden Vorfällen ein Zusammenhang besteht,

da Frida in diesem Lagerhaus ein Schliessfach unter dem Namen Maria Wennergren gemietet hatte; eine Identität, die sie Berichten zufolge in Verbindung mit einem offiziell aussehenden Polizeiausweis verwendet hat. Es gibt Untersuchungsakten, wonach sie diesen Ausweis 1982, nur wenige Wochen vor ihrem Verschwinden, mehreren Zeugen bei einer U-Boot-Sichtung im Rahmen einer Untersuchung gezeigt hat. Der damalige Chef der Marine, Admiral Klas Nylund, soll sie angeblich beauftragt haben, den Wahrheitsgehalt dieser Sichtungen zu untersuchen. Nylund selbst starb an einem Herzinfarkt am – Augenblick – 11. August 1982.

Als die Polizei ihr Schliessfach untersuchte, war es leer. Ob da überhaupt jemals etwas drin war, ist nicht bekannt."

Er schaute auf seine Notizen. "Kollegen: Das war eine von uns! Wir müssen das aufklären. Ich glaube, es gibt noch einige Materialien aus der damaligen Vermisst-meldung und der folgenden Untersuchung in der Asservaten-kammer. Das Auto wurde entsorgt, aber das Protokoll und einige Gegenstände sollten noch vorhanden sein. Also lasst uns gehen. Holen wir das ganze alte Zeug wieder hervor und schauen, ob etwas Brauchbares dabei ist."

Während die Leute aufstanden, um ihre Arbeit aufzunehmen, packte Svensson seine Unterlagen zusammen und machte sich auf den Weg zurück in sein Büro. Als er zur Tür hinaus-gehen wollte, merkte er, dass er seine Kaffee-tasse auf dem Tisch hatte stehen lassen und drehte sich um, um sie mitzunehmen. Er beugte sich vor, um sie zu ergreifen, als er plötzlich mitten in der Bewegung erstarrte. Etwas an dieser Sache nagte schon seit Tagen an ihm. Die

Marine. U-Boote. Anfang der achtziger Jahre. Ihn schauderte, als er sich den jungen ehemaligen U-Boot-Fahrer vorstellte, der mit dem Gesicht nach unten im Wasser lag. Derjenige, dessen Leiche er in seinem ersten oder zweiten Monat bei der Polizei ans Ufer zu ziehen versucht hatte.

Er schnappte sich schnell seine Tasse und ging auf den Korridor hinaus. Die Akten zu diesem Fall würden auch noch im Archiv liegen.

* * *

Stockholm, 14. Mai 1997, 14:30 Uhr

"Das ist eine alte Geschichte. Es wird schwer sein, den Fall jetzt zu lösen", sagte einer der Ermittler, während er versuchte, eine alte, staubbedeckte Schachtel mit Beweismitteln zu öffnen. Er verzog sein Gesicht, als er die Schachtel bewegte und dabei den Staub aufwirbelte.

"Ja. – Erstaunlich, dass die Gerichtsmediziner sie überhaupt identifizieren konnten. Stefan von der Spurensicherung sagte, dass die alten Dienstverletzungen die entscheidenden Faktoren waren."

"Die Verletzungen, von denen Mats gesprochen hat?"

"Ja, anscheinend hat ihr irgendein krimineller Schläger vor langer Zeit einen Faustschlag ins Gesicht verpasst und ihr dabei den Wangenknochen gebrochen. Bei einem anderen Einsatz brach sie sich den Knöchel, weil sie eine Treppe hinuntergestossen wurde. Eine starke Frau. Beide Verletzungen erlitt sie im Dienst, deshalb wurden sie gemeldet und gut dokumentiert. Zusammen mit den zahnärztlichen

409

Befunden ist sich die Gerichtsmedizin sicher, dass es Frida Wikström war."

Die erste Kollegin öffnete die Schachtel und sie begann, die Liste des Inhalts aus ihrem Auto abzulesen.

"Abschleppseil, Starthilfekabel, Motoröl, Warndreieck, Decke, eine weisse Winterjacke. Nichts besonders Interessantes dabei. Moment, warte: Ein Halfter für eine Handfeuerwaffe war unter dem Lenkrad festgeklebt, aber es war keine Waffe drin. Was zum Teufel hatte sie vor?"

Er hielt eine Plastiktüte gegen das Licht und betrachtete das schwarze Halfter.

"Um das herauszufinden sind wir ja hier, du Trottel. Was noch?"

Er hielt eine weitere Plastiktüte hoch. "Die Kassette wurde im Autoradio gefunden; es soll *'Nicht identifiziertes Rauschen'* enthalten."

"Ein *'Nicht identifiziertes Rauschen'*? Was zum Teufel ist das für eine nichtssagende Bemerkung im Protokoll? Das ist doch nicht etwa der Name einer Band, oder?"

"Woher soll ich das wissen? Spiel es ab und hör es dir selber an!"

Der Kollege sah sich um. Kassettenrecorder gab es heutzutage nicht mehr so häufig und er musste ans andere Ende des Raums gehen, um ein tragbares Gerät zum Abspielen der Kassette zu finden. Als er wieder zurück war, stellte er das Gerät auf den Tisch, legte die Kassette ein und drückte auf *'Play'*. – Die drei Ermittler warfen sich gegenseitig nur ratlose und fragende Blicke zu.

"Was um Himmels Willen ist denn *das*?"

"So etwas habe ich noch nie gehört, aber das ist ganz sicher keine Musik. Geh und hol Mats."

Epilog

Nachdem Sie das Buch gelesen haben, fragen Sie sich vielleicht, was dabei real und was Fiktion war. Die Realität ist schon ohne fiktive Zusätze faszinierend und die Liste fragwürdiger Aktivitäten in dieser Zeit ist lang.

Nach einer übergreifenden alternativen Theorie zum sowjetischen Eingreifen sollen NATO-U-Boote in schwedischen Gewässern operiert haben. Die Aktion sollte zwar 'geheim' erscheinen, aber trotzdem offensichtlich genug, um von Schweden 'entdeckt' zu werden. Damit sollte eine Operation der UdSSR suggeriert werden, um so neue Spannungen zwischen der Sowjetunion und der von manchen politischen Akteuren als zu sowjetfreundlich angesehenen schwedischen Regierung zu erzeugen. Würde dieses Verwirrspiel gelingen und schwedische Beamte der Regierung, des Militärs oder auch die parlamentarische Opposition müssten von einer erneuten sowjetischen Grenzverletzung ausgehen, würde dies einen erheblichen demokratischen Meinungsumschwung in der schwedischen Öffentlichkeit zur Folge haben. Es würde auch bedeuten, dass Schwedens Verteidigungs- und Aussenpolitik der '80er Jahre unter falschen Annahmen und Voraussetzungen betrieben worden wäre.

Tatsächlich wurden in dieser Zeit in den schwedischen Hoheitsgewässern an der Oberfläche fremde U-Boote gesehen und die Beschreibung einer Skizze in diesem Buch basiert auf der realen Zeichnung eines Zeugen[8]. Aufgrund derer wurde vermutet, dass es sich um ein deutsches U-Boot vom *Typ 206* handelte, welches eine sehr charakteristische Rundung des Kommandoturms aufweist[9]. Die Marine-Analysegruppe (welche existierte) behauptete jedoch, die Skizze sei wegen des Betrachtungswinkels des Zeugen fehlerhaft und vertrat den Standpunkt, dass es sich um ein U-Boot der *'Whiskey-Klasse'* handle[10], welches aus der Sowjetunion stammte. Es ist auch erwähnenswert, dass es im Jahr 1982 weitere Ereignisse gab, bei denen ein Eindringling als westdeutsches U-Boot identifiziert wurde. Dies ist jedoch eine Aussage des schwedischen Journalisten Lars Borgnäs. Das schwedische Aussenministerium hat diese Informationen aus den verfügbaren Dokumenten geschwärzt.[11]

Ein Gerät, bei dem es sich vermutlich um ein Navigationsbake handelte, wurde 1982 von Tauchern der schwedischen Marine gefunden und dokumentiert, verschwand jedoch, bevor seine Herkunft festgestellt werden konnte. In einem Interview aus dem Jahr 2008 räumte der damalige Chef der Schwedischen Marine, Per Rudberg, die potenzielle 'Sensibilität' des Geräts ein, behauptete jedoch, er könne sich nicht daran erinnern, jemals einen Bericht darüber gesehen zu haben.[12] Das Gerät scheint verschwunden zu sein, ohne dass sich jemand

8   Mossberg M.; I mörka vatten, 2016, p89
9   Mossberg M.; I mörka vatten, 2016, p88
10 Perspektiv på ubåtsfrågan SOU2001:85. p129
11 Borgnäs L.; Uppdrag Granskning – Nyckeln till Hårsfjärden, 2008, Min 25-26
12 Borgnäs L.; Uppdrag Granskning – Nyckeln till Hårsfjärden, 2008, Min 17-18

die Mühe gemacht hätte, danach zu suchen.

Das fehlende Gerät war kein Einzelfall. Zahlreiche, aus damaliger wie heutiger Sicht aufschlussreiche Gegenstände dieser Zeit gingen verloren[13], was entweder auf eine grosse Unfähigkeit im Umgang mit Beweisen wenn nicht sogar vorsätzliche Massnahmen hindeutet, um sicherzustellen, dass sie nie wieder auftauchen. Bilder eines im Wasser gefundenen, fluoreszierenden grünen Farbstoffs, der häufiger in der NATO-Marine verwendet wird, gingen alle verloren. Genauso wie die Bilder von Folke Hellberg, einem Fotografen der schwedischen Zeitung *Dagens Nyheter*.[14] Aus den Logbüchern des Schwedischen Kommandos sollen Seiten herausgerissen worden sein[15]. Damit auch die Gründe für bestimmte Handlungen oder Unterlassungen. Man denkt unwillkürlich an eine eigentliche 'Aufräumaktion'. Beweise dafür gibt es jedoch nicht.

Britische Navy-Kollegen haben (inoffizielle) U-Boot-Einsätze vor der Küste von Muskö in Schweden zugegeben[16]. Diese geschahen aber erst im Oktober 1988 und stimmen nicht mit der Zeitleiste des Buches überein. Der U-Boot-Typ ist ebenfalls unbekannt, obwohl eine *'Oberon'* für die Zeitperiode der '80er-Jahre nicht unwahrscheinlich wäre.

Die Einbeziehung externer Ermittler ist Fiktion. Dies gilt auch für Hinweise, dass das Schwedische Militär oder die Regierung Massnahmen gegen ihre eigene Besatzungen ergrif-

---

13 Perspektiv på ubåtsfrågan SOU2001:85, p125
14 Tunander, O.; The secret War against Sweden, 2004, p166-167
15 Borgnäs L.; Uppdrag Granskning, 2008, Min 23
16 Borgnäs L.; Uppdrag Granskning, 2008, Min 25-26

fen hätten. Die Überlegungen zu sowjetischen Interessen oder Aktionen sind rein spekulativ, wenn auch nicht völlig unwahrscheinlich.

Die Sozialdemokraten *(SAP)* gewannen die Wahl im Jahr 1982. Während Andeutungen im Buch auf südafrikanische Auftragnehmer und eine mögliche Erschiessung des neuen Premierministers von mir erfunden sind, wurde der schwedische Premierminister, Olof Palme, im Jahr 1986 tatsächlich ermordet. Die Untersuchung dazu hat ihre eigene Fülle an Theorien und die sog. *'Südafrika Spur'* ist eine davon.

Der Konflikt zwischen Lindholms U-Boot und einem unbekannten Eindringling sowie die Morde an Frida Wikström und Fredrik Wikingsson erfordern noch umfangreiche Ermittlungen. Ich hoffe, dass Sie Mats und seine Detektive bei der Untersuchung dieser ungelösten Fälle begleiten möchten...

www.ingramcontent.com/pod-product-compliance
Lightning Source LLC
Chambersburg PA
CBHW020505260626
47156CB00006B/1875